Leonhard Adelt

Der Herr der Luft

Flieger- und Luftfahrergeschichten

Leonhard Adelt

Der Herr der Luft

Flieger- und Luftfahrergeschichten

ISBN/EAN: 9783955631109

Auflage: 1

Erscheinungsjahr: 2013

Erscheinungsort: Bremen, Deutschland

Der Herr der Luft

Flieger- und Luftfahrergeschichten

Herausgegeben und eingeleitet von

Leonhard Adelt

Mit 8 Bildern von Heinrich Kley

1914

München und Leipzig bei Georg Müller

Inhalt

		Seite
Vorwort. Von Leonhard Adelt		VII
Der Kondor. Von Adalbert Stifter		1
Der Türmer Palingenius. Von Karl Hans Strobl		27
Hans Pfaalls Mondfahrt. Von Edgar Allan Poe		71
Der unheimliche Gast. Von Jules Verne		127
Luftpilot Jacquelin. Von Otto Rung		155
Die Geliebte. Von Karl Vollmöller		187
Geflügelte Taten. Von Hermann Heijermans		219
Die Reise um die Erde in vierundzwanzig Stunden. Von Maurice Renard		233
Das Flugtreffen von Ardea. Von Gabriele d'Annunzio		285
Die Melodie der Sphären. Von Aage von Kohl		301
Das lebendige Mastodon. Von Paul Scheerbart		323
Der Ozeanflug. Von Leonhard Adelt		329
Der Flieger. Von Wilhelm Schmidtbonn		391
Die Luftschlacht am Niagara. Von Henry George Wells		395
Der erste Mensch. Von Alfred Richard Meyer		409
Nachbemerkungen		417

Vorwort

Es ist schwer zu sagen, weshalb die Menschen fliegen, und leicht, weshalb der Mensch fliegt. Die Bedingungen des Naturells und der Lebensführung schwanken mit dem einzelnen und bestimmen sein Verhältnis zu den Begleiterscheinungen des Fliegens: er ist Amateur oder Professional und reagiert mehr auf das Stichwort Geld oder Ruhm oder Gefahr. Dies ist zu verschieden und zu persönlich, als daß es sich auf eine Formel bringen ließe, und rührt nicht an die Wurzel aller Gründe, in die wir unser Schicksal pflanzen: die eingeborene Entschließung, unser Lebensgefühl zu erhöhen. Der Mensch giert nach Bereicherung, nach einer Überwindung der Gebundenheit, die seine Füße an die Erde kettet. Wir sind Erde — aber sind wir nicht auch Wasser und sind Luft? Es ist der Sinn des Menschen, die ideelle Harmonie der Welt bewußt zu machen. Ein jeder deute sich auf seine Weise. Alle Künste sind dazu erlaubt: die Kombinationen des Verstandes, die Ekstasen des Gebetes, der Rhythmus der Musik, die reflektierten Leidenschaften des Theaters, der Kampf mit der Gefahr, die stärker ist als wir. Brunst und Inbrunst sind von gleicher Artung: das Ich will über sich hinaus ins Bleibende. Was kämpferisch nach außen schlägt, ist noch als gröbster Knüttel Sinnbild jenes Dranges, für den wir den Begriff der Seele fanden. Geld, Ruhm, Gefahr sind nichts als der konkrete und subjektive Ausdruck, daß Werte auf dem Spiele stehen. Wir werten nach dem Einsatz, und der höchste Einsatz ist das Leben: ihr meine Freunde, liebt ihr deshalb die Gefahr? Werft euer Leben von euch und springt nach, werft euer leichtes Leben in die Lüfte und lernt fliegen! Die wilde Freude nach dem Siege ist das gewonnene Bewußtsein eines Wertes, den ihr aufs Spiel setzt, um ihn zu erkennen: ist das bewußte Leben, das sich vom Tode aus belebt.

Dem Dichter aber ist der Flug: sinnfällige Formel für den eingeborenen Zwiespalt, dessen Überwindung nie vollendet ist, sichtbares Ziel für eine Tatkraft, die über handgreiflichen Nutzen auf ideelle Reiche weist. Ob auch der Mangel an Distanz ihn nötigt, die endgültige Zusammenfassung einer späteren, historisch eingestellten Zeit zu überlassen, so hat er doch vor ihr die Unmittelbarkeit der Impression und vor der Abgenutztheit des Gewohnten die Eindringlichkeit des Wunders voraus. Dies rechtfertigt, ja fordert den dichterischen Niederschlag von Aktualitäten, wie sie der Nachfahr nicht mehr erlebt, wie sie heute — nach wenig Jahren — schon nicht mehr erlebt werden können. Denn die äußere Impression erneuert sich nicht — weder für das Individuum noch für die ganze Zeit. Sie wiederholt sich mit der Abschwächung aller Wiederholung und ist nichts als einmaliger Anlaß für die geistige Impression, die sich niemals wiederholt, sondern stets erneuert und in der Erneuerung erweitert und vertieft. Was mechanisch bezwungen ist, ist dichterisch zu sanktionieren — sei es durch Projektion an die Himmelswand phantastisch vorbegriffener Möglichkeiten, sei es durch Rückbeziehung auf die Seele, als den ausschlaggebenden Zeiger für die beiden Wagschalen neuer Freiheiten und neuer Gebundenheiten, die einander gegensätzlich bedingen. Wenn der Romantiker in uns die realisierte Sehnsucht scheut, die das Sinnbild in Tatsachen und das Ideal in Pferdekräfte umsetzt — dem Zeitgenossen in uns ist sie willkommen als der ewig wiederholte Angriff des Antäos, der uns bedrückt, bis er bewältigt ist. Trennen wir das Ideal von einem Sinnbild, das ihm sonst zum Marterpfahl und Kreuze wird: der Flug wird, realisiert, aus einem Gleichnis der Befreiung zu einem Gleichnis neuer Gebundenheiten, neuer Bedingtheiten, aus denen uns eine neue Befreiung erlöse.

Gauting, Mai 1914.   Leonhard Adelt.

VIII

Der Condor
Von Adalbert Stifter

Ein Nachtstück

Um zwei Uhr einer schönen Junimondnacht ging ein Kater längs des Dachfirstes und schaute in den Mond. Das eine seiner Augen, von dem Strahle des Nachtgestirns schräg getroffen, erglänzte wie ein grüner Irrwisch, das andere war schwarz wie Küchenpech, und so glotzte er zuletzt, am Ende der Dachkante ankommend, bei einem Fenster hinein — und ich heraus. Die großen, freundlichen Räder seiner Augen auf mich heftend, schien er befremdlich fragen zu wollen: „Was ist denn das, du lieber, alter Spiel- und Stubengenosse, daß du heute in die späte Nacht dein Gesicht zum Fenster hinaushältst, das sonst immer rot und gesund auf dem weißen Kissen lag und ruhig schlummerte, wenn ich bei meinen Nachtgängen gelegentlich vorbeikam und hineinschaute!"

„Ei, Trauter," erwiderte ich ihm auf die stumme Frage, „die Zeiten haben sich nun einmal sehr geändert, das siehst du; — die weißen Kissen liegen unzerknittert dort auf dem Bettgestelle, und der Vollmond malt die lieblich flirrenden Fensterscheiben darauf, statt daß er in mein schlummerndes Angesicht schiene, das ich dafür da am Simse in die Nacht hinaushalten muß, um damit schon durch drei Vierteile derselben auf den Himmel zu schauen; denn an ihm wird heute das seltenste und tollste Gestirn emporsteigen, was er je gesehen. Es wird zwar nicht leuchten, aber wenn nach Verdienst gerichtet würde, so ist etwas in ihm, das strahlenreicher ist als der Mond und alle Sterne zusammengerechnet, deine glänzenden Augen nicht ausgenommen, Verehrtester."

So sagte ich ungefähr zu dem Kater, er aber drehte seine Augen, als verstände er meine Rede, noch einmal so groß und noch einmal so freundlich gegen mich, daß sie wie Glimmerscheiben leuchteten, und die Seite seines weichen Felles gegen meine Hand krümmend und stemmend, hob er sofort sein traulich Spinnen an, während ich fortfuhr mit ihm zu kosen: „Man sieht viel in einer langen Mondnacht, das wirst du wissen, Lieber, wenn du sonst Beobachtungsgeist besitzest; aber siehe, ich wußte es nicht, da ich nie Zeit hatte, eine so recht von Herzen anzuschauen. Allein in diesem Harren und Schauen nach dem Himmel, namentlich da der gehoffte Weltkörper immer nicht kam, hatte ich Muße genug, den Lebenslauf einer Frühlingsnacht zu studieren.“

Da aber alles wahr ist, was ich da meinem lieben Freunde Hinze eröffnete, so sehe ich nicht ab, warum ich es nicht auch einem noch liebern Menschenauge eröffnen, dem einst dieses Blatt vorkommen könnte, warum ich nicht sagen sollte, daß mich wirklich ein närrisches und unglückliches Verhängnis an dieses Fenster kettete und meine Blicke die ganze Nacht in die Lüfte bannte. Es will fast närrisch sein, aber jeder säße auch bei mir hier oben, wenn er vorher das erlebt hätte, was ich.

Die Zeit war zäh wie Blei.

Leider war ich schon viel zu früh heraufgestiegen, als sich noch das leidige Abendgetümmel der Menschen durch die Gassen schleppte und eine wunderliche Dissonanz bildete zu dem lieben Monde, der bereits mit rosenrotem Angesichte dort drüben zwischen zwei mächtigen Rauchfängen lag und auf meine zwei Fenster herübergrüßte.

Allmählich puppte sich denn doch alles, was Mensch heißt, in seine Nachthüllen ein, und nur die Rufe der Schlemmer tönten hie und da herauf, wie sie ihren späten Nachtweg nach Hause suchten — dann hob jene Zeit an, die die Philosophen, Dichter und Kater lieben, die Nachtstille — mein vierpfotiger Freund hat eben nicht den übelsten Geschmack für die Zeit seiner Spaziergänge. Der Mond hatte sich endlich von den Dächern gelöset und stand hoch im Blau — ein Glänzen und

1*

ein Slimmern und ein Leuchten durch den ganzen Himmel
begann, durch alle Wolken schoß Silber, von allen Blech=
dächern rannen breite Ströme desselben nieder, und an die
Blitzableiter, Dachspitzen und Turmkreuze waren Funken ge=
schleudert. Ein feiner Silberrauch ging über die Dächer der
weiten Stadt, wie ein Schleier, der auf den hunderttausend
schlummernden Herzen liegt. Der einzige Goldpunkt in dem
Meere von Silber war die brennende Lampe drüben in dem Dach=
stübchen der armen Waschfrau, deren Kind auf den Tod liegt.

So schön das alles war, so wurden doch die Stunden eine
nach der andern länger — die Schatten der Schornsteine
hatten sich längst umgekehrt, die silberne Mondkugel rollte
schon bergab auf der zweiten Hälfte ihres dunklen Bogens
— es war die tödlichste Stille — nur ich und jenes Lämp=
chen wachten.

Was ich aber suchte, das erschien nicht.

Zweimal schritt Hinze über die Dächer, ohne zu mir zu
kommen. Die große Stadt unter mir, in der undeutlichen
Magie des Mondlichts schwimmend, lag im tiefsten Schlum=
mer, als sollte man sie atmen hören — aber auch der Himmel
an der gesuchten Stelle blieb glänzend einsam, wie er die
ganze Nacht gewesen. Ich harrte fort. Es war, als würde es
mit jeder Minute lautloser. Der Mond zog sichtlich der zwei=
ten Halbkugel zu; eine Herde Lämmerwolken, die tief gegen
Süden auf der blauen Weide gingen, wurde leise angezün=
det, und selbst ferne Wolkenbänke, die schon seit Abend unten
am Westhimmel schlummerten und sich dehnten — und lange
in unsere Nacht hinein die Sonne Amerikas widergeschienen
hatten, waren erloschen und glommen nun vom Monde an,
und durch ihre Glieder floß ein sanftes, blasses Licht, als
regten sie sich leise.

Da schlug es zwei Uhr, und Hinze kam. Er war mir in
dieser Nacht ordentlich bedeutsam geworden. Es entspann sich

4

das stumme Gespräch mit ihm, das ich anfangs dieses Blattes berichtete; aber freilich dauerte die Unterhaltung mit ihm nicht lange, da wir beide des Zwiegesprächs bald müde waren und jeder zu unserm Geschäfte übergingen: er zu seinem Lustwandeln, ich zu meinem einförmigen Schauen.

Das Lämpchen der Witwe war mittlerweile ausgelöscht worden, dafür fürchtete ich, daß bald eine andere Lampe angezündet werden würde; denn im Osten kroch bereits ein verdächtiges Lichtgrauen herum, als sei es der Morgen; auch die Luft, bisher so warm und todesmutig, machte sich auf; denn ich fühlte es schon zweimal kühl aus Morgen her an mein Gesicht wehen, und das Rauschen der Frühlingsgewässer wurde deutlich von den Bergen herübergetragen.

Da auf einmal, in einem lichten Gürtel des Himmels, den zwei lange Wolkenbänder zwischen sich ließen, war mirs, als schwebe langsam eine dunkle Scheibe — ich griff rasch um das Fernrohr und schwang es gegen jene Stelle des Firmaments — Sterne, Wolken, Himmelsglanz flatterten durch das Objektiv — ich achtete ihrer nicht, sondern suchte angstvoll mit dem Glase, bis ich plötzlich eine große, schwarze Kugel erfaßte und festhielt.

Also ist es richtig, eine Voraussage trifft ein: gegen den zarten, weißen Frühhimmel, so schwach rot erst wie eine Pfirsichblüte, zeichnete sich eine bedeutend große, dunkle Kugel, unmerklich emporschwebend — und unter ihr an unsichtbaren Fäden hängend, im Glase des Rohres zitternd und schwankend, klein wie ein Gedankenstrich am Himmel — das Schiffchen, ein gebogenes Kartenblatt, das drei Menschenleben trägt und sie noch vor dem Frührote herabschütteln kann, so naturgemäß, wie aus der Wolke daneben ein Regentropfen fällt.

Cornelia, armes, verblendetes Kind! Möge dich Gott retten und schirmen!

Ich mußte das Rohr weglegen; denn es wurde mir immer grauiger, daß ich durchaus die Stricke nicht sehen konnte, mit denen das Schiff am Ballon hing.

Ist nun auch die zweite Tatsache so gewiß wie die erste, dann lebe wohl, du mein Herz, — dann kanntest du und liebtest du das schönste, großherzigste, leichtsinnigste Weib!

Ich mußte doch das Rohr wieder nehmen; aber der Ballon war nicht mehr sichtbar, wahrscheinlich hatte ihn das obere jener Wolkenbänder aufgenommen, gegen dessen Grund seine Zeichnung verschwand. Ich wartete und suchte dann noch lange am Himmel, fand aber nichts mehr.

Mit seltsamen Gefühlen des Unwillens und der Angst legte ich das Fernrohr weg und starrte in die Lüfte, bis endlich eine andere, aber glühende Kugel emporstieg und ihr strahlendes Licht über die große, heitere Stadt ausgoß und auf meine Fenster und auf einen ungeheuren, klaren, heitern, leeren Himmel.

II.

Tagstück

Der junge Mann, aus dessen Tagebuche das Vorstehende wörtlich genommen wurde, war ein angehender Künstler, ein Maler, noch nicht völlig zweiundzwanzig Jahre alt, aber seinem Ansehen nach hätte man ihm kaum achtzehn gegeben. Aus einer Fülle blonder Haare, die er noch fast knabenhaft in Locken trug, sah ein unbeschreiblich treuherziges Gesicht heraus, weiß und rot, voll Gesundheit, geziert mit den Erstlingen eines Bartes, den er sehr liebte und der kindisch trotzig auf der Oberlippe saß, — zwei dunkelblaue, schwärmerische Augen unter einer ruhigen Stirn, auf der noch alle Unschuld seiner Kindheit wohnte. Wirklich hatte er auch aus der Einsamkeit des Waldlandes, in dem er erzogen wurde, alle Herzenseinfalt

6

seines Tales und so viel Wissen, als bei seinen Jahren über=
haupt möglich ist, in die große, lasterhafte Stadt gebracht.

Und so saß er früh nach jener ihm merkwürdigen Nacht,
die er oben beschrieb, auf seiner Dachstube, die nach und nach
voll warmen Morgenlichts anquoll, rückgelehnt auf die hohe
Lehne eines tuchenen, altmodischen Sessels, dessen unzählige
gelbe Nägel im Frühlichte einen gleißenden Sternenbogen
um ihn spannten. Die Hände ruhten in dem Schoße, und die
Augen schauten auf die leere Leinwand, die vor ihm auf der
Staffelei stand, aber sie sannen nicht auf Bilder, sondern in
ihrem tiefen, schwermütigen Feuer stand der Anfang einer
Leidenschaft, die düster=selig in dem Herzen anbrannte und
trotzig=schön in das kindliche Antlitz trat — auf dem un=
beschriebenen Blatte die ersten Lettern der großen Stadt, der
Titel, daß nun ein heißes Leben beginne, voll Seligkeit und
Unruhe, aber fernabliegend von der friedlichen Insel seiner
Kindheit.

Die Liebe ist ein schöner Engel, aber oft ein schöner Todes=
engel für das gläubige, betrogne Herz!

Sein Nachtgenosse, Hinze, der Kater seiner Mietsfrau, lag
auf dem breiten Fenstersimse und schlief in den Strahlen der
Morgensonne. Nicht weit davon auf der Zeichnung eines
Cherubs lag das Fernrohr. Unten in den Gassen lärmte be=
reits die Industrie einer großen Hauptstadt, sorgend für den
heutigen Hunger und für die heutige Üppigkeit.

Während nun der Künstler so saß in seiner engen Dach=
stube, die ihm der Himmel endlich ganz mit Sonnengold an=
gefüllt hatte, begab sich anderswo eine andere Szene: hoch
am Firmamente in der Einöde unbegrenzter Lüfte schwebte
der Ballon und führte sein Schiffchen und die kühnen Men=
schen darinnen in dem wesenlosen Ozeane mit einem sanften
Luftstrome westwärts. Rings ausgestorbene Stille, nur zeit=
weise unterbrochen durch das zarte Knarren des Taffets,

wenn der Ostwind an seinen Wänden strich, oder durch ein kaum hörbares Seufzen in dem seidnen Tauwerk. Drei Menschen, ebenfalls im tiefsten Schweigen, saßen in dem Schiffe, bis ans Kinn in dichte Pelze gehüllt, und doppelte grüne Schleier über die Gesichter. Durch einen derselben schimmerten die sanften Umrisse eines schönen, blassen Frauenantlitzes mit großen geistvollen, zagenden Augen — und somit war auch die zweite Tatsache richtig, welche der nächtliche Beobachter der Auffahrt vermutet hatte. Aber, wie sie hier schiffte, war in ihr nicht mehr jene kühne Cornelia zu erkennen, die gleich ihrer römischen Namensschwester erhaben sein wollte über ihr Geschlecht und gleich den heldenmütigen Söhnen derselben den Versuch wagen, ob man nicht die Bande der Unterdrückten sprengen möge, und die an sich wenigstens ein Beispiel aufstellen wollte, daß auch ein Weib sich frei erklären könne von den willkürlichen Grenzen, die der harte Mann seit Jahrtausenden um sie gezogen hatte — frei, ohne doch an Tugend und Weiblichkeit etwas zu verlieren. Sie war nicht mehr, was sie kaum noch vor einer halben Stunde gewesen; denn alles, alles war anders geworden, als sie sich gedacht hatte.

In frühester Morgendämmerung, um jeder unberufenen Beobachtung zu entgehen, ward die Auffahrt veranstaltet, und mit hochgehobenem Herzen stand die schöne Jungfrau dabei, als der Ballon gefüllt wurde, fast nicht bändigend den klopfenden Busen und die ahnungsreiche Erwartung der Dinge, die da kommen sollten. Dennoch war es ein banger Augenblick für die umstehenden Teilnehmer, als der unscheinbare Taffet zu einer riesenhaften Kugel anschwoll und die mächtigen Taue straff spannte, mit denen sie an die Erde gebunden war. Seltsame Instrumente und Vorrichtungen wurden gebracht und in die Fächer des Schiffes geschnallt. Ein schöner, großer Mann — sonst war er sanft, fröhlich und

8

wohlgemut, heute blaß und ernst — ging vielmal um die Maschine herum und prüfte sie stellenweise um ihre Tüchtigkeit. Endlich fragte er die Jungfrau, ob sie auf ihrem Wunsche beharre, und auf das Ja sah er sie mit einem seltsamen Blicke der Bewunderung an und führte sie ehrerbietig in das Schiff, bemerkend, daß er ihr nicht mit Wiederholung der Warnungen lästig sein wolle, die er ihr schon vor vierzehn Tagen gemacht, da sie dieselben ohne Zweifel wohl überlegt haben würde. Er wartete noch einige Minuten, und da keine Antwort erfolgte, so stieg auch er ein, und ein alter Mann war der letzte; sie hielt ihn für einen ergrauten, wissenschaftlichen Famulus.

Alle waren sie nun in Bereitschaft, die Maschine in Ordnung. Einen Blick noch tat Cornelia auf die Bäume des Gartens, die ins Morgengrau vermummt umherstanden und zusahen — dann erscholl aus dem Munde ihres Begleiters der Ruf: „Nun laßt in Gottes Namen den braven Condor fliegen — löst die Taue!" Es geschah, und von tausend unsichtbaren Armen der Luft gefaßt und gedrängt, erzitterte der Riesenbau der Kugel und schwankte eine Sekunde — dann sachte aufsteigend zog er das Schiffchen los vom mütterlichen Grunde der Erde, und mit jedem Atemzuge an Schnelligkeit gewinnend, schoß er endlich pfeilschnell senkrecht in den Morgenstrom des Lichts empor, und im Momente flogen auch auf seine Wölbung und in das Tauwerk die Flammen der Morgensonne, daß Cornelia erschrak und meinte, der ganze Ballon brenne; denn wie glühende Stäbe schnitten sich die Linien der Schnüre aus dem indigoblauen Himmel, und seine Rundung flammte wie eine riesenhafte Sonne. Die zurücktretende Erde war noch ganz schwarz und unentwirrbar, in Finsternis verrinnend. Weit im Westen auf einer Nebelbank lag der erblassende Mond.

So schwebten sie höher und höher, immer mehr und mehr

9

an Rundsicht gewinnend. Zwei Herzen, und vielleicht auch das dritte alte, pochten der Größe des Augenblicks entgegen.

Die Erhabenheit begann nun allgemach ihre Pergamente auseinanderzurollen — und der Begriff des Raumes fing an mit seiner Urgewalt zu wirken. Die Schiffenden stiegen eben einem Archipel von Wolken entgegen, die der Erde in demselben Augenblicke ihre Morgenrosen sandten, hier oben aber weißschimmernde Eisländer waren, in den furchtbar blauen Bächen der Luft schwimmend und mit Schlünden und Spalten dem Schiffe entgegenstarrend. Und wie sie näher kamen, regten und rührten sich die Eisländer als weiße, wallende Nebel. In diesem Augenblicke ging auf der Erde die Sonne auf, und diese Erde wurde wieder weithin sichtbar. Es war noch das gewohnte Mutterantlitz, wie wir es von hohen Bergen sehen, nur lieblich schön errötend unter dem Strahlennetze der Morgensonne, welche eben auch das Fenster des Dachstübchens vergoldete, in dem der arme junge Meister saß.

„Wie weit, Coloman!" fragte der Luftschiffer.

„Fast Montblancs Höhe," antwortete der alte Mann, der am andern Ende des Schiffchens saß, „wohl über vierzehntausend Fuß, Mylord."

„Es ist gut."

Cornelia sah bei dieser Rede behutsam über Bord des Schiffes und tauchte ihre Blicke senkrecht nieder durch den luftigen Abgrund auf die liebe verlaßne, nunmehr schimmernde Erde, ob sie etwa bekannte Stellen entdecken möge — aber siehe, alles war fremd, und die vertraute Wohnlichkeit derselben war schon nicht mehr sichtbar, und mithin auch nicht die Fäden, die uns an ein teures, kleines Fleckchen binden, das wir Heimat nennen. Wie große Schatten zogen die Wälder gegen den Horizont hinaus — ein wunderliches Bauwerk von Gebirgen, wie wimmelnde Wogen, ging in die Breite und lief gegen fahle Flecken ab, wahrscheinlich Gefilde. Nur ein

10

Strom war deutlich sichtbar, ein dünner, zitternder Silber-
faden, wie sie oft im Spätherbste auf dunkler Heide spinnen.
Über dem Ganzen schien ein sonderbar gelbes Licht zu schwe-
ben.

Wie sie ihre Blicke wieder zurückzog, begegnete sie dem
ruhigen Auge des Lords, an dem sie sich erholte. Er stellte
eben ein Teleskop zurecht und befestigte es.

Dies nun war der Moment, in welchem wir den Ballon
trafen, als wir uns aus der Stube des Künstlers entfernten.
Er zog, wie wir sagten, mit einem sanften Luftstrome westwärts, ohne weiter zu steigen; denn schon über zwanzig Minuten fiel das Quecksilber in der Röhre gar nicht mehr. Die
beiden Männer arbeiteten mit ihren Instrumenten. Cornelia
drückte sich tiefer in ihre Gewänder und in die Ecke ihres
Sitzes. Die fließende Luft spielte um ihre Locken, und das
Fahrzeug wiegte sich. Von ihrem Herzen gab sie sich keine
Rechenschaft.

Die Stille wurde nur unterbrochen durch eintönige Laute
der Männer, wie der eine diktierte, der andere schrieb. Am
Horizonte tauchten jetzt in nebelhafter Ferne ungeheure schimmernde Schneefelder auf, die sich Cornelia nicht enträtseln
konnte. „Es ist das Mittelmeer, verehrtes Fräulein," sagte
Coloman; „wir wollen hier nur noch einige Luftproben in
unsere Fächer schöpfen und die Elektrizität prüfen; dann
sollen Sie den Spiegel noch viel schöner sehen, nicht mehr
silbern, sondern wie lauter blitzendes Gold."

Währenddessen hatte der junge Luftschiffer eine Phiole mit
starkem Kaffee gefüllt, in ungelöschten Kalk gelegt, hatte
Wasser auf den Kalk gegossen und so die Flüssigkeit gewärmt;
dann goß er etwas Rum dazu und reichte der Jungfrau einen
Becher des heißen und erhitzenden Getränkes. Bei der großen
Kälte fühlte sie die wohltätige Wirkung augenblicklich wie
neues Leben durch ihre Nerven fließen. Auch die Männer

11

tranken. Dann redeten sie leise, und der Jüngere nickte. Hierauf fing der Ältere an, Säcke mit Sand, die im Schiffe standen, über Bord zu leeren. Der Condor wiegte sich in seinem
Bade, und wie mit den prächtigen Schwingen seines Namens-
genossen hob er sich langsam und feierlich in den höchsten
Äther — und hier nun änderte sich die Szene schnell und über-
wältigend.

Der erste Blick Cornelias war wieder auf die Erde —
diese aber war nicht mehr das wohlbekannte Vaterhaus: in
einem fremden, goldnen Rauche lodernd, taumelte sie gleichsam zurück, an ihrer äußersten Stirn das Mittelmeer, wie ein
schmales, gleißendes Goldband tragend, überschwimmend in
unbekannte phantastische Massen. Erschrocken wandte die Jungfrau ihr Auge zurück, als hätte sie ein Ungeheuer erblickt —
aber auch um das Schiff herum wallten weithin weiße, dünne,
sich dehnende und regende Leichentücher — von der Erde gesehen Silberschäfchen des Himmels. Zu diesem Himmel floh
nun ihr Blick — aber siehe, er war gar nicht mehr da: das
ganze Himmelsgewölbe, die schöne blaue Glocke unserer Erde,
war ein ganz schwarzer Abgrund geworden, ohne Maß und
Grenze in die Tiefe gehend, — jenes Labsal, das wir unten
so gedankenlos genießen, war hier oben völlig verschwunden,
die Fülle und Flut des Lichtes auf der schönen Erde. Wie zum
Hohne wurden alle Sterne sichtbar — winzige, ohnmächtige
Goldpunkte, verloren durch die Öde gestreut — und endlich
die Sonne, ein drohendes Gestirn, ohne Wärme, ohne Strahlen, eine scharfgeschnittene Scheibe aus wallendem, blähendem,
weißgeschmolzenem Metalle: so glotzte sie mit vernichtendem
Glanze aus dem Schlunde — und doch nicht einen Hauch
des Lichtes festhaltend in diesen wesenlosen Räumen; nur auf
dem Ballon und dem Schiffe starrte ein grelles Licht, die
Maschine gespenstig von der umgebenden Nacht abhebend und
die Gesichter totenartig zeichnend wie in einer laterna magica.

12

Und dennoch — die Phantasie begriff es kaum — dennoch war es unsere zarte, liebe Luft, in der sie schifften — dieselbe Luft, die morgen die Wangen eines Säuglings fächelt. Der Ballon kam, wie der Alte bemerkte, in den obern umgekehrten Passatstrom und mußte mit fürchterlicher Schnelligkeit dahingehen, was das ungemeine Schiefhängen des Schiffes bewies und das gewaltige Rütteln und Zerren an dem Taffet, der dessenungeachtet keinen stärkern Laut gab als das Wimmern eines Kindes; denn auch das Reich des Klanges war hier oben aus — und wenn das Schiff sich von der Sonne wendete, so war nichts, nichts da als die entsetzlichen Sterne, wie Geister, die bei Tage umgehen.

Jetzt, nach langem Schweigen, taten sich zwei schneebleiche Lippen auf und sagten furchtsam leise: „Mir schwindelt."

Man hörte sie aber nicht.

Sie schlug nun den Pelz dichter um sich, um den schüttelnden Fieberfrost abzuwehren. Die Männer arbeiteten noch Dinge, die sie gar nicht verstand; nur der junge, schöne, furchtbare Mann, deuchte es ihr, schoß zuweilen einen majestätischen Blick in die großartige Finsternis und spielte dichterisch mit Gefahr und Größe — an dem Alten war nicht ein einzig Zeichen eines Affektes bemerkbar.

Nach langer, langer Zeit der Vergessenheit neigte der Jüngling doch sein Angesicht gegen die Jungfrau, um nach ihr zu sehen: sie aber schaute mit stillen, wahnsinnigen Augen um sich, und auf ihren Lippen stand ein Tropfen Blut.

„Coloman," rief der Jüngling, so stark er es hier vermochte, „Coloman, wir müssen niedergehen; die Lady ist sehr unwohl."

Der alte Mann stand auf von den Instrumenten und sah hin, es war ein Blick voll strahlenden Zornes und ein tief entrüstetes Antlitz. Mit überraschend starker Stimme rief er aus: „Ich habe es dir gesagt, Richard, das Weib erträgt den

Himmel nicht — die Unternehmung, die so viel kostete, ist nun unvollendet; eine so schöne Fahrt, die einfachste und ruhigste in meinem ganzen Leben, geht umsonst verloren. Wir müssen freilich nieder, das Weib stirbt sonst hier. Lüfte nur die Klappen."

Nach diesen Worten saß er wieder nieder, klammerte sich an ein Tau und zog die Falten seines Mantels zusammen; der Jüngling aber tat einen jähen Zug an einer grünseidnen Schnur — und wie ein Riesenfalke stieß der Condor hundert Klafter senkrecht nieder in die Luft — und sank dann langsam immer mehr und mehr.

Der Lord hielt die ohnmächtige Cornelia in den Armen.

III.

Blumenstück

Ich weiß nicht, wieviel Zeit seit der Luftfahrt vergangen war, — da war es wieder eines Morgens, ehe kaum der Tag graute, daß der junge Künstler wieder auf dem altmodischen Sessel mit den gelben Nägeln saß und wieder auf die gespannte Leinwand schaute: aber diesmal war sie nicht leer, sondern mit einem großen skizzierten Bilde prangend, das bereits ein schwerer Goldrahmen umfing. Wie einer, der heißhungrig nach Taten ist, arbeitete er an dem Bilde, und wer ihn so gesehen hätte, wie er in Selbstvergessenheit die Augen über die gemalte Landschaft strömen ließ, der hätte gemeint, aus ihnen müsse die Wärme und Zärtlichkeit in das Bild geflossen sein, die so unverkennbar und reizend aus demselben traten. Oft ging er einen Schritt zurück, mit klugem Blicke das Ganze prüfend und wägend; dann ward mit leuchtenden Augen die Arbeit fortgesetzt. Es ist ein schöner Anblick, wenn der Engel der Kunst in ein unbewußtes, reizendes Jünglings-

14

antlitz tritt, es verklärt und es ohne Ahnung des Besitzers so schön und so weit über den Ausdruck des Tages emporhebt. Heller und heller schien die Sonne in das Gemach, und in dieser Stimmung war es, daß ein Diener gegen Mittag ein versiegeltes Blättchen brachte.

Der Jüngling riß es auf. „Gut, ich werde kommen," sagte er, und ein heißes Rot lief auf seine Wangen, der Zeuge eines Gefühls, das er in der tiefsten Falte seines Herzens verborgen wähnte und in letzter Zeit gar unmutig und unwillig nieder= gekämpft hatte.

Der Diener ging — der Jüngling aber malte nun nicht mehr.

Um zehn Uhr des andern Tages, in feines Schwarz ge= kleidet, den leichten Hut über den blonden, vorquellenden Locken, ging er aus der Stadt, die langen, lichten Gassen der Vorstadt entlang, bis er zu dem Eingange eines schönen Land= hauses gelangte; dort trat er ein, stieg die breite, sommerliche Treppe hinauf und öffnete die Flügeltüren zu einem großen Saale voll Bilder. Hier harrte er und ließ sich melden. Nach einer Zeit tat sich eine Tür gegenüber dem Eingange auf, und eine ältliche Frau trat heraus, die ihm sogleich mit mütter= licher Freude die Hand reichte und sie herzlich drückte.

„Gehen Sie nur hinein," sagte sie, „gehen Sie hinein — Sie werden fast mit Angst erwartet. Ach, Gustav, was habe ich gelitten! — Sie hat es wirklich ausgeführt; dann war sie krank — sie muß fürchterliche Dinge gesehen haben, sie muß sehr weit, sehr weit gewesen sein; denn drei Tage und Nächte dauerte die Rückreise. Seit sie genesen, ist sie gut und sanft, daß es mir oft wunderbar ins Herz geht; aber sie sagt von jener Sache auch nicht ein leises, leises Wörtchen. Gehen Sie nur hinein."

Der Jüngling hatte mit düsterer Miene zugehört; er schwieg, und die Miene wurde noch düsterer.

15

Er schritt der Türe zu, öffnete sie und verschwand dahinter. Das Zimmer, in dem er sich nun befand, war groß und mit dem feinsten Sinne eingerichtet. An einem Fenster, mitten in einem Walde fremder Blumen, saß eine junge Dame. Sie war in einem weißen Atlaskleide, dessen sanfter Glanz sich edel abhob von den dunkelgrünen Blättern der Kamelien.

Sie war aufgestanden, als der junge Mann eintrat, und ging ihm freundlich entgegen. Eine Gestalt über mittlerer Größe, voll jener hohen Grazie der Vornehmen, aber auch voll jener höheren der Sitte, die den Menschen so schön macht. Ihr Angesicht war geistvoll, blühend, aber heute blaß. Zwei große schwarze Augen schauten dem Künstler aus der Blässe entgegen und grüßten ihn freundlich.

Er aber sah es nicht, daß ein leises Ding von Demütigung oder Krankheit in ihrem Wesen zittere — sein Herz lag gebannt in der Vergangenheit, sein Auge war gedrückt und trotzend.

Einen Moment war Stille.

„Wir haben uns lange nicht gesehen," sagte sie weich; „ich war auch ein wenig krank."

Er sagte auf ihre Anrede nichts, sondern verbeugte sich nur.

„Sie waren immer wohl!" fragte sie.

„Ich war wohl," antwortete er.

Ein großer, verwundernder Blick flog auf ihn — aber sie sagte nichts, sondern ging gegen die Kamelien, wo eine Staffelei stand, rückte dort etwas, dem kein Rücken not tat, stellte etwas zurechte, das ohnedies recht stand, sah in die grünen Pflanzenblätter, als suche sie etwas — und kam dann wieder zurück. Er stand indessen auf demselben Flecke, wie einer, der Befehle erwartet, den Hut in der Hand, und seinen Ort nicht um die Breite eines Haares verrückend.

Die Dame atmete und fragte dann endlich sich zwingend noch sanfter: „Dachten Sie wohl auch die Zeit her an uns!"

„Ich dachte oft", sagte er mit unbefangener Stimme, „an Sie und an unsere Studien. Jetzt werden wohl die Farben auf dem Bilde gar zu sehr verdorrt sein."

Nun aber ward sie purpurrot und stieß heiß heraus: „Malen wir."

Das Rot des Antlitzes war im raschen Umwenden ihrer Gestalt nur hinter den Schläfen sichtbar geworden, und den tiefen Unmutsblitz des Auges hatte nur der Spiegel aufgefangen. Es war ganz deutlich, und schon ihr Anzug hatte es gezeigt, daß sie nicht hatte malen wollen: aber wie er nun den Hut abgelegt, an die Staffelei getreten, dort ein Fach geöffnet, Malergeräte herausgenommen und stehend die Farben auf die Palette gestellt — und wie sie allem dem mit großem, schweigendem Auge zugesehen hatte — und wie er ihr die Palette artig reichte: so drückte sie rasch den einen Ärmel ihres Atlasgewandes zusammen, empfing die Palette und setzte sich mit unsäglichem Stolze nieder.

Er stand hinter ihr, auf dem Antlitze nicht einen Hauch von Erregung zeigend.

Das Malen begann. Die ältliche Frau, die Amme der jungen Dame, ging zeitweise ab und zu.

Der junge Mann als Lehrer begann mit klarer Stimme kühl und ruhig die Beurteilung des bereits auf der Leinwand Vorhandenen und tat dieses Geschäft lobender und kürzer als sonst; dann gab er den Plan für das, was nun dem Bilde zunächst not tue; er nannte die erforderlichen Töne und die Farben, aus denen sie zu mischen seien.

Sie nahm und mischte.

„Gut," sagte er. Die Töne wurden nun in einem Bogen auf der Palette nebeneinander aufgestellt — das Malen begann, und das Zimmer war totenstill; nur, wie eine Grotte durch fallende Tropfen, so ward es durch die gelegentlichen Worte unterbrochen: „gut — wärmer — tiefer —". Nach und nach

tönte auch dies nicht mehr; mit dem langen Stiele des Pin=
sels zeigte er, was zu verbinden war, was zu trennen; oder
er setzte plötzlich ein Lichtchen oder einen Drucker hin, wo es
not tat und sie es nicht wagte.

Was er gewollt, hatte er erreicht; aber wer ihn nun ge=
sehen hätte, wie er sein schönes Antlitz hinter ihrem Rücken
einsam emporhob, der hätte den leisen, heißen Schmerz be=
merkt, der darin schwamm — aber sie sah sich nicht um, und
sonst waren rings nur die blinden Wände.

Wie so oft der Geist des Zwiespalts zwischen Menschen
tritt, anfangs als ein so kleines, wesenloses Ding, daß sie es
nicht sehen oder nicht wert halten, es mit einem Hauch des
Mundes, mit einer Falte des Gewandes wegzufegen — wie
es dann heimlich wächst und endlich als unangreifbarer Riese
wolkig, dunkel zwischen ihnen steht: so war es auch hier.
Einstens, ja in einem schönen Traume war es ihm gewesen,
als zittere auch in ihr der Anfang jenes heißen Wesens, das
so dunkel über seiner Seele lag, einstens in einem schönen
Traume; aber dann war ihr Stolz wieder da, ihr Freiheits=
streben, ihr Wagen — alles, alles so ganz anders, als ihm
sein schüchtern wachsendes, schwellendes Herz sagte, daß es
sein solle — so ganz anders, ganz anders, daß er plötzlich
knirschend alles hinter sich geworfen und nun dastand, wie
einer, der verachtet — und wie sie immer fortmalte und auch
nicht eine Seitenbewegung ihres Hauptes machte und auch
nicht ein Wort sagte: da preßte er die Zähne seines Mundes
aufeinander und dachte, er hasse dieses Weib recht inbrünstig=
lich! Und wie Stunde um Stunde des Vormittags floß,
— wie er ihren Atem hörte und wie doch keine Sekunde et=
was anderes brachte als immer dasselbe Bild: da wurde es
schwül im Zimmer, und auf einmal — er wußte nicht warum —
trat er an das Fenster und schaute hinaus. Es war draußen
still wie drinnen; ein traurig blauer Himmel zog über reglose

18

grüne Bäume — der Jüngling meinte, er ringe mit einer Riesenschlange, um sie zu zerdrücken. Plötzlich war es, als höre er hinter sich einen dumpfen Ton, wie wenn etwas niedergelegt würde — er sah um: wirklich waren Palette und Malerstab weggelegt, und die Jungfrau saß im Stuhle rückgelehnt, die beiden Hände fest vor ihr Antlitz drückend. Einen Moment schaute er auf sie und begann zu beben; dann ging er leise näher — sie regte sich nicht — dann noch näher — sie regte sich nicht — er hielt den Atem an, er sah auf die schönen Finger, die sich gegen die Blüte des Antlitzes drückten — und da sah er endlich, wie quellend Wasser zwischen ihnen vordrang — mit eins lag er auf seinen Knien vor ihr. Man erzählt von einer fabelhaften Blume der Wüste, die jahrelang ein starres Kraut war, aber in einer Nacht bricht sie in Blüten auf, sie erschrickt und schauert in der eignen Seligkeit — so wars hier: mit Angst suchte er unter ihren Händen empor in ihr Angesicht zu schauen; allein er konnte es nicht sehen, — er suchte sanft den Arm zu fassen, um ihre eine Hand herabzuziehen; allein sie ließ den Arm nicht. Da preßten seine Lippen das heiße Wort heraus: „Liebe, teure Cornelia!"

Sie drückte ihre Hände nur noch fester gegen das Gesicht, und nur noch heißer und nur noch reichlicher flossen die Tränen hervor.

Ihm aber — wie war ihm denn! Angst des Todes war es über diese Tränen, und dennoch rollte jede wie eine Perle jauchzenden Entzückens über sein Herz — wo ist die Schlange am Fenster hin, wo der drückende blaue Himmel! Ein lachendes Gewölbe sprang über die Welt, und die grünen Bäume wiegten ein Meer von Glanz und Schimmer!

Er hatte noch immer ihren Arm gefaßt, aber er suchte nicht mehr ihn herabzuziehen — sie ward ruhiger, endlich stille. Ohne das Antlitz zu enthüllen, sagte sie leise: „Sie haben mir einst über mein den Männern nachgebildetes Leben ein Freundeswort gesagt . . . ."

„Lassen wir das," unterbrach er sie, „es war Torheit, An= maßung von mir . . . ."

„Nein, nein," sagte sie, „ich muß reden, ich muß Ihnen sagen, daß es anders werden wird — — ach, ich bin doch nur ein armes, schwaches Weib, wie schwach, wie arm selbst gegen jenen greisen, hinfälligen Mann — — sie erträgt den Himmel nicht! — —"

Hier stockte sie, und wieder wollten Tränen kommen. Der Jüngling zog nun ihre Hände herab; sie folgte, aber der erste Blick, den sie auf ihn tat, machte sie erschrecken, daß plötzlich die Tränen stockten. Wie war er verwandelt! Aus den Locken des Knaben schaute ein gespanntes, ernstes Männerantlitz empor, schimmernd in dem fremden Glanze des tiefsten Füh= lens; — aber auch sie war anders: in den stolzen, dunklen Sonnen lag ein Blick der tiefsten Demut, und diese demütigen Sonnen hafteten beide auf ihm und so weich, so liebreich wie nie — — hingegeben, hilflos, willenlos — sie sahen sich sprach= los an — die heiße Lohe des Gefühles wehte — das Herz war ohnmächtig — ein leises Ansichziehen — ein sanftes Folgen — und die Lippen schmolzen heiß zusammen, nur noch ein unbestimmter Laut der Stimme — und der seligste Augenblick zweier Menschenleben war gekommen und — vor= über.

Der Kranz aus Gold und Ebenholz um ihre Häupter hatte sich gelöst, der Funke war gesprungen, und sie beugten sich auseinander — aber die Häupter blickten sich nun nicht an, sondern sahen zur Erde und waren stumm.

Nach langer, langer Pause wagte der Jüngling zuerst ein Wort und sagte gedämpft: „Cornelia, was soll nun dieser Augenblick bedeuten?"

„Das Höchste, was er kann," erwiderte sie stolz und leise.

20

„Wohl, er ist das Schönste, was mir Gott in meinem Le=
ben vorgezeichnet," sagte er, „aber hinter der großen Selig=
keit ist mir jetzt, als stände ein großer, langer Schmerz —
Cornelia — wie werde ich den Augenblick vergessen lernen?!"

„Um Gott nicht," sagte sie erschrocken, „Gustav, lieber, ein=
ziger Freund, den allein ich auf dieser weiten Erde hatte, als
ich mich verblendet über mein Geschlecht erheben wollte — wir
wollen ihn auch nicht vergessen; ich müßte mich hassen, wenn
ich es je könnte. Und auch Sie, bewahren Sie mir in Liebe
und Wahrheit Ihr großes, schönes Herz."

Er schlug nun plötzlich die Augen zu ihr auf, erhob sich
von dem Sitze, trat vor sie, ordentlich höher geworden, wie
ein starker Mann, und rief: „Vielleicht ist dieses Herz reicher,
als ich selber weiß; eben kommt ihm ein Entschluß, der mich
selber überrascht, aber er ist gut: meine vorgenommene Reise
trete ich sogleich, und zwar morgen schon an. Ich kann noch
an das neue Glück nicht glauben — ist es etwa nur ein Mo=
ment, ein Blitz, in dem zwei Herzen sich begegneten, und ist
es dann wieder Nacht! Laß uns nun sehen, was diese Herzen
sind. Verloren kann diese Minute nie sein, aber was sie brin=
gen wird?! Sie bringe, was sie muß und kann — und so ge=
wiß eine Sonne draußen steht, so gewiß wird sie eines Tages
die Frucht der heutigen Blume beleuchten, sie sei so oder so
— — — ich weiß nur eines, daß draußen eine andere Welt
ist, andere Bäume, andere Lüfte — und ich ein anderer Mensch.
O Cornelia, hilf mirs sagen, welch ein wundervoller Sternen=
himmel in meinem Herzen ist, so selig, leuchtend, glänzend,
als sollt' ich ihn in Schöpfungen ausströmen, so groß als
das Universum selbst, — aber ach, ich kann es nicht, ich kann
ja nicht einmal sagen, wie grenzenlos, wie unaussprechlich
und wie ewig ich Sie liebe und lieben will, so lange nur eine
Faser dieses Herzens halten mag."

Cornelia war im höchsten Grade erstaunt über den Jüng=

ling und seine Sprache. Sie war mit ihm in gleichem Alter, aber sie war eine aufgeblühte, volle Blume, er konnte zuzeiten fast noch ein Knabe heißen. Bewußt oder unbewußt hatte sie die Liebe vorzeitig aus ihm gelockt — in einer Minute war er ein Mann geworden; er wurde vor ihren Augen immer schöner, wie Seele und Liebe in sein Gesicht trat, und sie sah ihn mit Entzücken an, wie er vor ihr stand, so schön, so kräftig, schimmernd schon von künftigem Geistesleben und künftiger Geistesgröße, und doch unschuldig wie ein Knabe, und unbewußt der göttlichen Flamme Genie, die um seine Scheitel spielte.

Seele kann nur Seele lieben, und Genie nur Genie entzünden.

Cornelia war nun auch aufgestanden, sie hatte ihre schönen Augen zu ihm emporgeschlagen, und alles, was je gut und edel und schön war in ihrem Leben, die unbegrenzte Fülle eines guten Herzens lag in ihrem Lächeln, und sie wußte es nicht und meinte zu arm zu sein, um dieses Herz lohnen zu können, das sich da vor ihr entfaltete. Er aber versprach sich diesem Momente innerlich, daß er ringen wolle, solange ein Hauch des Lebens in ihm sei, bis er geistesgroß und tatengroß vor allen Menschen der Welt dastehe, um ihr nur vergelten zu können, daß sie ihr herrlich Leben an ihn hingebe für kein anderes Pfand, als für sein Herz.

Sie waren mittlerweile an das Fenster getreten, und so sehr jedes innerlich sprach, so stumm und so befangener wurden sie äußerlich.

Es ist seltsam, wie das Gemüt in seiner Unschuld ist: wenn der erste Wonnesturz der ersten Liebe darauf fällt und nun vorüber ist, — so ist der erste Eindruck der, zu fliehen, selbst vor der Geliebten zu fliehen, um die stumme Übermacht ins Einsame zu tragen.

So standen auch die beiden an dem Fenster, so nahe an-

22

einander und doch so fern. Da trat die Amme ein und gab beide sich selbst wieder. Er vermochte es, von seiner Reise und von seinen Plänen zu sprechen, und als die Amme sagte, er möge doch auch schreiben und die Gebirge und Wälder und Quellen so schön beschreiben, wie er oft auf Spaziergängen getan habe, — da streifte sein Blick scheu auf Cornelia, und er sah, wie sie errötete.

Als endlich die Amme wieder abgerufen wurde, nahm auch er sachte seinen Hut und sagte: „Cornelia, leben Sie wohl!"

„Reisen Sie recht glücklich," antwortete sie und setzte hinzu: „Schreiben Sie einmal."

Sie hatte nicht mehr den Mut, nur noch mit einem Worte die vergangene Szene zu berühren. Sie getraute sich nicht zu bitten, daß er die Reise aufschiebe, und er nicht zu sagen, daß er lieber hier bliebe, und so gingen sie auseinander, nur daß er unter der Tür noch einmal umblickte und die liebe, teure Gestalt schamvoll neben den Blumen stehen sah.

Als er aber draußen war, eilte sie rasch vor ihr Marienbild, sank davor auf die Knie und sagte: „Mutter der Gnaden, Mutter der Waisen, höre mein Gelübde: ein demütig schlechtes Blümchen will ich hinfort sein und bleiben, das er mit Freuden an sein schönes Künstlerherz stecke, damit er dann wisse, wie unsäglich ich ihn liebe und ewig lieben werde."

Und wieder flossen ihre Tränen, aber es waren linde, warme und selige.

So trennten sich zum erstenmal zwei Menschen, die sich gefunden. Wer weiß es, was die Zukunft bringen wird! Beide sind sie unschuldige, überraschte Herzen, beider glühendster, einzigster Entschluß ist es, das Äußerste zu wagen, um nur einander wert zu sein, um nur sich zu besitzen, immerfort in Ewigkeit und Ewigkeit.

Ach, ihr Armen, kennt ihr denn die Herrlichkeit, und kennt ihr denn die Tücke des menschlichen Herzens!

IV.

Fruchtstück

Manches Jahr war seit dem obigen verflossen, allein es liegt nichts davon vor. Welch ein Glühen, welch ein Kämpfen zwischen beiden war, wer weiß es! Nur ein ganz kleines Bild aus späterer Zeit ist noch da, welches ich gerne gebe.

Vor einigen Jahren war ich in Paris und hörte einmal zufällig beim Restaurateur einem heftigen Streite zu, der sich über den Vorzug zweier Bilder erhob, die eben auf der Aus= stellung waren. Wie es zu gehen pflegt, einer pries das erste, der andere das zweite, aber darin waren alle einig, daß die neue Zeit nichts dem Aehnliches gesehen habe, und was die ganze Welt nur noch mehr reizte, war, daß kein Mensch wußte, von wem die Bilder seien.

„Ich kenne den Künstler," rief ein langer Herr, „es ist derselbe blasse Mann, der vorigen Sommer so oft auf dem Turme von Notre=Dame war und so viel schwieg. Er soll jetzt in Südamerika sein."

„Das Bild ist von Mousard," sagte ein anderer, „er will nur die Welt äffen."

„Ja, das malt einmal Mousard," schrie ein dritter, „die Gemälde sind darum mit einem falschen Namen versehen, sage ich, weil sie von einer hohen Hand sind."

Einige lachten, andere schrien, und so ging es fort, ich aber begab mich vom Restaurateur auf den Salon, um diese gepriesenen Stücke zu sehen. Ich fand sie leicht, und in der Tat, sie machten mich eben so betroffen wie die andern, die neben mir standen. Es waren zwei Mondbilder — nein, keine Mondbilder, sondern wirkliche Mondnächte, aber so dichterisch, so gehaucht, so trunken, wie ich nie solche gesehen. Immer stand eine gedrängte Gruppe davor, und es war merkwürdig, wie selbst dem Munde der untersten Klassen ein

24

Ruf des Entzückens entfuhr, wenn sie dieselben erblickten und von dieser Natur getroffen wurden. Das erste war eine große Stadt von oben gesehen, mit einem Gewimmel von Häusern, Türmen, Kathedralen, im Mondlichte schwimmend — das zweite eine Flußpartie in einer schwülen, elektrischen, wolkigen Sommermondnacht.

"Gustav R . . . aus Deutschland," stand im Kataloge, und man kann denken, welche Reihe von Erinnerungen plötzlich in mir aufzuckten, als ich "Gustav" las — ich kannte nun den Künstler sehr wohl. Also auf diese Weise, dachte ich, ist dein Herz in Erfüllung gegangen, und hat sich deine Liebe entfaltet! Armer, getäuschter Mann! Auch das werden unsere Leser verstehen, was sich damals ganz Paris als eine Seltsamkeit und Künstlerlaune erzählte, daß nämlich auf jedem Bilde eine Katze vorkomme — der ehrliche, gute Hinze.

Ich blieb fast bis zum Schlusse und sah nun auch die andern Bilder an. Als ich auf meinem Rückwege durch die Säle wieder an zwei Gemälden vorüberkam, bemerkte ich, wie ein Galeriediener einer Dame, die davor stand, bedeutete, daß sie gehen müsse, weil geschlossen werde. Die Dame zögerte noch einen Moment, dann löste sie ihr Auge von den Gemälden und wandte sich zum Gehen — nie wurde ich von zwei schöneren Augen getroffen — sie ließ den Schleier überfallen und ging davon.

Ich konnte damals nicht ahnen, wer sie war, und erst heute nach einer Reihe von Jahren vermag ich zu berichten, daß die Dame nach jenem Besuche in dem Salon nach ihrem Hause in der Straße St. Honoré fuhr, daß sie dort in ihrem Schlafgemache die Fenstervorhänge niederließ, die Hände über dem Haupte zusammenschlug und dann ihr Angesicht tief in die Kissen des Sofas drückte. Wie zuckte in ihrem Gehirne all das leise Flimmern und Leuchten dieser unschuldigen, keuschen Bilder gleichsam leise, leise Vorwürfe einer

Seele, die da schweigt, aber mit Lichtstrahlen redet, die tiefer dringen, die immer da sind, immer leuchten und nie verklingen wie der Ton!

Paris wußte es nicht, als jenes Tages seine gefeiertste Schönheit in keinem der Zirkel erschien, die Schönheit, welche tausend Herzen entzündete und mit tausenden spielte — Paris wußte es nicht, daß sie zu Hause in ihrem verdunkelten Zimmer sitze und hilflos siedende Tränen über ihre Wangen rollen lasse, Tränen, die ihr fast das lechzende Herz zerdrücken wollten; — aber es war vergebens, vergebens! Gelassen und kalt stand die Macht des Geschehenen vor ihrer Seele und war nie und nimmermehr zu beugen — und fern, fern von ihr in den Urgebirgen der Cordilleren wandelte ein unbekannter, starker, verachtender Mensch, um dort neue Himmel für sein wallendes, schaffendes, dürstendes, schuldlos gebliebenes Herz zu suchen.

Der Türmer Palingenius
Von Karl Hans Strobl

Auf dem höheren der beiden Türme des Domes über dem
alten verräucherten Viertel hauste Heinrich Palingenius,
der Türmer, mit seiner Tochter Regina und der alten
Johanna. Er hauste, denn nach Art der Eulen und Krähen
hatte er sein Nest unzugänglich zu machen gewußt, zu ei=
nem Horst, in den er — mit einer einzigen Ausnahme — kei=
nen Fremden zuließ. Wie er von der Welt verlangte, daß sie
seine Ruhe nicht störe, ebenso trug auch er kein Verlangen,
von seinem Turm hinabzusteigen, und seit er zum letztenmal
in der Stadt unten gewesen war, waren dreizehn Jahre ver=
flossen. Damals begleitete er den Sarg seines Weibes hinaus,
und als er finster und ohne eine Träne zurückkehrte, zählte
er die Stufen bis zur Höhe seines Horstes. Über der hundert=
sten malte er ein schwarzes Kreuz an die Wand, und bis zu
diesem Kreuze hinab erstreckte sich von nun an sein Reich.
Bis zu dieser hundertsten Stufe hinan ging noch die Bran=
dung der Welt; durch die Fensterluken der Treppe, durch die
alten, an Luntenbüchsen und bleierne Feldschlangen erinnern=
den Schießscharten drang der Lärm der Straße, das Gebim=
mel der elektrischen Bahn, das Geschrei des Marktes, das,
wiewohl durch das stillere Viertel um den Dom gedämpft,
dennoch über diese Zone hinweg zu einem gleichmäßigen, star=
ken Schwall verwoben, den Atem der Stadt bis hierher trug.
Von der hundertsten Stufe an aber wurde das Brausen zu
einem Summen, und ganz oben war es nicht anders wie das
Gemurmel eines fernen Meeres, dem keine Macht mehr ge=
geben ist, die Ruhe aufzurütteln. Seitdem war der Turm
einmal innen und außen restauriert worden, und die Maurer
hatten sich besondere Mühe gegeben, das unheimliche Kreuz,
dessen Bedeutung ihnen fremd war, zu übertünchen. Als sie
aber mit der Arbeit zu Ende waren, ging Heinrich Palinge=
nius bis zu den Grenzen seines Reiches hinab und erneuerte

28

sein Grenzzeichen, daß es noch greller als zuvor von der
weißen Wand abstach. Wenn seine Tochter und die alte Johanna zur Stadt hinabstiegen, um das Grab der Mutter auf
dem großen Friedhof der Stadt zu besuchen, folgte ihnen
der Türmer mit seinem Fernrohr. Durch das auf der Brüstung
der Turmgalerie angeschraubte Rohr beobachtete Palingenius
die Straße, die aus dem Gewirr der Vorstädte zum Friedhof
führte. Dort mußten die beiden, die er in den Gassen unten
verloren hatte, wieder auftauchen. Und in dem Augenblick,
in dem sie in das Gesichtsfeld des Fernrohres traten, wandten die zwei den Kopf und grüßten den Alten mit einem
Nicken und einem Winken der Hand. Heinrich Palingenius
nickte und winkte zurück, obzwar er wußte, daß man nichts
von seinem Gruß sehen konnte. Dann folgte er ihnen mit dem
Fernrohr, begleitete sie auf dem Weg bis zum Friedhof, sah
sie an dem Einkehrwirtshaus, vor dem immer die Wagen der
Bauern standen, vorbeigehen, sah die Wagen der elektrischen
Bahn an ihnen vorbeirollen und ging mit ihnen bis zu dem
weißen Hause des Totengräbers, unter dessen Torbogen sie
verschwanden; sah sie dann wieder zwischen Gräbern hervor-
kommen, die Straßen der Toten entlang gehen und endlich
vor einem Grab stehen bleiben. Er wußte genau, ob über
diesem Grab schon der Flieder blühte, ob die Blumen auf
dem Hügel schön standen, ob die Blätter über das schlichte
Eisenkreuz hintanzten und ob der Schnee nicht allzu schwer
drückte. Die Zurückkehrenden brauchten ihm darum nichts zu
erzählen. Aber niemals versäumte es Regina, zu dem Vater
hinzutreten und ihn mit warmen Lippen auf die Stirne zu
küssen. Sie brachte ihm den Gruß der Toten.

Heinrich Palingenius liebte seine Tochter und die alte Johanna mit der großen Liebe, die er nun nicht mehr seinem
Weib zuwenden konnte. Aber neben ihnen liebte er auch seinen Turm, wie man die Heimat liebt, die man niemals ver-

29

laſſen hat. Wie man die Erde liebt, aus der man hervorge=
gangen iſt. Seit er denken konnte, wohnte er hier oben, und
ſeine früheſten Erinnerungen ſahen ihn neben dem Vater den
Horizont abſuchen, ob nirgends ein Feuer den Beſitz der Men=
ſchen da unten bedrohe. Es war ihm, als ſei er ein Geſchöpf
des Turmes, und auch Regina und die alte Johanna umſchloß
die gemeinſame Verwandtſchaft. Die Geſchichte des Turmes
war ihm ein Stück ſeiner eigenen Vergangenheit. Er hatte alle
Aufzeichnungen geſammelt, die über ihn zu finden waren, die
kurzen Hindeutungen der Chroniken, die Sagen, die ſich an
ſeine Erbauung knüpften, von der Wette, die dem Baumei=
ſter das Leben gekoſtet hatte, von dem Kind, das man lebend
in das Fundament eingemauert hatte, um dem Turm Beſtand
zu geben, und deſſen Wimmern man in den ſtürmiſchen Näch=
ten des Herbſtäquinoktiums noch immer hören konnte. Von
dem pflichtvergeſſenen Türmer, der im Schlafe eines ſchweren
Rauſches ein Feuer nicht gemeldet hatte, das nächtlings um
ſich greifend die halbe Stadt in Trümmer legte. Man hatte
ihn gebunden in den Uhrkaſten gelegt, wo er von den unge=
heuren Rädern mit den grimmigen Zähnen gepackt und zer=
mahlen, von den ſchweren Gewichten zerſtampft wurde. Seine
zerbrochenen Knochen, ſein zerfetztes Fleiſch hatte man vom
Turm hinabgeworfen, und die Hunde hatten ſich um die
Biſſen gebalgt. Aber in der Dreikönigsnacht konnte man im
Uhrkaſten noch immer das Brechen der Knochen, das Röcheln
des Gemarterten hören, während die Uhr ihren gleichmäßi=
gen, ſchweren Schlag weiter ging. Auch die Geheimniſſe der
Glocken waren in dieſem Buche, aus dem Palingenius an
Winterabenden vorzuleſen pflegte, aufgezeichnet; von der
großen Suſanna, die mit Blut getauft worden war, von der
Viktoriaglocke, die man aus dem Metall erbeuteter ſchwediſcher
Kanonen gegoſſen hatte.

Damals war der Turm noch höher geweſen als heute, und

30

er mußte mit dem hohen Helm machtvoll hinausgesehen haben, wenn selbst sein Stumpf noch so stolz über die Stadt aufstieg. Aber die schwedischen Kanonen, dieselben, die dann ihr Metall für die Viktoriaglocken geben mußten, hatten, nachdem sie den Zwillingsbruder des Turmes fast bis an das Schiff des Domes herab abgetragen hatten, auch den stolzen Helm herabgeschossen und die Mauern durchlöchert. Nach dem Sieg begann man wohl wieder an seiner Herstellung zu arbeiten, aber das Geld war rar geworden in den Zeiten des Dreißigjährigen Krieges, den Bauherren ging der Atem aus, Feuersbrünste leckten dreimal an seinen Quadern, und wenn sie auch den Turm selbst nicht stürzen konnten, so vernichteten sie doch einen Teil des schon Erbauten. Alles das stand in des Heinrich Palingenius großem Folioband vom Turme, und die Rechnungen der Baumeister, die Pläne für die Wiederherstellung lagen bei jedem Punkte dabei wie in einem mit äußerster Sorgfalt geführten Archiv.

Ein seltsamer Brauch gab dem Turm ein seltsames Aussehen. So oft einer der Domherren starb, wurde eine der Quadern an der Außenseite des Turmes weiß gestrichen. Nun sah der Turm mit seinen weißen Würfeln einem großen Kasten gleich, dessen Flächen von ungeheuren Schachbrettern gebildet sind. Heinrich Palingenius ließ es sich nicht nehmen, wenn er das Zügenglöcklein geläutet und nach drei Tagen für den Verstorbenen den Donner der großen Susanna gelöst hatte, selbst auf das schwankende Brett hinauszukriechen und an den schaukelnden Seilen von einer Fensterluke aus festgehalten mit grobem Pinsel die Quader des neuen Toten zu überweißen. Dieser Arbeit widmete er eine treue Sorgfalt. Nichts kam der stillen Wehmut gleich, mit der er von seinem Sitze auf die gewürfelten Mauern unter sich herabsah, die in einer Flucht von stürzenden Linien zur Erde zu sinken und das Andenken an alle diese Hunderte von Toten mit sich

herabzureißen schienen, als gäbe selbst dieser unverwüstliche
Bau keine Ewigkeit des Gedächtnisses. Auch dies stand in
dem Buche vom Turm: wer alle die Toten waren, um derent=
willen man die Quadern des Turmes weiß getüncht hatte.
Mit allen ihren Namen, Würden und Verdiensten standen
sie hier verzeichnet; und hinter jedem von ihnen sagte ein
kleines schwarzes Kreuz dasselbe, das Wort vom gemein=
samen Schicksal aller, so daß es war, als lese man eine Liste
ab, eine Litanei, auf die mit eintöniger Stimme immer das
gleiche geantwortet werde. Dann stand eine Zahl daneben,
und die zeigte an, welche Quader dem Toten gehörte. So
genau wußte Heinrich Palingenius in diesem Verzeichnis Be=
scheid, daß er, aus dem Schlaf aufgeweckt, zu jeder Zahl so=
fort den dazugehörigen Namen, zu jedem Namen augenblicks
seine Zahl genannt hätte.

Aber neben dem Turm gab es noch eines, das ihn erfüllte.
Heinrich Palingenius war ein Genie der Mechanik. Seinem
Vater hatte er an langen Winterabenden tausend Kunstgriffe
und Geschicklichkeiten abgelernt, zu denen er eigene Erfah=
rungen und Verbesserungen fügte, so daß er jetzt eine Mei=
sterschaft erreicht hatte. Wenn der Vater noch bloß zur Un=
terhaltung, zum Vertreib müßiger Stunden harmlose Spie=
lereien angefertigt hatte, so waren die kleinen Kunstwerke
des Sohnes fast niemals ohne tieferen Sinn. Hier saß er,
oben, hoch über der Stadt, und hatte schon dreizehn Jahre
die durch ein schwarzes Kreuz bezeichnete Grenze seines
Reiches nicht überschritten. Aber seine mechanischen Figuren,
die geheimnisvollen Maschinen, die Kästchen, die mit Walzen,
Rädern, Spulen und Triebfedern erfüllt waren, hatten Be=
ziehung auf die Bedürfnisse der Menschen da unten, auf ihre
Wünsche und ihre Strebungen. Manchmal erfuhr Palinge=
nius durch seine Tochter oder die alte Johanna, die ihn mit
der Welt verbanden, von neuen Erfindungen, durch die man

32

wieder einmal verblüfft war. Das waren Augenblicke des
Triumphes. Nie war der Türmer glücklicher, als wenn er,
nachdem er schmunzelnd den Bericht bis zu Ende gehört
hatte, aus seinen Schätzen ein Modell hervorholen konnte,
um daran nachzuweisen, daß er diese Erfindung schon vorher
gemacht hatte. Ihm offenbarte sich die geheime Kette der Asso-
ziationen, in denen die Erfindungen vorwärts schreiten, und
er vermochte, als sei ihm der Gang der Entwicklung klar auf-
gedeckt, vorherzusagen, was nun an der Reihe sei, erfunden
zu werden. Das Zimmer neben dem Wohnraum war Werkstatt und Museum. Im beschränkten Raum lagen die Maschinen und Modelle in den Ecken übereinander, die feineren
Kunstwerke waren in Glasschränken aufbewahrt, von der
Decke hingen die seltsamsten Dinge herab, und wenn die
Spitze des Turmes im Gewitter bebte, dann schwankten die
hängenden Maschinen und schlugen gegeneinander, daß Holz
und Eisen klapperten. Für die elektrischen Batterien hatte
Palingenius Nischen in den Wänden angebracht, und ein
höchst sinnreiches System von Schachtelungen erlaubte ihm
in diesem Zimmer dreimal so viel unterzubringen, als eigentlich darin hätte Platz finden können. Nachdem Palingenius
einmal die Triumphe seines Prophetentums in Angelegen-
heiten der Mechanik gekostet hatte, trieb ihn der Ehrgeiz
immer weiter. Nun arbeitete er schon seit Jahren an der
Flugmaschine. Er war entschlossen, sie früher zu erfinden als
die Menschen da unten, und oft genug stand er, wenn er schon
einen ganzen Tag in seiner Werkstatt gearbeitet hatte, auch
nachts auf, um eine Idee des Traumes aufzuzeichnen. Der
Traum vom Fliegen, das seltene Glück anderer Menschen,
war bei ihm das Ereignis fast einer jeden Nacht. Immer erwachte er durch einen Sturz, aber er beeilte sich, rasch festzu-
halten, was er an neuen Eindrücken aus diesem Traum gewonnen hatte. Und er übertrug die Erfahrungen seiner Träume

in die Wirklichkeit, so daß in der Werkstatt langsam eine Art Vogel entstand, ein Gestell mit Flügeln, Rädern und Schrauben, das um so komplizierter wurde, je länger Palingenius daran arbeitete.

In diesem von Sagen durchwisperten Turm, inmitten der sinnreichen und absonderlichen Spielereien des Großvaters und des Vaters wuchs Regina auf. Sie gewöhnte sich daran, die Welt aus der Perspektive großer Höhen zu betrachten, und nahm gleich dem Vater den Aufenthalt unten nur als eine Unterbrechung ihres Daseins auf dem Turme hin. Als wäre sie in die ungewohnte Atmosphäre eines fremden Sternes versetzt, atmete sie unten schwerer, wie unter einem Druck, und folgte gern der alten Johanna, die gleichfalls nichts sehnlicher wünschte, als rasch wieder zum Horst aufzusteigen. Nur ungern besorgten die beiden die notwendigen Gänge. Wenn die alte Johanna sich anschickte hinabzusteigen, betrachtete sie ihr Stelzbein mit wehmütigen Blicken, als wäre es der Gefahr ausgesetzt, zu brechen. Und wenn sie dann wieder zurückgekehrt waren, saß sie in ihrem weichgepolsterten Sessel und rieb das hölzerne Bein mit einer Miene, als müsse sie es für eine besondere Leistung belohnen. Nachdem Regina in ihrem siebenten Jahr die Mutter — eine stille, immer kränkliche Frau, deren Herz den Aufenthalt in dieser Höhe nicht vertrug — verloren hatte, waren der Vater und die alte Johanna fast ihr einziger Umgang. Ab und zu kamen Fremde. Da mußte Regina die Glocken zeigen, die Feuermeldeapparate erklären und das Uhrwerk öffnen, wobei sie es nie versäumte, schaurend die Sage vom pflichtvergessenen Türmer zu erwähnen. Dann führte sie die Fremden auf die Galerie, die sich um den Turm zog, und wies auf die Stadt und das Land hin, die hier unten einen Teppich mit reichster Ornamentik webten. Wenn dann aber die Besucher nach der Wohnung des Türmers fragten, so mußte

34

ihnen Regina auf Befehl des Vaters den Eintritt verweh=
ren.

Heinrich Palingenius hielt sich — mit einer Ausnahme —
die Menschen fern. Diese Ausnahme war sein Freund Elea=
gabal Kuperus, der Mann, der schon seines Vaters Freund
gewesen war. Manchmal verließ Eleagabal das alte Haus
mit dem schiefen Giebel auf dem faltigen, braunen Gesicht,
stieg zu dem Türmer hinauf und war dem Einsiedler immer
herzlich willkommen.

Als er an diesem kalten, nassen Herbstabend in das Wohn=
zimmer des Freundes trat, fand er die Menschen dieses klei=
nen Reiches um das große Buch vom Turm versammelt. Auf
dem Tisch stand eine helle Lampe, deren Schirm aus beweg=
lichen, durchscheinenden Bildern bestand, die in reicher Man=
nigfaltigkeit zu den schweren, gebräunten Worten des Buches
paßten, indem sie Ansichten aller Städte, Trachten vergan=
gener Zeiten, das ganze bunte Leben vorführten, wie es sich
auf alten Holzschnitten findet.

Eleagabal Kuperus hing seinen Mantel, der auf dem kurzen
Weg über den Domplatz tüchtig naß geworden war, in die
Ecke und folgte der Einladung des Freundes, einen Stuhl
zum Tisch zu rücken.

„Grausame Geschichten wohnen in deinem Turm," sagte
Eleagabal Kuperus, als sein Freund geendet hatte.

Palingenius schloß das Buch und strich mit der Hand über
den ledernen Rücken: „Ja, es ist eine grausame Zeit gewesen
... wahrhaftig! Man muß sich wundern, wie erfinderisch
die Menschen waren ... wenn es um solche Dinge ging.
Aber dennoch ... ich glaube, unsere Zeit ist nicht weniger
grausam. Damals, da sammelte es sich in den Menschen an,
stieg und stieg, und auf einmal brach es dann aus ihnen her=
vor ... wie eine Eruption, verstehst du! Da geschah irgend
etwas Großes. Man schlug ein paar tausend Menschen tot;

oder man quälte sie … Dazwischen aber lagen ruhige und
behagliche Zeiten … so stelle ich es mir wenigstens vor.
Aber jetzt ist die Grausamkeit feiner verteilt. Sie bildet einen
Bestandteil der Luft. Sie dringt überall ein. Sie umflutet
alle unsere Handlungen; und wir bemerken und beachten sie
ebensowenig, wie die giftigen Gase, die wir unaufhörlich
einatmen. Sie ist dünner und feiner geworden. Aber sie ist
in allem, was wir tun."

„Du wirst diesen Gedanken zu einer Theorie von den
Aggregatzuständen der Grausamkeit verarbeiten."

„Ich habe anderes zu tun. Meine Flugmaschine liegt mir
am Herzen."

„Bist du mit deiner Arbeit zufrieden?"

Heinrich Palingenius begann sofort von den neuen Ver=
besserungen zu sprechen, die er seiner Erfindung zuwandte.
Mit einer unendlichen Liebe schilderte er die kleinsten Fort=
schritte, verweilte bei Fragen der Mechanik, stieg bis in die
subtilste Erörterung herab, ließ dann wieder die Gesänge
seiner Hoffnungen, seiner unaussprechlichen Sehnsucht nach
der Wonne des Fliegens hören. Er wurde zum Rhapsoden
einer mühevollen Arbeit. Er führte die Bilder eines heiteren
und ganz reinen Glückes vor, das darin bestehen müsse, ein
Reich zu erschließen, in dem ungemeine Wunder zu entdecken
waren. „Das Selbstverständliche zu finden! Das ist das
große Wort. Unter den Bewegungen in den Reichen des
Lebens ist das Fliegen die selbstverständlichste. Der schwe=
bende Vogel ist das Ideal der Glückseligkeit. Auf ausgebrei=
teten Flügeln hoch oben zu ruhen, während die Erde unten
bleibt, ist mein Ziel. Und wenn dies erreicht ist, wird aller
Kampf, alle Häßlichkeit der Ermüdung schwinden, die Men=
schen werden gut und groß und tapfer und umsichtig sein.
Sie werden den Blick aus großen Höhen gewinnen. Sie
werden zu lieben lernen, wenn sie fliegen können."

36

„Und wenn deine Arbeit ihr Ziel erreicht hat, wirst du doch deine Erfindung den Menschen vorenthalten; du hast es noch immer so getan."

„Weil ich nicht Lust habe, das Schicksal aller Entdecker zu teilen. Zuerst werden sie verlacht. Das ist schmerzlich. Dann werden sie gefeiert. In der lärmenden Weise der Welt. Und das ist peinlich."

„Wie sollen die Menschen aber dann fliegen lernen?"

„Oh, ich weiß gewiß, daß ich meine Erfindung nur zu vollenden brauche, und sie lernen es von einem andern. Es wird einer aufstehen, der dasselbe gefunden hat und unter Geschrei der Welt übergibt. Die ganze Menschheit ist doch nur ein Individuum. Es gibt ein Fluidum des Erfindens. Das strömt zugleich durch den ganzen Körper der Menschheit. Alle großen Erfindungen beweisen das. Sie werden nicht nur einmal, an einem Orte, sondern fast gleichzeitig an mehreren Orten gemacht. Die Geschichte hat sich nicht genug darüber verwundern können. Und es ist doch weiter nichts Wunderbares daran. Ebensowenig, wie an einem Baum, der von der Idee und der Kraft des Frühlings erfüllt ist und gleichzeitig an vielen Stellen Blüten treibt. Oder — wie mein Freund Eleagabal Kuperus zu sagen pflegt: auch dies ist selbstverständlich und darum ein Wunder. Ich bleibe abseits. Aber ich erlebe diese Wunder um so tiefer. Ich will nur die erste Blüte sein, ich, der alte Mann. Ich will, daß sich die Kräfte des Frühlings zuerst an mir erweisen. Das hoffe ich mit aller Sehnsucht, mit aller Erwartung der Knospe. Wenn ich dann mein Ziel erreicht habe, so weiß ich, daß es zugleich auch für die Menschheit erreicht ist. Das Fluidum muß dann auch an anderen Stellen wirksam werden. Ich glaube, du wirst mich verstehen, Eleagabal. Du selbst hältst ja die Welt von dir ab."

„Du kennst meine Gründe dafür!"

„Ich kenne sie und schweige."

Während dieses Gespräches war die alte Johanna ent=
schlafen. Sie saß mit zurückgesunkenem Kopf, die Haube war
ein wenig verschoben und zeigte ihr kurzgeschorenes, graues
Haar, ihr männlich hartes Gesicht mit den vielen Falten lag
im Schatten, nur die Kehle war im Lichtschein der Lampe,
hochgereckt, steil, von starken Sehnenbändern durchsetzt, zwi=
schen denen von Zeit zu Zeit der Kehlkopf in krampfigen Be=
wegungen auf= und niederfuhr. Mit ihrem von Bartstoppeln
überwucherten Kinn, mit der flachen Brust und den behaarten,
knochigen Händen, denen der Strickstrumpf entfallen war, sah
sie eher wie ein Mann aus, und Regina hatte als Kind nie
so recht glauben wollen, daß Johanna wirklich eine Frau sei.
Ihre Bartstoppeln kratzten genau so wie die Stoppeln des
Vaters, ihre Stimme war ähnlich tief und rauh. Endlich
hatte sie ihren Vater zu verstehen begonnen, der ihr erklärte,
daß die Geschlechter sich im Alter näherten und auszugleichen
anfingen, genau so wie man im zarten Kindesalter Buben
und Mädel schwer unterscheiden könne. Seit die Mutter ge=
storben war, vertraute Regina der alten Johanna alle ihre
Mädchengedanken und liebte sie, wie sie die Tote geliebt hatte.
Nun hatte sie ihren Sessel ganz nahe an die Schlafende heran=
gerückt und versuchte den schweren Kopf zu stützen. Dabei
verfolgte sie wachen Ohres das Gespräch der Freunde. Ihre
Augen glänzten. Die Gedanken des Vaters waren dem Mäd=
chen nicht fremd und unverständlich. Unter einer Fülle von
mechanischen Spielwerken aufgewachsen, hatte sie sich ge=
wöhnt, die Interessen des Erfinders zu teilen und ihm zu fol=
gen. Fern von dem Skeptizismus der großen Welt, von ihren
auf das unmittelbar Praktische, auf das Nützliche des Augen=
blicks gerichteten Ansichten, fehlten ihr alle Hemmungen und
Korrekturen des Wirklichkeitssinnes. Absonderliche Hypo=
thesen und verwegene Pläne hatten nichts Lächerliches für sie,
38

und ebenso wie ihr die Geschichten der Chroniken zu wirk=
lichen Ereignissen geworden waren, ebenso lernte sie in ihrer
phantastischen Umgebung das unmöglich Scheinende als feste
Brücke in die Zukunft anzusehen.

Die Lampe, zu der Palingenius nicht die dem Turme zu=
geleitete elektrische Kraft, sondern irgendein selbstbereitetes
leuchtendes Gas benutzte, stieß rasch nacheinander eine Reihe
von blassenden Seufzern aus, worauf der Türmer mit eini=
gen Handgriffen ihr Leben verlängerte. Dann war es wieder
stille, und die schweren Erschütterungen, mit denen die Uhr
die zehnte Stunde anzeigte, schienen den Fußboden des Zim=
mers aufzuheben. Mit kräftigen Stößen dröhnten die Stun=
den empor und übertrugen ihren lärmenden Ruf auf die stille
Stube des Türmers, daß die Bilder an der Wand zu klirren,
daß die kleinen Maschinen, die mechanischen Spielwerke, die
rings auf allen Schränken standen, zu klappern begannen.
Die Welle schien sich durch den ganzen Körper bis in den
Kopf fortzupflanzen, und als der letzte Schlag geschehen
war, stürzte die Stille in den von dem Lärm geschaffenen
leeren Raum, wie die Luft hinter rasch bewegten Gegen=
ständen hinterdreinfegt.

Heinrich Palingenius nahm seinen Gummimantel vom
Haken und ging auf die Galerie hinaus.

„Und du fürchtest dich niemals,“ fragte der Freund, indem
er Reginas Hand nahm, „du fürchtest dich nicht, wenn der
Vater draußen ist und die alte Johanna schläft!“

„Wovor soll ich mich fürchten!“

„Du hörst da so blutige Geschichten, Mord und Brand aus
allen Jahrhunderten, und es ist, als ob die gräßlichsten Ge=
schehnisse der ganzen Stadt gerade mit diesem Turm ver=
knüpft wären.“

„Als Kind habe ich oft Nächte gehabt, in denen ich vor
Angst nicht schlafen konnte. Aber der Vater hat gesagt, wir
39

müssen uns daran gewöhnen, mit den Gespenstern der Ver=
gangenheit zusammen zu leben. Ich habe mich daran ge=
wöhnt. Und es ist mir von der Angst nicht viel geblieben.
Nur ein leichter Schauder, und der ist gar nicht so schrecklich.
Ich glaube, ich könnte in einem neuen Haus nicht einmal
leben. Ein neues Haus ist kahl und leer. Nur ein Haufen
Steine. Es ist noch nichts da . . . noch nichts drinnen. Ich
weiß nicht, wie ich es sagen soll. Man riecht noch überall die
Arbeit; man denkt noch immer daran, daß die Ziegel über=
einandergelegt und mit Mörtel beworfen worden sind. Es
ist alles so nützlich. Es ist gar nichts Überflüssiges da. Vor
zwei Jahren haben sie den Turm renoviert. Wir waren alle
ein paar Wochen ganz unglücklich. Bis das Alte über das
Neue gesiegt hatte."

„Ich höre dich gerne sprechen. Du sprichst ganz anders als
die Mädchen von zwanzig Jahren da unten. Komm doch
wieder einmal zu mir. Mein Haus, mein altes Haus wird
dich gerne sehen."

„Ich werde kommen."

Die alte Johanna erwachte mit einem schweren Atemzug
und einem Glucksen in der Kehle, als der Türmer von seinem
Rundgang zurückkam und den tropfenden Gummimantel
wieder an seinen Platz hing.

„Schlafen gehen, schlafen gehen," sagte er und trieb die
Frauen in die kleine Nebenkammer, wo die Betten bereitet
waren. Regina reichte Kuperus die Hand und wiederholte ihr
Versprechen, dann folgte sie der alten Johanna, die mit
wackelndem Kopf und wankenden Knien vorangegangen
war. Mit der linken Hand hob der Türmer den herabhängen=
den Bart über die Lippen und sagte leise:

„Johann wird schwach und kindisch. Das Stiegensteigen
ist ihm eine Last geworden, und er behauptet, Schmerzen in
dem fehlenden Fuß zu haben. Früher saß er mit mir oft bis

40

Mitternacht und länger, erzählte Geschichten und freute sich,
über die Leute da unten lachen zu können. Jetzt macht ihm
nicht einmal mehr das Vergnügen."

Als die Geräusche in der Nebenkammer verstummten,
wölbte sich die Einsamkeit wie eine große, klingende Glocke
aus Glas über die Freunde. Gleichsam losgelöst von der
Erde, ohne Zusammenhang mit der Welt unterhalb des
Turmes schwebten sie im Raum. Nur das Knacken der alten
Stiege, das laute, gleichmäßige Schlagen der Uhr gesellte
sich ihren Gesprächen, lauter Geräusche, an die sie allzusehr
gewöhnt waren, um sie überhaupt zu hören. Vom alten Jo=
hann ging das Gespräch, der unter dem Namen Johanna, in
den Kleidern einer Frau seit Jahrzehnten im Turme wohnte,
die Wirtschaft besorgte und der Regina nach dem Tode der
Mutter alle Zärtlichkeit, die tausend Liebesdienste, die er=
leuchtenden Wunder einer besorgten Frau erwiesen hatte.
Jetzt brach er langsam in sich zusammen. Vor einigen Tagen
fand ihn Palingenius vor einem Sessel knien, auf dem einige
Papiere lagen, die er mit sinnlosen Worten bedeckte. Auf die
Frage, was er hier treibe, entgegnete er, daß er seine Erleb=
nisse niederzuschreiben gedenke. Und dann fügte er hinzu, in=
dem er vor sich hinlachte: es sei wenig Sinn in seinem Leben.
Er schreibe deshalb alle Worte auf, die es gebe, und werde
dann erst aus ihnen die passenden aussuchen. Auf diese Weise
hoffe er doch zum Ziele zu kommen. Ein anderes Mal wieder
hatte er sich in die Werkstatt des Türmers geschlichen und
dort eines der Gestelle mit Frauenröcken, Jacken und einer
Haube herausgeputzt. Dies sei, erklärte er, seine Vergangen=
heit, und da er nun bemüht sei, die vergangenen Jahre seines
Lebens unparteiisch zu betrachten, müsse er sie von sich ent=
fernen, um sie besser sehen zu können. Dabei neigte er den
Kopf auf die Seite und rief seinem Abbild bald Schimpf=
worte, bald Rosenamen zu.

„Nur eines scheint ihn noch aufrecht zu halten," fuhr Palingenius fort, „der Haß gegen den, der ihn zum Krüppel gemacht hat. Er hofft noch immer, sich rächen zu können. Wenn er darauf zu sprechen kommt, richtet er sich auf und sein Holzfuß klappert wie früher rasch und kräftig durch das Zimmer."

Die Freunde hatten die Wohnstube verlassen und waren in die Werkstatt des Türmers getreten, wo die Flugmaschine wie das Gerippe eines Vogels auf dem Boden lag. Mit dem weißen Gestänge, dem matten Glanz der Aluminiumbestandteile und dem gespreizten Gerüst der Flügel glich sie dem Skelett eines urweltlichen Tieres, dessen Gestalt uns keine Erinnerung bewahren konnte.

Von irgendeinem Antrieb bewegt, begannen die Gerüste der Flügel, die zum Teil schon mit einem grauen Stoff bespannt waren, sich zu rühren, erhoben sich ein wenig vom Boden, als gewännen sie Leben und wären ungeduldig, den Meister, der da zwischen ihnen stand, zu einem ersten Flug in die Luft zu reißen. Das ganze Skelett des Vogels zitterte, und in rasenden Umdrehungen vervielfältigte sich eine Kurbel ganz in der Nähe von Palingenius' Hand zu einer flirrenden, sirrenden Scheibe. Es sah aus, als werde hier sichtbar, wie ein geheimes Fluidum von dieser Hand ströme.

In einer Ecke stand eine Negerin aus einem schwarzen Stein, die in ihrem rechten Auge die Stunden, in ihrem linken die Minuten anzeigte. Während das rechte Auge unbeweglich auf die Flugmaschine starrte, zitterte das linke unaufhörlich von dem Aufspringen neuer Ziffern, als zwinkere es in einer nervösen Unruhe dem Meister zu. Von fünf zu fünf Minuten hob sie die Hand und winkte einen Gruß, die Viertelstunden zeigte sie durch Kreuzen der Arme und Neigen des Hauptes an, und wenn in ihrem rechten Auge die Ziffer einer vollendeten Stunde aufsprang, stampfte sie mit den

42

Beinen, daß die Schellen an ihren Fußgelenken klingelten, drehte sich im Kreise und vollführte einen Tanz, als freue sie sich nach der Art brutaler Menschen darüber, daß ein Übel, von dem alle betroffen werden, ihr allein nichts anhaben könne: die Zeit. Eleagabal Kuperus liebte diese Negerin. Mit dem Arm um ihren schwarzen Hals sah er den ersten Lebensregungen des Flugapparates zu. Über seinem Haupte kreiste ein Planetensystem aus vielen Bällen, die in Größe, Färbung und Bewegung verschieden, die Wunder des Weltalls gleichsam wie in einer leichter faßlichen Abkürzung, in einer menschlichem Vermögen angepaßteren Chiffreschrift darstellten.

Von allen diesen Gegenständen, von den fertigen und unfertigen Maschinen, von den feinen mechanischen Apparaten und dem robusten Skelett des Vogels, von den Werkzeugen und den noch unverwendeten Bestandteilen ging eine eigene Art von Leben aus, eine stumme und nur hier in der Höhe des Turmes verständliche Sprache, die den beiden Freunden vertraut war.

Die Negerin entglitt den Liebkosungen ihres Freundes und tanzte mit bimmelnden Schellen die zwölfte Stunde. Sie tanzte in den neuen Tag hinein, während über ihrem Haupte die Planeten unvermeidlich weiterkreisten.

Vor den Füßen der Freunde, die auf die Galerie des Turmes hinausgetreten waren, lag die Nacht. Ganz tief und dunkel schlief die Stadt. Palingenius begann seinen Umgang mit den sorgsamen Blicken des Wächters, und Kuperus begleitete ihn dabei, von einem warmen Mitleid und von einer sehnsüchtigen Liebe zu den törichten Schläfern erfüllt. Wie zu einem Versprechen gaben sich die beiden die Hände. Hinter ihnen in den Mauern schlug das Uhrwerk, und jeder Schlag schnitt ein Stück von der Zeit ab.

II.

Regina hatte einen Fremden führen müssen, der sie mit
Fragen belästigte. Es war ihr schwer geworden, ihn vor dem
Allerheiligsten ihres Vaters abzuwehren. Irgend etwas hatte
ihr an diesem Mann nicht gefallen, obzwar er sich offenbar
bemühte, ihr Vertrauen zu erringen. Seine geschwätzige
Treuherzigkeit schien ihr im Widerspruch zu dem Ausdruck
seines Gesichts zu stehen, eines englisch geschnittenen Gesichts
mit harten Zügen und lauernden Augen. In übersprudelndem
Eifer erzählte er ihr von seinem Leben. Er war ein flotter
Student gewesen und lebte jetzt als Verwalter auf einem der
großen Güter in der Nähe der Stadt. Verstohlen hatte Regina dabei seine Hände betrachtet und gefunden, daß er die
Unwahrheit sprach. Es waren gepflegte Städterhände, keineswegs die rauhen Pfoten eines Landwirts. Wozu belog er
sie? Ihr Mißtrauen machte Regina gegen seine Fragen verschlossen, und sie beschränkte sich darauf, ihm zu zeigen, was
sie zu zeigen verpflichtet war, und die nötigen Erklärungen
beizufügen. Über ihre persönlichen Verhältnisse Aufschluß zu
geben, wie es der Fremde offenbar wünschte, unterlag nicht
der Taxe. Nach einer Stunde zog der Fremde wieder ab.

Nun stand Regina an einer der Schießscharten in dem
alten Gemäuer und sah auf den einzigen Ausschnitt hinaus,
der einige Dächer und die Wipfel einiger herbstgebräunter
Bäume zeigte. Ein leichter, feiner Nebel mischte sich mit der
Dämmerung und verwischte die Umrisse da unten. Jetzt, da
der Fremde gegangen war, empfand Regina erst, wie wohl-
tätig es auf sie gewirkt hatte, durch ihn ihren Gedanken auf
eine Weile entrissen worden zu sein. Immer um den einen
Punkt gedreht, war sie manchmal vom Schwindel erfaßt
worden. Eine schlimme Zeit lag hinter ihr. Der Vater war
krank gewesen und der Geliebte fern. Zuerst hatte sie kaum
zu einigen flüchtigen Zeilen an ihn Zeit gefunden, zu wenig

44

mehr als einem kurzen Bericht über ihr Befinden und einer
Frage nach seiner Liebe. Dann war das seltsame Verbot ge=
kommen, dem sie gehorchte, weil es von Kuperus kam, ohne
aber einzusehen, welchem Zwecke es dienen sollte. Wenn ihr
Vertrauen zu dem Alten nicht so unbedingt gewesen wäre,
so hätte sie dieses Verbot jedesmal gebrochen, so oft sie einen
der flehenden Briefe Adalberts bekam.

Sie machte sich manchmal Vorwürfe, daß neben dieser
eigenen Angelegenheit die Sorge um den kranken Vater in
den Hintergrund trat. Mit aller Liebe und guter Mühe um=
geben, überwand er auch diesmal seinen Anfall. „Nein,"
hatte er lächelnd gesagt, „ich kann noch nicht gehen, bevor
nicht mein Werk vollendet ist." Und damit hatte er sich von
seinem Lager erhoben. Aber er hatte gewünscht, daß der
Spiegel verhängt werden möge, denn im grünlichen Glas
zeigte sich ihm das Gesicht eines Todgeweihten, so daß er
taumelnd zurücktrat. Dieser Anblick war nicht geeignet, seinen
aus dem letzten Vorrat von Energie aufgerichteten Willen
zu unterstützen.

Alle diese Vorgänge der letzten Wochen waren in ihrer
Gleichförmigkeit schwer in Reginas Seele gesunken, hatten
sie dumpf und mutlos gemacht, ihre Kraft gebrochen und sie
seltsamen Vorstellungen unterworfen. Nur Kuperus ver=
mochte ihr einige Zuversicht zurückzugeben, wenn er sie auf
eine lichtere Zeit jenseits des schweren Dunkels verwies.

In der Stadt unten strahlte aus unsichtbaren Quellen ein
rötlicher Schimmer in die nebelerfüllte Finsternis des frühen
Herbstabends. Regina, die mit aufgestütztem Arm, das Kinn
in die Hand gelegt, hinausgesehen hatte, fröstelte. War es
die Kälte des Abends, oder war es ein Schauer aus Ab=
gründen der Seele, der sie ergriffen hatte? Mit einemmal
fühlte sie sich ganz sonderbar gespannt, als gebiete ihr je=
mand, auf die Geräusche zu horchen, die den alten Turm

45

hinter ihr zu beleben schienen. In dem Gemäuer unter ihr rieselte es, als habe sich ein Spalt aufgetan . . . und plötzlich kam ganz deutlich das Wimmern und Weinen eines kleinen Kindes aus dem Stein. Tief von unten her, ganz fein, aber doch deutlich erkennbar. Es war ein furchtbar kläglicher Ton, das Entsetzen eines nur den einfachsten Regungen zugänglichen Wesens, ein kindliches Schluchzen und Winseln.

Regina stand, vom Grauen gebannt und vermochte sich nicht zu rühren. Da kam noch ein anderes Geräusch hinzu, das aus dem Uhrkasten hinter ihr zu dringen schien. Im gleichmäßigen, lauten Gang unterbrochen, begann das Räderwerk zu ächzen, als sei ein fremder Körper zwischen die metallenen Zähne geraten. Die Pendelschläge setzten aus, verdoppelten sich, indem sie nach Pausen mit jagender Geschwindigkeit einfielen, und dazwischen war ein Knirschen, so durchdringend, daß es Regina als Schmerz in ihrem eigenen Körper fühlte. Es war wie das Krachen zermalmter Knochen, und ein Stöhnen war darüber ergossen, als sei ein lebendiger Mensch dort drinnen zu schrecklichen Martern verdammt. Alle diese Geräusche vereinigten sich zu einem Brei, der Regina umgab und immer höher an ihr hinanzusteigen schien, so daß sie zu ersticken glaubte. An die Mauer gelehnt, fühlte sie sich schutzlos dem Entsetzen preisgegeben. Irgendwoher aus dem Dunkel sahen sie zwei große, glimmende Augen immerfort an. Diese Augen saßen in einem formlosen Körper, von dem sie nicht wußte, ob er nahe oder weit entfernt war.

Oben ging eine Tür, und ein breites scharfes Lichtschwert zerschnitt den Leib des Ungetüms.

„Regina, bist du da!" rief die alte Johanna.

„Ja, ich komme," antwortete Regina mühsam, und dann stieg sie im Schutz des Lichtschwerts die Treppe hinauf.

„Wo warst du denn so lange?"

„Der Fremde hat mich . . .“ in einer Anwandlung von Schwäche sank Regina in den großen Lehnstuhl des Vaters am Tische. Sie schloß die Augen, denn noch immer fühlte sie den grauenvollen Blick auf sich, und noch immer bebte ihr Leib unter den Schauern des Entsetzens. Aber sie wollte nichts verraten und nahm unter dem forschenden Blick der Alten alle Kraft zusammen . . . „er hat mich furchtbar viel gefragt. Es hat ein bißchen lang gedauert!“

„Hast du nicht wieder geträumt! An diesen Kerl gedacht, der nicht mehr kommt, der dich verlassen hat!“

„Ich bitte dich, sprich nicht so von ihm! Du weißt nicht . . .!“

„Was weiß ich nicht! Alles weiß ich! Oh . . ., wenn du mir früher gestanden hättest, wer er ist . . . Niemals hätte es so weit zwischen euch kommen dürfen.“

Regina gab keine Antwort. Seit sie der alten Johanna in einer trostbedürftigen einsamen Stunde, bald nach Adalbert Semilaſſos Abreise alles erzählt hatte, was sie von ihm wußte, haßte die Alte den Eindringling. Und wenn sich nur entfernt eine Gelegenheit dazu bot, fiel sie mit harten Worten über ihn her und verwünschte ihn. Aber immer nahmen diese Auftritte ein Ende wie jetzt. Behutsam näherte sich die Alte dem im Lehnstuhl zurückgesunkenen Mädchen, indem sie das hölzerne Bein so vorsichtig als möglich aufsetzte. Und dann legte sie ihre harte, knochige Hand auf Reginas Scheitel: „Laß nur, Kind,“ sagte sie, „ich sage ja schon nichts mehr. Es ist ja wahr, was weiß denn ich davon . . . ich weiß ja nichts. Vielleicht, wie Kuperus sagt . . . er ist ein Irrender. Wir alle irren . . . und haben unsere Ziele. Er das seine und ich . . . ich habe das meine . . .“ Hier war wieder jene dunkle Andeutung eines Entschluſſes; jener geheimnisvollen Macht, die der alten Johanna geholfen zu haben schien, den Anfall von Wahnsinn zu überwinden, dem sie eine Zeitlang erlegen war.

Dankbar ergriff Regina die welke Hand der Alten und drückte sie. Dabei erinnerte sie sich, daß sie in der andern Hand noch immer krampfhaft das Goldstück bewahrte, das der Fremde für die Besichtigung des Turmes erlegt hatte. Sie erhob sich und warf es in die neben der Tür hängende Blechbüchse. Als sie zurückkehrte, fiel ihr Blick auf die im hellen Schein der Lampe aufgeschlagene Chronik. Und sie sah, daß mit frischer Tinte eine letzte Eintragung gemacht war. In den Lehnstuhl zurückgesunken, las sie in den klaren, von Alter und Krankheit noch nicht verzerrten Schriftzügen des Vaters:

"Ich, Heinrich Palingenius, habe meine Maschine endlich fertiggemacht. Und ich glaube mit aller Kraft meiner unsterblichen Seele, daß das Fliegen den Menschen nicht zum Unheil, sondern zum Heil und Segen sein wird. Höhen gewinnen und von dort aus alle Erbärmlichkeiten mit Lächeln betrachten, das werden sie dadurch lernen. Und das ist Glück. Ich, Heinrich Palingenius, der Türmer, habe mir dieses Glück gewonnen. Und morgen will ich fliegen, als erster von allen. Vielleicht wird es sie zuerst verwirren, aber dann werden sie größer werden und besser. Morgen will ich fliegen. Meine Maschine hat eine Seele. Was vermöchte der Mensch nicht zu beseelen! Wenn er sich nur mit ganzem Herzen und allen Gedanken hingibt. Ist es wahr, was Kuperus sagt? Die leblose Materie sträubt sich dagegen, belebt zu werden. Und sie trägt dem Geist Haß, der sie aus der Erstarrung gerissen hat. Darum ist der Leib dem Geiste feind, weil Gott den Leib aus Erde gemacht hat. Ich glaube nicht daran. Und es ist mir, als ob Kuperus auch nicht daran glaubte. Als ob er von einer höheren Einheit des Leibes mit dem Geist, des Leblosen mit dem Lebendigen wüßte. Er sagt es nur, um mich von meinem Flug abzuhalten. Aber dennoch: morgen will ich fliegen. Ich bin ganz ruhig, denn ich vertraue vollkommen."

Hier waren die Aufzeichnungen, die Regina mit steigender
48

Angst gelesen hatte, zu Ende. Sie sah auf: drüben in der Ecke saß die alte Johanna, den Strickstrumpf im Schoß, und schaute vor sich hin. Aus der Werkstatt kamen Geräusche, die Regina sagten, daß der Vater an der Arbeit war.

Der Alte hatte eben den innersten Mechanismus seiner Maschine auseinandergenommen und war dabei, jeden der unzähligen Teile mit aller Sorgfalt zu putzen und zu ölen, als Regina eintrat. Er grüßte sie mit einem Kopfnicken und nahm mit vergnügtem Ernst eine winzige Schraube vor, deren Windungen er mit weichem Pinsel reinigte.

„Du glaubst nicht," sagte er, „was an diesen kleinen Dingen hängt, diese Schraube zum Beispiel . . ."

„Also morgen!" unterbrach ihn Regina.

Palingenius sah nach der Tür und verstand sogleich: „Du hast es gelesen!"

„Es ist also wahr!"

„Ich bin fertig. Sie lebt. Morgen werde ich fliegen."

„Du willst es tun!" Und dann drang Regina in das Gewirr von Stangen, Schraubenflügeln, Drähten und Rädern ein, in dem der Vater stand, und warf die Arme um seinen Hals: „Vater . . . Vater!"

Sanft befreite sich der Alte, besah die Schraube, die er in der Hand behalten hatte, und legte sie auf eine Glasplatte. Dann geleitete er Regina aus dem Bereich seiner Maschine und setzte sich mit ihr auf eine große schwarze Kiste, in der eine der elektrischen Batterien untergebracht war. „Siehst du . . . Kind," sagte er, „du hast Angst!"

Regina nickte und legte den Kopf an seine Brust.

Gerührt sah Palingenius auf den blonden Scheitel und die zart abfallenden Schultern. „Ich glaub' es dir," fuhr er fort, „denn du kannst ja nicht das Vertrauen haben, das ich zu meinem Werk habe. Wer von euch kennt es denn? Keiner! Der Eleagabal redet ja auch solchen Unsinn. So gescheit er sonst ist."

„Folg' ihm doch, Vater, er weiß . . ."

„Er weiß mehr als ich, willst du sagen! Das ist möglich. Aber davon versteht er nichts. Und dann! Das ist die Aufgabe meines Lebens gewesen. Soll ich nun durch mein ganzes Leben einen Strich machen! Das wäre, als hätte ich niemals gelebt. Jetzt, wo ich am Ziel bin!"

Regina schwieg. Ihre Schultern zitterten. Dann hob sie ein blasses Gesicht, in dem furchtsame Augen flehten. „Vater!" sagte sie stockend, „tu es nicht! Ich habe . . . ich habe das . . . das eingemauerte Kind weinen gehört . . . Und . . . und . . . im Uhrkasten brachen die Knochen. Ein Stöhnen . . . Es war schrecklich."

„Wann hast das gehört!"

„Heute. Vorhin. Im Dunkeln auf der Stiege . . ."

„So." Palingenius stand auf und ging im Zimmer, dessen Enge zum baldigen Wenden zwang, auf und ab. „Heute. Und was! Was meinst du! Das soll etwas bedeuten! Für mich!"

„Eine Warnung . . . Vater!"

Triumphierend stand Palingenius vor seiner Tochter: „Nein, mein Kind! Keine Warnung! Es kann nur eine Ermunterung sein! Weißt du, was da in dem alten Turm stöhnt und jammert! Das ist die Vergangenheit! die Vergangenheit! Weil sie endlich und endgültig überwunden ist. Denn meiner Maschine und dem Fliegen gehört die Zukunft." Als Sieger stand der Vater vor Regina.

„Vater! Du bist ganz —"

„Verblendet! Nein, Regina! Nicht verblendet. Nur voll Zuversicht. Morgen besteht mein Werk die Probe. Schau, Kind . . . selbst wenn sie noch am Leben wäre . . . deine Mutter . . . und mich bitten würde, ich müßte nein sagen." Zärtlich legte der Alte seinen Arm um die Tochter und führte sie zur Tür: „Und jetzt geh schlafen, Kind."

50

Sie zog ihn mit sich: „Du auch, Vater . . . du brauchst die
Ruhe."

„Du wünschst es!"

„Es macht mich ruhiger."

„Gut. Ich will schlafen gehen."

Nach einem schweigend eingenommenen Nachtmahl ging
Regina, einen warmen Kuß des Vaters auf der Stirn, zu
Bett. Aber sie brachte es nicht über sich, zu schlafen, es war
ihr, als käme es ihr zu, über den Vater zu wachen, und aus
kleinen Geräuschen, die aus dem Nebenraum zu ihr kamen,
schloß sie, daß auch der Vater wach im Bette lag. Erst gegen
Morgen verfiel sie in einen schweren Schlaf, aus dem sie
wenig später mit dem unangenehmen Gefühl erwachte, eine
Pflicht versäumt zu haben. Im Schlafraum des Vaters war
es ganz still. Aber über sich und außen, auf dem Umgang
des Turmes hörte sie ein Ziehen und Schieben, schwere Gegen=
stände gegeneinander stoßen und ein Gehämmer auf Stahl
und Holz. Rasch kleidete sie sich an. Dabei erwachte die alte
Johanna, sah ihr verwundert zu, wurde dann auch auf die
Geräusche aufmerksam und erhob sich, ohne zu fragen. Noch
war es früh am Morgen, und ein mattes Licht über dem
Waschtisch leuchtete zu der hastigen Geschäftigkeit der Frauen.
Als Regina, von der Alten gefolgt, heraustrat, sah sie den
Vater beim hellen Schein seiner stärksten Lampen mit dem
Zusammenfügen der Maschine beschäftigt.

Sie sprach kein Wort, denn sie wußte, daß nichts den
Vater zurückzuhalten vermöge, und sah seiner Arbeit zu. An
zwei am Geländer der Galerie befestigten Stahlstangen hing
schon der innere Teil der Maschine. Mit halbem Leib über
die Brüstung gelehnt, fügte Palingenius mit vollkommener
Sicherheit immer neue Bestandteile an. Im Eifer seiner Ar=
beit hatte er zuerst die beiden Frauen gar nicht bemerkt. Nun
trat er auf Regina zu und reichte ihr die Hand. „In einer

halben Stunde", sagte er, „kann man sie vollkommen zer=
legen. Und in einer Stunde kann man sie zusammensetzen."

„Unsinn," brummte die alte Johanna, „vollkommener Un=
sinn."

Ohne den Einwurf zu beachten, ging Palingenius wieder
an die Arbeit. Nun brachte er den sonderbaren Flügel an,
dessen Gestänge sich zusammenfalten und ausspannen ließ,
wobei sich eine glänzende dünne Haut zwischen den schmalen
Rippen dehnte. Das fächerförmige Gestänge schloß sich an
ein Kugelgelenk an, das eng mit dem innersten Gehäuse ver=
bunden war. Feine Drähte gingen von dem Mechanismus
des Gestänges entlang bis zu den Flügelspitzen. Mit beson=
derer Sorgfalt gab Palingenius diesen Drähten Halt und
Spannung.

Von dem Flügelwesen hinweg, das da unter ihren Augen
entstand, lenkte Regina den Blick hinaus. Sie erinnerte sich
eines anderen Tages, da sie auf der Galerie des Turmes ge=
standen hatte, eines untergehenden Tages ... damals mit
Adalbert. Und in dieser Stunde war ihr noch weher zumute
als damals, bevor sie Adalberts Liebe erkannt hatte. In aller
Wehmut war da doch eine Hoffnung gewesen, ganz tief, eine
noch ungeborene Hoffnung, die sich aber schon regte und wuchs.
Heute aber war die Angst und der Schmerz ohne Trost, und
sie hatte keinen Halt, keinen Widerstand in sich. Wo war
Adalbert! Was war mit ihm geschehen! Seit Wochen hatte
sie keine Nachricht von ihm. War er ihr verloren gegangen!
Und nun sollte ihr auch der Vater verloren gehen. Angstvoll
sah sie wieder auf das Flügelwesen, das da über dem Ab=
grund hing und von dem der Vater gesprochen hatte, als
habe es eine Seele, als sei es belebt.

Der Morgen war kühl und versprach einen schönen Herbst=
tag. Im Osten brach ein rötlicher Schein durch Wolkenbänke,
und es war, als greife eine zarte Hand in die Schleier der

Nacht, um sie hinwegzuziehen. Regina entsann sich eines Wortes, womit die alten Griechen die Morgenröte bezeichnet hatten: rosenfingrige Morgenröte. Sie hatte das Wort von Adalbert gehört. Und obzwar sie ihre Gedanken von Adalbert abzulenken versucht hatte, waren sie so wieder zu ihm zurückgekehrt.

„Guten Morgen," sagte Eleagabal Kuperus, der hinter ihr die Turmgalerie betrat. Heinrich Palingenius wandte sich um und begrüßte den Freund mit einem verwunderten Blick: „Du bist es!"

„Ja ... ich will doch zusehen, wie du fliegst." Kuperus war sehr ernst und der Ton von Ruhe und Heiterkeit, den er seinen Worten zu geben versuchte, widersprach dem Ausdruck seines Gesichtes. „Du hast mich zwar nicht eingeladen..."

„Weil du immer Bedenken hast ... immer etwas einzuwenden ..."

„Du bist doch stark genug, um Bedenken und Einwände zu ertragen. Nicht! Übrigens heute habe ich keine Bedenken mehr."

Freudig fragte Palingenius: „Du stimmst mir also zu!"

„Ja!" — Und während der Türmer sich bemühte, seine Freude über Eleagabals Zustimmung hinter einer angenommenen Gleichgültigkeit zu verbergen, wandte sich der Freund den Lampen zu und verlöschte die Lichter. „Übrigens ... wenn du mich über deine Pläne im Dunkeln lassen willst, darfst du keine solche Illumination anbrennen."

„Du hast es bemerkt!"

„Gewiß! Und andere auch. Unten steht schon eine Menge Menschen."

„Gut! Gut! Sie werden sehen, wie man fliegt."

Es war schon genügend hell geworden, die Sonne hatte sich durchgerungen und stand rotglühend über einem dunstigen Meer. Heinrich Palingenius machte sich daran, seiner

Maschine den anderen Flügel einzusetzen. Plötzlich fühlte Elea=
gabal, der aufmerksam zuschaute, seine Hand erfaßt. Er sah
in Reginas blasses Gesicht. „Ich habe alles versucht," flüsterte
sie . . . „er will nicht zurück." Mit einer Gebärde deutete
Eleagabal an, daß alles Bemühen umsonst sei.

„Unsinn . . . ein vollkommener Unsinn," brummte die alte
Johanna.

Die Hammerschläge des Türmers wurden heftiger und
schneller, als beeile er sich, mit seiner Arbeit zu Ende zu kom=
men. Unter Kreischen und Knirschen fügte er eine Schraube
in ihr Gewinde.

Nun war der Tag gekommen. Die Stadt unten machte
die tiefen Atemzüge eines Erwachenden und schien sich den
Zügeln entgegen zu dehnen. Aus den unzähligen Schorn=
steinen über den verschiedenfarbigen und =gestalteten Dächern
drehten sich bläuliche Rauchwirbel in die klare Herbstluft; wo
sie der Mündung des Schlotes entquollen, noch massig und
schwer, fest geballt, als wollten sie wieder zurücksinken, wei=
ter oben aber immer lockerer und heiterer und, wo sie sich in
leichte Wölkchen aufzulösen begannen, schon von der Sonne
angestrahlt. Braunrot und goldig flossen die letzten Flocken
über den zartblauen Himmel. Unten auf dem Domplatz aber
war ein dichter Klumpen von Menschen, die unverwandt
nach der Turmgalerie blickten. Frühaufsteher aus Beruf und
Neigung, die sich hier zusammengefunden hatten und nun
ihren neugierigen Fragen keine Antwort wußten.

„Was geschiegt denn durten!" fragte ein Fleischhauer, der
mit seinem, mit einem Kälberviertel und einigen großen
Stücken Rindfleisch beladenen Hundewagen eben über den
Domplatz kam. Er steckte beide Hände vorn in die blutfleckige
Schürze und stellte sich hinter der letzten Reihe an, während
der Hund, ebenso neugierig wie sein Herr, an den Röcken des
vor ihm stehenden Milchweibes schnupperte. Im Mittelpunkt

54

des Klumpens befanden sich, als die Aufgeregteste von allen, Frau Swoboda und ihr morgendlicher Freund, der Sakristan. Die beiden waren am ehesten imstande, eine Auskunft zu geben. Aber Genaues wußten auch sie nicht. Sie konnten nur sagen, daß der Türmer dort oben war, seine Tochter, die Johanna und — hier dämpften sie jedesmal die Stimmen — „der Zauberer von drüben". Aber was geschah? Was geschah dort oben?

„Er wird an Drachen steig'n lassen," sagte der Dreifaltig= keitsschuster zu dem Fleischhauer, der seine Frage einigemal, immer nachdrücklicher, wiederholt hatte. Aber der Rahmen= macher, der auch Tiere ausstopfte und die Passionsblumen hinter dem Fenster hielt, schüttelte den Kopf. Dazu sei der Alte dort oben zu gescheit, das müsse wohl etwas anderes sein. Und nun gruben die alten Leute, die schon seit Jahr= zehnten hier oben wohnten, alle Erinnerungen aus. Alle Sonderbarkeiten des Türmers wurden ins Licht gesetzt, und wer einen neuen Zug zu dem seltsamen Bilde wußte, beeilte sich, ihn mit einigem Stolz hinzuzufügen. Die Aufregung der Menge stieg, als nun an dem zweiten Flügel unzwei= deutig zu erkennen war, daß es sich um ein Abenteuer in der Luft handeln mußte.

In diesem Augenblick kam Adalbert Semilasso über die Domstiege, betrat zwischen den beiden mürrischen, verrenkten Heiligen den Platz und folgte mit dem Blick den vielen wei= senden Armen. War es soweit? Machte sich Palingenius zum Flug fertig? War es die Vorahnung dieses Ereignisses ge= wesen, die ihn heute nacht so unruhig gemacht und so früh am Morgen hierher getrieben hatte? Und nun fiel es ihm schwer auf die Seele, daß er nicht bei Regina sein durfte in dieser Stunde, vor der sie schon immer heimlich gebangt hatte. Schon war er im Begriff in den Turm einzutreten. Aber da kamen die alten Bedenken und Ängste mit doppelter Gewalt

55

und zerrten ihn von der Türe weg. Es war ihm verwehrt, sie zu trösten, er durfte sich ihrer Reinheit nicht nähern. Und dann, sie war ja doch nicht ganz allein. Er sah Eleagabal Kuperus oben bei ihr, den Freund, der ihr Mut geben würde. Langsam entfernte er sich von der Turmtüre, und da er fand, daß er schon die Aufmerksamkeit der Leute erregt hatte, wollte er sich unter die Menge mischen.

Aber Frau Swoboda hatte ihn erkannt und kam hastig auf ihn zu.

„Was sagen S', gnä' Herr, was will er tun!" fragte sie, indem sie ihn aufgeregt am Rockärmel faßte.

Adalbert wußte nicht, ob er die Wahrheit sagen sollte. Aber wozu verschweigen, was sie doch in den nächsten Minuten selbst sehen mußten. „Er wird fliegen," sagte er, „das dort oben ist seine Flugmaschine."

„Jessus Maria! Fliegen! In der Luft! Über die Dächer!"

„Ja."

„Er wird runterfallen! Gott'swill'n!"

Die Nachricht ging durch die Menge, ließ sie aufbrausen und drängte sie näher zusammen, in dem Gefühl des Entsetzens über die Gefahr eines Menschen.

Heinrich Palingenius war mit seinen Vorbereitungen fertig. Zuletzt hatte er unterhalb des Bewegungsmechanismus einen gepolsterten Hängeapparat angebracht, aus dem der Körper in bequemster Lage die Hebelstellungen regeln konnte. Mit strahlendem Gesicht wandte er sich um. „Eine Stunde... nicht viel länger! Was habe ich gesagt! Aber macht doch nicht solche Mienen! Regina!" Er hob den Kopf seiner Tochter mit einem zärtlichen Griff unter das Kinn. Da sah er die Tränen in ihren Augen. „Kind! Kind!" sagte er und küßte sie auf die Stirne.

Eleagabal Kuperus legte dem Freund die Hand auf die Schulter: „Ein Glas Wein!"

56

„Wozu!"

„Trink nur ein Glas Wein! Das wird dir nicht schaden! Vom alten, von dem griechischen."

„Es ist die letzte Flasche."

„Warum soll man bei einer solchen Gelegenheit nicht eine letzte Flasche trinken!"

Auf Eleagabals Wink ging die alte Johanna, den Wein zu holen.

„Dein Publikum wird immer größer," sagte Kuperus, indem er auf den Domplatz hinabdeutete. „Und die löbliche Polizei ist auch schon da!"

Ein Wachmann mit blitzendem Helm ging quer über den Platz auf die Turmtüre zu. Hinten im Turmzimmer tobte die elektrische Klingel.

„Du hast wohl keine Erlaubnis zum Fliegen. Er wird es dir verbieten wollen."

Palingenius lächelte: „Die Obrigkeit! Mit dem Gewinn des Fliegens hat man alle Obrigkeit verloren."

Gerade als die Glocke über ihnen mit vier schnelleren Schlägen das Ende einer Stunde verkündete, kam die alte Johanna mit der verstaubten Flasche und einem altertümlichen Glas, auf dem zwischen Rosen und Lilien in verschnörkelten Buchstaben stand: „Zur Erinnerung." Siebenmal rollte wuchtig und schwer der Hall der Stundenglocke über die Turmgalerie hin und übertäubte das Geschrill der elektrischen Klingel im Zimmer.

„Aus diesem Glas hat sie bei unserer Hochzeit getrunken," sagte Palingenius halb zu Regina und halb für sich. Mit verklärtem Gesicht hob er das Glas mit dem schweren, fast braunen Wein und leerte es auf einen Zug. Anstatt des Weines erfüllte es jetzt das funkelnde Gold der Sonne, brach sich an den Kanten und dem Rand und machte die Rosen und Lilien durchscheinend und leuchtend. Langsam

57

und vorsichtig gab es Palingenius der alten Johanna zurück. „So," sagte er und es war, als ob auch in seinem Blick etwas vom Gold der Sonne sei.

Zitternd lag die Flugmaschine mit ausgespannten Flügeln auf den vorgeschobenen Stangen. Selbst vor Aufregung bebend, schien sie ein lebendiges Wesen, das sich in höchster Spannung befindet. Regina starrte sie an; der Glaube ihres Vaters hatte sie ergriffen und es war ihr, als müsse sie dieses Flügelwesen mit flehenden Worten beschwören. Als sie Palingenius umarmte und küßte, gewann sie es über sich, nicht aufzuschreien, denn Eleagabal hatte ihr rasch vorher zugeflüstert: „Sei stark! Mach' ihn nicht schwach."

Dann reichte Palingenius noch Eleagabal und der alten Johanna die Hand, mit einem so strahlenden Stolze, so daß Johanna ein halb mürrisches, halb ängstliches Wort des Tadels unterdrückte. Und dann schwang er sich mit jugendlicher Kraft über die Brüstung der Galerie und rückte sich in dem Hängeapparat zurecht. Mit beiden Händen auf das Geländer gestützt, sah Regina dem Vater zu. Er drehte an einer Kurbel, und pfauchend schoß eine kleine blaue Flamme aus einer durchlöcherten Messingscheibe, verschwand, schoß wieder hervor und so in immer schnellerer, rhythmischer Wiederkehr. Sogleich riß Palingenius einen Hebel herum, die Maschine glitt an ihren Tragbändern über die vorgeschobenen Eisenstangen, verließ den Halt und schwebte draußen frei in der Luft.

Das Gemurmel der Menge, die den Platz vor dem Dom erfüllte, war verstummt, und das tobende Schrillen der elektrischen Klingel brach ab. Der Wachmann war von der Turmtüre zurückgetreten und stand unter den übrigen, die mit verdrehten Hälsen zusahen, wie die Flugmaschine des Türmers über die Dächer Kreise zog.

Mit schönen, langsamen Bewegungen stieg und sank sie,

58

zuckte in plötzlichem Flug hin und kehrte willig wieder zurück. Jetzt schoß Palingenius mit einemmal so hoch hinauf, daß die Maschine bloß als schwarzer Punkt in der klaren Herbstfrühe stand, und dann war er wieder da, mit schweren, lässigen Flügelschlägen den Domplatz überschattend. Die drei Menschen auf der Turmgalerie sprachen kein Wort. Regina hatte Eleagabals Arm gepackt, und als sie den sicheren Flug des Vaters sah, kehrte mit der Hoffnung auch ein herzhafter Stolz auf seine Kühnheit ein.

Noch immer ließ Palingenius seine Maschine alle Arten von Bewegungen vollführen, wie ein lebendes Tier, das jedem Wort seines Herrn gehorcht. Er schwebte in breitem Wanderflug über die Stadt hin, kam zurück, stand einen Augenblick über dem Haus des Kuperus und strich nun in gleicher Höhe mit der Turmgalerie hin.

Plötzlich fühlte Regina ein hastiges Zusammenfahren Eleagabals, als ob die Sehnen seines hageren Armes von einem elektrischen Schlag getroffen wären. Er hatte bemerkt, daß der ruhige Flug der Maschine sich veränderte, es kam etwas Irres, Flackerndes in ihre Bewegungen, und er sah, daß Palingenius heftig und zornig an den Hebeln riß.

„Was ist denn!" fragte Regina ängstlich.

„Sie hat ... sie hat ihren eigenen Willen," murmelte er. „Es ist da!"

„Was denn! was!"

Eleagabal vermochte keine Antwort zu geben. Drüben in der Luft fand ein wütender Kampf zwischen dem Meister und seinem Werk statt. Einen Augenblick war es Eleagabal, als wende ihm Palingenius ein totenblasses Gesicht mit einem zum Schreien geöffneten Mund zu. Aber es war nichts zu hören als das Schwirren der großen Flügel und die rhythmischen Pulsschläge der Maschine. Es war klar, daß Palingenius die Herrschaft über seinen Apparat verloren hatte. Regellos stieg die Maschine auf und ab, kam in unbesonnenen Kreisen bald den Dächern der Häuser, bald den Wänden des Turmes nahe, flog einmal so dicht über den Köpfen der Menge unten weg, daß sich einige duckten und nun ... war sie plötzlich hinter dem Turm verschwunden.

Unten entstand ein Geschrei: „Wo ist sie, wo ist sie?"

Regina lehnte an der Wand. Zwei Schläge der Viertel=stundenglocke wogten über sie hinaus. Eleagabal hatte ihre Hand gefaßt und streichelte sie unaufhörlich, ohne ihr einen Trost geben zu können. Mit gefalteten Händen kniete die alte Johanna in der Türe des Turmzimmers und bewegte die Lippen. Sie betete, sie, die niemand noch beten gesehen hatte.

Plötzlich schoß die Maschine wieder hinter dem Turm her=vor. Sie stieg in schrägem Flug, und Eleagabal sah, wie Palingenius in blindem Zorn, außer sich vor Wut, mit ge=ballten Fäusten auf den Apparat losschlug, als wolle er ein ungebärdiges, störrisches Tier züchtigen. Als die Maschine um einige Meter über der Turmspitze war, hielt sie plötzlich an. Und nun geschah das Fürchterliche. Zuerst ging ein Zittern durch ihr Gestänge, die Flügel streckten sich wie in plötzlichem Krampf aus und zogen sich zusammen. Diese Bewegungen wurden so heftig, daß Palingenius in seinem Hängeapparat hin und her flog. In jäh erwachender Angst griff er nach beiden Seiten aus und faßte zwei Eisenbügel des Flügelrahmens, um sich an ihnen zu halten. Aber die Maschine schüttelte sich und befreite sich von ihm. Und nun schoß sie plötzlich hinauf, mit wilden, ruckweisen Stößen. Hoch oben ... überschlug sie sich plötzlich in rascher Drehung. Ein dunkler Körper trennte sich von ihrem verwirrten, durch=einander geworfenen Gestänge.

Ein einziger Schrei der Menge auf dem Domplatz ...
dann ein dumpfklatschender Schlag auf dem Pflaster ...

60

Wie erleichtert ſtieg die Maſchine noch ein Stückchen höher, dann ſank ſie ſchräg hinab und blieb auf dem flachen Glasdach eines photographiſchen Ateliers liegen, mit zuckenden Flügeln, wie erſchöpft vor Aufregung und Anſtrengung.

Regina war zuſammengeſunken, ſo wie ſie an der Wand gelehnt hatte, einfach in ſich zuſammengeſunken. „Bleib bei ihr," rief Eleagabal die alte Johanna an und rannte der Treppe zu. Aber als er die Hälfte der Stufen zurückgelegt hatte, hörte er das harte, haſtige Klappern des Holzfußes über ſich. „Was iſt's!" ſchrie er zurück. Aber die alte Johanna gab ihm keine Antwort, überholte ihn und rannte ihm voran, halb ſtolpernd und das Stiegengeländer entlang gleitend, in wilder Verſtörtheit bemüht, zuerſt unten anzukommen.

Inmitten der zurückgewichenen Menge lag Heinrich Palingenius auf dem Domplatz. Die alte Swoboda kniete bei ihm, weinend, ohne der herabſtrömenden Tränen zu achten. Vorſichtig hob der Fleiſchhauer den Kopf des Toten und legte ihn auf den Schoß der Alten. Heinrich Palingenius war ganz unverſehrt, nur aus dem Hinterkopf kam ein dünner Strahl hellen Blutes hervor, der in den Vertiefungen des holprigen Pflaſters kleine Lachen gebildet hatte. Außer dem Wachmann, der bereits ſein Notizbuch gezogen hatte und eifrig den Tatbeſtand notierte, war noch jemand da — Adalbert Semilaſſo. Er hatte ſich durch die Menge hindurchgedrängt und hatte dem Toten die Weſte geöffnet, um die mit grauen Haaren bedeckte Bruſt zu befühlen. Mit vor Aufregung überſtürzten Worten berieten einige zunächſtſtehende Gruppen, was zu tun ſei.

Als Eleagabal eben bei dem Toten ankam, gab der Wachmann dem Hund des Fleiſchhauers einen Fußtritt. Das Tier war, den Wagen hinter ſich herziehend, ſeinem Herrn gefolgt und hatte begonnen, die Blutlachen auf dem Pflaſter aufzulecken.

Adalbert Semilasso erhob sich und trat Eleagabal entgegen. Nach einem ersten furchtsamen Blick senkte er den Kopf. Da fühlte er sich vor die Brust gestoßen. Die alte Johanna stand vor ihm und schrie ihm wütend ins Gesicht: „Gehen Sie! was wollen Sie bei diesem Toten!"

„Bleiben Sie!" sagte Eleagabal und hielt Adalbert an der Hand zurück. „Sie gehören hierher."

Irgend jemand hatte einen nahewohnenden Arzt gerufen.

Es blieb diesem nichts zu tun übrig, als festzustellen, daß Palingenius tot war. Nun besann sich auch der Wachmann auf seine Würde. „Weg da! Zurück!" schrie er mit gebietender Armbewegung. „Er kommt ins Spital."

„Nein," sagte Eleagabal, „was wollen Sie? er ist tot. Wir nehmen ihn hinauf."

„Auf den Turm! Sie werden ihn dort hinaufschleppen!"

„Das ist doch unsere Sache. Ich weiß, es ist sein Wunsch gewesen, oben auf das Grab zu warten."

„Und wer wird die Turmwache halten?"

„Die Tochter und diese alte Frau hier. Wie immer, wenn er krank war."

„Es ist gut. Ich werde die Meldung machen."

„Kommen Sie!" rief Eleagabal Adalbert auf, der schüchtern abseits stand. „Kommen Sie, fassen Sie an."

„Ich soll mit hinauf! Ich kann es nicht. Ich kann nicht vor sie treten. Sie wissen nicht . . ."

„Ich weiß alles. Kommen Sie nur! Die große Liebe verzeiht alles!" Adalbert trat einen Schritt zurück. Das waren dieselben Worte, die er von der anderen gehört hatte, diese Worte, die ihn nächtelang verfolgten, als wollten sie ihm neuen Mut machen. Wie sonderbar, daß sich der Weise und die Dirne in derselben Erkenntnis begegneten. Sein Zögern dauerte nur noch Sekunden, dann bückte er sich und faßte mit Eleagabal die Schultern des Toten. Weinend erhob sich

62

die alte Frau Swoboda, die den Kopf des toten Jugend=
geliebten auf ihrem Schoß gebettet hatte.

„Weinen Sie nicht," sagte Eleagabal Kuperus leise, „es
war doch Ihr Wunsch. Sie wollten ihn doch noch einmal
sehen."

Die Alte vergaß ganz, daß es der gefürchtete Zauberer
war, der mit ihr sprach. „Aber nicht so ... aber nicht so ..."
schluchzte sie.

„Es war sein Wille. Wir können nichts tun. Kommen
Sie nur mit. Regina wird Sie brauchen."

Der Dreifaltigkeitsschuster und der Rahmenmacher hatten
die Beine des Toten gefaßt, und in langsamem Zug erreichten
die Träger mit dem mageren Körper des Greises die Turm=
türe. Die Menge drängte in teilnehmender Neugierde nach
und gab die Unglücksstätte frei, wo der Hund des Fleisch=
hauers nach einem scheuen Rundblick wieder an den blutigen
Steinen zu lecken begann.

Regina stand mitten im Turmzimmer und erwartete die
keuchenden Männer, die den Leichnam des Vaters brachten.
Ohne zu weinen, öffnete sie die Türe der Werkstatt, wo sie,
inmitten der Apparate und Werkzeuge, inzwischen aus einer
Matratze und frischem Leinen ein Lager bereitet hatte.

„Ich glaube ... so wäre es ihm recht gewesen ... hier,"
fragte sie Eleagabal, vor innerlichem Schluchzen stockend, ohne
aufzusehen, den Blick fest auf das Gesicht des Toten geheftet.
Der Freund nickte.

Beim Eintreten war Eleagabal sogleich etwas aufgefallen,
aber er hatte sich nicht sagen können, was es war. Irgend
etwas war in diesem Raum anders als sonst, es fehlte etwas,
eine Starrheit hatte sich über alles ausgebreitet, wie eine
Panzerdecke, die nicht zu durchbrechen ist. Mit einem Blick
streifte Kuperus das Gesicht Adalberts, der sich, nachdem der
Tote auf sein Lager gebettet worden war, scheu zurückgezogen

63

hatte. Er fah, daß auch Adalbert das gleiche aufgefallen fein mochte. Und jetzt wußte Kuperus plötzlich, was es war. Alle die mechanifchen Kunftwerke, die hier untergebracht waren, ftanden ftill, die Pendelfchläge, das Schnurren der Räder, die mannigfachen kleinen und großen Geräufche, die das Leben diefes Raumes ausmachten, waren verftummt. Alle diefe Mafchinen, die eine unaufhörlich tätige Gefchicklichkeit im Laufe vieler Jahrzehnte erbaut hatte, an denen die Stationen eines Schickfals abgefehen werden konnten, waren mit dem Tod des Meifters zugleich ftill geworden. Das Planetenfyftem unter der Decke hatte feine Bewegung eingeftellt. Die Negerin, in deren Augen die Zahlen auffprangen, die die Stunden anzeigten, fchien mitten in einer Verbeugung erftarrt zu fein. In ihren Augen war zu fehen, daß das Werk gerade um halb acht Uhr ftehen geblieben war.

Langfam wandte fich Eleagabal wieder Regina zu. Neben dem Toten kniend, hatte fie feine Hände ergriffen und fie nach einem fcheuen Kuß auf die runzeligen Finger in ihren Händen behalten, als wolle fie den Toten erwärmen. Während die alte Johanna in ratlofer Gefchäftigkeit ab und zu ging, ftanden die Männer, die Palingenius heraufgebracht hatten, abfeits. Nur Frau Swoboda hatte fich ein wenig vorgewagt, und es fchien, als folge fie einem unwiderftehlichen Zug zum Lager des Toten, an die Seite Reginas. Hatte fie nicht ein Anrecht darauf, neben der Tochter zu knien?

Der Rahmenmacher fchien in ein ftilles Gebet verfunken, der Dreifaltigkeitsfchufter aber fah mit neugierigen Augen herum, in diefem mit fo vielen fonderbaren Geräten angefüllten Raum, von dem man fich die merkwürdigften Dinge erzählte und den zu fehen einer feiner brennendften Wünfche gewefen war.

Nun erhob fich Regina und trat auf die Männer zu, um ihnen zu danken. Zwifchen den vorgefchobenen Köpfen und

64

den verlegen wankenden Schultern erblickte sie ein Gesicht
. . . sie stieß nur einen leisen Schrei aus und fuhr einmal
mit der Hand über die Augen. Dann sah sie noch einmal hin,
es war Adalbert, und es schien ihr, als sei er bestrebt, sich
vor ihr zu verbergen. Nach einem sekundenkurzen Beben des
ganzen Körpers vollführte sie ihre Absicht und gab dem
Rahmenmacher zuerst und dann dem Dreifaltigkeitsschuster
die Hand. Sie wollte vor den Fremden nichts von ihrer
Überraschung zeigen. Als sie auch Adalbert die Hand gab,
fühlte sie, daß seine Finger nicht wärmer waren als die des
Toten.

Verlegen grüßend stolperten die fremden Männer zur Türe
hinaus. Einen Augenblick war es, als ob ihnen Adalbert
folgen wolle; aber ein Wink Eleagabals hielt ihn zurück. Er
stand und sah in Reginas Augen, bittend, mit einem scheuen
und heißen Ausdruck, mit einer Leidenschaft des Gefühls,
die ihn über sich erhöhte, so daß er in diesem Moment das
Bewußtsein seines Unwertes verlor.

„Bist du endlich gekommen!" fragte Regina, als die Tritte
der Männer auf der Turmtreppe verhallten. „Bist du da!"

„Und, wenn du mich nicht von dir schickst . . . ich will jetzt
immer bei dir bleiben."

Verwundert blickte Frau Swoboda auf und entdeckte die
Beziehungen, die zwischen Regina und dem jungen Mann
bestanden, der sich immer nach dem Befinden des Türmers
erkundigt hatte. Sie sah, daß sich die beiden an der Leiche
des Vaters küßten, und sie wurde nur noch gerührter da=
durch, daß sie der eigenen Jugend gedenken mußte.

„Und weißt du alles!" fragte Adalbert.

„Ich will es nicht wissen. Nun bist du wieder da."

„Gerettet."

„Warst du in Gefahr! Ich werde achtgeben auf dich . . ."

Noch einmal keuchte jemand die Turmtreppe hinauf. Es

war der Bezirksarzt, der den Toten zu besichtigen und den Totenschein auszustellen hatte. Als er gegangen war, begannen die Frauen den Leichnam zu entkleiden und zu waschen.

Eleagabal Kuperus winkte Adalbert, ihm in das Wohnhaus zu folgen. Sie setzten sich an dem Tisch des Türmers einander gegenüber.

„Nebenan liegt ein Toter," sagte Adalbert nach einer Weile. „Ihr Vater! Aber ich . . . ich bin so maßlos glücklich. Ist das nicht ein Frevel! Und ich bin ganz verwirrt."

„Sehen Sie: es ist, wie ich gesagt habe. Die große Liebe verzeiht alles."

„Ja . . . ja! Aber ob sie alles weiß . . ."

„Ich glaube, sie ahnt es wenigstens."

„Ich werde ihr alles sagen. Ich will ganz rein sein vor ihr."

Eleagabal Kuperus nickte zustimmend mit dem Kopf. „Später . . . später einmal."

„Aber ich verstehe noch nicht alles. Einiges ist mir noch dunkel. Warum hat sie auf meine dringenden Briefe nicht geantwortet? Der Vater war krank. Da wurde sie karg. Aber als er wieder gesund war, warum hat sie da nicht geschrieben?"

Lächelnd sagte Kuperus, und die beiden Eberhauer krochen wie gekrümmte Messer aus ihren Scheiden: „Es ist auf meinen Rat geschehen; ich habe ihr geraten, nicht zu antworten. Und Regina hat gehorcht. Sie wissen nicht, was es sie für Kämpfe gekostet hat. Aber sie hielt sich brav, weil sie mir geglaubt hat, daß es zu ihrem Glück ist."

„Zu ihrem Glück! Aber es hätte sein können, daß ich . . . sehen Sie, ich hätte verzweifeln können und ganz . . . ganz . . . der anderen verfallen."

„Ich habe gewußt . . . wenn Sie so ganz um und umge=
66

wühlt werden, so wird Ihnen die Besinnung kommen ...
Sie werden wieder unser sein."

Adalbert sann eine Weile nach: „Es ist wahr!" sagte er
schließlich, „es ist wahr." Aber nun fuhr er mit plötzlicher
Energie fort: „Und jetzt ist es auch zu Ende mit meiner
Sklaverei. Ich mache mich frei."

Mit ruhig glänzenden Augen sah ihn Kuperus an. Es
brannte ein tiefes Feuer in diesem Blick. „Werden Sie
stark genug dazu sein!"

„Ich werde an alles denken, was ich schon erduldet habe.
Vor allem aber daran, daß ich Regina beinahe verloren
hätte."

„Brav! brav! Und jetzt mein Lieber, will ich Ihnen ein
Buch zu lesen geben. Ich glaube, daß es Sie in Ihrem
Entschluß stärken wird. Erwarten Sie mich hier, ich will es
holen gehen."

Und damit verließ Eleagabal den jungen Freund, der in
einer sonderbaren Mischung von Glück und Besorgnis, von
Hingabe und Empörung verharrte. Nebenan war es ruhig
geworden. Das Ab= und Zulaufen, mit dem alles Nötige
herbeigeholt wurde, war zu Ende, und die alte Johanna kam
nur noch ein letztes Mal durch das Wohnzimmer, gerade als
Eleagabal Kuperus ging.

Adalbert hörte nichts als ein dumpfes, eintöniges Mur=
meln, das gleichmäßige Beten der alten Swoboda, die nun
ihre als Kerzelweib erworbene Fertigkeit für den Jugendge=
liebten verwenden durfte. Aus ihrem Vorrat hatte sie zwei
dicke, große und ein Dutzend kleinere Wachskerzen gespendet.
Sie brannten in zwei Reihen zu beiden Seiten des Toten,
mit blassen, fast unsichtbaren Flammen, denn das Sonnen=
licht des hellen Herbsttages war in breiten Flächen einge=
fallen und ließ die künstlichen Lichter nicht aufkommen. Re=
gina stand am Fenster, mit dem Rücken gegen einen der

kleinen Schränke gelehnt, in dem das sinnreiche Schachtel=
system des Vaters Hunderte von Werkzeugen und kleinen
Maschinen unterzubringen gewußt hatte. Es war ihr, wie
sie so dastand und den Blick auf den mit weißen Binden um=
wickelten Kopf des Vaters ruhen ließ, zwar traurig, aber
auch unendlich friedlich zumute. War nicht gerade dieser Tod
das notwendige Ende seines Lebens? War nicht erst dadurch
sein Geschick erfüllt?

Mürrisch berichtete die alte Johanna, daß Adalbert drau=
ßen allein sei, und Regina löste sich darauf langsam von ihrem
Platz und ging zu ihm. Sie legte ihm die rechte Hand auf
den Kopf, und Adalbert faßte ihre Linke und küßte sie in=
brünstig. So fand sie Eleagabal Kuperus, als er nach ge=
raumer Zeit wieder das Turmzimmer betrat.

„Hört ihr nichts?" fragte Regina, „hört ihr nichts?"

„Was denn?"

„Ein Gesang . . . eine Melodie! Nichts! Ich weiß nicht
. . . als ob sie aus dem Boden hervorkäme . . ."

Eleagabal Kuperus trat zu Regina hin: „Sie quillt dir
überall entgegen. Sie scheint den ganzen Turm zu erfüllen.
Endlos, eintönig, eine unsagbar traurige Litanei. Sie quält
dich wie ein schweres Gefühl, das dich nicht verläßt. Nicht
wahr?"

„Ja! Ja!"

„Die Mauern sind voll von diesen Tönen, die von Tränen
feucht zu sein scheinen. Es ist ein Gewisper von tausend
klagenden Stimmen. Es kommt aus großen Tiefen."

„Ja!" flüsterte Regina. Und Adalbert nickte. Auch er hatte
diese klagende Melodie schon gehört, diese trostlose Litanei,
die endlos dahinwallte, ein Zug von müden Tönen, die ihre
Seele verloren haben.

„Es ist die Stimme des Domes," fuhr Kuperus fort,
„die Stimme des Domes. Alle die durch Jahrhunderte au=

68

gehäufte Qual, die unerfüllten Wünsche, die ringende Sehn=
sucht, die sich hier vor den Altären aus den Herzen der Beter
erhob. Wohl jeder hört so einmal die Stimme des Domes.
Einmal wenigstens. Und die tröstenden Worte der Priester
sind darin die vergeblichen Beruhigungen und Versprechun=
gen. Es ist die Stimme des Domes."

„Die Stimme des Domes," murmelte Regina.

Hans Pfaalls Mondfahrt
Von Edgar Allan Poe

Nach jüngsten Berichten aus Rotterdam scheinen sich alle Philosophen der Stadt in höchster Aufregung zu befinden. Es haben sich dort in der Tat so unerwartete, so absolut neue Phänomene gezeigt — Phänomene, die so im Widerspruch mit den bis jetzt behaupteten Ansichten stehen, daß ich fürchte, ganz Europa wird nach nicht allzulanger Zeit in eine Art Aufruhr geraten, die ganze Physik wird sich empören, der gesunde Menschenverstand und die Astronomie werden sich in den Haaren liegen.

Den Berichten nach hatte sich also im Monat ... am ... (ich erinnere mich des Datums nicht mit Bestimmtheit) auf dem großen Börsenplatze der bewußten Stadt Rotterdam zu einem nicht genauer erwähnten Zwecke eine große Volksmenge versammelt. Der Tag war warm — ungewöhnlich warm sogar für die Jahreszeit, kein Lüftchen wehte, und der Menge war es durchaus nicht unangenehm, daß von Zeit zu Zeit aus den großen, weißen Wolken, die über das blaue Himmelsgewölbe zogen, ein leichter Regen niederrieselte. Gegen Mittag nun machte sich in der versammelten Menge eine leichte, doch deutlich spürbare Erregung bemerklich. Darauf folgte das Gemurmel von zehntausend Stimmen, und eine Minute später wandten sich zehntausend Gesichter zum Himmel empor, zehntausend Tabakspfeifen fielen wie auf einen Schlag aus zehntausend Mündern, und ein Schrei, der nur mit dem Getöse der Niagarafälle verglichen werden kann, erscholl durch die ganze Stadt und über die ganze Umgebung von Rotterdam.

Was die Ursache dieses immerhin seltsamen Gebarens war, wurde bald offenbar. Hinter der scharfumrissenen Masse einer der schon erwähnten Wolken trat langsam hervor und glitt in eine der blauen Himmelslagunen ein rätselhaftes, heterogenes, doch offenbar stofflich festes Etwas von so sonderbarer Gestalt, so phantastischer Zusammensetzung, daß

72

es die wohlbeleibten Bürger, die mit offenem Munde nach oben starrten, nicht verstehen konnten, aber auch nicht zu bewundern müde wurden. Was konnte es sein! Im Namen aller Teufel von Rotterdam, was konnte das zu bedeuten haben! Niemand wußte es, niemand hatte auch nur eine Ahnung; niemand, nicht einmal der Bürgermeister, Mynheer Superbus van Underduk, fand die geringste Vermutung, die es ermöglicht hätte, das Geheimnis aufzuklären. Sodaß schließlich ein jeder, da man doch nichts Vernünftigeres tun konnte, seine Pfeife wieder sorgfältig in den Mundwinkel steckte, ein Auge beharrlich auf das Phänomen gerichtet hielt, paffte, eine Pause machte, mal nach rechts und links wackelte, bedeutungsvoll grunzte und — wieder paffte.

Mittlerweile jedoch kam der Gegenstand so außerordentlicher Neugierde und die Ursache so vielen Dampfes der guten Stadt näher und näher. In wenigen Minuten war das Wunder so nahe, daß man es deutlich erkennen konnte. Es schien — nein, es war bei Gott eine Art von Ballon, doch hatte man einen solchen Ballon in Rotterdam noch nie zuvor erblickt. Denn wer, lassen Sie mich fragen, wer hat jemals einen Ballon gesehen, der ganz aus schmutzigen Zeitungen gemacht ist! In Holland gewiß niemand! Und gerade vor der Nase oder vielmehr gerade über der Nase all dieser Leute befand sich nun ein solches Ding, eins, das, wie ich aus bester Quelle erfahren habe, gerade aus dem Material hergestellt war, von dem noch niemand gehört hatte, daß es je zu einem solchen Zwecke verwendet worden wäre. Das erschien dem gesunden Menschenverstande der Bürger von Rotterdam eine ungeheuere Beleidigung zu sein.

Was die Gestalt des Ballons anging, nun, so war sie noch tadelnswürdiger, denn sie hatte keine andere Form, als die einer riesigen umgestülpten Narrenkappe. Und diese Ähnlichkeit verminderte sich durchaus nicht, als die Menge bei ge-

73

nauerem Hinſehen von der Spitze eine große Troddel herab=
hängen und an dem oberen Rand oder der Baſis des Kegels
kleine Inſtrumente herumbaumeln ſah, die Schafsglocken
glichen und fortwährend die Melodie des ſchönen Liedes
„Wilhelmus von Naſſauen" klingelten.

Aber es ſollte noch ſchlimmer kommen!

An blauen Bändern hing vom Rande dieſer phantaſtiſchen
Maſchinerie ein rieſiger, grauer Caſtorhut wie eine Gondel
herab. Die Ränder waren übertrieben breit, der halbkugel=
förmige Kopf mit einem ſchwarzen Bande und einer ſilber=
nen Schnalle geſchmückt. Es muß jedoch höchſt merkwürdig
erſcheinen, daß mancher Einwohner von Rotterdam ſchwor,
er habe den Hut früher ſchon öfters geſehen — ja, die ganze
verſammelte Menge ſchien ihn mit den Augen eines guten
Bekannten zu betrachten. Und Mevrouw Grettel Pfaall ſtieß
gar bei ſeinem Anblick einen Ruf freudigſter Überraſchung
aus und erklärte, es ſei der Hut ihres guten Gatten. Dieſer
letzte Umſtand verdiente um ſo größere Beachtung, als Pfaall,
Hans hieß er mit Vornamen, mit drei Genoſſen vor ungefähr
fünf Jahren ganz plötzlich und auf unerklärliche Weiſe aus
Rotterdam verſchwunden war und bis zu dem Tage, an dem
dieſe Erzählung beginnt, alle Nachforſchungen nach ſeinem
Verbleib nicht das geringſte Ergebnis gehabt hatten. Aller=
dings waren noch neulich im Oſten der Stadt an einem ver=
ſteckten Orte mit anderen ſonderbaren Trümmern einige an=
ſcheinend von Menſchen ſtammende Gebeine gefunden wor=
den. Ein paar Leute hatten daraufhin die Vermutung aus=
geſprochen, daß an dieſer Stelle wahrſcheinlich eine ſchreck=
liche Bluttat geſchehen ſei, deren Opfer jedenfalls Hans Pfaall
und ſeine Kameraden waren.

Doch kehren wir zu unſerer Erzählung zurück.

Der Ballon (ohne Zweifel war es einer) hatte ſich dem Bo=
den bis auf dreißig Meter genähert und geſtattete der Menge,

die Person, der er zum Aufenthalt diente, genau in Augen=
schein zu nehmen. Es war ein sonderbarer Jemand. Er
mochte kaum sechzig Zentimeter hoch sein, und doch hätte ihn
seine Winzigkeit nicht verhindert, das Gleichgewicht zu ver=
lieren und über den Rand seiner Gondel hinauszufallen,
wenn er nicht außerdem noch in einem runden Reifen gesteckt
hätte, der ihm um Brust und Rücken ging und an den
Stricken des Ballons festgebunden war. Der Körper des klei=
nen Mannes erschien über alle Proportion dick und gab seiner
ganzen Erscheinung etwas absurd Rundes. Seine Füße konnte
man natürlich nicht sehen. Seine Hände waren ungeheuer
groß. Sein Haar grau und hinten in einen Zopf geordnet.
Seine Nase war außerordentlich lang, gebogen und leuch=
tend purpurrot, seine Augen blickten scharf und glänzend.
Sein Kinn und seine Wangen, obwohl von Altersfalten
durchzogen, waren breit, weich und doppelt, von einem Ohr
war hingegen an keiner Seite seines Kopfes auch nur das
geringste zu entdecken. Dieser sonderbare kleine Herr war in
einen losen Überrock von himmelblauer Seide gekleidet; er
trug eng anliegende Beinkleider, die an den Knien mit sil=
bernen Schnallen befestigt waren; seine Weste bestand aus
einem gelben, glänzenden Stoffe, eine Mütze aus weißem
Taffet saß zierlich und kokett schief auf seinem Kopfe, und
um seinen Anzug zu vervollständigen, trug er ein blutrotsei=
denes Tuch um den Hals gewunden; vorne war es zu einem
ungeheuren Knoten geschlungen, dessen Zipfel prunkvoll auf
seine Brust herabhingen.

Als der alte Herr, wie ich eben schon sagte, bis auf dreißig
Meter der Erde nahe gekommen war, wurde er von einem
Zittern ergriffen und schien keine Lust zu verspüren, sich die
terra firma genauer anzusehen. Er warf aus einem Lein=
wandbeutel, den er mit großer Mühe aufhob, eine Menge
Sand aus, und der Ballon stand denn auch sofort still. Dann

zog er in eiliger, aufgeregter Weise eine Brieftasche aus Maroquinleder aus der Seitentasche seines Überrockes. Er wog sie argwöhnisch in seiner Hand und betrachtete sie dann mit einem Ausdruck höchster Überraschung, als erstaune ihn ihr Gewicht. Endlich öffnete er sie, entnahm ihr einen riesigen Brief, der mit rotem Wachs gesiegelt und mit einem Bändchen von derselben Farbe sorgfältig zusammengebunden war, und ließ ihn gerade vor die Füße des Bürgermeisters Superbus van Underduk hinabfallen.

Seine Exzellenz bückte sich, um ihn aufzuheben. Der Luftschiffer jedoch, der sich noch immer in großer Unruhe zu befinden schien und auch wohl weiter keine Geschäfte in Rotterdam zu verrichten hatte, traf eilfertig seine Veranstaltungen zur Abfahrt. Da er wieder Ballast auswerfen mußte, um steigen zu können, so fiel ein halb Dutzend Sandsäcke, die er, ohne sich die Mühe zu geben, sie zu leeren, einfach herunterwarf, dem unglückseligen Bürgermeister auf den Buckel und kugelte ihn nicht weniger als ein halbdutzendmal vor den Augen von ganz Rotterdam um und um.

Man muß nun nicht glauben, daß sich der große Underduk diese Impertinenzen des kleinen alten Mannes gefallen ließ. Im Gegenteil, man erzählt, daß er während der sechs Umdrehungen nicht weniger als ein halbes Dutzend wütender Dampfwolken aus seiner Pfeife blies, die er während der ganzen Zeit aus aller Kraft zwischen den Zähnen festhielt und — so Gott will — bis zum Tage seines Todes festhalten wird.

Mittlerweile erhob sich der Ballon wie eine Lerche, schwebte hoch über der Stadt und verschwand endlich ruhig hinter einer Wolke, die der, hinter welcher er hervorgekommen, ganz ähnlich war, und wurde so den staunenden Augen der guten Bürger auf immer entzogen. Nun richtete sich die ganze Aufmerksamkeit auf den Brief, dessen Ankunft oder vielmehr deffen Begleitumstände sich so umstürzlerisch gegen die würdige Person Seiner Erzellenz van Underduk gerichtet. Der hohe Beamte hatte jedoch während seiner kreisförmigen Bewegungen nicht vergessen, die Epistel in Sicherheit zu bringen, die, wie sich alsbald herausstellte, in die richtigen Hände gelangt war, da sie an ihn selbst und den Professor Sternekiek in ihrer Eigenschaft als Präsidenten und Vizepräsidenten des Rotterdamer Astronomischen Kollegiums adressiert war. Er wurde von den beiden Würdenträgern auf der Stelle geöffnet und enthielt folgende höchst seltsame und bei Gott höchst bedeutungsvolle Mitteilung:

An Ihre Erzellenzen van Underduk und Sternekiek, Präsidenten und Vizepräsidenten des Staatlichen Kollegiums für Astronomie in der Stadt Rotterdam.

Eure Erzellenzen erinnern sich vielleicht noch eines bescheidenen Handwerkers namens Hans Pfaall, seines Zeichens Blasebalgflicker, der mit drei anderen vor ungefähr fünf Jahren unaufgeklärterweise aus Rotterdam verschwand. Wenn es Euren Erzellenzen gefällt — ich, der Schreiber dieser Mitteilung, bin Hans Pfaall selbst. Es ist jedem meiner Mitbürger wohl bekannt, daß ich vierzig Jahre lang, bis zum Tage meines Verschwindens, das kleine Ziegelhaus am Anfang des Sauerkrautgäßchens innehatte. Meine Voreltern haben seit undenklichen Zeiten darin gelebt — sie alle gingen wie ich dem ehrenwerten und einträglichen Handwerk des Bälgeflickens nach; und es gab wahrhaftig bis vor wenigen Jahren, als die Politik noch nicht in allen Köpfen spukte, keinen Erwerb, den sich ein ehrlicher Bürger lieber hätte wünschen mögen. Der Kredit war gut, das Geschäft ging flott, und es fehlte weder an Geld noch an gutem Willen. Doch wie ich schon sagte, wir begannen bald die Wirkungen der Freiheit, langer Reden, des Radikalismus und

77

ähnlicher Sachen zu spüren. Leute, die sonst die besten Kunden von der Welt gewesen waren, hatten jetzt keinen Augenblick Zeit mehr, um an uns zu denken. Sie mußten den ganzen Tag von Revolutionen lesen, um mit der Entwicklung des Verstandes und dem Geiste der Zeit Schritt halten zu können. Wenn ein Feuer geschürt werden sollte, so fächelten sie es rasch mit einer Zeitung. Je schwächer die Regierung wurde, desto stärker wurde meine Überzeugung, daß Leder und Eisen immer unzerstörbarer wurden, — denn in sehr kurzer Zeit gab es in ganz Rotterdam keinen Blasebalg mehr, der einen Flicken oder einen Schlag mit dem Hammer nötig gehabt hätte. Das war doch ein unhaltbarer Zustand, wenigstens konnte ich mich darin nicht halten. Ich war bald so arm wie eine — na! natürlich Kirchenmaus, und da ich eine Frau und Kinder zu ernähren hatte, erschien mir das Leben nach kurzer Zeit unerträglich, und ich dachte manchmal darüber nach, wie ich ihm am besten ein Ende machen könne.

Meine Herren Gläubiger ließen mir jedoch nur wenig Muße zum Nachdenken. Mein Haus war vom Morgen bis zum Abend buchstäblich belagert. Besonders drei Burschen quälten mich über alle Menschenmöglichkeit, hielten beständig an meiner Tür Wache und drohten mit dem Gesetz. Diesen dreien gelobte ich Rache, sobald sie mir nur mal in die Finger geraten würden. Und ich glaube, nur der Gedanke an diesen meinen Triumph verhinderte, daß ich meinen Selbstmordplan, mir eine Kugel durch den Kopf zu jagen, sofort ausführte. Mittlerweile hielt ich es für das beste, meine Wut zu verbergen und sie mit guten Worten und Versprechungen so lange hinzuhalten, bis mir irgendwelche glücklichen Umstände eine Gelegenheit zur Rache bieten würden.

Eines Tages, als ich ihnen gerade wieder einmal entwischt war, irrte ich, niedergeschlagener als je, ziellos durch verborgene Straßen, bis ich mich endlich zufällig an der Krambude

78

eines Buchhändlers fürchterlich stieß. Ich sah einen Stuhl in
der Nähe, in den ich mich verbittert hineinwarf, und öffnete,
ohne recht zu wissen warum, das erste beste Buch, das mir
in die Hand kam. Es war eine kleine Abhandlung über die
spekulative Astronomie und entweder von dem Professor Encke
aus Berlin oder von einem Franzosen mit ähnlichem Namen
geschrieben. Ich hatte schon einen kleinen Schimmer von dieser Wissenschaft und las das Bändchen zweimal durch, ehe
ich mich wieder auf das, was um mich herum vorging, be-
sinnen konnte. Mittlerweile war es dunkel geworden, und ich
lenkte meine Schritte heimwärts. Doch hatte die Abhandlung
in Verbindung mit der Mitteilung einer wichtigen Entdeckung
auf pneumatischem Gebiete, die mir jüngst ein Vetter aus Nantes unter dem Siegel der Verschwiegenheit gemacht hatte,
einen unauslöschlichen Eindruck auf mich ausgeübt. Und
während ich so durch die dämmerigen Straßen schlenderte,
ließ ich die seltsamen und zum Teil unverständlichen Schlüsse
des Autors sorgfältig noch einmal vor meinem Gedächtnisse
dahinziehen. Einige Stellen wirkten außerordentlich stark auf
meine Phantasie; je länger ich über sie nachgrübelte, desto
stärker wurde das Interesse, das sie in mir erregten. Meine
im allgemeinen sehr beschränkte Bildung und meine in der
Naturlehre ganz besonders große Unwissenheit zerstörte in
mir doch nicht die Hoffnung, das, was ich gelesen, auch einmal verstehen zu können, und machten mich gegen die unbestimmten Gedanken, die mir während der Lektüre kamen,
durchaus nicht mißtrauisch, waren im Gegenteil meiner Phantasie nur ein mächtiger Antrieb. Und ich war eitel oder vielleicht vernünftig genug, um mich zu fragen, ob die unreifen
Ideen, die so oft bei ungeschulten Geistern auftauchen, nicht
die ganze Kraft und Wahrheit und die anderen, dem In-
stinkt oder der Intuition eingeborenen Eigenschaften haben.
Als ich zu Hause ankam, war es schon spät, und ich ging

gleich zu Bett. Doch war ich zu sehr beschäftigt, um einschlafen zu können, und lag die ganze Nacht in Nachdenken versunken wach. Am anderen Morgen stand ich sehr früh auf, eilte wieder zu der Bude des Buchhändlers und kaufte für mein letztes Geld einige Bücher über Mechanik und praktische Astronomie. Als ich mit diesen glücklich zu Hause angekommen war, widmete ich jeden freien Augenblick ihrem Studium und machte bald solche Fortschritte, daß ich an die Ausführung eines gewissen Planes, den mir der Teufel oder mein guter Geist eingegeben hatte, denken konnte. In dieser Zeit hatte ich mich auch verschiedentlich bemüht, die drei Gläubiger, die mich am meisten belästigten, zu befriedigen. Es gelang mir auch, teils durch den Verkauf von Hausgerät, mit dessen Ergebnis ich sie zur Hälfte bezahlte, teils durch das Versprechen, daß ich das übrige sofort begleichen würde, wenn ich ein kleines Projekt, das ich im Kopfe hätte und zu dessen Ausführung ich ihrer Hilfe bedürfe, ausgeführt haben würde. Durch dieses Mittel (es waren sehr unwissende Leute) gelang es mir ohne Mühe, sie meinen Zwecken geneigt zu machen.

Nachdem alles so weit gesehen war, verschaffte ich mir mit Hilfe meiner Frau durch den geheimen, vorsichtigen Verkauf alles dessen, was mir noch geblieben war, und durch kleine, unter verschiedenen Vorwänden gemachte Anleihen eine ziemliche Summe baren Geldes; ohne mich, wie ich mit Beschämung gestehen muß, im geringsten darum zu kümmern, ob ich die Darlehen jemals würde zurückzahlen können.

Nun kaufte ich mir möglichst unauffällig verschiedene Stücke sehr feinen Batist — jedes Stück maß zwölf Ellen —, Bindfaden, einen Vorrat von Kautschukfirnis, einen großen, tiefen, auf Bestellung gemachten Korb aus Weidengeflecht und verschiedene andere Gegenstände, die zur Herstellung eines sehr großen Ballons nötig sind. Ich trug mei-

ner Frau auf, ihn fo bald wie möglich zu nähen, und gab ihr
während der Arbeit genaue Anweifungen. Ich felbft verfer=
tigte aus dem Bindfaden ein Netz von genügender Größe,
verfah es mit dem Ring und den notwendigen Stricken und
kaufte verfchiedene für Experimente in den oberen Regionen
der Atmofphäre nötige Materialien und Inftrumente. Dann
fuchte ich mir eine verfteckte Stelle im Often der Stadt aus
und brachte zur Nachtzeit fünf eifenbefchlagene Fäßchen,
deren jedes zweihundert Liter hielt, fowie ein weit größeres
Faß dahin; ferner fechs zinnerne Röhren von ungefähr acht
Zentimeter Durchmeffer und drei Meter Länge, eine Quan=
tität einer gewiffen metallifchen oder halbmetallifchen Sub=
ftanz, die ich nicht nennen will, und ein Dutzend mit einer
gewöhnlichen Säure gefüllter Korbflafchen. Das Gas, das
ich aus den beiden letztgenannten Materialien herftellte, ift
ein Gas, das noch keine andere Perfon als ich erzeugt —
oder wenigftens jemals zu einem ähnlichen Zwecke an=
gewandt hat. Ich kann hier nur fagen, daß es ein Beftand=
teil des Stickftoffes ift, den man fo lange Zeit für unzufam=
mengefetzt hielt, und daß feine Dichtigkeit ungefähr 37,4 mal
geringer ift als die des Wafferftoffes. Es ift gefchmack=, doch
nicht geruchlos, brennt, wenn es rein ift, mit grünlicher
Flamme und zerftört animalifches Leben im Augenblick. Ich
würde das Geheimnis unverzüglich preisgeben, wenn es
nicht von Rechts wegen (wie ich fchon andeutete) einem Bür=
ger von Nantes in Frankreich, der es mir gelegentlich ein=
mal mitteilte, angehörte. Diefelbe Perfon lehrte mich auch,
ohne von meinen Abfichten eine Ahnung zu haben, wie man
aus einem gewiffen animalifchen Gewebe einen Ballon her=
ftellen kann, durch den Gas nicht zu entweichen vermag. Ich
fand es jedoch zu teuer und hoffte obendrein auch, daß Batift
mit einem Kautfchukfirnis genau diefelben Dienfte leiften
werde. Ich erwähne diefen Umftand, weil ich es für möglich

halte, daß die betreffende Perſon mit dem neuen Gas und dem animaliſchen Stoffe, von dem ich ſprach, eine Ballon= fahrt unternehmen könnte und ich ſie der Ehre, eine ſehr merk= würdige Erfindung gemacht zu haben, nicht berauben möchte.

An meinem Verſteck grub ich nun für jedes der kleineren Fäßchen ein Loch, und zwar ſo, daß die fünf Löcher einen Kreis von ſiebeneinhalb Metern im Durchmeſſer bildeten. Der Mittelpunkt dieſes Kreiſes war für das große Faß beſtimmt, und ich grub dort ein größeres Loch. In jedes der fünf kleinen Löcher legte ich eine Zinnbüchſe, die fünfzig Pfund Schieß= pulver enthielt, in das große Loch kam ein Behälter mit hundert= fünfzig Pfund. Dieſen Behälter und die Büchſen verband ich durch lange, bedeckte Streifen, und nachdem ich in den Behälter das Ende einer vielleicht einen Meter langen Lunte eingeführt hatte, bedeckte ich das Loch und ſtellte das Faß oben darauf. Das andere Ende der Lunte ließ ich unauffällig zwei bis drei Zentimeter weit hervorragen. Dann füllte ich die übrigen Löcher und ſtellte auf jedes ein Fäßchen in der ihnen beſtimm= ten Weiſe auf.

Außer den aufgezählten Gegenſtänden brachte ich noch einen der verbeſſerten Grimmſchen Apparate zur Konden= ſierung der atmoſphäriſchen Luft in mein Depot und verbarg ihn dort. Ich entdeckte jedoch bald, daß ich dieſe Maſchine noch verſchiedentlich verändern müſſe, ehe ſie für meine Zwecke tauglich ſei. Dank größter Beharrlichkeit und hartnäckiger Arbeit gelangen mir meine Vorbereitungen aufs beſte. Mein Ballon war bald fertig. Er hielt mehr als ſechzehntauſend Kubikmeter Gas und mußte nach meiner Berechnung mich, meine ganzen Apparate, ſowie noch viele hundert Pfund Ballaſt mit Leichtigkeit tragen. Er hatte drei Firnisüberzüge erhalten, und ich bemerkte mit Freuden, daß der Batiſt genau ſo gut ſeinem Zweck entſprach wie Seide. Er war geradeſo ſolid und koſtete bei weitem weniger.

Als alles bereit war, nahm ich meiner Frau einen Eid ab, über alle meine Handlungen, von dem ersten Tage ab, da ich den Buchhändler aufgesucht, Stillschweigen zu beobachten; dagegen versprach ich ihr, sobald die Umstände es erlauben würden, zurückzukehren. Ich gab ihr alles Geld, das mir noch geblieben war, und sagte ihr Lebewohl. Ich machte mir ihretwegen auch nicht die geringste Unruhe. Sie war, was die Leute so eine prächtige Frau nennen, und konnte sich in der Welt sehr gut ohne meine Hilfe zurechtfinden. Ich glaube sogar, um die Wahrheit zu sagen, daß sie mich für einen erbärmlichen Faulenzer gehalten hat — für eine unnötige Last — für einen Hans-guck-in-die-Luft, der zu weiter nichts taugte, als Luftschlösser zu bauen — und ziemlich froh war, mich los zu sein. Es war tiefe Nacht, als ich ihr Adieu sagte. Ich hatte die drei Gläubiger, die mich so viel geärgert hatten, als Flügeladjutanten zu mir befohlen, wir vier packten uns nun den Ballon, die Gondel und alles Zubehör auf und begaben uns auf Umwegen an die Stelle, wo ich die übrigen Gegenstände schon versteckt hatte. Wir fanden alles in bestem Zustande vor und machten uns gleich ans Werk.

Man schrieb den 1. April. Die Nacht war, wie ich schon sagte, dunkel, kein Stern stand am Himmel, und ein dünner Regen, der von Zeit zu Zeit niederging, belästigte uns sehr. Auch machte mir der Ballon Unruhe, der trotz des dreifachen Überzugs Feuchtigkeit anzuziehen schien. Ebenso konnte das Pulver leicht Schaden leiden. Ich ließ deshalb meine drei Manichäer hart arbeiten, ließ sie Eis um das mittlere Faß aufhäufen und die Säure in den anderen Fässern rühren. Sie hörten nicht auf, mich mit Fragen zu belästigen, was ich denn mit all diesen Apparaten vorhabe, und waren sehr unzufrieden über die schwere Arbeit, die ich sie verrichten ließ. Sie könnten nicht verstehen, meinten sie, was dabei Gutes herauskommen könne, daß ich sie bis auf die Haut naß werden lasse und zu Mitschuldigen an solch höllischem Zauberspuk mache. Ich wurde unruhig und arbeitete aus allen Kräften weiter, denn diese Dummköpfe glaubten wirklich, daß ich einen Pakt mit dem Teufel gemacht hätte und mein Tun nur Unheil bringen könne. Da ich fürchtete, sie würden mich im Stiche lassen, beruhigte ich sie ein wenig, indem ich versprach, sie, sobald ich nur diese Angelegenheit geordnet hätte, bis auf den letzten Heller zu bezahlen. Sie legten sich meine Worte natürlich auf ihre Weise aus und bildeten sich ohne Zweifel ein, daß ich bald durch meine Zaubereien in den Besitz großer Summen baren Geldes gelangen würde. Und in der Hoffnung, daß ich ihnen dann meine Schulden und sogar vielleicht noch ihre Dienstleistungen bezahlen würde, kehrten sie sich den Teufel darum, was aus meiner Seele und meinem Korpus noch einmal werden würde.

Nach ungefähr vierundeinerhalben Stunde war der Ballon genügend gefüllt. Ich befestigte die Gondel an ihm und legte all mein Gepäck hinein: ein Teleskop, ein Barometer, an dem ich einige wichtige Umarbeitungen vorgenommen hatte, ein Thermometer, ein Elektrometer, einen Kompaß, eine Sekundenuhr, eine Glocke, ein Sprachrohr und einen gläsernen Globus, der luftleer gemacht und hermetisch verschlossen war, einen kleinen und einen großen, Grimmschen Sauerstoff=Kondensierapparat, ungelöschten Kalk, ein großes Stück Siegellack, einen reichhaltigen Vorrat Wasser, genügend Lebensmittel, darunter Pemmikan, das in kleiner Masse sehr viel Nährstoff enthält. Außerdem nahm ich ein paar Tauben und eine Katze mit in die Gondel.

Der Tag begann zu dämmern, und es wurde hohe Zeit zum Aufbruch. Ich ließ wie zufällig eine brennende Zigarre zur Erde fallen, und als ich mich bückte, um sie aufzuheben, steckte ich dabei heimlich das Ende der Lunte in Brand, das, wie ich schon sagte, etwas über den unteren Rand des mittleren Fasses herausragte.

84

Ich tat dies, ohne daß einer meiner drei Quälgeister auch
nur das geringste merkte. Dann sprang ich in die Gondel,
zerschnitt das einzige Seil, das den Ballon an die Erde
fesselte, und wurde zu meiner Freude mit größter Schnellig=
keit nach oben getragen. Als ich die Erde verließ, zeigte das
Barometer 760 Millimeter und das Thermometer 19⁰.

Kaum war ich bis zu einer Höhe von dreißig Metern em=
porgestiegen, als unter mir mit schrecklichem Krachen und
Donnern ein Feuerstrahl hochschoß, Kies, brennendes Holz,
glühendes Metall und zersetzte menschliche Gliedmaßen auf=
spie, so daß ich fühlte, wie mein Herz erbebte, und ich mich
vor Schrecken zitternd auf den Boden der Gondel nieder=
warf. Es wurde mir klar, daß ich die Minen viel zu stark ge=
laden hatte und die hauptsächlichsten Folgen der Explosion
noch zu tragen haben werde. In weniger als einer Sekunde
fühlte ich denn auch, wie mir all mein Blut in die Schläfen
stürzte, und gleich darauf ging eine so gräßliche Erschütterung
durch die Luft, als wollte sie das Firmament selber zerspal=
ten. Als ich später Zeit zum Nachdenken hatte, führte ich die
Heftigkeit der Explosion auf ihre wahre Ursache zurück. Ich
befand mich nämlich gerade darüber, also in ihrer direkten
und stärksten Wirkungslinie; damals jedoch dachte ich nur
daran, mein Leben zu schützen. Der Ballon fiel erst ein wenig
zusammen, dann dehnte er sich wie wütend aus, kreiste mit
schwindelnder Schnelligkeit um sich selbst nach oben, dann
schwankte und torkelte er wie ein Betrunkener, schleuderte
mich aus der Gondel, wobei ich mich zufällig, in fürchterlicher
Höhe, mit dem Kopfe nach unten, mit dem linken Fuß in
einer einen Meter langen, dünnen Schlinge verfing, die aus
einer Lücke der Weidengeflechtgondel nahe an ihrem Boden
heraushing. Es ist unmöglich — ganz unmöglich, sich auch
nur eine einigermaßen entsprechende Vorstellung von mei=
ner schrecklichen Lage zu machen. Ich schnappte krampfhaft

85

nach Luft, ein Schauder, als läge ich im Fieber, durchrann
meine Nerven, schüttelte meine Muskeln, ich fühlte, wie
meine Augen aus ihren Höhlen hervortraten, ein gräßlicher
Schwindel befiel mich, ich verlor das Bewußtsein, wurde
ohnmächtig . . .

Wie lange ich in diesem Zustande blieb, ist nicht festzu=
stellen, doch muß er eine beträchtliche Zeit angehalten haben,
denn als ich wieder einigermaßen zu mir kam, war es ganz
Tag geworden, und der Ballon befand sich in ungeheurer
Höhe über dem unendlichen Ozean; weit und breit an den
Grenzen des Horizontes war jede Spur von Land ver=
schwunden. Diese Entdeckung ängstigte mich jedoch nicht so
sehr, als ich eigentlich erwartet hätte. Vielleicht lag schon
etwas Wahnsinn in der Gelassenheit, mit der ich meine Lage
erwog. Ich hob meine beiden Hände vor die Augen und
fragte mich voll Erstaunen, woher es kommen könne, daß
meine Adern so aufgeschwollen und meine Fingernägel so
schwarz seien. Dann untersuchte ich genau meinen Kopf, be=
wegte ihn öfters hin und her, befühlte ihn mit gespannter
Aufmerksamkeit, bis ich mich genügend davon überzeugt hatte,
daß er nicht, wie ich vermutet, größer sei als mein Ballon.
Dann tastete ich gewohnheitsmäßig in meinen Hosentaschen
herum, und als ich merkte, daß ich mein Notizbuch und
meinen Zahnstocher verloren hatte, dachte ich angestrengt
nach, auf welche Weise sie wohl verschwunden sein könnten;
da ich mir das nicht zu erklären vermochte, wurde ich tief
bekümmert. Hierauf schien es mir, als empfände ich einen
lebhaften Schmerz in meinem linken Knöchel, und eine
dunkle Erkenntnis meiner Lage begann gleichzeitig in meinem
Geiste zu dämmern.

Doch so seltsam es auch klingt — ich empfand weder
Staunen noch Schrecken. Wenn ich überhaupt etwas spürte,
so war es höchstens eine Art von Genugtuung über die Ge=

86

schicklichkeit, die ich jetzt gleich entfalten wollte, um mich aus
dem Dilemma zu befreien. Und keinen Augenblick lang schien
mir meine Sicherheit auch nur im geringsten gefährdet.
Einige Minuten überlegte ich, was nun zuerst zu tun sei.
Ich erinnere mich deutlich, daß ich dabei oft die Lippen zu=
sammenpreßte, meinen Zeigefinger an die Nase legte, kurz,
alle die Bewegungen und Grimassen vollführte, durch die sich
andere Sterbliche, wenn sie gemütlich daheim im Lehnstuhl
über verzwickte oder wichtige Sachen nachgrübeln, auszeich=
nen. Nachdem ich meine Gedanken genügend gesammelt hatte,
brachte ich mit der größten Vorsicht und Überlegung meine
Hände auf den Rücken und löste die große Eisenschnalle, die
den Gürtel, der meine Beinkleider trug, zusammenhielt.
Diese Schnalle hatte drei Zähne, die ein wenig rostig waren
und sich nur sehr schwer in ihren Achsen drehten. Mit vieler
Mühe brachte ich es so weit, daß sie im rechten Winkel zu
der Schnalle selbst standen, und freute mich sehr, daß sie in
dieser Lage unverrückbar fest blieben. Dies Instrument hielt
ich nun mit den Zähnen fest und begann den Knoten meiner
Krawatte zu lösen. Ich mußte verschiedene Male ausruhen,
ehe ich das Werk zu Ende brachte, endlich war ich fertig. An
dem einen Ende der Krawatte befestigte ich den Gürtel, das
andere band ich, der größeren Sicherheit wegen, um mein
Handgelenk. Durch eine fabelhafte Anstrengung all meiner
Muskelkraft schleuderte ich meinen Körper nach oben, und
es gelang mir auch beim ersten Versuche, die Schnalle in die
Gondel zu schleudern, wo sie sich am oberen Rande fest ein=
hakte.

Mein Körper neigte sich nun in einem Winkel von un=
gefähr fünfundvierzig Grad gegen die Seitenwand der
Gondel, doch muß man nicht glauben, daß ich jetzt nur
noch fünfundvierzig Grad unter der Senkrechten gewesen
wäre. Ich lag noch immer fast parallel mit dem Niveau des

Horizontes, denn meine veränderte Lage hatte den Boden der Gondel weit von mir entfernt, und meine Position war äußerst gefährlich.

Doch erinnere man sich daran, daß ich, falls ich mit dem Gesicht nach innen statt nach außen aus der Gondel gefallen wäre — oder falls die Schlinge, in die sich mein Fuß verwickelte, am oberen, statt am unteren Rande herausgehangen hätte, dann gar nicht imstande gewesen wäre, das zu vollbringen, was ich nun vollbracht hatte, und daß folglich meine Enthüllungen für die Nachwelt verloren gegangen sein würden. Ich hatte deshalb allen Grund, dankbar zu sein, obwohl ich in Wirklichkeit noch zu dösig war, um überhaupt etwas zu sein, und vielleicht eine Viertelstunde lang so hängen blieb, ohne weiter etwas zu meiner Rettung zu tun, und die sonderbare Ruhe einer idiotischen Zufriedenheit empfand. Dies Gefühl schwand jedoch wieder, und eine Empfindung äußerster Hilflosigkeit und schreckhafter Angst überkam mich. Das Blut, das sich so lange Zeit in seinen Gefäßen im Kopfe und im Halse gestaut und mich mit einem heilsamen Delirium, das meine Energie anspannte, erfüllt hatte, begann jetzt wieder zurückzufließen und seinen gewöhnlichen Lauf zu nehmen, und das klare Bewußtsein, das mir plötzlich wiederkam, vergrößerte fast meine Vorstellung von der Gefahr und beraubte mich der Ruhe und des Mutes, den ich nötig hatte, um aus ihr herauszukommen. Diese Schwäche dauerte jedoch glücklicherweise nicht lange. Zur rechten Zeit kam mir der Geist der Verzweiflung zu Hilfe, und mit wütendem Geschrei und wilder Anstrengung bäumte und schleuderte ich meinen Körper vorwärts, bis es mir endlich gelang, den heißersehnten Rand zu erfassen; mit einem schraubstockartigen Griff hielt ich ihn fest, wand meinen Körper über ihn und fiel kopfüber und keuchend in die Gondel.

Es dauerte eine ganze Zeitlang, ehe ich so weit Herr

meiner ſelbſt war, um mich mit dem Ballon beſchäftigen zu
können. Dann jedoch unterſuchte ich ihn mit größter Auf=
merkſamkeit und fand ihn durchaus unbeſchädigt. Auch meine
Inſtrumente waren in beſter Ordnung; und glücklicherweiſe
hatte ich ſogar weder Lebensmittel noch Ballaſt verloren.
Vor meiner Abfahrt waren alle mitgenommenen Gegen=
ſtände allerdings auch ſo feſt angebunden worden, daß ein
ſolcher Unfall eigentlich von vornherein ausgeſchloſſen war.
Ich zog meine Taſchenuhr; ſie wies auf ſechs. Der Ballon
ſtieg noch immer rapid, und das Barometer zeigte eine Höhe
von 5200 Metern. Unmittelbar unter mir im Ozean lag ein
kleiner ſchwarzer Gegenſtand von leicht länglicher Geſtalt
in der Größe eines Dominoſteines und auch einem ſolchen
Spielzeug ähnlich. Ich richtete mein Teleſkop darauf und
ſah deutlich, daß es ein engliſches Schiff von vierundneunzig
Kanonen war, das in weſtſüdweſtlicher Richtung ſchwer
auf dem Ozean dahinſchwankte. Außer dieſem Schiff ſah
ich nichts als das Meer, das Firmament und die Sonne,
die ſchon lange aufgegangen war.

Nun iſt es an der Zeit, daß ich Euren Exzellenzen den
Zweck meiner Reiſe erkläre. Eure Exzellenzen mögen ſich
daran erinnern, daß mich die traurigen Verhältniſſe in Rotter=
dam zu dem Entſchluß gebracht hatten, einen Selbſtmord zu
begehen. Das Leben ſelbſt war mir nicht unangenehm ge=
worden, nur das Elend meiner Lage quälte mich ſo, daß ich
glaubte, es nicht mehr aushalten zu können. In dieſer
Geiſtesverfaſſung, das Leben liebend und doch meines Lebens
müde, eröffnete mir die Abhandlung aus der Krambude des
Buchhändlers in Verbindung mit der Entdeckung meines
Vetters aus Nantes eine Zuflucht. Ich faßte einen endgültigen
Entſchluß. Ich beſchloß, fortzugehen und doch zu leben, die
Erde zu verlaſſen und doch weiter zu exiſtieren; kurz, um
den Rätſeln ein Ende zu machen: ich beſchloß, wenn es

möglich sein sollte, mir einen Weg auf den Mond zu bahnen.

Damit man mich nicht für wahnsinniger hält, als ich wirklich bin, will ich die Gedanken auseinandersetzen, die mich zu der Annahme brachten, daß ein solches Unternehmen trotz aller Gefahren und Schwierigkeiten für einen kühnen Geist doch gerade kein Ding der Unmöglichkeit ist.

Zuerst erwog ich die positive Entfernung der Erde vom Monde. Die mittlere oder durchschnittliche Entfernung der Zentren der beiden Planeten beträgt etwas über sechzig Erdhalbmesser oder ungefähr 385080 Kilometer. Ich sage die mittlere, durchschnittliche Entfernung, — man muß sich jedoch erinnern, daß die Bahn des Mondgestirnes eine Ellipse ist, deren Exzentrizität nicht weniger als 0,05484 ihrer großen Halbachse beträgt, und daß das Zentrum der Erde gerade unter dem Brennpunkt dieser Ellipse steht, so daß sich also, wenn es mir gelänge, den Mond während seiner Erdnähe zu erreichen, die erwähnte Entfernung bedeutend vermindern würde. Doch um von dieser Hypothese abzusehen — ich mußte jedenfalls von den 385080 Kilometern den Radius der Erde, also 12756 Kilometer, und den des Mondes, also 3482 Kilometer, im ganzen 16238 Kilometer abziehen, so daß noch eine durchschnittliche Entfernung von 368842 Kilometern zurückzulegen blieb. Dies hielt ich für nichts allzu Unmögliches. Auf der Erde hat man schon oft Reisen mit der Schnelligkeit von hundert Kilometern in der Stunde unternommen, und man hat allen Grund zu glauben, daß man es bald zu größerer Schnelligkeit bringen wird. Doch wären auch mit der schon erlangten nicht mehr als hundertvierundfünfzig Tage nötig, um die Oberfläche des Mondes zu erreichen.

Viele Umstände jedoch ließen mich glauben, daß die mittlere Geschwindigkeit meiner Reise hundert Kilometer in der

90

Stunde weit übersteigen werde, und da dieser Gedanke einen großen Eindruck auf mich machte, will ich später noch einmal ausführlich von ihm reden.

Der zweite Punkt, den ich überlegen mußte, war von viel größerer Wichtigkeit. Das Barometer beweist, daß wir, wenn wir uns dreihundert Meter über der Oberfläche der Erde befinden, ungefähr ein Dreißigstel der atmosphärischen Luftmasse unter uns lassen, bei dreitausend Meter fast ein Drittel und bei fünftausendfünfhundert Meter die Hälfte aller Luft, jedenfalls die Hälfte der wägbaren Atmosphäre, welche die Erde einhüllt, zu unseren Füßen haben. Man hat auch berechnet, daß in einer Höhe, die den hundertsten Teil des Durchmessers der Erde nicht überschreitet, in einer Höhe von hundertsiebenundzwanzig Kilometern also, die Verdünnung der Luft einen so hohen Grad erreicht hat, daß sie kein animalisches Leben mehr zu unterhalten vermag, und ferner, daß unsere feinsten Instrumente nicht mehr ausreichen, um dort das Vorhandensein von Luft festzustellen. Es entging mir jedoch nicht, daß die letzteren Berechnungen nur auf unserer experimentellen Kenntnis der Eigenschaften der Luft und der mechanischen Gesetze ihrer Zusammenpressung und Ausdehnung basieren, die wir in unmittelbarer Nähe der Erde beobachtet hatten; auch hält man es für bewiesen, daß animalisches Leben in irgendeiner gegebenen, von der Erdoberfläche unerreichbaren Entfernung sich seinem Wesen nach nicht modifizieren könne. Eine auf solche Annahmen gestützte Erwägung konnte natürlich nur rein analogisch sein. Die größte Höhe, die Menschen bisher erreicht haben, beträgt zwölftausend Meter. Dies ist, selbst mit den fraglichen hundertsiebenundzwanzig Kilometern verglichen, nur eine sehr mäßige Höhe, und ich konnte den Gedanken nicht abweisen, daß hier dem Zweifel und der Spekulation ein weiter Raum gelassen war.

Nehmen wir nun einen Aufstieg zu irgendeiner gegebenen
Höhe an, so werden wir finden, daß die Quantität der wägbaren, durchsegelten Luft auf verschiedenen Abschnitten der
Reise durchaus nicht in gleichem Verhältnis zu der erreichten
Höhe steht, sondern, wie vorhin schon einmal konstatiert
wurde, in einem stets kleiner werdenden. Es ist also klar, daß
wir, um buchstäblich zu sprechen, nicht an eine Grenze kommen können, über die hinaus es keine Luft mehr gibt. Luft
muß da sein, so schloß ich, obgleich sie sich in einem Stadium
unendlicher Verdünnung befinden kann.

Andererseits wußte ich jedoch, daß es keineswegs an Argumenten fehlte, die eine bestimmte feste Grenze der Atmosphäre beweisen sollten, über die hinaus es absolut keine Luft
mehr geben könne. Ein Umstand jedoch schien mir Grund zu
ernstlicher, neuer Nachforschung zu sein. Wenn man die Zwi-
schenräume zwischen dem jedesmaligen Wiedererscheinen des
Enckeschen Kometen zur Zeit seiner Sonnennähe vergleicht
und dabei selbst alle durch die Anziehungskraft der Planeten
verursachten Störungen genau in Berechnung zieht, so wird
man erkennen, daß diese Perioden allmählich immer kleiner
werden, das heißt, daß die große Achse der Ellipse des Kometen sich in langsamer, doch durchaus regelmäßiger Proportion verkürzt. Dies kann jedoch nur und muß der Fall sein,
wenn der Komet an einem unendlich feinen ätherischen Medium in seiner Bahn Widerstand findet.

Ich möchte noch eine Tatsache erwähnen. Man beobachtet, daß sich der wirkliche Durchmesser des Nebels dieses
Kometen, je näher er der Sonne kommt, rapid zusammen-
zieht und sich mit derselben Schnelligkeit wieder ausdehnt,
wenn er wieder auf dem Weg zur Sonnenferne ist. Ist es da
nicht berechtigt, anzunehmen, daß diese Kondensierung ihren
Ursprung in der Verdichtung eines ätherischen Mediums hat?
Ebenso scheint uns das Zodiakallicht von einer dünnen At-

mofphäre auszugehen, die fich von der Sonne bis über die
Bahn der Venus hinaus und, wie ich glaube, noch unendlich
viel weiter ausdehnt. Denn man kann wirklich nicht anneh=
men, daß fich diefes Medium auf die Kometenbahn oder
auf die unmittelbare Nachbarfchaft der Sonne befchränkt.
Im Gegenteil ift es viel einfacher, fich vorzuftellen, daß es
alle Regionen unferes Planetenfyftems durchdringt, daß es
um die Planeten felbft zur Atmofphäre kondenfiert ift und
vielleicht bei einigen Planeten durch Stoffe umgeftaltet wird,
die aus den betreffenden Himmelskörpern verdunften.

Als ich nun diefe Anfchauung gewonnen hatte, zögerte ich
nicht lange. Da ich annahm, daß ich auf meiner Reife ftets
eine Atmofphäre finden werde, die im wefentlichen der der
Erde gleich fei, fo konnte ich fie durch den ungemein geiftvoll
konftruierten Apparat des Herrn Grimm genügend konden=
fieren, um fie zum Einatmen tauglich zu machen. Damit war
alfo das hauptfächlichfte Hindernis einer Reife zum Monde
behoben.

Mit vielem Geld und vieler Mühe verfchaffte ich mir einen
folchen Apparat und vertraute feiner Anwendung, falls ich
die ganze Reife nur in genügend kurzer Zeit vollbringen
konnte, zuverfichtlich mein Leben an. Dies bringt mich wieder
auf die Frage nach der Schnelligkeit der Fahrt.

Ich fagte mir, falls der angenommene, von mir zu durch=
fegelnde Stoff feinem Wefen nach atmofphärifche Luft fei, fo
könne es für die Kraft des Auffteigens von verhältnismäßig
nur geringer Bedeutung fein, in welchem Grade der Verfei=
nerung ich ihn anträfe, denn das Gas im Ballon wäre bis
zur Prallhöhe nicht allein felbftähnlicher Verdünnung unter=
worfen (worauf ich bei der enormen Tragkraft meines Flug=
fchiffes noch eine Zeitlang Gas entweichen laffen konnte, um
einer Explofion vorzubeugen), fondern als das, was es war,
würde es unter allen Umftänden leichter fein als irgendeine

Zufammenfeßung von reinem Nitrogen und Orygen. So lag
alfo die Vermutung nahe, ja, es war fogar höchftwahrfchein=
lich, daß ich niemals während meines Aufftieges an einen
Punkt kommen könne, an dem das gefamte Gewicht meines
Ballons, das ungeheuer feine Gas, die Gondel und ihr In=
halt, dem Gewicht der verdrängten Atmofphäre gleichkom=
men könnte; und dies war, wie jeder verftehen wird, die
einzige Bedingung, der meine Reife nach oben unterlag. Aber
falls ich nun doch einmal diefen angenommenen Punkt er=
reichen follte, blieb mir noch immer die Möglichkeit, mich mei=
nes Ballaftes und anderer Gewichte zu entledigen.

Zu gleicher Zeit mußte die zentripedale Kraft auf Grund
des Quadrats der Entfernungen immer geringer werden;
und mit wunderbar zunehmender Schnelligkeit mußte ich
endlich in jene entfernten Regionen gelangen, in denen die
Anziehungskraft der Erde durch die des Mondes erfeßt wer=
den würde.

Doch verurfachte mir noch eine andere Schwierigkeit einige
Unruhe. Man hat bei Auffliegen zu beträchtlicher Höhe be=
obachtet, daß man, außer Atemnot, im Kopfe und im ganzen
Körper ein unerträgliches Mißbehagen empfindet, das von
Nafenbluten und anderen beängftigenden Symptomen be=
gleitet ift und, je höher man fteigt, an Heftigkeit zunimmt.
War es nicht anzunehmen, daß fich diefe Symptome fo ftei=
gern würden, bis fie endlich den Tod herbeiführten! Nach
reiflicher Überlegung fchloß ich, daß dies nicht der Fall fein
könne. Sie hatten ihren Urfprung ohne Zweifel in der fort=
fchreitenden Verringerung des gewohnten Druckes der Atmo=
fphäre auf die Oberfläche des Körpers und der unausbleib=
lichen Ausdehnung der an der Oberfläche liegenden Blut=
gefäße, nicht in einer pofitiven Auflöfung des animalifchen
Syftems, wie im Falle wirklicher Atemnot, wo die Dichtigkeit
der Atmofphäre zur regelmäßigen Erneuerung des Blutes in

94

den Herzkammern chemisch ungenügend ist. Den Fall, daß
diese Erneuerung unmöglich sei, ausgenommen, sah ich keinen
Grund, weshalb sich das Leben nicht selbst in einem Vakuum
erhalten könne, denn die Ausdehnung und Zusammenziehung
der Brust, die man gewöhnlich Atmen nennt, ist eine nur auf
den Muskeln beruhende Handlung und die Ursache und
nicht etwa die Wirkung des Atmens. Kurz, ich schloß: wenn
sich der Körper einmal an das Verschwinden des Luftdruckes
gewöhnt habe, so würden sich die Schmerzempfindungen nach
und nach legen. So lange sie dauerten, wollte ich sie schon ertragen, — das traute ich meiner eisenfesten Konstitution schon zu!

Ich habe nun Euren Exzellenzen einige, doch durchaus
nicht alle Gedanken mitgeteilt, die mich veranlaßten, den
Plan einer Reise auf den Mond zu fassen. Ich möchte jetzt,
wenn es Euren Exzellenzen genehm ist, das Ergebnis dieses
Versuches, der an Kühnheit in den Annalen der Geschichte
wohl nicht seinesgleichen findet, eingehend mitteilen.

Als ich die vorhin erwähnte Höhe, fünftausendzweihundert
Meter, erreicht hatte, warf ich einige Federn aus der Gondel
und sah, daß ich noch immer mit genügender Schnelligkeit stieg.
Es schien also nicht nötig, Ballast auszuwerfen. Ich war sehr
froh darüber, denn ich wollte so viel Gewicht, als nur möglich war, bei mir behalten, da ich ja keine positiven Beweise
von der Anziehungskraft des Mondes oder der Dichtigkeit
seiner Atmosphäre hatte. Bis jetzt verspürte ich noch keinerlei
körperliches Mißbehagen, ich atmete zwar fühlbarer, empfand
aber keinen Kopfschmerz. Die Katze lag feierlich auf meinem
Überrock, den ich abgelegt hatte, und sah die Tauben mit
Blicken voller Nonchalance an. Die Tauben hatte ich am
Bein gefesselt, damit sie nicht fortfliegen konnten. Sie hüpften
in der Gondel umher und pickten ein paar Reiskörner auf,
die ich für sie am Boden hingestreut hatte. Ich griff fürs erste
zu meinem kleinen Sauerstoffapparat.

Um sechs Uhr zwanzig Minuten wies das Barometer auf
eine Höhe von achttausend Metern. Die Perspektive schien unbe=
grenzt zu sein. Übrigens kann man mit der sphärischen Geo=
metrie die Ausdehnung der Erdfläche, die mein Blick umschloß,
leicht berechnen: ich überschaute den sechzehnhundertsten Teil
der ganzen Erdoberfläche. Das Meer erschien mir glatt wie
ein Spiegel, obwohl ich durch das Teleskop entdeckte, daß es
sich in stürmischer Unruhe befand. Das Schiff war nicht
mehr sichtbar; ohne Zweifel hatte seine Fahrt es nach Osten
geführt. Jetzt spürte ich auch mit Unterbrechungen heftige Kopf=
schmerzen, besonders in der Nähe der Ohren — doch konnte
ich noch immer verhältnismäßig leicht atmen. Die Katze und
die Tauben schienen keine Beschwerde zu empfinden.

Um zwanzig Minuten vor sieben trat der Ballon in eine
große, dichte Wolke, die mich sehr belästigte, meinen Konden=
sierapparat beschädigte und mich bis auf die Haut durch=
näßte. Es war ohne Zweifel eine seltsame Begegnung, denn
ich hatte es nicht für möglich gehalten, daß eine Wolke dieser
Art sich in so großer Höhe aufhalten könnte. Ich hielt es für das
beste, Ballast auszuwerfen. Ich ließ die Wolke denn auch bald
unter mir und bemerkte, daß die Schnelligkeit des Aufstiegs
bedeutend zugenommen hatte. Wenige Sekunden, nachdem
ich von der Wolke fort war, sah ich, wie ein Blitz sie von
einem Ende zum anderen durchschoß und die ganze ungeheure
Masse entzündete, die bald wie ein riesiges glühendes Kohlen=
lager aussah. Dies geschah bei hellem Tage, und ich glaube,
keine Phantasie könnte sich die Großartigkeit eines solchen
Schauspiels zu dunkler Nachtzeit ausmalen. Die Hölle selbst
hat ihr getreues Abbild gefunden. Mir sträubten sich die
Haare, und doch suchte ich mit meinen Blicken in die gäh=
nenden Feuerabgründe hineinzutauchen und ließ meine Phan=
tasie sich in den seltsamen Flammenhallen, purpurglühenden
Meeren, wilden Lichtschlünden dieser furchtbaren Feuerwelt

ergehen. Ich war ihr mit genauer Not entronnen. Wäre der Ballon nur noch eine kurze Zeit in der Wolke geblieben, das heißt, hätte mich die Nässe nicht dazu getrieben, Ballast auszuwerfen, so wäre ich unausbleiblich dem Untergang geweiht gewesen. Derartige Gefahren, an die fast niemand denkt, sind eigentlich die bedeutendsten, denen man sich bei einer solchen Ballonfahrt aussetzt. Ich hatte jedoch mittlerweile eine Höhe erlangt, die einen ähnlichen Unfall ausschloß und mich weiterer Besorgnisse enthob.

Wir stiegen rapid, und um sieben Uhr wies das Barometer auf eine Höhe von nicht weniger als fünfzehntausend Metern. Das Atemholen machte mir schon bedeutende Schwierigkeiten, da der kleine Sauerstoffapparat nicht mehr ausreichte; auch der Kopf schmerzte mich außerordentlich. Die Feuchtigkeit, die ich seit einiger Zeit auf meinen Wangen empfand, stellte sich als Blut heraus, das mir durch das Trommelfell der Ohren sickerte. Der Zustand meiner Augen beunruhigte mich ebenfalls. Als ich mit der Hand über sie hinfuhr, schien es mir, als seien sie nicht unbeträchtlich aus ihren Höhlen herausgetreten, und der Ballon und alle Gegenstände in der Gondel erschienen mir in verzerrter Gestalt. Diese Symptome übertrafen doch meine mutigsten Erwartungen, und etwas wie Angst stieg in mir auf. Unklugerweise und ohne recht nachzudenken, warf ich noch drei Sack Ballast aus. Die beschleunigte Schnelligkeit des Aufstiegs trug mich ohne die genügenden Abstufungen in eine schon ganz bedeutend verdünnte Luftschicht, die meinem Unternehmen und mir selbst fast verhängnisvoll geworden wäre. Ich wurde ganz plötzlich von einem Krampfe erfaßt, der länger als fünf Minuten dauerte; und als er sich beruhigt hatte, konnte ich nur in langen Pausen und mit furchtbarer Anstrengung atmen. Während der ganzen Zeit drang mir reichlich Blut aus Nase und Ohren und sogar, allerdings in geringerer Menge, aus den Augen. Die Tauben schienen in Todesangst zu sein und schlugen mit den Flügeln, wie um zu entfliehen, während die Katze jämmerlich schrie und sich in der Gondel herumwand, als habe sie Gift gefressen.

Ich entdeckte zu spät, welche Torheit ich begangen hatte, als ich meinen Ballast so leichtsinnig auswarf, und geriet in nicht geringe Bestürzung. Es war mir, als ob ich, und zwar schon in wenigen Minuten, sterben müsse. Ich konnte kaum noch denken. Mein Kopfschmerz nahm von Sekunde zu Sekunde an Heftigkeit zu. Und ich fühlte, daß meine Sinne mir bald ganz schwinden würden. Schon hatte ich den Strick ergriffen, um das Ventil zu öffnen und den Ballon zum Sinken zu bringen, als mir der Gedanke an den schlechten Streich, den ich meinen drei Gläubigern gespielt hatte, wieder in den Sinn kam und die Furcht vor seinen möglichen Folgen mich bewog, das Ventil doch lieber nicht zu öffnen. Statt dessen legte ich mich auf den Boden der Gondel und versuchte, ob ich mir nicht durch einen Aderlaß Erleichterung verschaffen könnte.

Da ich jedoch keine Lanzette bei mir hatte, blieb mir nichts anderes übrig, als mein Taschenmesser zu gebrauchen, mit dem ich mir eine Ader am linken Arm öffnete. Kaum begann das Blut zu fließen, so empfand ich auch schon eine bemerkens= werte Erleichterung, und als ich vielleicht die Hälfte der üb= lichen Menge verloren hatte, waren die gefährlichsten Er= scheinungen fast ganz verschwunden. Doch hielt ich es nicht für angebracht, mich gleich wieder auf die Füße zu stellen, sondern blieb, nachdem ich meinen Arm so gut wie möglich verbunden hatte, noch ungefähr eine Viertelstunde still liegen. Dann erhob ich mich und empfand wirklich weniger Schmer= zen als während der letzten fünfviertel Stunden meines Auf= stiegs.

Die Atembeschwerden hatten sich jedoch nur in sehr ge=

ringem Grade vermindert, und ich empfand immer dringen=
der die Notwendigkeit, den großen Kondenſierapparat zu ge=
brauchen. Mittlerweile ſah ich mich wieder einmal nach der
Katze um, die es ſich auf meinem Überrock von neuem bequem
gemacht hatte, und entdeckte zu meiner großen Überraſchung,
daß ſie es für gut befunden hatte, während meines Unwohl=
ſeins drei kleine Kätzchen ans Tageslicht zu bringen. Dieſer
Zuwachs an Paſſagieren kam mir ſehr unerwartet, doch
amüſierte mich der Zwiſchenfall und bot mir überdies Ge=
legenheit, einer Vermutung auf den Grund zu gehen, die
mich mehr als alles andere bewogen hatte, den Aufſtieg zu
verſuchen.

Ich hatte angenommen, daß nur die Gewöhnung an den
Druck der Atmoſphäre zum größten Teil die Schmerzen ver=
urſacht, welche die Lebeweſen in einer gewiſſen Höhe über
der Oberfläche empfinden. Sollten die kleinen Katzen das Un=
behagen im ſelben Grade empfinden wie ihre Mutter, ſo war
meine Theorie widerlegt, im gegenteiligen Falle jedoch konnte
ich mich auf einen ausgezeichneten Beweis meiner Annahme
ſtützen.

Um acht Uhr hatte ich eine Höhe von ſiebenundzwanzigtauſend
Metern erreicht. Die Schnelligkeit des Aufſtiegs nahm alſo in
ſolchem Maße zu, daß ſie ſich unzweifelhaft auch dann geſteigert
haben würde, wenn ich keinen Ballaſt ausgeworfen hätte. Die
Schmerzen im Kopf und in den Ohren machten ſich in Pau=
ſen mit ungeheurer Heftigkeit wieder bemerkbar, und hin
und wieder ſtellte ſich noch Naſenbluten ein; im ganzen litt
ich jedoch viel weniger, als ich gedacht. Dennoch wurde das
Atmen von Minute zu Minute ſchmerzhafter und war von
einem krampfhaften, ermüdenden Zuſammenziehen der Bruſt
begleitet. Ich packte alſo meinen großen Kondenſierapparat
aus und machte ihn zum Gebrauche fertig.

Der Anblick der Erde von meiner jetzigen Höhe herab war

großartig. Nach Westen, Norden und Süden breitete sich, so weit ich sehen konnte, wie ein grenzenloses, faltenloses Tuch, das sich jeden Augenblick tiefer und tiefer blau färbte, der Ozean aus. In ungeheurer Entfernung nach Osten lagen, dennoch deutlich wahrnehmbar, die britischen Inseln und die französische und spanische Küste des Atlantischen Ozeans, sowie ein kleiner Teil von Nordafrika unter meinen Blicken. Von Bauwerken war nicht die Spur mehr zu entdecken, und die stolzesten Städte der Menschen waren für mich vollständig vom Angesichte der Erde verschwunden.

Was mich jedoch beim Anblick der Dinge unter mir am meisten in Erstaunen setzte, war die scheinbar konkave Gestalt der Erdoberfläche. Ich hatte, töricht genug, erwartet, daß sich mir von meiner Höhe aus ihre wirkliche konvexe Gestalt ganz deutlich offenbaren müsse, doch genügten ein paar Minuten ruhigen Nachdenkens, um mir diesen Widerspruch zu erklären. Eine von meinem Aufenthaltspunkte gefällte Linie wäre die Senkrechte eines rechtwinkeligen Dreiecks gewesen, dessen Basis vom rechten Winkel zum Horizont und dessen Hypotenuse vom Horizont bis wieder zu mir gereicht haben würde. Meine Höhe bedeutete jedoch im Vergleich zu der Weite des Blickes nichts oder nur sehr wenig. Mit anderen Worten: die Basis und Hypotenuse des angenommenen Dreiecks waren in diesem Falle im Vergleich zu der Senkrechten so unendlich lang, daß sie fast eine Parallele zu bilden schienen. Auf diese Weise scheint dem Luftschiffer der Horizont immer auf dem Niveau seiner Gondel zu liegen. Aber da der direkt unter ihm liegende Punkt sich scheinbar und wirklich in riesiger Entfernung von ihm befindet, so scheint er ihm natürlicherweise auch weit unter dem Horizont zu liegen. So muß er also den Eindruck bekommen, als sei die Erde von konkaver, schüsselförmiger Gestalt, und dieser Eindruck wird so lange anhalten, bis seine Höhe in solchem

100

Verhältnis zur Ausdehnung der Perspektive steht, daß die anscheinende Parallele von Basis und Hypotenuse verschwindet.

Meine Tauben schienen entsetzlich zu leiden, und ich beschloß, ihnen die Freiheit zu geben. Ich band zuerst ein schönes lachsgraues Exemplar los und setzte es auf den Rand der Gondel. Sie schien sich in jämmerlichstem Zustande zu befinden und blickte angstvoll um sich, schlug mit den Flügeln, gurrte laut, konnte sich jedoch nicht entschließen, die Gondel zu verlassen. Endlich nahm ich sie und warf sie etwa drei Meter weit hinaus. Statt jedoch, wie ich erwartet hatte, eiligst nach unten zu schießen, machte sie unter durchdringendem Geschrei heftige Anstrengungen, wieder in die Gondel zu kommen. Es gelang ihr auch endlich, den Rand wieder zu erreichen, doch kaum hatte sie sich dort niedergelassen, so sank ihr Köpfchen auf die Brust, und sie fiel tot auf den Boden der Gondel. Der andern ging es nicht so schlimm. Um ihr eine Rückkehr in den Ballon unmöglich zu machen, schleuderte ich sie mit aller Kraft nach unten und sah zu meiner Freude, wie sie bald ganz natürlich ihre Flügel gebrauchte und eilends nach unten segelte. In kurzer Zeit war sie nicht mehr zu entdecken, und ich zweifle nicht, daß sie ihre Heimat bald wieder erreichte. Die Mieze, die sich mit Hilfe einiger Sauerstoffeinatmungen meines Apparates von ihrem Unwohlsein wieder erholt hatte, tat sich an dem toten Vogel gütlich und schlief nach der Mahlzeit mit allen Zeichen der Zufriedenheit ein. Ihre Kleinen waren sehr lebhaft und schienen nicht die geringste Belästigung zu empfinden.

Um ein Viertel nach acht konnte ich nur noch mit fast unerträglichen Schmerzen atmen und stellte in der Gondel alle zum Kondensator gehörigen Apparate auf. Dieser Apparat bedarf einiger Erklärung, und ich muß Euren Exzellenzen zuerst mitteilen, daß ich von Anfang an die Absicht hatte, mich und

die Gondel gegen die verfeinerte Atmosphäre gänzlich abzu=
schließen und in das Innere nur eine mit Hilfe des Konden=
fators genügend zusammengepreßte, zum Einatmen taugliche
Luft einzulassen.

Zu diesem Zwecke hatte ich einen großen, luftdichten, bieg=
samen Sack aus Kautschuk mitgenommen, der der Form der
Gondel vollständig angepaßt war, das heißt, man konnte
ihn über ihren Boden, an den Seiten vorbei, bis an den obe=
ren Rand oder Ring, an dem das Netz befestigt war, hinziehen
und dort ebenfalls fest anschließen. Als ich den Sack über die
Gondel gezogen und an allen Seiten hermetisch verschlossen
hatte, mußte ich nun seine Spitze oder Mündung schließen,
indem ich den Kautschuk auch über dem Ringe oder, mit an=
deren Worten, zwischen dem Netzwerk und dem Ring zu=
sammenschloß. Wenn ich jedoch das Netz zu diesem Zwecke
von dem Ringe trennte, wie sollte sich die Gondel mittlerweile
halten? Das Netz war indes nicht durch ein einzelnes Tau
an dem Ringe befestigt, sondern durch eine Reihe einzelner,
aufzuknüpfender Schlingen. Ich löste von diesen immer
nur wenige auf einmal und ließ die Gondel unterdessen an
den andern hängen. Nachdem ich so einen Teil des oberen
Sackes hindurchgezogen hatte, knüpfte ich die Schlingen wie=
der an, nicht an den Ring, den ich ja wegen des unter ihm
sich hinstreckenden Kautschuks nicht mehr erreichen konnte,
sondern an eine Reihe etwa drei Fuß unterhalb der Sacköff=
nung an dem Sack selbst angebrachter Knöpfe, deren Zwi=
schenräume ich genau den Zwischenräumen der Schlingen an=
gepaßt hatte. War ich damit fertig, so löste ich ein paar wei=
tere Schlingen, zog ein weiteres Stück Kautschuk hindurch
und befestigte die Schlingen wie vorhin an den Knöpfen. Auf
diese Weise konnte ich den ganzen oberen Teil des Sackes
zwischen dem Netz und dem Ringe hindurchziehen. Der Ring
mußte also zum Schluß in die Gondel fallen, und diese hing

102

mit ihrem ganzen Inhalt an den Knöpfen. Auf den ersten Blick mag dies gefährlich erscheinen, war es jedoch nicht im geringsten, denn die Knöpfe waren nicht allein sehr stark, sondern auch so nahe aneinander angenäht, daß jeder nur einen sehr kleinen Teil des Gewichtes zu tragen hatte. Wäre die Gondel und ihr Inhalt auch dreimal so schwer gewesen, so hätte ich mich doch deswegen nicht im mindesten zu beunruhigen brauchen. Den Ring befestigte ich oben an der Decke des Kautschuksackes wieder, indem ich ihn fast ganz in seiner ursprünglichen Lage durch drei leichte Stangen stützte.

Diese Vorrichtung hielt den Sack oben in genügender Ausdehnung und den unteren Teil des Netzes in der richtigen Lage. Jetzt blieb mir nichts weiter zu tun übrig, als die Mündung der ganzen Umhüllung zu schließen. Es gelang mir leicht, indem ich die Falten des Kautschuks zusammennahm und mit einer Art feststehender Presse zusammenschloß.

An den Seiten dieser Kautschukmauer hatte ich drei runde Scheiben von dichtem, aber klarem Glase eingesetzt, die es mir ermöglichten, nach allen Richtungen auszuspähen. In dem Teil der Hülle, die den Boden bildete, befand sich ebenfalls ein solches Fenster, das gerade über einer Öffnung im Boden der Gondel angebracht war. Ich konnte also auch senkrecht nach unten sehen. Nur gerade über mir konnte ich wegen der besonderen dichten Art des Verschlusses keine ähnliche Vorrichtung anbringen, so daß mir die Dinge gerade über mir unsichtbar bleiben mußten. Doch hatte dies nicht viel zu sagen. Denn der Ballon hätte mir ja doch eine weitere Aussicht durch dies obere Fenster unmöglich gemacht.

Ungefähr dreißig Meter unter einem der seitlichen Fenster befand sich eine runde, im Durchmesser acht Zentimeter große Öffnung, deren kupferner Rand im Innern gerade in die Spirale einer Schraube paßte. In diesen Rand war die große Röhre des Kondensators eingeschraubt; der Apparat selbst stand natürlich innerhalb des Kautschukzimmers. Mit Hilfe eines im Kondensator geschaffenen Vakuums zog ich durch die Röhre eine Quantität der draußen befindlichen dünnen Atmosphäre in die Maschine. Dort wurde sie verdichtet und strömte wieder aus, um sich mit der unzureichenden Luft im Zimmer zu verbinden. Nachdem ich dies mehreremal wiederholt hatte, füllte sich der Raum endlich mit einer zum Einatmen ausreichend dichten Luft. In dem kleinen Zimmer jedoch mußte sie sich bald wieder verschlechtern und durch ihren wiederholten Kontakt mit den Lungen zuletzt ganz unbrauchbar werden. Deshalb mußte ich sie von Zeit zu Zeit durch ein im Boden der Gondel befindliches Ventil ausströmen lassen. Um nun zu vermeiden, daß das Zimmer einen Augenblick lang vollständig luftleer wurde, durfte die Reinigung nicht auf einmal vor sich gehen, sondern mußte nach und nach geschehen, indem ich das Ventil nur auf Sekunden öffnete und dann so lange geschlossen hielt, bis ein paar kräftige Pumpenstöße des Kondensators für die entlassene verbrauchte Luft genügend frische, neue hereingelassen hatten. Meine Vorliebe für Experimente hatte mich bewogen, die Katze und ihre Jungen in einem kleinen Korbe außerhalb der Gondel an einem in der Nähe des unteren Ventils angebrachten Knopfe aufzuhängen, so daß ich sie zu jeder Zeit füttern konnte. Ich tat das mittels einer der eben erwähnten Stangen, denn diese sowie der Ring waren überflüssig geworden, da die dichte Atmosphäre im Zimmer den Kautschuk oben von selbst kräftig ausdehnte.

Als ich die Vorbereitungen getroffen und das Zimmer mit Luft gefüllt hatte, wies die Uhr auf zehn Minuten vor neun. Während der ganzen Zeit der Arbeit hatten mich die schmerzhaftesten Atembeschwerden gequält, und bitter bereute ich die Nachlässigkeit oder vielmehr die törichte Unvorsichtigkeit, eine so wichtige Sache bis auf den letzten Augenblick verschoben

zu haben. Kaum war ich mit ihr fertig, so begann ich auch
schon die Wohltaten meiner Erfindung zu genießen. Ich atmete
frei und leicht und fühlte mich zu meiner angenehmen Überraschung von meinen heftigen Schmerzen fast ganz befreit.
Ein leichtes Kopfweh und ein Gefühl von Fülle oder Ausdehnung in den Hand- und Fußgelenken sowie in der Kehle, das
war eigentlich alles, was mich jetzt noch belästigte. Ein großer
Teil des aus Mangel an Luftdruck entstehenden Unbehagens
war also vollständig verschwunden, und alle die Schmerzen,
die ich während der letzten zwei Stunden empfunden hatte,
mußte ich nur der Wirkung der ungenügenden Atmung zuschreiben.

Um zwanzig Minuten vor neun, das heißt also: kurz, bevor ich die Mündung des Zimmers geschlossen hatte, hatte
das Quecksilber des von mir verbesserten Barometers seine
äußerste Grenze erreicht und sank wieder nach unten. Es zeigte
eine Höhe von neununddreißigtausend Metern an, und ich überschaute zu jener Zeit also nicht weniger als den dreihundert-
zwanzigsten Teil der ganzen Erdoberfläche. Um neun Uhr verlor
ich nach Osten hin das Land aus den Augen, und ich bemerkte,
daß der Ballon rapid nach Nordnordwesten steuerte. Der
Ozean lag noch immer in scheinbar konkaver Gestalt unter
mir, doch wurde mir die Aussicht oft durch sich hin und wieder schiebende Wolkenmassen etwas benommen.

Um halb zehn wiederholte ich das Experiment, eine Handvoll Federn durch das Ventil fallen zu lassen. Sie schwebten
nicht, wie ich erwartet hatte, sondern schossen senkrecht wie
Kugeln mit der größten Schnelligkeit nach unten und waren
in wenigen Sekunden meinen Blicken entschwunden. Ich wußte
zuerst nicht, wie ich mir die sonderbare Erscheinung erklären
sollte; denn ich vermochte nicht zu glauben, daß sich die Schnelligkeit des Ballons in so hohem Grade beschleunigt haben
könne. Dann fiel mir ein, daß die Atmosphäre sich so verdünnt

habe, daß sie selbst die Federn nicht mehr tragen könne und diese mit größter Schnelligkeit fallen mußten; mich hatte nur die doppelte Schnelligkeit ihres Falles und meines Aufstieges verblüfft.

Um zehn Uhr war nichts weiter zu verrichten, das meine Aufmerksamkeit erfordert hätte. Alles ging glatt — ich war überzeugt, daß der Ballon mit stetig zunehmender Geschwindigkeit stieg, obwohl ich keine Mittel mehr hatte, um die Steigerung der Schnelligkeit zu messen. Ich empfand keine Schmerzen, kein Unbehagen mehr, war in der besten Laune und beschäftigte mich damit, meine verschiedenen Apparate zu untersuchen und die Luft im Zimmer zu erneuern. Dies letztere beschloß ich regelmäßig alle vierzig Minuten zu tun, weniger, weil eine so häufige Erneuerung eine absolute Notwendigkeit gewesen wäre, als um meiner Gesundheit willen. Und zwischendurch überließ ich mich dann meinen Gedanken. Meine Phantasie erging sich in den seltsamen, traumhaften Gefilden des Mondes, und meine Gedanken, jeder Fessel ledig, irrten durch die vielförmigen Wunder des ewig sich wandelnden, schattenhaften Gestirns. Bald waren es eisgraue, ehrwürdige Wälder, zackige Abgründe, tosend ins Bodenlose fallende Wasserstürze. Dann kam ich plötzlich in mittäglich beglänzte, stille Einsamkeiten, in die kein Himmelswind jemals drang, wo sich Wiesen voll von rotem Mohn ins Endlose dehnten, und hohe, schlanke, liliengleiche Blumen seit Ewigkeiten lautlos und ohne Regung standen. Dann wieder irrte ich umher, bis ich in ein Land kam, das war nur ein schweigender, düsterer See von einem ruhevollen Wolkenstreif begrenzt. Doch nicht nur solche Szenerien zogen an mir vorüber. Bilder stellten sich mir vor, solch wüster Schreckenisse voll, daß meine Seele bei dem bloßen Gedanken, sie könnten zu Wirklichkeiten werden, in ihren Tiefen erschauderte. Doch durfte ich meine Gedanken nicht länger solchen

Betrachtungen anheimgeben, denn die wirklichen und greif-
baren Gefahren meiner Reise verlangten vor allem meine
Aufmerksamkeit.

Als ich um fünf Uhr nachmittags wieder einmal die Atmosphäre im Zimmer erneuerte, benutzte ich die Gelegenheit,
um die Katze und ihre Jungen durch das Ventil zu beobachten. Die Katzenmutter rührte sich nicht mehr; mein Experiment mit den jungen Katzen jedoch hatte nach genauer
Prüfung ein ganz überraschendes Ergebnis. Ich hatte erwartet, daß auch sie, wenn auch in geringerem Grade wie
die Mutter, immerhin Schmerzen empfinden würden, und
dies wäre genügend gewesen, mich von der Annahme, daß
die Notwendigkeit atmosphärischen Druckes nur Gewöhnung
sei, zu überzeugen. Ich hatte jedoch nicht erwartet, sie in
einem Zustande so absoluten Wohlbefindens zu sehen; sie
atmeten mit der größten Leichtigkeit vollständig regelmäßig
und empfanden offenbar nicht das geringste Unbehagen. Ich
konnte mir dies alles nur erklären, wenn ich meine Theorie
weiter ausdehnte und mir sagte, daß die sehr verfeinerte
Atmosphäre um mich herum doch zum Leben chemisch nicht
ungenügend sei und eine in solcher Luft geborene Person
möglicherweise nicht die geringsten Atembeschwerden empfinden würde, während sie in den unteren, dichteren, erdnäheren
Luftschichten von Schmerzen befallen werden würde. Ich habe
seither oft bedauert, daß mich ein unglücklicher Zufall meiner
kleinen Katzenfamilie und mit ihr des Mittels beraubte,
diese Frage durch weitere Experimente zu beantworten. Als
ich nämlich meine Hand mit einem kleinen Milchbehälter für
die Kätzchen durch das Ventil steckte, verwickelte sich der
Ärmel meines Hemdes in die Schlinge, die den Korb hielt,
und löste ihn von dem Knopfe. Wäre das Ganze in einem
Augenblick zu nichts geworden, es hätte meinen Blicken nicht
plötzlicher entschwinden können. Es konnte wirklich kaum der

zehnte Teil einer Sekunde zwischen dem Abfallen der Schlinge vergangen sein, als der Korb auch schon verschwunden war. Meine besten Wünsche folgten ihm zur Erde, doch konnte ich nicht annehmen, daß eins der Jungen am Leben bleiben würde, um unten die Geschichte ihrer Mißfahrten zu erzählen.

Um sechs Uhr bemerkte ich, daß sich ein großer Teil der sichtbaren Erdoberfläche ostwärts in dichten Schatten hüllte, der stetig fortschritt, bis um fünf Minuten vor sieben die ganze sichtbare Fläche von der Finsternis der Nacht bedeckt war. Erst lange nach dieser Zeit trafen die letzten Strahlen der untergehenden Sonne den Ballon, und dieser Umstand, obwohl ich ihn natürlich erwartet hatte, erfüllte mich mit lebhafter Zufriedenheit. Offenbar würde ich am andern Morgen das lichtspendende Gestirn lange vor den guten Bürgern von Rotterdam erblicken, obwohl sich die Stadt weit östlicher befand, als mein Ballon, und so mußte mir von Tag zu Tag, im Verhältnis zu der erreichten Höhe, die Sonne länger und länger scheinen. Ich beschloß, ein Reise= tagebuch zu führen, indem ich nach je vierundzwanzig Stunden einen neuen Tag verzeichnete, ohne mich nach den Zeiten der Dunkelheit zu richten.

Als ich um zehn Uhr schläfrig wurde, beschloß ich, mich für den Rest der Nacht niederzulegen, doch stieß ich dabei auf eine Schwierigkeit, die, trotzdem sie auf der Hand lag, mir bis jetzt noch gar nicht in den Sinn gekommen war. Wer sollte, während ich schlief, die Luft im Zimmer erneuern? Die vorhandene Luft länger als höchstens eine Stunde ein= zuatmen, ging auf keinen Fall an, und einundeineviertel Stunde lang in ihr zu verweilen, konnte die schlimmsten Folgen haben. Dies Dilemma beunruhigte mich in hohem Maße, und man wird kaum glauben, daß ich nach all den glücklich überstandenen Gefahren die Sache für so schwierig hielt, daß ich alle Hoffnung, meine endgültige Absicht aus=

108

führen zu können, sinken ließ und zur Erde zurückzukehren beschloß.

Doch währte meine Niedergeschlagenheit nicht lange. Ich dachte daran, daß der Mensch der Sklave seiner Gewohnheit ist und viele Dinge für unerläßlich zum Leben hält, die nur durch die Gewohnheit unerläßlich geworden sind. Gewiß konnte ich ohne Schlaf nicht leben, doch konnte ich mich leicht dazu bringen, es als nichts Störendes zu empfinden, jede Stunde während der Zeit meiner Ruhe einmal aufzuwachen. Die Erneuerung der Luft nahm fünf Minuten höchstens in Anspruch; ich mußte nur ein Mittel finden, das mich zur gegebenen Zeit pünktlich weckte. Diese Aufgabe jedoch schien mir nicht leicht zu lösen. Ich hatte allerdings einmal von einem Studenten gehört, der, um nicht über seinen Büchern einzuschlafen, in seiner Hand eine Metallkugel hielt, deren tönendes Aufschlagen in ein neben ihm stehendes Becken aus gleichem Metall ihn jedesmal, wenn er eingenickt war, aus dem Schlafe auffahren ließ. In meinem Falle hätte mir ein gleicher oder ähnlicher Gedanke doch nicht helfen können, denn ich wollte ja nicht wach bleiben, sondern nur in regelmäßigen Zwischenräumen geweckt werden. Endlich verfiel ich auf ein Hilfsmittel, dessen Erfindung, so einfach sie auch war, mir im ersten Augenblick der Erfindung des Teleskops, der Dampfmaschine, der Buchdruckerkunst gleichwertig erschien.

Ich muß vorher bemerken, daß der Ballon, in der Höhe, die er nun einmal erreicht hatte, in gerader Linie und vollständig gleichmäßig aufstieg, so daß ich in der Gondel nicht die geringste Schwankung bemerken konnte. Dieser Umstand kam meinem Plane sehr zustatten. Ich hatte meinen Wasservorrat in kleine Fäßchen verteilt, die im Innern der Gondel fest angebunden waren. Ich löste eins von ihnen, nahm zwei Taue und band sie an jeder Seite des Gondelgeflechtes fest. Sie durchquerten also die Gondel und liefen, etwa dreißig Zentimeter voneinander entfernt, nebeneinander her. Sie bildeten eine Art Bort, auf das ich das Fäßchen in horizontaler Lage befestigte. Ungefähr fünfundzwanzig Zentimeter unter diesen beiden Seilen und einen Meter über dem Boden der Gondel befestigte ich ein wirkliches Bort, das einzige Stück einfachen, dünnen Holzes, das ich mitgenommen hatte. Auf dies untere Brett, genau unter die Ränder des Fäßchens, stellte ich einen irdenen Krug. Nun bohrte ich gerade über ihm ein Loch in das Fäßchen und schnitt einen kerzen= oder kegelförmigen Keil aus weichem Holz zurecht. Diesen Keil steckte ich nach einigen Versuchen gerade so tief in die Öffnung, daß das an seinen Seiten hervorsickernde Wasser den unter ihm stehenden Krug in sechzig Minuten bis zum Rande füllen mußte. Dies konnte ich schnell berechnen, indem ich nachmaß, wie weit sich der Krug in einer gegebenen Zeit gefüllt hatte. Nach all die= sen Vorbereitungen ist mein Plan leicht zu erraten. Mein Bett auf dem Boden der Gondel war so angebracht, daß mein Kopf gerade unter dem Kruge lag. War die Stunde vergan= gen und der Krug gefüllt, so mußte er überlaufen, und das Wasser, das von einer Höhe von einem Meter auf mein Ge= sicht fiel, mußte mich auch aus dem festesten Schlaf auf= wecken.

Als ich meine Vorbereitungen beendigt hatte, war es elf Uhr geworden, und ich begab mich im vollen Vertrauen auf die Wirksamkeit meiner Erfindung zur Ruhe. Ich täuschte mich auch nicht. Pünktlich alle sechzig Minuten weckte mich mein treuer Chronometer, ich leerte den Krug wieder in das Faß zurück, pumpte neue Luft ins Zimmer und begab mich wieder zu Bett. Diese regelmäßigen Unterbrechungen im Schlafe er= müdeten mich weit weniger, als ich gedacht hatte, und als ich mich gegen sieben Uhr endgültig wieder erhob, stand die Sonne schon mehrere Grad über der Linie meines Hori= zontes.

3. April. Mein Ballon war während der Nacht zu ungeheurer Höhe aufgestiegen, und die konvexe Gestalt der Erde zeigte sich auffallend deutlich. Unter mir, im Ozean, sah ich eine Reihe schwarzer Flecken; ohne Zweifel waren es Inselgruppen. Der Himmel über mir war gagatschwarz, die Sterne funkelten, wie ich es schon am ersten Tage meines Aufstiegs wahrgenommen hatte. Weit gegen Norden bemerkte ich eine dünne, weiße, helleuchtende Linie, und ich vermutete sofort, daß es die südliche Grenze des Polareismeeres sei. Dieser Anblick erregte meine Neugierde auf das mächtigste, denn ich hoffte, weiter gegen Norden getragen zu werden und mich vielleicht sogar einen Augenblick lang gerade über dem Pol zu befinden. Ich sah jedoch mit Verdruß ein, daß meine Höhe mich hindern mußte, genauere Beobachtungen anzustellen. Immerhin blieben mir noch viele Erkenntnisse vorbehalten.

Den ganzen Tag über ereignete sich nichts Außergewöhnliches. Meine Apparate befanden sich alle in guter Ordnung, und der Ballon stieg stetig ohne merkbare Schwankung. Es wurde sehr kalt, und ich mußte mich fest in meinen Überrock einhüllen. Als sich die Erde wieder mit Dunkelheit bedeckte, legte auch ich mich zur Ruhe, obgleich es um mich her noch manche Stunde lang taghell war. Die Wasseruhr tat pünktlich ihre Pflicht, und ich schlief mit Ausnahme der stündlichen Unterbrechungen gesund bis zum andern Morgen.

4. April. Ich stand in bester Gesundheit und Laune auf und erstaunte über die sonderbare Veränderung, die mit der See vor sich gegangen war. Sie hatte ihre tiefblaue Färbung, in der sie mir bis jetzt erschienen war, verloren, und blendete meine Augen durch ein hartes, grauweißes Licht.

Die konvexe Gestalt des Ozeans trat so offen zutage, daß sich seine fernen Wassermassen in den Abgrund des Horizontes hineinzustürzen schienen, und ich überraschte mich dabei, wie ich lauschte, ob ich das Echo der ungeheuren Katarakte nicht vernehmen könne. Die Inseln waren nicht mehr zu sehen; ob sie südöstlich hinter den Horizont gesunken waren oder die Höhe sie meinen Blicken entzog, vermag ich nicht zu sagen. Ich vermute jedoch das letztere. Der Eisrand im Norden wurde immer deutlicher sichtbar. Die Kälte war nicht mehr so heftig. Es ereignete sich nichts Wichtiges, und ich vertrieb mir die Zeit mit Lesen, da ich mich mit Büchern für die Reise versorgt hatte.

5. April. Ich beobachtete das seltene Schauspiel eines Sonnenaufgangs, während die ganze sichtbare Erdoberfläche noch in Dunkelheit lag. Mit der Zeit jedoch verbreitete sich das Licht überallhin, und ich konnte im Norden wieder die Eislinie entdecken. Sie war deutlich sichtbar und erschien viel dunkler als das Wasser des Meeres. Augenscheinlich näherte ich mich ihr mit größter Schnelligkeit. Bildete mir ein, östlich sowohl wie westlich einen Streifen Land zu entdecken, doch war ich dessen nicht gewiß. Temperatur mäßig. Während des Tages ereignete sich nichts von Bedeutung. Ging früh zu Bett.

6. April. Bemerkte überrascht den Landstreifen in mäßiger Entfernung und ein ausgedehntes Eisfeld, das sich bis zum nördlichen Horizont erstreckte. Wenn der Ballon seine Richtung beibehielt, so mußte ich mich bald über dem nördlichen Eismeer befinden und konnte hoffen, auch endlich den Pol selbst zu erblicken. Den ganzen Tag näherte ich mich beständig dem Eise.

Als die Nacht anbrach, erweiterten sich plötzlich die Grenzen des Horizontes. Ich mußte diesen Umstand ohne Zweifel der Form der Erde, der abgeplatteten Kugel zuschreiben und dem Umstande, daß ich jetzt über die abgeplattete Region in der Nähe des arktischen Kreises gekommen war. Als es ganz finster geworden war, legte ich mich zu Bett, unmutig, daß

112

ich über den Gegenstand so vieler Neugierde hinsegelte, ohne
daß es mir möglich war, irgendwelche Beobachtungen anzu=
stellen.

7. April. Ich stand sehr früh auf und entdeckte zu meiner
Freude, daß ich mich zweifellos gerade über dem Pol befand.
Ja! er war es ganz bestimmt, unter meinen Füßen! Doch
befand ich mich leider so hoch über ihm, daß ich nichts genauer
unterscheiden konnte. Denn nach der Progression der Zahlen
zu rechnen, mußte ich mich jetzt, am 7. April, vier Uhr mor=
gens, in einer Höhe von nicht weniger als elftausendsechs=
hundert Kilometern über der Oberfläche des Meeres befinden.
Dies mag ungeheuer erscheinen, doch hatte die Rechnungsart
wahrscheinlich eine viel zu niedrige Summe ergeben. Jeden=
falls lag mir die ganze nördliche Halbkugel wie eine Land=
karte aus der Vogelperspektive zu Füßen, und der große
Kreis des Äquators bildete die Grenzlinie meines Horizontes.
Eure Exzellenzen können sich jedoch leicht vorstellen, daß die
bis jetzt unerforschten Gegenden innerhalb der Grenzen des
arktischen Kreises, obgleich sie gerade unter mir lagen und
deshalb nicht verkürzt gesehen wurden, doch verhältnismäßig
zu klein waren und zu tief unter mir lagen, als daß
ich eine genauere Betrachtung hätte vornehmen können.
Was ich jedoch sah, war immerhin eigentümlich und inter=
essant genug. Nördlich von jener Linie, von der ich schon
gesprochen habe, dehnt sich ununterbrochen oder beinahe un=
unterbrochen eine riesige Eisdecke aus. Sie glättet sich von
Anfang an merklich, später wird sie ganz flach; endlich selt=
sam konkav, endigt sie beim Pole selbst in einem runden,
scharf begrenzten Zentrum, dessen anscheinender Durchmesser
vom Ballon aus einen Winkel von ungefähr fünfundsechzig
Grad umspannte. Er war von düsterer Farbe und immer
dunkler als irgendeine andere Stelle der Halbkugel, die ich
überschaute, und hin und wieder in tiefstes Schwarz ge=

taucht. Genaueres konnte ich nicht feststellen. Gegen Mittag hatte das Zentrum bedeutend an Umfang eingebüßt, und um sieben Uhr nachmittags hatte ich es ganz aus dem Gesicht verloren. Der Ballon steuerte über den westlichen Eisrand in der Richtung auf den Äquator zu.

8. April. Bemerkte eine merkliche Verkleinerung im anscheinenden Durchmesser der Erde, von der wirklichen Veränderung ihrer Farbe und ihrer allgemeinen Erscheinung gar nicht zu reden. Die ganze sichtbare Oberfläche hatte eine gelbliche Färbung angenommen; einige Strecken glänzten so, daß es das Auge schmerzte, hinzusehen. Mein Blick nach unten wurde auch verschiedentlich durch die Atmosphäre behindert, die mit Wolken beladen war und mir nur hin und wieder einen kurzen Anblick der Erde selbst gestattete. Seit den letzten achtundvierzig Stunden war dies sehr oft der Fall gewesen, doch schien meine augenblickliche Höhe die hin und her flutenden Dampfkörper für mein Auge näher zusammenzurücken. Natürlich steigerte sich die Erscheinung, je höher ich stieg. Immerhin konnte ich bemerken, daß der Ballon nun über die Reihe großer Seen in Nordamerika dahinsegelte, nach Süden zusteuerte und mich bald in die Tropen bringen mußte.

Dieser Umstand befriedigte mich in höchstem Maße, und ich begrüßte ihn als ein Vorzeichen endgültigen Gelingens. Die Richtung, die er bis jetzt beibehalten, hatte mich nämlich mit einigen Befürchtungen erfüllt; wäre er länger in ihr fortgesteuert, so hätte ich den Mond überhaupt nicht erreichen können, denn seine Bahn neigt sich zur Ekliptik nur in einem kleinen Winkel von 5^0 8' 48". So seltsam es auch klingen mag: erst jetzt fiel mir ein, welch großen Fehler ich begangen hatte, als ich meine Reise nicht von einem Punkt der Erde aus antrat, der innerhalb des Planes der Mondellipse lag.

9. April. Der Durchmesser der Erde erscheint bedeutend

114

kleiner, und die Oberfläche färbt sich immer tiefer gelb. Der Ballon blieb bei der Richtung südlich und kam um neun Uhr nachmittags über den nördlichen Rand des Golfes von Mexiko.

10. April. Heute morgen gegen fünf Uhr wurde ich durch ein schreckliches Getöse geweckt, das ich mir nicht erklären konnte. Es währte nur kurze Zeit, doch glich es keinem Ton, den ich auf Erden je gehört habe. Es ist wohl überflüssig, zu sagen, daß ich sehr beunruhigt war, denn im ersten Augenblicke konnte ich nur glauben, der Ballon platze. Ich untersuchte meine sämtlichen Apparate, fand sie jedoch alle in bester Ordnung. Ich habe tagsüber lange über dies sonderbare Ereignis nachgedacht, ohne die geringste Erklärung zu finden. Ging deshalb unbefriedigt, sehr aufgeregt und angstvoll zu Bett.

11. April. Bemerkte eine ganz auffallende Verkleinerung des Erddurchmessers und zum allerersten Male eine merkbare Vergrößerung des Durchmessers des Mondes, der in ein paar Tagen Vollmond sein wird. Es erfordert jetzt lange und mühsame Arbeit, eine genügende Menge atmosphärischer Luft zu kondensieren, um leben zu können.

12. April. Die Richtung des Ballons erfuhr eine sonderbare Veränderung, und obgleich ich sie erwarten mußte, gewährte sie mir eine außerordentliche Befriedigung. Er war in der ersten Richtung bis ungefähr zum zwanzigsten Grad südlicher Breite gekommen, als er sich ganz plötzlich in einem spitzen Winkel ostwärts wandte und den ganzen Tag in dieser Richtung, genau im Plane der Mondellipse, fortsteuerte. Zu bemerken ist noch, daß ein merkliches Schwanken der Gondel die Folge dieses Richtungswechsels war. Es hielt, mehr oder weniger stark, mehrere Stunden lang an.

13. April. Von neuem beunruhigte mich das laute, krachende Geräusch, das mich schon am 10. erschreckt hatte.

Dachte wieder lange über feine mögliche Urfache nach, ohne zu einem Schluß zu kommen. Der Durchmeffer der Erde nimmt immer mehr ab und umfpannt vom Ballon aus einen Winkel von wenig mehr als fünfundzwanzig Grad. Den Mond konnte ich nicht fehen, da er faft in meinem Zenit ftand. Wir blieben noch immer in der Bahn der Ellipfe, drangen jedoch nur fehr wenig weiter nach Often vor.

14. April. Rapide Abnahme des Durchmeffers der Erde. Heute kam mir die Erkenntnis, daß der Ballon jetzt auf der Linie der Apfiden zu dem Punkte der Erdnähe eilt — mit andern Worten: die direkte Richtung genommen hat, die ihn in dem der Erde am nächften kommenden Teil der Mondbahn auf den Mond felbft bringen muß. Diefer befindet fich jetzt gerade über mir und ift meinen Blicken alfo entzogen. Lange, harte Arbeit erfordert das Kondenfieren der Luft.

15. April. Nicht einmal die Umriffe der Kontinente und Meere konnte ich noch erkennen. Gegen zwölf Uhr vernahm ich zum dritten Male das fürchterliche Getöfe, das mich bereits zweimal geweckt hat. Es hielt einige Augenblicke an und nahm währenddem an Heftigkeit zu. Schon erwartete ich irgendeine vernichtende Kataftrophe, die Gondel fchwankte heftig hin und her, und eine riefige flammende Maffe, deren Natur ich nicht erkennen konnte, fchoß mit einem Gebrüll von taufend Donnern am Ballon vorbei. Als fich mein Entfetzen und Erftaunen etwas gelegt hatte, mußte ich mir fagen, daß es nur irgendein vulkanifcher Ausbruch gewefen fein könne, den die Welt, der ich mich in fchwindelnder Eile näherte, ausgefpien hatte. Und höchftwahrfcheinlich beftand er aus jenem eigentümlichen Stoffe, von dem oft Teile bis auf die Erde gelangen und mangels einer genaueren Bezeichnung Meteorfteine genannt werden.

16. April. Als ich heute, fo gut es gehen wollte, durch die

116

beiden Seitenfenster nach oben blickte, sah ich zu meiner Freude einen kleinen Teil der Mondscheibe sozusagen an allen Seiten über den großen Kreis, der den Ballon bildete, hervorragen. Ich geriet in lebhafte Aufregung, denn ich brauchte fast nicht mehr zu zweifeln, meine gefährliche Reise bis zu Ende durchführen zu können. Der Kondensator erforderte mittlerweile auch so schwere, unablässige Arbeit, daß mir kaum Zeit zum Ausruhen blieb. An Schlaf durfte ich fast nicht mehr denken. Ich fühlte mich ganz krank, und mein Körper zitterte vor Erschöpfung. Ich fürchtete, daß meine Natur den Anstrengungen nicht länger gewachsen sein möchte. Während der kurzen Zeit der Dunkelheit sauste wieder ein Meteorstein an mir vorüber, und die relative Häufigkeit dieser Erscheinung beunruhigte mich nicht wenig.

17. April. Dieser Morgen war der Schluß und der Anfang einer Epoche meiner Reise. Man wird sich erinnern, daß die Erde am 13. von mir aus einen Winkel von fünfundzwanzig Grad umschloß. Am 14. hatte sich der Winkel bedeutend verkleinert, am 15. hatte er noch viel schneller an Größe abgenommen, und am 16., kurz vor dem Schlafengehen, schätzte ich ihn bloß noch auf ungefähr sieben Grad fünfzehn Minuten. Nun stelle man sich mein Erstaunen vor, als ich am 17. nach einem kurzen, unruhigen Schlummer bemerkte, daß die Oberfläche unter mir so wunderbar plötzlich an Umfang zugenommen hatte, daß sie einen Winkel von wenigstens dreißig Grad umschloß! Ich stand sozusagen wie vom Blitz gerührt! Kein Wort kann meinen Schrecken, mein niederschmetterndes Entsetzen ausdrücken. Meine Knie schlotterten — meine Zähne klapperten — die Haare standen mir zu Berge! Der Ballon war also geplatzt! Dies war der erste wilde Gedanke, der mir durchs Hirn schoß. Der Ballon war also geplatzt! Ich sauste — ich sauste mit unausdenkbarer Geschwindigkeit nach unten! Nach der gewaltigen

117

Entfernung zu schätzen, die ich in der kurzen Zeit des Schla-
fens durchmaß, könnte es höchstens noch zehn Minuten
dauern, bis ich die Oberfläche der Erde erreichte, der grausig-
sten Vernichtung zugeschleudert wurde!

Doch dann begann ich ruhiger nachzudenken — ich machte
eine Pause und sammelte mich. Zweifel stellten sich ein. Es
war ja eigentlich ein Ding der Unmöglichkeit! So rasend
schnell hätte ich immerhin nicht nach unten fallen können.
Und obwohl ich mich der Oberfläche unter mir zusehends
näherte, stand diese Geschwindigkeit doch in keinem Verhältnis zu der, die ich anfangs mit solchem Grausen für meinen
Sturz angenommen hatte. Diese Überzeugung beschwichtigte
die Erregung in meinem Innern teilweise wieder, und es gelang mir endlich, die Erscheinung mit ruhigerem Auge zu betrachten. Erstaunen und Angst mußten mich wirklich meiner
Sinne beraubt haben, daß ich die Verschiedenheit der Oberfläche des Weltkörpers unter mir und der meiner Mutter
Erde nicht sofort erkannt hatte. Die stand jetzt über meinem
Kopfe, und der Mond — der Mond in all seiner Glorie lag
zu meinen Füßen.

Das Staunen und die Erstarrung, die diese sonderbare
Veränderung in der Lage der Welten in mir bewirkte, war
vielleicht das Erstaunlichste und Unverständlichste an der ganzen Reise. Denn diese Umwälzung war nicht nur natürlich
und unausbleiblich, ich hatte sie auch längst erwartet. Sie
mußte eintreten, sobald ich an dem Punkte meiner Reise angekommen sein würde, an dem die Anziehungskraft des
Planeten durch die Anziehungskraft des Satelliten aufgehoben werden würde, oder genauer: an dem die Gravi-
tation des Ballons zur Erde geringer sein würde als die
zum Monde.

Allerdings erwachte ich gerade aus einem Schlafe und war
noch nicht ganz bei Sinnen, als ich plötzlich diese seltsamste

118

aller Erscheinungen gewahrte, die ich zwar erwartet — doch nicht in diesem Augenblick erwartet hatte.

Die Umdrehung selbst mußte ganz sanft und allmählich vor sich gegangen sein, und es ist durchaus nicht gewiß, daß ich selbst in wachem Zustande eine Umkehrung verspürt haben würde, irgendein inneres Symptom einer Umdrehung — eine Unbequemlichkeit oder eine Verschiebung an meinen Apparaten.

Es ist wohl überflüssig, zu sagen, daß sich meine ganze Aufmerksamkeit, als ich zur klaren Erkenntnis meiner Situation gekommen und des Schreckens, der meinen Geist vollkommen gelähmt hatte, Herr geworden war, auf die Betrachtung der allgemeinen äußeren Erscheinung des Mondes konzentrierte. Er lag unter mir wie eine Karte — und obgleich ich schließen mußte, daß er sich noch in bedeutender Entfernung befand, zeichneten sich doch alle Unebenheiten seiner Oberfläche mit einer mir unerklärlichen Deutlichkeit ab. Beim ersten Blick fiel mir, als hauptsächlichster Zug seiner geologischen Beschaffenheit, der Mangel an Meeren, Binnenseen oder Flüssen, überhaupt an irgendwelchen Wasseransammlungen auf.

Dennoch, so seltsam es klingt, sah ich weite, flache Strecken, die durchaus den Charakter angeschwemmten Erdreichs aufwiesen, obgleich der bei weitem größere Teil der sichtbaren Hemisphäre von zahllosen kegelförmigen Vulkanen bedeckt war, die eher künstlichen als natürlichen Erhebungen glichen. Die höchste unter ihnen mochte nicht mehr als sechstausend Meter senkrechter Höhe betragen — übrigens wird eine Karte der Campi Phlegraei Euren Exzellenzen eine viel bessere Vorstellung der allgemeinen Oberfläche geben als jede Beschreibung meinerseits, die doch nur sehr unvollkommen bleiben würde. Bei den meisten Bergen fanden offenbar gerade Eruptionen statt und gaben mir ein furchtbares Bild

ihrer Wut und ihrer Kraft durch wiederholt mit donnern=
dem Krachen emporgeschleuderte sogenannte Meteorsteine,
die immer häufiger und beunruhigender am Ballon vorüber=
sausten.

18. April. Bemerkte eine bedeutende Zunahme im anschei=
nenden Volumen des Mondes, und die offenbar stetig wach=
sende Schnelligkeit des Abwärtssegelns beginnt mich mit
Besorgnis zu erfüllen. Man wird sich erinnern, daß im An=
fange meiner Berechnungen der Möglichkeit einer Mondfahrt
die Annahme einer dichten, im Verhältnis zum Volumen des
Planeten stehenden Atmosphäre eine große Rolle gespielt
hatte, trotz verschiedener Theorien, die das Gegenteil bewei=
sen sollten, ja, trotzdem man im allgemeinen überhaupt nicht
an eine Mondatmosphäre glaubte. Doch außer den Schlüssen,
die ich aus der Beobachtung des Enckeschen Kometen und des
Zodiakallichtes hergeleitet hatte, wurde ich in meiner Ansicht
noch durch die Behauptungen des Herrn Schroeter aus Lilien=
tal bestärkt. Er beobachtete den Mond, der einmal wieder seit
zwei und einem halben Tage sichtbar war, kurz nach Sonnen=
untergang des Abends, ehe die dunkle Partie kenntlich wurde,
und beobachtete sie so lange, bis sie ganz zu sehen war. Die
beiden Hörner schienen sich spitz und scharf zu verlängern,
und ihr äußerster Rand war schwach von Sonnenstrahlen
beschienen, ehe ein Teil der Hemisphäre sichtbar wurde. Kurze
Zeit nachher wurde das ganze dunkle Feld erhellt. Diese Ver=
längerung der Hörner über den Halbkreis hinaus konnte sei=
nen Grund meiner Meinung nach nur in einer Brechung der
Sonnenstrahlen durch die Atmosphäre des Mondes haben.
Ich berechnete ferner, daß die Höhe dieser Atmosphäre (die
in ihrer dunklen Hemisphäre eine Dämmerung bewirkte, hel=
ler als das von der Erde reflektierte Licht, wenn der Mond
im zweiunddreißigsten Grade seiner Konjunktion steht) vier=
hundert Meter betragen müsse; demgemäß nahm ich an, daß
120

die größte Höhe, die Sonnenstrahlen brechen konnte, sech=
zehnhundert Meter betragen müsse.

Die Sicherheit meiner endgültigen Landung hing natürlich
von dem Widerstand oder vielmehr von der Unterstützung
einer Mondatmosphäre ab. Sollte ich mich geirrt haben, so
konnte mein Abenteuer nicht anders als mit meiner Zerschmet=
terung an der zackigen Oberfläche des Satelliten endigen.
Und ich hatte allen Grund, mich auf das Fürchterlichste ge=
faßt zu machen. Meine Entfernung vom Monde war verhält=
nismäßig nur noch unbedeutend; die Arbeit, die der Konden=
sator erforderte, hatte sich dagegen noch nicht vermindert: von
einer zunehmenden Dichtigkeit der Atmosphäre war nichts zu
spüren.

19. April. Heute morgen gegen neun Uhr, als mir die
Oberfläche des Mondes erschreckend nahe gekommen und
meine Befürchtungen aufs höchste gestiegen waren, wies zu
meiner größten Erleichterung die Pumpe des Kondensators
endlich Anzeichen einer Veränderung der Atmosphäre auf.
Um zehn Uhr konnte ich glauben, daß die Dichtigkeit bedeu=
tend zugenommen habe. Um elf Uhr erforderte der Apparat
nur noch geringe Arbeit, und gegen Mittag wagte ich, erst
zögernd, das Kautschukzimmer zu öffnen; als es jedoch kei=
nerlei böse Folgen hatte, wickelte ich die Gondel gänzlich aus
dem Gummisack heraus. Wie ich hätte erwarten müssen, er=
griffen mich gleich nach dem übereilten, gefährlichen Experi=
mente Krämpfe und heftige Kopfschmerzen. Doch da diese
und andere mit Atembeschwerden verbundene Erscheinun=
gen nicht so stark auftraten, daß ich für mein Leben hätte
fürchten müssen, beschloß ich, sie mit Hilfe des kleinen Sauer=
stoffapparates zu ertragen, da ich jeden Augenblick in dich=
tere Schichten der Mondatmosphäre kommen mußte.

Ich näherte mich dem Gestirn noch immer mit rasender
Eile, und es stellte sich bald als gewiß heraus, daß, obgleich

ich mich wahrscheinlich in der Annahme einer im Verhältnis
zu der Masse des Gestirns stehenden dichten Atmosphäre nicht
getäuscht hatte, diese Dichtigkeit doch selbst an der Oberfläche
nicht ausreichte, meine Gondel mit ihrem Inhalt zu tragen.
Dies hätte der Fall sein müssen — und zwar in gleichem
Maße wie an der Oberfläche der Erde, — wenn man an=
nimmt, daß auf beiden Planeten die wirkliche Schwere der
Körper im Verhältnis zur Dichtigkeit der Atmosphäre steht.
Aber das war nicht der Fall; die Schnelle, mit der ich fiel,
bewies es deutlich. Warum? Ich konnte es mir nur durch
eine jener möglichen geologischen Störungen erklären, von
denen vorhin die Rede war.

Jedenfalls hatte ich den Planeten fast ganz erreicht und
näherte mich ihm in schwindelnd eiligem Fall. Es war keine
Minute zu verlieren, ich warf meinen Ballast über Bord,
dann die Wasserfäßchen, den Kondensator, die Gummihülle,
alles, was sich nur in der Gondel befand. Es half nichts. Ich
fiel mit entsetzlicher Schnelligkeit und war wohl nur noch
achthundert Meter vom Boden entfernt. In höchster Not warf
ich meinen Rock, meinen Hut, meine Stiefel fort, löste die
Gondel selbst, die ziemlich schwer war, vom Ballon, klam=
merte mich mit beiden Händen an das Netzwerk an und hatte
kaum Zeit zu sehen, daß das ganze Land, soweit das Auge
reichte, mit winzigen Wohnstätten übersät war, als ich auch
schon wie eine Kugel mitten in eine phantastische Stadt unter
eine Menge häßlicher, kleiner Leute fiel, von denen keiner ein
Wort sagte oder sich die geringste Mühe gab, mir beizuste=
hen, sondern die alle wie ein Haufen von Idioten mich und
meinen Ballon mit lächerlichem Grinsen und in die Seite ge=
stemmten Armen anglotzten. Ich wandte mich von ihnen ab
und blickte zur Erde auf, die ich kürzlich und vielleicht für
immer verlassen hatte. Sie hing als ungeheurer, düsterer
Kupferschild von vielleicht zwei Grad im Durchmesser starr

122

und unbeweglich in den Himmeln über mir. Ein Teil des Randes erglänzte in der Gestalt einer goldig leuchtenden Sichel. Von Land oder Meeren war nichts mehr zu sehen, die ganze Oberfläche schien mit veränderlichen Flecken besät und war von den tropischen und Äquatorialzonen wie von Gürteln umschlossen.

So hatte ich also, Euren Exzellenzen mit Respekt zu melden, nach einer langen Reihe von Beängstigungen und mannigfachen Gefahren, denen ich so unglaublich gut und unbeschädigt entronnen war, neunzehn Tage nach meiner Abfahrt von Rotterdam heil und gesund das Ziel der zweifellos seltsamsten, wichtigsten Reise erreicht, die je ein Erdenbürger vollbracht oder auch nur beabsichtigt hat. Doch habe ich meine Abenteuer hier noch nicht erzählt, und Eure Exzellenzen können sich wohl vorstellen, daß ich nach fünfjährigem Aufenthalte auf einem Planeten, der, an sich schon höchst interessant, es in seiner Eigenschaft als Trabant der menschenbewohnten Erde doppelt wird, dem astronomischen Kollegium im geheimen noch viele und wichtigere Dinge mitzuteilen habe als die immerhin wunderbaren Einzelheiten der bloßen Reise, die ich so glücklich zu Ende geführt habe.

Ich könnte viel von dem Klima des Mondes erzählen, von dem wunderbaren Wechsel von Wärme und Kälte, von dem unerbittlichen glühenden Sonnenschein, der stets vierzehn Tage hintereinander anhält, und der darauf folgenden vierzehntägigen mehr als polaren Eiseskälte; könnte vieles über eine beständige Zufuhr an Feuchtigkeit durch Destillation wie in einem Vakuum von dem Punkte unter der Sonne bis zu dem am weitesten entfernten erzählen; von einer veränderlichen Zone fließenden Wassers könnte ich sprechen; dann über die Einwohner selbst — über ihre Sitten und Gewohnheiten, ihre politischen Einrichtungen, ihren besonderen Organismus, ihre Häßlichkeit, ihren Mangel an Ohren, die in einer so anderen Atmosphäre nur nutzloses Anhängsel sein würden, über das Fehlen jeglicher Sprache bei ihnen, über ihre seltsame Methode einer inneren Mitteilung, welche die Sprache vollständig ersetzt; könnte von der unerklärlichen Beziehung reden, die je einen Mondbewohner mit je einem Erdenbürger verbindet — eine Beziehung, die den Bahnen des Planeten und des Satelliten analog ist, von ihnen abhängt und durch die Leben und Schicksal der Bewohner beider Sterne innig miteinander verbunden sind — und vor allem, mit Eurer Erzellenzen Erlaubnis, möchte ich über die dunklen, fürchterlichen Geheimnisse der anderen Hemisphäre des Mondes sprechen, die dank der fast wunderbaren Übereinstimmung der Umdrehung des Satelliten um seine eigene Achse mit seiner Sternenbahn um die Erde und durch Gottes Barmherzigkeit den Teleskopen der Menschen niemals zugänglich sein wird.

Alles das möchte ich erzählen und noch viel, viel mehr. Aber — um kurz zu sein — ich verlange eine Belohnung dafür. Ich sehne mich danach, zu meiner Familie und in mein Heim zurückzukehren. Und als Preis für das Licht, das ich in viele wichtige Gebiete der physischen und metaphysischen Wissenschaft bringen kann, erbitte ich durch Fürsprache des hochzuverehrenden astronomischen Kollegiums Straflosigkeit für das Verbrechen, dessen ich mich bei meiner Abreise aus Rotterdam durch die Ermordung meiner Gläubiger schuldig gemacht habe. Diesen Zweck verfolge ich mit dem Briefe, den Eure Erzellenzen soeben gelesen haben. Der Überbringer, ein Mondbewohner, den ich zu meinem Boten ausgewählt und genügend instruiert habe, wird auf Eurer Erzellenzen gnädige Äußerung warten und mir die erbetene Verzeihung, falls man sie mir gewähren wird, überbringen.

Ich habe die Ehre mich zu unterzeichnen als Eurer Erzellenzen

allerergebenster Diener

Hans Pfaall.

Als Bürgermeister und Professor diese überraschende Bot-
schaft gelesen hatten, ließ der letztere, so erzählt man, im
Übermaße des Erstaunens seine Pfeife auf die Erde fallen
und Mynheer Superbus van Underduk nahm seine Brille
ab, putzte sie, steckte sie in die Tasche und vergaß sowohl sich
selbst als auch seine Würde so weit, daß er sich vor Verwunderung dreimal auf dem Absatze herumdrehte.

Zweifellos mußte die Straflosigkeit erwirkt werden. Wenigstens schwor es sich Herr Professor Sternckiek mit einem
festen Fluche — als auch schon van Underduk den Arm seines Bruders in der Wissenschaft ergriff und sich, ohne ein
Wort zu sagen, mit ihm schleunigst auf den Weg nach Hause
machte, um über die dringenden Maßregeln, die man jetzt
ergreifen müsse, zu beraten. Als sie jedoch die Tür der bür-
germeisterlichen Wohnung erreicht hatten, wagte der Professor den Einwurf, daß ja der Bote, ohne Zweifel durch das
Gebaren der Rotterdamer zu Tode erschrocken, schon wieder
verschwunden, der zu erwirkende Pardon also zwecklos sei;
denn wohl nur ein Mondmensch würde eine so weite Reise
unternehmen, um es doch noch zu überbringen!

Der Richtigkeit dieser Bemerkung konnte sich der Bürgermeister nicht entziehen, und die Sache hatte damit eigentlich
ein Ende; nicht jedoch alle möglichen Gerüchte und Vermutungen. Der Brief wurde veröffentlicht und gab Anlaß zu
den verschiedensten Meinungsäußerungen und den dümmsten
Klatschgeschichten. Einige Neunmalkluge blamierten sich sogar so weit, das Ganze als einen bloßen Schwindel hinzu-
stellen. Aber ich fürchte, für diese Leute ist eben alles, was
über ihren Verstand hinausgeht, Schwindel. Ich für mein
Teil kann wenigstens nicht verstehen, wodurch sie ihre Annahme begründen könnten.

Sehen wir zu, was sie sagen!

Erstens: Daß gewisse Spaßvögel in Rotterdam gewisse

125

Antipathien gegen gewisse Bürgermeister und Astronomie-
professoren haben.

Zweitens: Daß ein wunderlicher alter Zwerg, seines Zeichens Taschenspieler, dem man einmal für irgendeinen schlechten Streich beide Ohren dicht am Kopfe abgeschnitten hatte,
seit einigen Tagen in der benachbarten Stadt Brügge ver-
mißt werde.

Drittens: Daß die Zeitungen, mit denen der ganze kleine
Ballon beklebt gewesen war, holländische Zeitungen waren
und deshalb nicht vom Monde kommen konnten. Sie waren
schmutzig, sehr schmutzig, — und van den Druck, der Buch-
drucker, wollte es auf seinen Eid nehmen, daß sie in seiner
Druckerei hergestellt worden seien.

Viertens: Daß Hans Pfaall selbst ein Schuft und Trun-
kenbold und mit den drei Faullenzern, die er seine Gläubiger
nannte, vor nicht mehr als zwei oder drei Tagen in einer be-
rüchtigten Vorstadtkneipe gesehen worden sei, nachdem sie
eben von einer Reise übers Meer mit vollen Taschen zurück-
gekommen waren.

Fünftens und letztens: Daß die Annahme allgemein ver-
breitet ist oder es wenigstens sein sollte, daß das Astronomische Kollegium in der Stadt Rotterdam, wie alle andern
Kollegien in allen andern Teilen der Welt — von den Kollegien und Astronomen im allgemeinen überhaupt ganz zu
schweigen — gelinde gesagt, nicht besser, nicht klüger, nicht
weiser sei, als nötig ist.

Der unheimliche Gast
Von Jules Verne

Als ich an einem stürmischen Septembertage der fünfziger Jahre in Frankfurt am Main eintraf, hatte ich mir durch meine Ballonaufstiege in einer Reihe deutscher Großstädte bereits einen Namen gemacht. Indessen hatte sich bisher noch kein Deutscher meinem Ballonkorb anvertraut, ebensowenig wie die Pariser Aufstiege von Green, Godard und Poitevin auf deutschem Boden Nachahmung gefunden hatten.

Kaum war jedoch diesmal bekanntgeworden, daß ich von Frankfurt aus eine neue Fahrt plane, so meldeten sich auch schon drei Personen von Rang zur Teilnahme. Da der Aufstieg schon wenige Tage später vom Theaterplatz aus stattfinden sollte, so richtete ich unverzüglich den Ballon dazu her. Mein Flugschiff war aus Seide, die mit Kautschuk luft- und wasserdicht imprägniert war, und faßte dreitausend Kubikmeter Gas — genug, um uns in die höchsten Höhen zu tragen.

Der Start war auf den Beginn der Frankfurter Septembermesse gelegt, die stets einen großen Fremdenstrom in die Stadt leitet. Das Leuchtgas, das mir zu sehr günstigen Bedingungen geliefert worden war, war von einwandfreier Reinheit. Um elf Uhr vormittags war die Füllung beendet, und zwar hatte ich den Ballon nur dreiviertel gefüllt, weil das Gas sich in den dünneren Luftschichten der oberen Atmosphäre ausdehnt und deshalb zunächst genügend Spielraum haben muß.

Rings um unsern freigehaltenen Füllraum drängte sich unabsehbar und ungeduldig das Volk. Es nahm den ganzen Theaterplatz ein, schob aus den angrenzenden Straßen nach und hielt die Fenster aller Häuser und alle Dächer dicht besetzt. Der Sturm, der während der letzten Tage gewütet hatte, war abgeflaut. Eine schwüle Wärme drückte vom wolkenlosen Himmel herab, kein Lüftchen belebte die Atmosphäre. Bei solchem Wetter hätte der Ballon unter Umständen an derselben Stelle wieder niedergehen können, von der er aufgestiegen war.

Ich verstaute hundertfünfzig Kilo Sandballast an Bord. Der Ballonkorb war völlig rund, maß ein Meter zwanzig Zentimeter im Durchmesser, war ein Meter hoch und bequem eingerichtet. Über ihm spannten sich symmetrisch die Auslaufleinen des Netzes. An dem Ballonring, der sie strahlenförmig vereinigte, war auch das Barometer aufgehängt; Kompaß und Landungsanker waren zur Hand. Wir waren startbereit.

Unter den Leuten, die sich um die Umzäunung des Füllraumes drängten, fiel mir ein junger Mensch mit bleichen und erregten Zügen auf. Ich hatte ihn als eifrigen Zuschauer schon bei verschiedenen meiner Aufstiege in deutschen Städten getroffen. Sein unsteter Blick verschlang förmlich das sonderbare Flugtier, das dicht über dem Boden pendelte, sein verkniffener Mund blieb stumm, während rings um ihn alles schwatzte und lärmte.

Von den Kirchen schlug es zwölf. Der Augenblick des Startes war da, nicht aber meine Fahrgäste. Ich sandte nach ihren Wohnungen und erfuhr, der eine sei in Geschäften nach Hamburg, der zweite nach Wien, der dritte nach London abgereist. Obgleich bei Freiballonfahrten dieser Art unter bewährter Führung von Gefahr kaum noch die Rede sein kann, so war meinen Gästen im gegebenen Augenblick doch der Mut entschwunden, der anscheinend im umgekehrten Verhältnis zu ihrer Firigkeit, das Weite zu suchen, stand.

Das Volk, das schon Betrug zu argwöhnen begann, fing zu murren an — ich durfte keine Minute zögern, allein aufzusteigen. Um für die ausgebliebenen Mitfahrer den nötigen Gewichtsausgleich zu schaffen, nahm ich noch einige Säcke Ballast mit. Sobald ich die Gondel bestiegen hatte, ließ die Haltemannschaft die Seile prüfend locker, worauf der Ballon sich ein wenig hob.

„Alles in Ordnung?" fragte ich.

Die Männer nickten und hielten sich bereit.

„Achtung!"

Das aufgeregte Volk drückte fast die Umzäunung ein.

„Los!"

Der Ballon stieg langsam, wurde aber sogleich derart erschüttert, daß ich im Korb umstürzte.

Als ich mich wieder erhoben hatte, sah ich mich einem Mitfahrer gegenüber, der im Programm nicht vorgesehen war: dem blassen jungen Menschen.

„Guten Tag, mein Herr," begrüßte er mich gelassen.

„Mit welchem Rechte . . ."

„— ich hier bin? Mit dem Rechte, das mir die Unmöglichkeit verleiht, mich loszuwerden."

Seine Unverfrorenheit verblüffte mich, ich blieb die Antwort schuldig. Er nahm keine Notiz davon und schien meine Überraschung gar nicht zu bemerken.

„Mein Mehrgewicht belastet Ihren Ballon," sagte er, „gestatten Sie . . ." Und ohne meine Genehmigung abzuwarten, warf er zwei Sack Ballast aus.

„Herr," wandte ich mich an den Fremden, indem ich den einzigen Entschluß faßte, der mir übrig blieb, „Sie sind nun einmal da — Sie werden bleiben — schön, aber die Führung des Ballons ist einzig und allein meine Sache."

„Ihre Höflichkeit", erwiderte er lächelnd, „ist echt französisch. Sie entstammt dem gleichen Lande wie ich selbst. Ich drücke Ihnen im Geiste die Hand, die Sie mir verweigern. Tun Sie, was Ihnen geboten erscheint; ich werde mich gedulden, bis Sie damit fertig sind."

„Und dann?"

„Dann werde ich mit Ihnen plaudern."

Das Barometer war auf siebenhundertzehn Millimeter gefallen. Wir waren jetzt fast sechshundert Meter über der Stadt,

130

ohne unfer Steigen verfolgen zu können, weil die fchwüle und unfichtige Luft die Landfchaft verwifchte. So befah ich mir denn meinen Begleiter des näheren. Er mochte vielleicht dreißig Jahre zählen und war recht befcheiden gekleidet. Seine fcharfgefchnittenen Gefichtszüge deuteten auf außergewöhnliche Willenskraft, auch körperlich fchien er überaus ftark zu fein. Völlig im Banne diefes ftummen und gleichmäßigen Aufwärtsfchwebens, verfolgte er bewegungslos das entfchwindende und verfchwommene Bild der Tiefe mit den Augen.

„Ein abfcheulicher Nebel," bemerkte er dann.

Ich antwortete nicht.

„Sie zürnen mir," fuhr er beharrlich fort. „Geld für die Mitfahrt hatte ich nicht, und fo mußte ich denn meine Zuflucht zu einer Lift nehmen, wenn anders ich die Fahrt mitmachen wollte."

„Auszufteigen erfucht Sie ja keiner," brummte ich mürrifch.

„Wiffen Sie," tröftete er mich ironifch, „daß genau dasfelbe wie Ihnen auch den Grafen Laurencin und Dampierre gefchehen ift, als fie am 15. Januar 1784 zu Lyon aufftiegen! Ein junger Kommis namens Fontaine fchwang fich über den Korbrand, auf die Gefahr hin, den Ballon zum Kippen zu bringen. Er machte die ganze Fahrt mit — und es ift niemand daran geftorben."

„Nach der Landung werden wir weiter darüber reden," unterbrach ich ihn brüsk, geärgert durch den ironifchen Ton, den er fich mir gegenüber herausnahm.

„Bah," machte er verächtlich, „wer denkt hier an Landung!"

„Bilden Sie fich vielleicht ein, daß ich zögern werde, fchnellftens wieder niederzugehen."

„Niedergehen!" rief er verwundert. „Zunächft wollen wir doch einmal an das Hochgehen denken!"

Und ehe ich ihm in den Arm fallen konnte, hatte er zwei weitere Sack Ballaft über Bord gefchleudert, ohne fich erft die Mühe zu nehmen, fie zu leeren.

„Herr!" schrie ich wütend.

„Ich weiß, daß Sie ein geschickter Ballonführer sind," entgegnete er kurz und bestimmt. „Ihre Leistungen haben Aufsehen erregt. Wenn nun auch Erfahrung und Praxis verschwistert sind, so gehört doch wohl auch die Theorie ein wenig zur Familie, und die Theorie der Luftschiffahrt habe ich lange und gründlich studiert. Das ist mir nun zu Kopf gestiegen," setzte er traurig hinzu und brütete dumpf vor sich hin.

Der Ballon stieg noch ein wenig und hielt sich dann im aerostatischen Gleichgewicht. Mein Begleiter stellte mit Hilfe des Barometers unsere Höhe fest:

„Jetzt sind wir achthundert Meter hoch. Die Menschen sehen wie Insekten aus. Meiner Treu, man sollte sie immer aus dieser Höhe betrachten, um sich ein richtiges Urteil über ihre Größenverhältnisse zu bilden! Der Theaterplatz ist ein wimmelnder Ameisenhaufen. Wir halten gerade über dem Dom. Auf der winzigen Zeil und an den Mainkais wirren die Menschlein durcheinander. Der Fluß selbst ist schon nichts mehr als ein lichtes Band quer durch die Stadt, die Mainbrücke gleicht einem von einem zum andern Ufer gespannten Faden."

Es war kühl geworden in unserer Höhe. Der Fremde bot sich mir dienstfertig an:

„Alles — alles würde ich jetzt für Sie tun! Friert es Sie! — Dann ziehe ich mich aus und borge Ihnen meine Kleider . . ."

Ich dankte trocken. Das beirrte ihn durchaus nicht:

„Was wollen Sie — Not kennt kein Gebot. Geben Sie mir die Hand zur Versöhnung! Sie können von mir manches lernen, und meine Unterhaltung wird Sie für den Ärger entschädigen, den ich Ihnen bereitet habe."

Ich würdigte ihn keiner Antwort und setzte mich auf die andere Seite des Ballonkorbes. Der junge Mensch zog ein

dickes Heft aus seinem langen, gefütterten Rock: eine Abhand=
lung über Luftschiffahrt.

„Ich besitze", begann er, „die merkwürdigste Sammlung
von Kupferstichen und Karikaturen über unsere fixe Idee,
fliegen zu können. Wie sehr hat man sich nicht für unsere
Idee begeistert und sich andererseits darüber lustig gemacht!
Glücklicherweise sind wir ja längst über jene ersten Anfänge
hinaus, in denen die Brüder Montgolfier unter ihrem Ballon
feuchtes Stroh und zerhackte Wolle anzündeten, um dadurch
künstliche Rauchwolken zu erzielen."

„Wollen Sie etwa das Verdienst der Brüder Montgolfier
schmälern," ereiferte ich mich unwillkürlich. „Waren sie es
nicht, die uns durch ihre Versuche den praktischen Beweis da=
für erbracht haben, daß es möglich ist, sich in die Lüfte zu
erheben!"

„Gewiß — wer wollte den ersten Luftschiffern ihren Ruhm
streitig machen! Es gehörte außerordentlicher Mut dazu, sich
diesen gebrechlichen Hüllen anzuvertrauen, die nichts als er=
hitzte Luft enthielten. Aber ich frage Sie: hat die Luftschiff=
fahrt seit Blanchards Aufstiegen — seit einem halben Jahr=
hundert also — irgendwelche nennenswerten Fortschritte ge=
macht! Hier — sehen Sie sich das einmal an."

Damit entnahm der Fremde seinem Heft einen Kupferstich
und reichte ihn mir herüber.

„Dies stellt die erste Ballonfahrt dar, die von Pilâtre de
Rozier und dem Marquis d'Arlandes vier Monate nach der Er=
findung der Montgolfiere unternommen wurde. Ludwig XVI.
verweigerte ihnen die Erlaubnis zu der Fahrt und bestimmte,
daß an ihrer Statt zwei zum Tode verurteilte Verbrecher mit
dem Ballon aufsteigen sollten. Pilâtre de Rozier war außer sich
darüber und wußte es durch allerhand Winkelzüge durchzu=
setzen, daß er doch noch die Genehmigung zum Aufstieg er=
hielt. Damals war die Gondel noch nicht erfunden; es führte

lediglich eine Art Galerie rings um den Füllansatz der Mont=
golfiere, an deren Rand sich die beiden Luftschiffer anklam=
mern mußten. Das auf der Galerie angehäufte Stroh machte
ihnen jede Bewegung unmöglich. Unter dem Füllansatz des
Ballons hing eine brennende Kohlenpfanne; wollten die Luft=
schiffer steigen, so warfen sie Stroh ins Feuer, immer der Ge=
fahr ausgesetzt, das Fahrzeug damit in Brand zu setzen. Die
Luft in dem Ballon erhitzte sich dann stärker und trieb ihn
aufwärts. Der Start erfolgte am 21. November 1783 von
dem Park des königlichen Jagdschlosses La Muette aus, das
ihnen der Dauphin zur Verfügung gestellt hatte. Die Mont=
golfiere erhob sich majestätisch, überquerte die Schwaneninsel
und bei der Barrière de la Conférence die Seine und schwebte
zwischen Invalidendom und Militärschule gerade auf den
Turm der Kirche St. Sulpice zu. Da fachten die Luftschiffer
das Feuer an, überflogen glücklich die Boulevards und lan=
deten jenseits der Barrière de l'Enfer. In dem Augenblick,
als das Luftschiff auf den Boden aufstieß, sackte es in sich
zusammen und begrub Pilâtre de Rozier unter sich."

„Eine üble Vorbedeutung für uns!" meinte ich, gefesselt
durch diesen Bericht, in dem sich mir mein eigenes Schicksal
widerzuspiegeln schien.

„Eine üble Vorbedeutung für ihn selber," fuhr mein Ge=
genüber schmerzlich fort. „Denn bald darauf kam es zur
Katastrophe. Ihnen ist noch nichts dergleichen zugestoßen!"

„Noch nie."

„Mein Gott, Unglücksfälle gibt es auch ohne Vorankündi=
gung genug," warf mein Gefährte ein und verstummte.

Wir trieben jetzt in südlicher Richtung dahin; Frankfurt
war hinter uns entschwunden.

„Mir scheint, wir bekommen Sturm," mutmaßte der
Fremde.

„Wir landen vorher."

134

„Das fehlte noch!" entgegnete er heftig. „Dann steigen wir doch lieber höher. In der Höhe entgehen wir dem Sturm noch weit sicherer."

Damit schleuderte er abermals zwei Sack Ballast über Bord. Pfeilschnell schoß der erleichterte Ballon nach oben und kam erst in zwölfhundert Meter Höhe zum Stehen. Die Kälte wurde empfindlicher, und dabei dehnte sich das Gas unter der intensiven Sonnenbestrahlung weiter aus und gab unserm Fahrzeug neuen Auftrieb.

„Keine Sorge," beruhigte mich der Unbekannte spöttisch. „Wir haben noch gut unsere sechstausend Meter atembare Luft über uns. Kümmern Sie sich übrigens nicht um das, was ich treibe."

Ich wollte aufspringen, aber seine muskulöse Hand drückte mich auf die Bank nieder.

„Wer sind Sie denn eigentlich?" tobte ich.

„Mein Name tut nichts zur Sache."

„Ihren Namen will ich!"

„Herostrat oder Empedokles — ganz wie es Ihnen beliebt."

Eine derartige Auskunft war nicht danach angetan, mich zu beruhigen. Der unheimliche Gast sprach mit solcher Kaltblütigkeit, daß ich mich voller Angst fragte, mit wem mich das Schicksal zusammengebracht hatte. Mit sachlicher Gelassenheit fuhr er fort:

„Seit dem Physiker Charles hat man in der Luftschiffahrt keine nennenswerte Verbesserung mehr erfunden. Vier Monate nach den ersten Aufstiegen hat dieser gescheite Kopf bereits das Ventil konstruiert, das ein Entweichen des Gases gestattet, wenn der Ballon zu prall gefüllt ist oder wenn man ihn zum Sinken bringen will, hat er dem Luftschiff die Gondel gegeben, die den Aufenthalt und das Manövrieren so wesentlich erleichtert, hat ihm das Netz übergeworfen, das

135

die Last des Ballonkorbes gleichmäßig über die gesamte Hülle verteilt. Er hat die Mitnahme von Ballast angeraten, der den Aufstieg und die Landung nach freier Wahl erlaubt, hat die Hülle mit Kautschuk undurchlässig gemacht und in dem Barometer den Luftschiffern einen zuverlässigen Höhenmesser mitgegeben. Schließlich hat er auch noch die erwärmte Luft durch den Wasserstoff ersetzt, der um vierzehn Prozent leichter ist und die Gefährlichkeit des offenen Feuers beseitigt. Seinem ersten Aufstieg am 1. Dezember 1783 wohnten dreihunderttausend Zuschauer bei, die sich rings um die Tuilerien drängten. Als Professor Charles aufstieg, präsentierte das Militär. Er legte neun Meilen zurück und führte seine Charliere mit einer Geschicklichkeit, in der ihn keiner von euch neueren Luftschiffern übertroffen hat. Der König dankte ihm durch eine lebenslängliche Rente von zweitausend Livre — denn damals wurden Erfinder noch durch Belohnungen ermutigt!"

Mir schien es, als ob mein Begleiter sich innerlich mehr und mehr erregte.

„Ich habe nachgeforscht," fuhr er fort, „und bin zu der Überzeugung gelangt, daß die ersten Ballons lenkbar waren. Ich will mich dafür gar nicht einmal auf Blanchard berufen, denn seine Behauptungen sind anfechtbar. Aber Guyton de Morveau gab seinem Flugschiff durch Ruder und Steuer deutlich spürbare Eigenbewegung und eine gewisse Steuerfähigkeit. Ich erinnere auch an die jüngsten Versuche des Uhrmachers Julien im Pariser Hippodrom; sein länglich geformtes Fahrzeug hat sich mit Hilfe eines eigenartigen Apparates unverkennbar hart gegen den Wind steuern lassen. Poitevin hat vorgeschlagen, vier Ballons aneinanderzukuppeln, durch zusammenlegbare Horizontalsegel ihre Stellung gegeneinander zu verschieben und durch diese Schräglage das gesamte Fahrzeug aufwärts zu steuern. Auch spricht man viel von

136

Motoren, die den Widerstand der Luftströmung überwinden
sollen, und von Luftschrauben; da sich die Schraube jedoch
in einem unfaßbar dünnen Medium drehen würde, so dürfte
sich auf die Weise nichts erreichen lassen. Dagegen habe ich
— jawohl: ich! — das einzige Mittel entdeckt, das Luftschiff
lenkbar zu machen. Mir aber hat keine Akademie ihre Unter=
stützung angedeihen lassen, keine Stadt hat Listen zur Zeich=
nung für mich aufgelegt, keine Regierung hat mich anhören
wollen — oh, es ist empörend!"

Der fanatische Theoretiker fuchtelte mit den Händen, so daß
der Ballonkorb ins Schwanken kam. Ich hatte meine Not,
den Mann zu beruhigen. Unser Ballon war mittlerweile in
eine schärfere Luftströmung geraten, wir flogen in fünfzehn=
hundert Meter Höhe nach Süden.

„Da ist Darmstadt," stellte mein Begleiter fest und beugte
sich weit über den Gondelrand. „Sehen Sie das großherzog=
liche Schloß! Nur undeutlich, nicht wahr! Was wollen Sie
— bei solcher Gewitterschwüle verschwimmt alle Aussicht.
Es gehört ein geübtes Auge dazu, um sich dabei auszu=
kennen."

„Sind Sie sicher, daß es Darmstadt ist!" fragte ich.

„Zweifellos. Wir sind sechsundzwanzig Kilometer von
Frankfurt entfernt."

„Dann müssen wir landen."

„Landen!" erwiderte er höhnisch. „Haben Sie etwa Lust,
auf einen Kirchturm niederzugehen!"

„Durchaus nicht, aber in der Umgegend der Stadt."

„Nun, ich denke, wir gehen den Kirchtürmen lieber aus
dem Wege . . ."

Dabei griff er wieder nach einigen Sandsäcken. Ich warf
mich auf ihn, er aber schleuderte mich mit solcher Gewalt
zurück, daß ich auf den Boden der Gondel stürzte, und gab
Ballast aus. Der Ballon schoß zweitausend Meter höher.

137

„Verhalten Sie sich ruhig," herrschte mein Gegner mich an. „Sie wissen doch, Broschi, Biot, Gay=Lussac, Bixio, Barral sind noch viel höher gestiegen als wir, als sie ihre wissenschaft= lichen Versuche anstellten."

Ich versuchte nun noch einmal, ihn im guten umzustim= men.

„Aber Herr, wir müssen doch jetzt landen. Sie sehen ja, daß der Sturm zunimmt — es wäre im höchsten Grad un= klug, weiterzufahren."

„Ei, wir werden eben über ihn hinaussteigen! Wir werden doch keine Angst vor ihm haben. Was ist erhabener, als Herr zu sein über diese Wolken, die über der Erde lasten! Welch ein köstlicher Genuß, auf den Strömen der Luft zu schiffen! Die vornehmsten Leute haben sich dazu gedrängt, selbst Da= men wie die Marquise von Montalembert, die Gräfin Pode= nas und Fräulein von La Garde sind in diese Gefilde der Seligen aufgebrochen; der Herzog von Chartres hat in den Lüften seine Geistesgegenwart erprobt, der Herzog von Braunschweig hat durch sie seinen Ruhm gemehrt. Um so hohen Personen gleichzukommen, muß man schon höher stei= gen als sie. Sich dem Himmel nähern — das heiße ich diese hohen Herrschaften verstehen!"

Das Ballongas dehnte sich in der dünnen Höhenluft aus, das Fahrzeug hatte seine Prallhöhe erreicht. Es war dringend geboten, den bis dahin zugebundenen Füllansatz zu öffnen, da die Hülle sonst hätte platzen müssen. Allein mein Begleiter zeigte keine Neigung, mich manövrieren zu lassen. Er beob= achtete mich argwöhnisch und fiel mir dann in den Arm. Ich beschloß, abzuwarten, bis er sich wieder in Eifer geredet ha= ben würde, und dann heimlich Ventil zu ziehen. Denn mehr und mehr verdichtete sich meine Ahnung zur Gewißheit, mit was für einem Menschen ich es zu tun hatte.

Die Uhr zeigte dreiviertel auf eins. Wir waren also vierzig

138

Minuten unterwegs — vierzig kurze Minuten, die mir wie eine Ewigkeit vorkamen. Wir trieben auf dicke Wolkenmassen zu.

„Haben Sie alle Hoffnung aufgegeben, jemals zu Ihrem Ziele zu gelangen — uns das lenkbare Luftschiff zu schenken!" fragte ich mit fieberndem Interesse — mit dem Interesse, den unsinnigen Menschen auf andere Gedanken zu bringen.

„Alle," erwiderte dumpf der Fremde. „Die abschlägigen Antworten von allen Seiten haben mich praktisch der Möglichkeit beraubt, meine Idee auszuführen, und der Spott der Mitmenschen und Karikaturenzeichner hat mir, wie der Esel dem toten Löwen, Fußtritte versetzt. Es ist das ewiggleiche Schicksal, die ewiggleiche Marter, die die Welt für jeden Neuerer hat. Schauen Sie sich doch nur die Karikaturen aller Zeiten an, mit denen mein Heft voll ist."

Während er in seinem Hefte blätterte, hatte ich unversehens den Füllansatz aufgebunden und nach der Ventilleine gegriffen. Doch fürchtete ich, daß ihn das an einen Wasserfall erinnernde Geräusch des entweichenden Gases aufmerksam machen würde.

„Wieviel Witze hat man nicht über den Abbé Miollan gemacht!" verfolgte er seinen Gedankengang. „Als er mit Janinet und Bredin aufsteigen wollte, fing ihre Montgolfiere Feuer, und das enttäuschte Volk riß die Hülle vollends in Fetzen. Hier diese Karikatur zeigt die drei in Tiergestalt — sie werden da Miau, Kannnienich und Kretin tituliert . . ."

Derweil zog ich heimlich die Ventilleine — das Barometer stieg, wir sanken also. Es war die höchste Zeit. Schon grollte im Süden der Donner.

„Hier — schauen Sie sich diesen Stich einmal an," fuhr mein Begleiter ahnungslos fort. „Er stellt einen Riesenballon dar, an dem ein Schiff als Gondel hängt. An Bord sind ganze Häuser und Burgen. Der Zeichner wäre freilich wohl im Ernst nie darauf verfallen, daß seine albernen Späße eines Tages Wahrheit werden könnten! Dem Schiffe fehlt es an nichts: Steuer, Segel, Flügel, Lotsenstand, Rettungsboot, Leuchtturm, Sternwarte, Kaffeehäuser, Mannschaftsräume, Vorratskammern, Lusthäuser, eine riesige Orgel und eine nicht minder riesenhafte Kanone, um die Aufmerksamkeit der Erden- oder Mondbewohner auf sich zu lenken. Lesen Sie die famose Ankündigung dazu: ‚Erfunden zur Beglückung der Menschenkinder, wird dieses Luftschiff regelmäßig nach der Levante in Luft stechen. Es wird auch die beiden Pole und die beiden amerikanischen Kontinente besuchen. Die Reisenden brauchen sich um nichts zu kümmern — es ist an Bord alles zu ihrer Bequemlichkeit vorgesehen. Es wird ein genauer Fahrplan mit Tarif ausgearbeitet. Für die ganz großen Strecken ist ein einheitlicher Preis von tausend Louisdors vorgesehen. Daß dieser Betrag nicht zu hoch gegriffen ist, wird angesichts der schnellen und bequemen Beförderungsart in unserm Luftschiff gern zugegeben werden. Denn in ihm wird jeder finden, was sein Herz begehrt. Der eine wird sich auf einem Ball an Bord vergnügen, der andere wird derweil an Land Station machen, der dritte wird ausgesucht und feinschmeckerisch speisen, während der vierte mit Rücksicht auf seinen Glauben oder auf seinen Magen fastet; wer sich mit geistvollen Leuten unterhalten will, wird ihrer zur Genüge finden, wer aber in dem Dummkopf seinesgleichen vorzieht, wird auch darin reich bedient sein. Das Vergnügen wird die Seele unserer Luftschiffahrtsgesellschaft sein!‘ Man hat bisher über solche Phantastereien gelacht, aber wenn meine Tage nicht gezählt sind, so wird man es über kurz oder lang erleben, daß diese Luftschlösser Dinge der Wirklichkeit sind.“

Wir sanken zusehends, ohne daß er es bemerkte.

„Schauen Sie sich dieses Ballonspiel an; man spielt es in

den besten Kreisen mit Würfeln und Zählmarken als an=
regendes Gesellschaftsspiel."

„Sie scheinen ja alles studiert und gesammelt zu haben,
was auf die Luftschiffahrt Bezug hat!"

„Sehr richtig, mein Herr, sehr richtig! Seit Phaeton, Ika=
rus und Archytas von Tarent habe ich alles untersucht, alles
gesammelt, alles studiert. Durch mich könnte die Luftschiff=
fahrt der Welt von unermeßlichem Nutzen werden — wenn
Gott mich am Leben ließe. Aber das wird nicht sein."

„Weshalb!"

„Weshalb! Weil ich Empedokles heiße — oder auch
Herostrat."

Der Ballon kam der Erde immer näher, allein wenn man
in Gefahr ist, so ist es ziemlich gleichgültig, ob man fünfzig
oder fünfhundert Meter hoch ist.

„Erinnern Sie sich an die Vorgänge bei der Schlacht von
Fleurus!" fragte mein Begleiter, dessen Gesicht sich immer
stärker rötete. „Damals richtete Coutelle auf Befehl der fran=
zösischen Regierung die erste Luftschifferkompagnie ein. Bei
der Belagerung von Maubeuge stieg General Jourdan in
eigener Person zweimal mit Coutelle im Fesselballon auf, wo=
bei sich die Luftschiffer mit den Haltemannschaften durch
Signalfähnchen verständigten. Wiederholt wurde mit Flinten
und Kanonen nach dem Ballon geschossen, ohne daß er ge=
troffen wurde. Das Ergebnis der Erkundungen war glän=
zend. Als Jourdan Charleroi belagerte, ließ er Coutelle nach=
kommen. Diesmal blieb General Morelot mit Coutelle acht
Stunden lang in der Luft und erkundete alles Wissenswerte.
Jourdan hat die Bedeutung des Fesselballons für seinen Er=
folg auch in seiner Siegesproklamation ausdrücklich aner=
kannt. Trotzdem aber sollte dieses erste Jahr der Militärluft=
schiffahrt auch zugleich ihr letztes sein, und die von der
Regierung errichtete Luftschifferschule wurde bei der Rückkehr

Bonapartes aus Ägypten geschlossen. ,Zu welchen Hoffnungen berechtigt dieses Kind, das eben erst das Licht der Welt erblickt hat!' hatte Franklin angesichts der ersten Ballone ausgerufen. Ja, wahrlich, das Kind war lebensfähig, man hätte es nie und nimmer ersticken dürfen!"

Der Unbekannte stützte die Stirn in seine Hand, blieb einige Augenblicke in Gedanken versunken, und hob dann mit herrischem Blick den Kopf:

„Meinem Verbote zum Trotz haben Sie Ventil gezogen."

Ich ließ überrascht die Ventilleine fahren.

„Ein Glück," setzte er gleichmütig hinzu, „daß wir noch hundertfünfzig Kilo Ballast an Bord haben."

„Was haben Sie vor?" fragte ich entsetzt.

„Sind Sie noch nie über das Meer geflogen?"

Ich fühlte, wie ich erblaßte.

„Schade nur, daß wir nach dem Adriatischen Meere getrieben werden — das ist ja der reine Bach. Aber vielleicht finden wir in größerer Höhenlage eine andere Luftströmung."

Und ohne mich eines Blickes zu würdigen, warf er ein paar Sack Ballast aus. Dann aber erhob er drohend seine Stimme:

„Ich habe Sie den Füllansatz öffnen lassen, weil der Ballon zu platzen drohte. Aber lassen Sie sich nicht noch einmal beifallen, Ventil zu ziehen!"

Er fiel in seinen gewöhnlichen Ton zurück:

„Sie kennen doch die Fahrt von Dover nach Calais, die Blanchard und Jeffries zusammen ausgeführt haben! Großartige Sache das! Am 7. Januar 1785 wurde ihr Ballon bei starkem Nordost in Dover gefüllt. Er erwies sich jedoch bald nach dem Start als überlastig; sie mußten Ballast geben, um nicht wieder zu sinken, so daß sie nur noch fünfzehn Kilo Sand in Reserve behielten. Das war viel zu wenig, denn bei dem schwachen Winde kamen sie nicht recht von der englischen Küste los. Überdies verlor der Ballon infolge der Undich-

142

tigkeit seiner Hülle Gas und wurde schlaff. Nach anderthalb=
stündiger Fahrt bemerkten die Luftschiffer, daß sie sanken.

„Was fangen wir jetzt an!" fragte Jeffries.

„Wir haben erst ein Viertel der Kanalbreite hinter uns,"
stellte Blanchard fest, „und fliegen sehr niedrig. Vielleicht sto=
ßen wir in größerer Höhe auf günstigere Windverhältnisse.
Werfen wir unsern letzten Ballast aus!"

Der Ballon bekam etwas Auftrieb, aber bald begann er
wieder zu fallen. Mitten über dem Kanal mußten die Luft=
schiffer ihre Instrumente und die nach Frankreich bestimmten
Briefschaften über Bord werfen. Eine Viertelstunde später
ersuchte Blanchard seinen Gefährten, den Barometerstand zu
kontrollieren.

„Das Barometer steigt!" gab Jeffries zur Antwort. „Wir
sind verloren!"

Aber gleich darauf jubelte er.

„Da taucht die französische Küste auf!"

In diesem Augenblick vernahm man ein verdächtiges Ge=
räusch.

„Ist der Ballon geplatzt!" erkundigte sich Jeffries, aufs
neue erschreckt.

„Das nicht, wir haben bloß so viel Gas verloren, daß die
untere Hälfte des Ballons schlapp geworden ist. Aber wir
sinken immer noch — fort mit allem, was entbehrlich ist!"

Ihr Eßvorrat, die Ruder und das Steuer, die sie in der
vagen Hoffnung, den Ballon lenken zu können, mitgenommen
hatten — alles sauste über Bord. Der Ballon war noch knapp
hundert Meter über dem Meeresspiegel.

„Der Ballon steigt wieder," stellte Dr. Jeffries aufatmend
fest.

„Das ist wohl nur der geringe Auftrieb durch die Gewichts=
verminderung. Und weit und breit kein Schiff, kein Fischer=
boot! Die Kleider ins Meer!"

Sie riſſen ſich die Kleider vom Leibe, der Ballon ſank ſchon wieder.

„Blanchard, Sie hätten dieſe Fahrt allein unternehmen müſſen. Nun ſoll es nicht Ihr Verderben ſein, daß Sie eingewilligt haben, mich mitzunehmen. Ich werde mich opfern: ich ſpringe ins Meer, und der Ballon, um mein Gewicht leichter geworden, wird wieder genügend Auftrieb bekommen.“

„Nein, nein — laſſen Sie dieſen Gedanken fallen,“ wehrte Blanchard ab.

Der Ballon wurde immer ſchlaffer, er ſah bereits einem Regenſchirm ähnlich. Das Gas wurde dadurch nach den Wänden zu gedrängt und entwich noch ſtärker.

„Leben Sie wohl, mein Lieber!“ rief Jeffries. „Gott ſchütze Sie.“

Er wollte ſich über den Korbrand ſtürzen, aber Blanchard hielt ihn feſt und ſagte:

„Noch eine letzte Möglichkeit bleibt uns. Wir können die Gondel abſchneiden und uns an das Ballonnetz anklammern. Machen wir uns fertig. Aber — was iſt das! Das Barometer fällt — wir ſteigen! Der Wind hat aufgefriſcht, wir ſind gerettet!“

Schon kam Calais in Sicht, die Luftſchiffer waren außer ſich vor Freude. Wenig ſpäter landeten ſie im Walde von Guines.

Ich zweifle nicht daran,“ fügte der Erzähler trocken hinzu, „daß Sie ſich in dem gleichen Falle an Herrn Dr. Jeffries ein Beiſpiel nehmen würden.“

Unter uns breiteten ſich blendende Wolkenmaſſive. Der Ballon warf langgezogene Schatten auf dieſe glänzenden Wogen. Der Donner krachte dicht unter uns.

„Fallen wir?“ fragte ich verſtört.

„Fallen — wenn dort oben die Sonne unſer harrt! Herunter mit dem Ballaſt!“

144

Wieder wurde der Ballon um mehr als fünfundzwanzig Kilo entlastet. In dreitausendfünfhundert Meter Höhe kam er zum Stehen. Mein Peiniger plauderte unbekümmert darauf los. Ich war wie gelähmt, während er so recht in seinem Element zu sein schien.

„Mit günstigem Wind könnten wir noch weit kommen," meinte er behaglich. „In den Antillen gibt es Luftströmungen, die hundert Seemeilen in der Stunde zurücklegen.

Bei der Krönung Napoleons I. ließ Garnerin einen buntgeschmückten Pilotballon steigen. Das war um elf Uhr nachts, und der Wind wehte aus Nordnordwest. Im Morgengrauen des andern Tages gaben ihm die Bewohner Roms den Salut, als er über St. Peter schwebte und dann auf dem Grabe Neros niederging. Wir — wir werden noch weiter und noch höher kommen."

Ich hörte kaum noch, was er schwatzte. In meinen Ohren sauste es. Die Wolken zerrissen, eine Himmelsluke tat sich auf.

„Hallo — sehen Sie dort unten, die Stadt, das ist Speyer."

Ich beugte mich über den Korbrand und erblickte einen kleinen dunklen Fleck. Es war Speyer. Der Rhein, der hier recht breit ist, glich einem dünnen Bande. Über uns strahlte der Himmel im reinsten Azur. Lange schon trafen wir auf mehr, die in dieser sauerstoffarmen Luft nicht ....nmen. Wir zwei waren allein in der Unendlichkeit des Raumes — der Verrückte und ich.

„Es ist nicht nötig, daß Sie wissen, wohin ich Sie führe," begann er wieder und warf den Kompaß in die Wolken. „Es ist doch etwas Herrliches um solchen Sturz. Und dabei hat die Geschichte der Luftschiffahrt von Pilâtre de Rozier bis Leutnant Gale verhältnismäßig wenig Opfer aufzuweisen. Überdies sind alle diese Unfälle selbst verschuldet. Pilâtre de Rozier war der erste. Er stieg am 13. Juni 1785 mit Romain in Boulogne auf. Seine Aero-Montgolfiere bestand aus einem gewöhnlichen Wasserstoffballon, an den unten ein Stoffzylinder für erwärmte Luft angefügt war. Je nachdem er das Feuer unter diesem Zylinder anfachte oder erstickte, gedachte Pilâtre zu steigen oder zu fallen, und zwar ohne Ballastauswurf oder Gasverlust. Meiner Treu, das nennt man einen Funken unter das Pulverfaß legen! Die Unvorsichtigen stiegen vierhundert Meter hoch, dort wurde ihr Luftschiff von einer andern Windströmung auf das offene Meer hinausgetrieben. Um es rasch zum Sinken zu bringen, wollte Pilâtre Ventil ziehen. Allein zu ihrem Unglück hatte sich die Ventilleine mit der Reißleine verknotet, der Ballon wurde aufgerissen, sackte sich entleerend auf den Warmluftzylinder, das Kohlenfeuer brachte das Knallgas zur Explosion, und zugleich wurden die beiden Luftschiffer in die Tiefe geschleudert. Sie blieben zerschmettert auf den Klippen der Küste liegen. War das nicht schrecklich — wie?"

Ich stammelte bloß: „Um Himmels willen, lassen Sie uns landen."

Finstere Wolken ballten sich um uns, Blitze züngelten, und die Schläge des Donners hallten dröhnend von der Wölbung des Ballons wider.

„Machen Sie mich nicht ungeduldig!" schalt der Wahnwitzige. „Sie brauchen es überhaupt nicht mehr zu wissen, ob wir steigen oder fallen."

Mit diesen Worten warf er das Barometer dem Kompaß nach und entleerte wieder einige Sack Ballast. Wir mußten jetzt viele tausend Meter hoch sein. Eiskristalle bildeten sich am Ballonkorbe, ein feiner Schnee peitschte uns bis auf die Haut. In der Tiefe unter uns wütete ein Orkan.

„Keine Angst!" beruhigte mich mein Fahrgast. „Bloß Unvorsichtige verunglücken. Olivari, der bei Orleans umkam, benützte eine Montgolfiere aus Papier, und seine Gondel war gehäuft voll brennbarer Stoffe, die durch das Kohlenfeuer in Brand gerieten. Der Ballon flammte auf wie eine Fackel — Olivari stürzte und starb. Mosment stieg von einem Hügel bei Lisle auf; eine geringe Erschütterung brachte ihn aus dem Gleichgewicht — er stürzte und starb. Bittorf stieg in Mannheim mit einem Papierballon auf, der Ballon fing Feuer — Bittorf stürzte und starb. Harris stieg in einem Ballon auf, dessen Ventil zu groß konstruiert war; das Gas entwich — Harris stürzte und starb. Sadler hatte allen Ballast verausgabt, er wurde über die Dächer und Schornsteine von Boston geschleift — Sadler stürzte und starb. Cocking ließ sich mit einem Fallschirm herab, der einem vom Sturm umgeklappten Regenschirm glich; der Fallschirm sauste pfeilgeschwind in die Tiefe und klappte unter dem starken Luftdruck völlig zusammen — Cocking stürzte und starb. Nun denn — diesen Opfern ihrer Verwegenheit gehört meine Liebe und Verehrung. Ich werde sterben wie sie. Höher noch — immer höher!"

Alle Schreckensbilder seiner Totenliste gewannen Gestalt. Das Ballongas dehnte sich in der dünnen Luft und unter den sengenden Strahlen der Sonne. Mechanisch wollte ich Ventil ziehen, aber der andere zerschnitt kurzerhand die Ventilleine. Ich war verloren.

„Haben Sie Frau Blanchard stürzen gesehen!" fragte er grausam. „Ich habe das mit angesehen, jawohl — obgleich ich damals noch gar nicht auf der Welt war. Das war am 6. Juli 1819 in Tivoli. Um an den Füllungskosten zu sparen, benutzte Frau Blanchard einen Ballon von geringem Volumen, den sie infolgedessen prall füllen mußte. Deshalb wurde schon kurz nach dem Aufstieg Wasserstoff durch den Füllansatz herausgepreßt, so daß der Ballon eine förmliche Gasschleppe hinter sich ließ. Die Luftschifferin hatte unter ihrem Korbe an einem Draht Feuerwerk hängen, das sie in der Höhe entzünden wollte. Ferner führte sie einen Fallschirm mit, an dem ebenfalls Feuerwerk — und zwar ein Silberregen — hing.

Sie beabsichtigte, beides mit Hilfe eines Zündstockes in Brand
zu setzen und den Fallschirm über Bord zu werfen. Dabei be=
ging sie die Unvorsichtigkeit, den brennenden Zündstock unter
das entströmende Gas zu halten, das sich mit der Luft zu
Knallgas vermengt hatte und sofort explodierte. Ich starrte
mit den andern Zuschauern neugierig nach oben, als das jähe
Aufflammen die Finsternis der Nacht erhellte. Anfangs glaub=
ten alle, daß es sich um einen neuen Trick der bekannten Luft=
schifferin handle. Die Flamme wurde größer, verschwand
einen Augenblick und zeigte sich dann als eine lodernde Säule
oben auf dem Ballon. Der Widerschein des Feuers zuckte auf
den Boulevards und auf Montmartre. Ich konnte genau se=
hen, wie die Unglückliche sich aufrichtete und zweimal den
Versuch machte, den Füllansatz mit den Händen zusammenzu=
pressen und so das Feuer zu löschen. Dann sprang sie in den
Korb zurück und suchte den Ballon zum Sinken zu bringen.
Es währte mehrere Minuten, bis das Gas abgebrannt war.
Der Ballon schrumpfte zusammen, aber er fiel nicht, sondern
wurde von dem heftigen Nordwest auf Paris zurückgetrie=
ben. In der Rue de Provence, die große Gärten besitzt, wäre
eine verhältnismäßig glückliche Landung noch möglich ge=
wesen. Aber der Ballonkorb prallte gegen das Dach des Hau=
ses Nr. 16, in dem gleichen Augenblick, als wir in rasendem
Lauf die Straße erreichten. Wir hörten Frau Blanchard noch
um Hilfe schreien, dann schleuderte sie der Anprall aus dem
Korb auf das Straßenpflaster. Zerschmettert blieb sie liegen."

Ich erstarrte bei dieser mit wilder Leidenschaft vorgetrage=
nen Erzählung. Der Wahnsinnige stand aufrecht vor mir,
bloßen Hauptes, mit gesträubtem Haar und stierem Blick. Er
warf den letzten Ballast über Bord — und dabei mußten wir
uns schon in einer Höhe von vielleicht achttausend Metern be=
finden! Das Blut drang mir aus Mund und Nase.

„Was gibt es Herrlicheres," schrie mein Feind mit einer

148

angestrengten Stimme, die wie durch eine dicke Wasserwand an mein Ohr drang, „als ein Märtyrer der Wissenschaft zu sein! Die Nachwelt wird uns heiligsprechen."

Ich vermochte nichts mehr zu hören und sank in mich zusammen. Der Narr kniete bei mir nieder und raunte mir ins Ohr:

„Und den Untergang des Grafen Zambeccari — haben Sie den vergessen? So hören Sie zu. Zambeccari und seine Begleiter Groffetti und Andreoli hatten tagelang auf günstiges Wetter geharrt. Es herrschte andauernd Regen und Sturm. Seine Feinde spotteten, und um sich und die Wissenschaft vor dem Fluche der Lächerlichkeit zu retten, stieg er auf, sobald sich die geringste Besserung des Wetters zeigte. Niemand half den dreien bei der Füllung ihrer Charliere, deren Wasserstoff sie von unten durch eine Spiritusflamme anwärmen wollten. Feuer unter einem Gasballon! Die Hülle war durchlässig geworden, Gas entwich — dennoch verließen sie um Mitternacht zum 7. Oktober 1804 den festen Boden. Sie stiegen langsam, aber stetig, wie ihnen das Barometer anzeigte, das sie beim trüben Schein einer Handlaterne kontrollierten. Zambeccari und Groffetti hatten über der angestrengten Füllarbeit seit vierundzwanzig Stunden nichts gegessen.

„Freunde," klagte Zambeccari, als sie schon in großer Höhe schwebten, „mich friert, ich bin erschöpft — ich glaube, ich sterbe."

Er brach wie tot zusammen. Auch Groffetti fiel ohnmächtig nieder. Nur Andreoli blieb bei Bewußtsein. Nach langen Bemühungen gelang es ihm, Zambeccari wachzurütteln.

„Was gibt es! Wo sind wir? Woher kommt der Wind? Wieviel Uhr ist es?"

„Zwei Uhr."

„Wo ist der Kompaß!"

„Umgestürzt."

„Die Spiritusflamme geht aus."

„Sie kann in dieser sauerstoffarmen Luft nicht mehr brennen."

Der Mond trat hervor und goß sein geisterhaftes Licht über die verschwommene Szenerie.

„Oh, wie mich friert, Andreoli . . . Was fangen wir nur an?"

„Still," bat Andreoli, „hört ihr nichts?"

„Was denn?"

„Ein merkwürdiges Geräusch."

„Du täuschst dich."

„Nein."

Sehen Sie diese Luftschiffer in der undurchdringlichen Finsternis der Nacht, lauschend auf das unerklärliche Geräusch aus der Tiefe! Werden sie gegen einen Turm rennen oder auf Dächer aufschlagen?

„Hört ihr nicht? Es klingt wie Meeresbrandung."

„Unmöglich!"

„Doch, doch — es ist das Rauschen des Meeres."

„Wahrhaftig. Sofort den Gaswärmer anzünden!"

Nach fünf vergeblichen Versuchen gelingt es Andreoli, den Spiritusbrenner wieder anzuzünden. Die Uhr zeigt auf drei. Das Rauschen der Wogen ertönt ganz nah. Sie streichen dicht über die Meeresfläche.

„Wir sind verloren!" ruft Zambeccari und wirft einen Sack Ballast über Bord.

„Hilfe!" schreit Andreoli, in der Hoffnung von einem vorüberfahrenden Schiff aus gehört zu werden.

Die Gondel taucht in das Wasser. Schon reicht es ihnen bis zur Brust.

„Die Instrumente über Bord! Die Kleider! Das Geld!"

Sie schleuderten alles über die Brüstung. Allzu stark erleichtert, stieg der Ballon augenblicklich zu schwindelnder

höhe. Zambeccari mußte sich heftig übergeben. Grossetti wurde
von einem starken Nasenbluten befallen. Der Atem verschlug
ihnen, die Kälte marterte ihre halbnackten Leiber, Schnee
stob um sie und begrub sie förmlich, rot wie Blut schien der
Mond.

Eine halbe Stunde lang trieben sie wehrlos und gelähmt
in diesen unermeßlichen Höhen, dann fiel der Ballon wieder.
Es war vier Uhr morgens.

Der Ballon fiel wie ein Stein und klatschte abermals ins
Meer. Wieder standen sie bis zur Hüfte im Wasser. Das halb=
entleerte Flugschiff bauschte sich wie ein Segel und trieb stun=
denlang mit dem Wind. Als der Tag anbrach, sichteten die
Schiffbrüchigen die Küste — sie waren vier Seemeilen von
Pesaro entfernt. Neue Hoffnung belebte sie, aber der Wind
drehte und jagte sie höhnisch auf das offene Meer zurück. Sie
trieben auf Fischerboote zu, allein die abergläubischen Fischer
flohen vor dem fremden Ungeheuer wie vor einer höllischen Er=
scheinung. Zu ihrem Glück war einer gescheiter als die an=
dern, er ruderte herzu, nahm sie auf und brachte die völlig
Erschöpften nach Ferrara.

Eine fürchterliche Fahrt das, nicht wahr! Aber Zambeccari
war ein mutiger Mann von eiserner Willenskraft. Kaum
war er wiederhergestellt, kaum konnte er seine erfrorenen
Hände wieder gebrauchen, an denen ihm mehrere Finger hat=
ten amputiert werden müssen, so bereitete er einen neuen Auf=
stieg vor. Dicht über dem Erdboden stieß der Ballon gegen
einen Baum, dabei fiel der Weingeistbrenner um und ergoß
sich über die Kleider des Grafen, die Feuer fingen. Auch der
Ballon geriet in Brand; trotzdem gelang es dem Luftschiffer,
zu landen. Er war mit Brandwunden bedeckt.

Und nun sollen Sie noch von der letzten Fahrt unseres
kühnen Vorgängers hören. Am 21. September 1812 stieg
Zambeccari bei Bologna auf. Wieder blieb der Ballon an

einem Baume hängen, wieder verbreitete sich das Feuer von dem Brenner aus über das ganze Fahrzeug. Diesmal aber — diesmal stürzte Zambeccari ab und starb.

Und angesichts solchen Heldentums sollten wir noch zögern! Nie und nimmer! Und je höher wir steigen, desto ruhmvoller wird unser Sterben sein!"

Unser Ballon war nunmehr von allem, was beweglich war, entblößt. Wir hatten eine Höhe erreicht, die sich nicht mehr schätzen ließ. Die riesige Kugel vibrierte in der dünnen Luft, das geringste Geräusch hallte dröhnend vom Himmelsdom wider, der sich mit allen Gestirnen in ewige Finsternis verlor. Der Fremde richtete sich vor mir auf und rief mit versagender Stimme — mir aber tönte es wie die Posaune des Jüngsten Gerichtes:

"Die Stunde ist gekommen — nun heißt es sterben! Von den Menschen sind wir verstoßen, sie verachten uns — zermalmen wir sie!"

"Gnade!" ächzte ich.

"Zerschneiden wir die Aufhängeseile. Überantworten wir uns der Gondel, überantworten wir sie der Unendlichkeit des Raumes! Die Schwerkraft wird ihre Richtung umkehren — wir werden auf der Sonne landen!"

Die Verzweiflung gab mir Leben und Kraft zurück. Ich warf mich auf den Verrückten, wir packten uns Leib um Leib, ein grauenhafter Ringkampf begann. Er war der Stärkere. Er schlug mich zu Boden, kniete auf mir und zerschnitt die Aufhängeseile.

"Eins . . ." zählte er.

"Barmherziger Gott!"

"Zwei . . . drei!"

Ich bäumte mich in übermenschlicher Anstrengung, schüttelte den Wahnsinnigen ab, der Strick um Strick durchschnitt, und richtete mich auf.

152

„Zehn . . . elf . . ."

Die Gondel stürzte in die Tiefe. Instinktiv klammerte ich mich an die durchschnittenen Auslaufleinen und zog mich am Ballonring in das Netz empor. Der Irre war im Raum verschwunden.

Der um das Korbgewicht erleichterte Ballon schoß hinauf in tödliche Höhen. Ein Krachen und Reißen über mir — das sich ausdehnende Gas hatte die Hülle gesprengt . . . ich schloß die Augen . . .

Eine heiße Feuchtigkeit rief mich ins Leben zurück. Ich öffnete die bleischweren Lider: feurige Wolken wirrten um mich, Blitz auf Blitz griff züngelnd nach mir. Die Geschwindigkeit des Sturzes hatte abgenommen — die Hülle über mir blähte sich fallschirmartig. Die Erde kam in Sicht. Vom Horizont rückte das Meer heran, auf das mich der Wind zutrieb. Ein plötzlicher Windstoß riß mir die Leinen, an denen ich mich hielt, aus den Händen. Automatisch schloß ich im Stürzen die Hände wieder und fühlte etwas rauh und brennend durch sie gleiten. Dann schlug ich auf den Erdboden auf.

Es war das Landungsseil, das sich in einen Erdspalt oder Vorsprung verfangen und das ich im Absturz gepackt hatte. Der Ballon, um seinen letzten Ballast, um mich erleichtert, flog über die schäumende See dahin.

Als ich wieder zu mir kam, fand ich mich auf dem Bette eines Bürgers der Stadt Harderwijk am Zuidersee, Provinz Gelderland, vierzig Kilometer von Amsterdam. Es währte lange, ehe ich das Wunder meiner Rettung begriff und glaubte.

Luftpilot Jacquelin
Von Otto Rung

Es war in jenen Julitagen des Jahres 1909, da ein Engländer, namens Catham, seinen Flug über den Ärmelkanal angekündigt hatte, als ein großer Hafendampfer, ein schwarzes zweimastiges Bugsierschiff, langsam an Calais' Molen vorüberdampfte, seinem mitten im Kanal gelegenen Aussichtsplatze zu. Es waren zehn Passagiere an Bord: fünf Korrespondenten großer Zeitungsbureaus, zwei amerikanische Ingenieure, zwei von ihrer Station in Cherbourg beurlaubte französische Generalstabsoffiziere und Mr. Morton Esqu. aus Manchester.

Es wurde Nacht, Mitternacht ging vorbei, aber die Passagiere suchten ihre Kabinen nicht auf. Wenige Tage vorher hatte Catham einen verunglückten Flugversuch gemacht, und sie hatten sein Flugzeug am Krane des Torpedobootes nach Calais zurückkehren sehen. Nun hieß es, daß der Aufflug in kürzester Frist, längstens bei Tagesanbruch zu erwarten sei. Und trotz des Nebels, der nur in seltenen Augenblicken den blauen Sternenhimmel enthüllte, waren sie in der langen Salonkajüte versammelt geblieben.

Es gab noch Korrespondenzen zu erledigen, und sie saßen in der engen Kajüte dichtgedrängt bei ihrer Arbeit. Draußen vor dem Skylight lag die graudampfende Nebelnacht, und in der Spalte zwischen den beiden Rahmen zeichneten sich, von der Laterne beleuchtet, die langen dünnen Beine Mr. Mortons, weit gespreizt, in schottischen Strümpfen. Man war ihn endlich losgeworden, nachdem er sich in Calais, auf irgendeinen mystischen Anspruch gestützt, an Bord eingeschlichen und einen höchst unnützen, eine gute Stunde währenden Vortrag über seine blödsinnige Erfindung gehalten hatte. Es handelte sich um einen Flugapparat vom Schraubenfliegertyp, der vorläufig ruhig in einem Fahrradschuppen in Manchester stand und natürlich nur auf das nötige Betriebskapital wartete, um in die Luft zu steigen wie ein Vogel.

Es war aber eben dieser junge Idiot Morton, der fünf Minuten nach zwei Uhr plötzlich Alarm schlug. Seine lange knochige Gestalt in dem übergroß karierten Sportsanzug zeigte sich in der Tür, das hundeartige kleine Gesicht vor Aufregung gerötet.

„Kommen Sie," sagte er, aber die Stimme versagte ihm, und es war vor allem die an ihm sichtbare, aufs höchste gesteigerte Erwartung und Erregtheit, die die Versammelten alamierte.

„Kommen Sie!" wiederholte er, entschuldigend den Kopf schüttelnd. „Ich habe ein Luftschiff gehört. Dort oben! Gerade über meinem Kopfe. Eben jetzt, als ich hier oben meine letzte Pfeife rauchte. Es kam wie ein großes Brausen aus der Finsternis. Dorther, von Südost kam es. Ich hörte es kommen und wollte doch meinen Ohren nicht trauen. Aber plötzlich war es über mir: das Schwirren der Propeller, das Ticken des Motors! Es ging über uns hin. Gegen Nord=ost!"

Alle hatten sich um ihn versammelt. Mit zusammengepreßten Lungen standen sie da und lauschten, starrten hinauf in die Dunkelheit, die über der Kransäule des Dampfers hing. Lautlose Minuten verstrichen. Sie merkten plötzlich, daß ihre Schultern und Ellbogen einander berührten. Und sie traten zurück, wechselten Blicke, versuchten ein Lächeln zu tauschen.

Der Korrespondent Jameson wandte sich Morton zu: „Sie sagen, daß Sie den Ton einer Luftschraube hörten. Und was sahen Sie!"

Morton bedachte sich und schüttelte der Kopf. „Ich sah nichts so recht deutlich," stammelte er, „es war sehr dunkel. Aber ich bildete mir ein, zwei Laternen — ja, eine rote und eine grüne Laterne — über mich hingehen und gegen Nord=ost verschwinden zu sehen. Sonst konnte ich nichts erkennen."

„Es wäre besser, wenn wir hineingingen," meinte Jame=

fon; „wir werden fonft zweifellos gleich diefem jungen Manne unter den Einfluß diefer dunkeln Nacht= und Seeftimmung geraten und binnen zwei Minuten dasfelbe zu hören und zu fehen glauben. Und übrigens ift er ja nicht der erfte, der von myftifchen Laut= und Lichtphänomenen in der Luft gefabelt hat. Die fliegenden Holländer der Luft werden bald eine fte= hende Rubrik unferer Neuigkeitsblätter bilden. Hier im Felde aber find wir einzig und allein auf reelle Beobachtungen an= gewiefen und haben unfere Augen und Ohren vor allen un= zeitmäßigen Phantomen der feften, flüffigen und luftförmigen Welten ftreng zu hüten.“

Man hatte wieder im Salon Platz genommen, und der franzöfifche Offizier, Kapitän Barri, nahm das Wort. „Ift es denn fo merkwürdig, daß auch die Luft ihre Mythen heifcht, — nun, da Erde und Waffer nicht genug dunkle Winkel mehr befitzen, um das Unbekannte zu beherbergen! Ich we= nigftens bin einmal in meinem Leben einem Manne begegnet, der die Bedingungen befaß, fich mit einer Mythe zu verbin= den, deffen Schickfal nicht bloß ein Symbol unferes Willens war, die Luft zu erobern, fondern das Symbol alles menfch= lichen Willens in feinem ewig wiederkehrenden Beftreben allen wag= und lotrechten Weltenbahnen gegenüber.“

Und als alle nun mit hellwachen Sinnen laufchten und keiner willens fchien, das Wort zu nehmen, erzählte er fol= gendes:

„An der Küfte der Normandie, fechs, fieben Meilen von Cherbourg, mit fchöner Ausficht auf die Infeln des Kanals und gegen Norden auf Cape de la Hague, liegt ein ganz neuer und noch nicht weltbekannter Badeort namens Curatel. Er wird zumeift von Deutfchen befucht, die den Namen wie ‚Kurhotel‘ ausfprechen und fich einbilden, durch ein barba= rifches Umherplätfchern in den reinen Wogen des Atlanti= fchen Ozeans und eine Schauftellung bunter Badekoftüme

158

von Wertheim in Berlin ein mondänes Badeleben in freien französischen Formen in Szene zu setzen.

Mit Generalsvermessungen eines naheliegenden Geländes beschäftigt, wohnte ich im Sommer 1897 mit zwei mir zugeteilten Korporalen in dem Hotel jenes Ortes. Da ich unverheiratet und gesellig veranlagt bin, wurde ich allgemein geschätzt.

Ich sah Jacquelin, von dem ich Ihnen jetzt erzählen will, an einem Augustvormittage zum ersten Male von weitem, und zwar unter folgenden Umständen:

Ich promenierte das Ufer hinab in Gesellschaft zweier junger Damen, Schwestern, Fräulein Edel und Fräulein Doris, die mich plaudernd und hüpfend auf einem kleinen Spaziergang begleiteten, mit großen, hochroten Kokarden auf den Hüten, anzusehen wie zwei hübsche weiße Kakadus, jede mit einem kleinen Netz bewaffnet, worin sie Garnelen und Schaltiere, die sich an der Küste der Normandie aufhalten, zu fangen suchten.

Da gewahrte ich zu meinem allergrößten Erstaunen über einem Felsrücken, der sich etwa eine viertel Meile landeinwärts wie der Rücken eines Walfisches auftürmt und steil gegen das Meer zu abfällt, eine weiße dreieckige Fläche, die an das Segel eines Kutters erinnerte. Und dieses Segel bewegte sich mit enormer Geschwindigkeit in der Richtung von Ost nach West über den Bergkamm.

‚Sehen Sie doch, meine Damen,‘ sagte ich. ‚Blicken Sie nur dorthinauf. Ist das nicht höchst merkwürdig?‘

Sie wechselten einen Blick, und Fräulein Edel sagte: ‚Sie sind neuangekommen, Kapitän Barri, und wissen es nicht besser. Aber schon in der letzten Saison war häufig von diesem lächerlichen und exzentrischen Menschen die Rede. Es ist ein Herr Jacquelin, der sich in eine alte Wassermühle einlogiert hat und mit irgendeinem neuen Automobil Experi

159

mente anstellt. Seit er sich voriges Jahr gegen mich und meine Schwester so ungezogen betragen hat, ignorieren wir ihn vollständig.'

Ich erfuhr nun so viel von diesen einfältigen jungen Damen, daß sie im vorigen Sommer, ganz beherrscht von der letzten modernen Raserei, der Tierphotographie, eines Morgens auf abenteuerlichen Irrwegen auf die Hochheide hinter den Dünen geraten waren, wo sie Eichhörnchen oder etwa gar eine Fuchsfamilie zu sehen hofften. Zu ihrer Verwunderung hatten sie bemerkt, daß Eisenbahnschienen über das Heidekraut gelegt waren, und als sie von weitem einen Mann auf einem kleinen Wagen mit einem ungeheuer großen Segel oder Zelt über sich daherfahren sahen, beschlossen sie natürlich sofort, mit Hilfe ihres amerikanischen Kodak eine Momentaufnahme von ihm zu machen.

Richtig, der Wagen kam mit seinem Lenker angefahren, furchtbar rasch. Es tobte wie vierzehn auf einmal scheugewordene Pferde. Der Mann saß auf einem Sattel und hieb mit den Armen aus wie ein Jockei. Doris hatte meine Golfjacke über den Kopf geworfen, bereit, zu knipsen.

In diesem Augenblick aber blieb der Wagen mit einem schrecklichen Knall stehen, und heraus sprang der fürchterlich große Automobilmensch in vollster Wut und fuhr auf uns los, die wir natürlich laut schreiend Reißaus nahmen. Er sah uns aber nicht einmal nach, sondern packte Doris' nichtsahnenden, unschuldigen Kodakapparat, warf ihn zu Boden und zermalmte ihn mit seinen Stiefelabsätzen. Sie begreifen, Herr Kapitän Barri, daß Herr Jacquelin von dieser Stunde an für die Gesellschaft, von der man im Hotel überhaupt Notiz nimmt, nicht mehr existierte. Ja, unsere Herren verlangten sogar von dem Hotelverwalter, er sollte diesem Individuum ein für allemal den Zutritt zum Hotelbereich verwehren. So ist es eigentlich gar nicht zartfühlend von Ihnen,

160

lieber Kapitän Barri, uns dieses höchst unangenehme Aben=
teuer wieder in Erinnerung zu bringen.

Schon am nächsten Tage sollte ich Gelegenheit haben,
persönlich Bekanntschaft mit dem Flieger Jacquelin zu ma=
chen.

Ich hatte am Nachmittag dieses Tages mit meinen Füh=
rern ein Gelände südlich von Curatel zu vermessen, und wir
befanden uns auf einem Hügelkamm nahe der Küste, ich mit
dem Nivellierinstrument, meine beiden Leute mit Kette und
Meßstangen, das zähe Gewebe von Heidekraut und Ginster
durchwatend.

Da sah ich plötzlich in dem Inderspiegel des Sextanten
das Bild des Oberkörpers eines Mannes, eines großen und
breitschultrigen Menschen, der, wie ein Riese auf seinem
Grabhügel kauernd, die langen keulenartigen Arme in rhyth=
mischen Stößen bewegte.

Ich begriff sogleich, daß er uns Signale gab, streckte die
kleine grüne Fahne, die ich mit mir führte, als Zeichen des
Verständnisses empor und erhielt hierauf seine Antwort, die
er mit dem rechten Arm signalisierte, ein Marinesystem be=
nützend, das ich kannte. Übrigens wiederholte er nur dasselbe
Wort: Accident.

Sobald ich überzeugt war, richtig abgelesen zu haben, be=
gann ich, so schnell das Gelände es erlaubte, auf ihn zuzu=
laufen. ‚Womit kann ich Ihnen helfen!‘ rief ich, als ich in
Hörweite gekommen war.

Er wandte langsam den Kopf. Zwischen den langen Pferde=
zähnen, die in dem starken Bartwuchs schimmerten, hielt er
eine kurze, erloschene Pfeife. Er war ein außerordentlich
großer und starker Mann. Auf dem mächtigen Berg der
Schultern, die ein kurzärmeliges Rohseidensportwams um=
schloß, saß der Kopf wie ein kleines Haus, unten von einem
rabenschwarzen Gestrüpp überwachsen. Der Mann hielt die

haarigen Arme zu beiden Seiten ausgestreckt und balancierte, um auf die Beine zu kommen.

‚Ich habe mir gewiß das rechte Fußgelenk gebrochen,‘ stöhnte er. ‚Der Fuß liegt unter mir. Bitte, reichen Sie mir eine Hand.‘

Ich verhalf ihm zu einer halben Drehung, zog den Fuß vorsichtig hervor und untersuchte ihn, während er selbst die Verletzung mit großem Interesse betrachtete.

‚Es ist kein Bruch,‘ sagte ich, ‚nur ein Blutaustritt.‘

Er betrachtete mich schräg von der Seite, mißtrauisch, mit einem düsteren Blick aus den Augenwinkeln. Aber zugleich bemerkte ich etwas in seinem Gesicht, das mich interessierte: einen Ausdruck schlecht verhehlter Zufriedenheit, ja mehr als das, ein gewisses heimliches Pathos. Die Wangen röteten sich unter einem gesunden Blutstrom, klare und scharfe Blitze schossen triumphierend aus seinen Augen. Dann aber verschleierte eine plötzliche Melancholie seine Züge.

‚Wenn ich bloß zwanzig Schritte machen könnte,‘ sagte er, ‚so kann ich eine Vorrichtung benützen, die mich heimbringt.‘

‚Dies wird sich wohl ermöglichen lassen,‘ meinte ich und stieß dreimal kräftig in meine Signalpfeife, worauf ich mich neben ihn setzte und mir eine Zigarette anzündete. Er schielte durch die Automobilbrille zu mir hinüber.

‚Ambulanz,‘ sagte ich.

Er nickte zustimmend. ‚Sie haben das praktisch eingerichtet,‘ bemerkte er.

‚Nun,‘ erwiderte ich, ‚ein Militär ist ja eine Art Mechaniker, der durch den Druck auf einen Knopf lebende Kräfte mobilisiert.‘

Ich bemerkte nun recht wohl, daß sich nicht weit von uns eine Schmalspurbahn durch das Heidekraut zog, fand es aber weiterhin richtig, keine Fragen zu stellen. Dies schien ihn zu beruhigen, ja ihn sogar zuvorkommend zu stimmen.

162

‚Es tut mir leid,‘ sagte er, ‚Sie in Ihren Operationen
gestört zu haben, die, wie ich aus Ihrer Uniform ent-
nehme, wichtiger strategischer Art sind. Ich sah sogleich, daß
Sie nicht zu dem gewöhnlichen, höchst unnützen Haufen
müßigen Badepublikums zählen, das hier ungeniert an Meer,
Luft und Erde schmarotzt. Da ich Sie somit als eine Art
Kollegen betrachten kann, so darf ich Ihre Hilfe annehmen,
ohne an Selbstrespekt zu verlieren, und hoffe auf eine Gelegenheit, Ihnen in ähnlicher Lage zu Diensten sein zu
können.‘

‚Ich schließe mich in Ihrem Sinne diesem Wunsche an,‘
erwiderte ich höflich, ‚wenn auch mein Beruf in Friedens-
zeiten leider wenig Aussicht bietet, Leib und Leben aufs
Spiel zu setzen. Aber wie ich sehe, hat mein Signal die erforderlichen mechanischen Kräfte schon ausgelöst.‘

Ich wies auf meine beiden flinken Führer, Perrault und
Arsène, die mit einer kleinen Steige herbeigelaufen kamen.

‚Kommt hierher,‘ sagte ich, ‚und stellt euch jeder an eine
Seite Herrn Jacquelins, der sich am Fuße verletzt hat.‘

Ich kommandierte sodann ‚Faßt an!‘, und wir trugen ihn
auf feldmäßige Art zwischen uns einher.

‚Wollen Sie nun so liebenswürdig sein, mich zunächst so
weit wie möglich dem Abhang zu nähern!‘

Wir befanden uns nämlich ungefähr vierzig Meter vom
Rande des Felsrückens entfernt, der hier sechzig Meter tief
zu einem flachen steinigen Strande abfällt.

Wir trugen ihn also längs der Schmalspurbahn weiter,
die am Rande des Abgrundes jäh mit einem Bremsbaum
endigte. Hier befahl ich haltzumachen, und Jacquelin bat
meine Leute, der Tiefe den Rücken zu wenden. Er vertraute
ihnen offenbar weniger als mir. Ich aber, der ich seinem
Blicke folgte, während er sich stöhnend über die Schultern
der Leute hinausbeugte, sah deutlich eine große, weiße, ge-

rippte Masse, ähnlich einem von einem Orkan entführten Zelte, ungefähr auf halber Höhe im Dornengestrüpp hängen.

Jacquelin holte tief Atem, augenscheinlich sehr erleichtert, und ersuchte mich, den Marsch fortsetzen zu lassen. Wir folgten dem Schmalspurgeleise einige hundert Meter landeinwärts.

,Hier ungefähr', bemerkte Jacquelin nun, ,verließ ich meinen elektrischen Blockwagen. Ich sehe, er steht wohlbehalten auf seinem Geleise. Ich bin Ihnen sehr dankbar, meine Herren; Sie können mich jetzt ruhig meinen eigenen mechanischen Hilfsmitteln überlassen.'

Auf dem Geleise hielt wirklich eine niedrige graue Dräsine auf sechs kräftigen Eisenbahnrädern, ähnlich einer Kanonenlafette und durch eine Kontaktstange mit einem oberirdischen Leitungsdraht verbunden, der sich, von Ständern getragen, samt dem Geleise in einem Verhau zwischen den Dünen verlor.

,Ich habe nicht mehr weit nach Hause,' sagte Jacquelin. ,Dort sehen Sie schon den Rauch meiner Schmiede,' und er wies auf eine kleine gelbe Rauchwolke, die aus einem hinter einem Heidehügel versteckten Schornstein hervorquoll.

Wir hatten ihn auf den niederen Wagenkasten der Dräsine niedergelassen. Er schlug einen Hebel nieder. ,Ich habe Strom,' sagte er. ,Auf Wiedersehen, meine Herren!'

Und wir sahen ihn mit außerordentlicher Schnelligkeit auf seinen kleinen starken Rädern den Bahnkörper hinaufrollen, das große bärtige und bebrillte Gesicht zu einem letzten Gruß uns zugewandt, mit seinem auf unsichtbaren Beinen hockenden ungeheuren Oberkörper anzusehen wie ein komischer Invalide, der sich auf kleinen Rollen fortbewegt.

Ich erwähnte natürlich im Hotel nichts von dieser Begegnung mit Herrn Jacquelin. Als ich in den nächsten vierzehn Tagen das dreieckige Segel am Uferabhang nicht erblickte, nahm ich an, er leide noch an den Folgen des — nun ja

164

des Unfalls, der ihn auf irgendeine Art damals betroffen hatte.

Am fünfzehnten Tage jedoch erwies Herr Jacquelin mir das Vergnügen eines Besuches, der in dem höchst distinguierten Hotel nicht geringes Aufsehen, ja beinahe Skandal erregte. Er erschien in einem kolossalen weißen Flanellanzug, der ihm um die mächtigen Glieder hing wie ein Mehlsack. Ich traf ihn im Vestibül vor einem Halbkreis stumm verwunderter Kellner und zog ihn rasch mit hinaus auf den Strand.

Er benahm sich außerordentlich freundschaftlich und begann mit einer Entschuldigung.

‚Ich war kürzlich ziemlich nervös und besaß nicht die Fassung, Ihnen eine Erklärung meines Unfalles zu geben. Nun muß ich es Ihnen gestehen, daß ich mich mit aviatischen Versuchen beschäftige. Dieser Sport ist ja nichts weniger als populär, und ich spreche aus diesem wie aus anderen Gründen ungern darüber. Schon im Vorjahre war ich Gegenstand verschiedener Spionierungsversuche, die ich jedoch rechtzeitig zuschanden zu machen wußte. So versuchten zwei junge weibliche Personen während des Anlaufes meinen Apparat zu photographieren, und nur durch mein sehr resolutes Auftreten gelang es, die Platten beizeiten zu zerstören.‘

Er erzählte mir, daß er eine Versuchsbahn oben bei der alten Wassermühle eingerichtet und diese selbst zu einer Kraftstation umgewandelt habe, die nun den elektrischen Blockwagen über das Geleise trieb. An eben jenem Tage, da ich ihn traf, sei er zum ersten Male geflogen.

‚Jawohl, mitten im Glück traf mich das Unglück. Ich erhob mich zehn Meter über den Erdboden, bloß um Gelegenheit zu haben, wieder zehn Meter zu stürzen.‘

Jetzt aber war die Reparatur seines Flugzeugs beendet. In wenigen Tagen wollte er seine Versuche wieder aufnehmen. Und dann müsse ich sein Gast sein. Denn er habe eine Dis=

165

kretion und einen Takt bei mir gefunden, die zumindest un=
gewöhnlich seien.

‚Sie sollen mein Flugzeug sehen,‘ sagte er, ‚denn ich halte
Sie für vollkommen verläßlich und habe die tiefste Achtung
vor Ihnen.‘

Er drückte mir die Hand, und seine kleinen Augen hielten
die meinen fest, kindlich vertrauensvoll und doch strahlend
von Intelligenz, Energie und Genialität.

Ich dankte ihm und versprach zu kommen, ohne doch den
Gedanken abweisen zu können, wie absurd es sei, daß ein
Mann von so entsetzlicher Häßlichkeit, von einem so aufsehen=
erregenden und zur Heiterkeit stimmenden Äußeren dies äl=
teste und schwankendste Problem löfe, daß dieser ungeheure
Fleischberg, unzweckmäßig und unbeweglich wie eine veral=
tete Tierform des Elefantengeschlechtes, an etwas so Ele=
gantes und Leichtes, wie es ein Flug in die Luft ist, auch nur
denken könne.

Zu jener Zeit waren Farman und Delagrange noch unbe=
kannt, Santos Dumont hatte sich noch nicht mit seiner grazi=
ösen Demoiselle in die Lüfte geschwungen; l’homme oiseau
Wilbur Wright stellte wohl erst in tiefster Heimlichkeit seine
wunderlichen Gleitversuche an, indem er sich auf die Brust
legte und von der Höhe hinausfallen ließ, getragen von einem
der ersten kraftlosen Gängelkörbe der Luft. Otto Lilienthal,
der tollkühne Lenker von Fledermäusen, und der Gleitflieger
P. S. Pilcher waren, außerstande, der Anziehungskraft der
Erde zu widerstehen, an deren gewaltiger Brust zerschellt.
Der Luftsport war noch bei weitem nicht populär. Es war
in den nun merkwürdig veralteten Tagen der großen Auto=
mobilrennen: Paris—Wien! Paris—Madrid!

Ich wanderte den dritten Tag nach Jacquelins Besuch über
die Heidehügel. Nach einer Stunde Marsch erblickte ich die
Wassermühle, und daneben lag Jacquelins Schmiede.

Es war ein dunkler Nebeltag, und aus dem riesigen Tor, das sich wie eine Bergkluft an der Front der Schmiede öffnete, lohte es von purpurnen und schwefelblauen Flammen. Ein brandbrauner Rauch quoll aus den Schornsteinen. Und mitten in einem riesigen Skelett zusammengeschweißter Metallröhren standen mit Zangen und schweren Hämmern in den Händen vier dunkle Gesellen, bis zum Gürtel nackt, mit Rußkrusten auf der haarigen Brust und regenwurmartigen roten Schweißrinnen in den geschwärzten Gesichtern.

Ganz hinten in der großen finsteren Höhle, deren Schatten wie Fledermausflügel über die flammenden Essen huschten, saß auf einer grünen Wassertonne Jacquelin und hielt ein langes rotglühendes Rohr, das wie ein kolossaler Schlüssel gebogen war, über das lodernde Feuer. Er trug einen schwarzen Lederkittel mit Schurzfell, und ein spitzer Lederhut bedeckte das große, flammenbeleuchtete Gesicht, aus dem der Bart hervorwucherte wie ein verkohlter Wald. Draußen lag die Heidelandschaft einen Augenblick sonnengebadet, golden und arkadisch.

Und mit einem Male drängte sich mir ein Bild auf, eine Ähnlichkeit des Mannes da drinnen in der Schmiede in seinem steifen Lederpanzer mit einem der finsteren und massiven Heroen der Mythen, mit einem gewaltigen, ungeschlachten Zyklopen mitten in seinem dröhnenden Kupferberge. Ich suchte ihn in der Reihe all der leidenschaftversengten und dabei ein klein wenig komischen Halbgötter der alten Sagen, unter den Titanen und Giganten, in Gesellschaft des gewaltigen Schmiedes und Hahnreis Vulkan, des bluttrinkenden törichten Polyphemos und des Fährmannes Christophoros, der beiden trübseligen Riesen, die kluge Knirpse geblendet und in armselige Sklaven verwandelt hatten — all jener schwermütigen, pathetischen Hünen, die glücklos leben und eines unseligen Todes sterben müssen.

Mitleid und Bewunderung ergriffen mich, als er mir seine große, von Brandwunden krustige und von Ruß und Nässe klebrige Hand reichte, die er rasch in einem Eimer rostiggrünen Wassers abgespült hatte.

‚Kapitän Barri,‘ sagte er, ‚wie freue ich mich, Sie zu sehen! Ich weiß, daß Sie der Mann sind, der eine spartanisch feldmäßige Gastfreundschaft nicht verachtet.‘

Wir wateten durch hohe Schlacken von Eisenspänen und Gießsand in einen großen Nebenraum. Da lagen ungeheuere Rollen in Blechhülsen, Pläne und Risse auf dem Tische; Zeitschriften waren in staubigen Bündeln längs der Wände aufgestapelt. Und unter der Decke hingen Jacquelins sieben Flugmaschinen, Spielzeugmodelle, die die ganze Entwicklung bezeichneten, welche die aviatische Technik seit jener Zeit durchlaufen hat, und endlich jenes letzte vollkommene Modell, das seit Jacquelin nicht wiedererobert wurde.

Er stand unweit von mir, die Knöchel auf einen ungedeckten Tisch stützend, auf dem ein zerbrochener Teller mit einem kaltgewordenen Spiegelei und einigen Radieschenstengeln lag, und begann, leicht den Oberkörper wiegend, eine Art erläuternden Vortrages zu halten.

‚Ich habe mich entschlossen, Ihnen meine Maschine zu zeigen. Jawohl, Sie sollen sie sehen. Ich will Ihnen gestehen, daß ich lange davon geträumt habe, einem wohlwollend gesinnten und ehrenhaften Manne zeigen zu dürfen, was ich erreicht habe. Denn das Problem ist gelöst, Kapitän Barri. Von mir! Und an eben dem Tage, da wir einander zuerst begegneten. Ich hatte mein Flugzeug, getragen von meiner elektrischen Dräsine, die Schmalspurbahn entlang geführt. Und als Sie mich sitzend im Heidekraut antrafen, da hatte ich zum erstenmal auf meinem Flugschiff in freiem Flug die Dräsine verlassen! Jawohl, ich war geflogen! Hundert Meter in wagrechter Richtung und zehn Meter hoch über der Erde!‘

168

Und immer weiter sprechend und erzählend, führte er mich zu einer mechanischen Drehscheibe, die vor der Wassermühle angebracht war. Von dieser Drehscheibe aus lief die Schmalspur, und hier stand, mit seinen Aluminiumkufen auf der Dräsine ruhend, Jacquelins Gleitflieger.

Es ist mir jede Möglichkeit genommen, das Prinzip von Jacquelins Flugapparat zu enthüllen. Der Grund ist folgender: Jacquelin nahm vor nun vierzehneinhalb Jahren das Weltpatent. Dieses läuft also in zirka einem halben Jahre ab. Nachdem Jacquelin fortgeflogen und — nun ja! — auch fortgeblieben war, zeigte es sich, daß er keine Erben hatte, und sein bedeutendes Vermögen fiel, da er kein Testament gemacht hatte, dem Fiskus, dem Staate zu. Das Hinterlassenschaftsgericht ließ seine Modelle als altes Metall verkaufen, und seine Zeichnungen wanderten pfundweise in eine Lumpenfabrik. Aber Sie verstehen, daß ich, obwohl das Patent demnach faktisch herrenlos ist, dennoch nicht das Recht habe, Ihnen, meine Herren, in Form einer Erzählung das Patentgeheimnis Jacquelins zu verraten, das ich genau kenne und vollauf zu beurteilen imstande bin.

Nur so viel will ich mitteilen: es war ihm — was ich beim ersten Blick erkannte, als ich seinen Gleitflieger sah — vollständig gelungen, die größte aller Schwierigkeiten bei der Konstruktion eines Äroplans zu überwinden, nämlich die Gefahr der Seitenkenterung. Seine Maschine besaß vollkommene Stabilität! Sie konnte selbst im heftigsten Orkan nicht kentern. Es war keine akrobatische Schulung des Lenkers erforderlich, um sie auf der Luft im Gleichgewicht zu halten, wie es bei dem Flugzeug der Brüder Wright der Fall ist. Ja, meine Herren! Es war der vollendete Äroplan. Ein Kind konnte seine Eltern, die Eltern ihr Kind ihm anvertrauen. Er war gefahrlos wie eine Droschke. Kurz gesagt: er war all das, was kein anderes Flugzeug noch ist.

Jacquelins erſter Apparat hatte keinen Motor. Später ge=
brauchte er eine Kompreſſionsmaſchine zur Weiterbewegung;
aber ſeine eigentliche Idee war allerdings, das Gleiten ohne
Anwendung von Motorkraft zu vervollkommnen: das Se=
geln auf der Luft. Wie ungeheuere Zeltdächer hoben ſich die
Tragflächen über dem Gerippe, das, wie geſagt, loſe auf der
Dräſine ruhte. Die Metallſtangen kreuzten einander, in der
untergehenden Sonne glühend, die ſchwarzblaue Schatten=
bänder um die ſchlanken Rohre legte.

Jacquelin ſtand neben mir und ſah mich mit einem verle=
genen Lächeln an, und ich bemerkte viel Sympathie in ſeinen
Augen. Plötzlich ſagte er: „Ich fahre jetzt zum zweiten Male;
heute abend mache ich meinen zweiten Verſuch! Wollen Sie
mithalten! Wenn Sie Luſt haben, erweiſen Sie mir die Ehre,
mein erſter Paſſagier zu ſein!“

Ich war freudig überraſcht. „Ja,‘ ſagte ich, ‚mit Freuden.
Ich übernehme ſelbſt das Riſiko für meine Perſon. Sie haben
nicht die mindeſte Verantwortung für mich zu tragen.‘

Er proteſtierte. Die Verantwortung ſei ganz allein ſeine,
falls ich ernſtlich zu Schaden käme. Und endlich einigten wir
uns in der Erwägung, daß er mir ja Revanche ſchulde, da
ich ihm bei einem Unfall behilflich geweſen ſei und ihm nun
Gelegenheit geben müßte, ſeinerſeits im gegebenen Falle mir
zu helfen.

Übrigens ging ich gar nicht ernſtlich davon aus, daß Jac=
quelin fliegen könne, wenn auch ſeine Theorie mir beim erſten
Blick einleuchtend richtig erſchienen war. Aber ich hatte be=
ſchloſſen, was nun auch geſchehen möge, mit dabei zu ſein,
und ſo ſetzte ich mich denn rittlings auf den fahrradartigen
Sattel hinter Jacquelin.

Wunderlich kuliſſenartig lagen die Seidentücher der Trag=
flächen in ihren dünnen Rahmen über unſeren Scheiteln. Et=
was Unwirkliches und Theatraliſches ſchien mir darin zu
170

liegen, wie wir fo dafaßen und warteten, aufzufliegen: die
Füße auf zwei fteife Pedale geftemmt, mit den Augen dem
Spiel der Sonne auf den blanken Metallteilen zublinzelnd.

Eine elektrifche Glocke klingelte fcharf in dem Dynamorau=
me, und in demfelben Augenblick fuhr die Dräfine mit uns
ab und rollte mit wachfender Schnelligkeit die Schmalfpur=
bahn dahin über den Hügel. Die Heide wanderte faufend an
uns vorbei wie ein graufchimmernder Vorhang.

,Nicht hinauslehnen! Gleichgewicht!' rief Jacquelin. ,In
einer Minute ftarten wir!' Die Mafchinenteile der Dräfine
klapperten unter uns. Braufend zog die Luft zwifchen den
Tragflächen ein und pfiff zwifchen den Rohren des Gerüftes
eine kreifchende Melodie. Wir nahmen eine Höhe und nun
fahen wir das Meer. Wie mit einem Schlag hörte das Land
auf, jäh abftürzend gegen die See, die blendend rot in der
letzten Sonnenglut dalag und uns ihre unermeßliche Fläche
näher und näher entgegenrollte. Und immer dichter fuhren
wir der dunklen Schneide zu, wo die Erde aufhörte, wo die
beiden Feuerftreifen des Geleifes plötzlich endeten und der
fechzig Fuß tiefe Abfturz fich fenkte, fchroff hinab auf einen
Grund fcharf emporgefchraubter Klippen.

Und da bereute ich einen Augenblick! Ich klammerte mich
an die Aluminiumftange zu meiner Seite, beinahe feft ent=
fchloffen, abzufpringen, — jawohl! — abzufpringen, ehe es
zu fpät war!

Aber in demfelben Moment fah ich Jacquelins enormen
Körper fich vornüberneigen. Seine Hand arbeitete an einem
Lenkrad. Ich biß die Zähne zufammen. Jetzt! Aber fchon
war es zu fpät. Ich erftarrte eine Sekunde lang in Angft —
dann löfte fich alles in Verwunderung.

Ich fah nicht mehr den grauen Dräfinenkaften unten zwi=
fchen den Kufen des Äroplans. Ich fah unter mir durch das
fchlanke Netz von Röhren und Stangen Sand, Heidekraut

und Strandhafer, und dies alles sank, sank. Und im nächsten Augenblick die scharfe Kante des Abhangs, die wie ein Vorhang blitzschnell unter unseren Füßen weggerissen wurde.

Die Welt unter uns ward plötzlich weiß, durchsichtig klar, und als ich endlich meine Pupillen zu festigen vermochte, sah ich zwischen meinen Stiefeln, die auf den festen Pedalen ruhten, tief, tief unten in lotrechter Perspektive den Strand und die roten samtartigen Klippen — Hunderte von Fuß unter uns. Und unserer Bewegung entgegen entrollte die Brandung des Atlantischen Meeres mit rasender Eile drei breite weiße Schaumschleppen. Und wir stiegen, wir stiegen!

Durchrauscht von einer wunderbaren Kraft, von einem Glücksgefühl, das alles Gewicht von mir nahm, wunderlich wirr und hingerissen fühlte ich, wie wir flogen!

Wir hatten die Dräsine und die rollenden Räder verlassen. Sie standen nun hinter uns, zum Stehen gebracht von dem Bremsbaum des Geleises.

Wir aber waren weitergezogen, frei und unbehindert, wir segelten auf den schrägen Ebenen der Luft, wir glitten auf dem weichsten und geschmeidigsten aller Lager, wir schwammen auf den ewig wechselnden Oberflächen der Atmosphäre!

Tief unter uns lag das Meer, dunkel und von Ringen gefurcht, seltsam schleimig in seinem Glanz. Es war, als stünden wir still über dieser großen dunkelblauen Fläche, die in schläfrigen Runzeln unter uns hinzog. Bewegten wir uns nicht mehr? Schwebten wir auf demselben Fleck? Aber da blickte ich empor zu den ausgespreizten Tragflächen, und nun empfand ich erst ernstlich, daß wir flogen.

Da droben standen die gespannten Segel in ihren zitternden Metallrahmen, in ungeheurer Flugweite über uns ausgebreitet. Ein leise schnurrender Ton drang aus den großen konkaven Flächen — als sammelten sie hohlspiegelartig all die tausend Laute der Luft und gäben sie grau und eintönig wie-

172

der von sich. Und ich sah, wie wir durch die Atmosphäre balancierten. Zärtlich liebkosend neigten die Tragflächen sich über die milden Abendwinde, die uns entgegenkamen. Ich folgte dieser leise streichelnden und graziös wiegenden Bewegung, diesen winzigen Winkeln, die unsere Flügel langsam und fest an dem glühenden Horizont vorbei beschrieben — wie dem geschmeidigen Balancierstab eines Seiltänzers.

Ja, nun ruhten wir auf unseren Schwingen, wogen unser Gewicht gegen die Dichtigkeit der Luft. Tanzend und freundlich kam der Seewind uns entgegen, in den Verspannungsdrähten singend wie in den Saiten einer Äolsharfe. Wir fühlten an unseren Wangen den Druck fahrender Luft.

Schon neigte unsere Bahn sich abwärts. Die Fugen des Meeres erweiterten sich, kamen uns entgegengestürzt. Aber aufs neue stiegen wir in einer langen und geschmeidigen Windung und zogen plötzlich in einer neuen, dem Lande parallelen Bahn. Rechts unten zeigte sich der lange Strand als eine breite Sandstraße. Und da unten standen Menschen und starrten zu uns empor. Sie drängten sich in Haufen, durch immer neue Zuschauer vermehrt, die in Badelaken aus den Kammern der Dünen herbeigelaufen kamen. Es waren lauter badende Frauen und Kinder. Einige standen bis zu den Knien in den Wellen und spähten zu uns empor.

Und plötzlich hatte die Sonne das Land da unten verlassen; es lag in blauendes Halbdunkel gehüllt. Seine Sonne war untergegangen! Wir aber segelten noch in einem Bad von Goldstrahlen! Ich sah meinen Führer Jacquelin, von dieser Sonne beleuchtet, in seinem Lederküraß wie in einer goldflammenden Rüstung. Sein Körper folgte rhythmisch den schwachen Stampfbewegungen unserer Bahn. Aus seiner Kehle kam ein tiefdröhnender Ton, ein melodieloser Gesang.

Und langsam kam das Meer uns näher. Erst jetzt öffnete sich mir die Frage nach der Möglichkeit einer Landung. Und diefe Frage fand in demfelben Augenblick ihre Löfung: ein Stück weiter draußen im Meere bewegte fich, laut tickend und unferer Bahn folgend, ein Motorboot, geführt von Pierre, Jacquelins verläßlichftem Mann. Diefes Motorboot fchleppte ein Floß. Und nun fah ich das helle Viereck diefes Floßes lotrecht unter uns in dem unermeßlichen Blau fchwimmen.

Wir landeten in vollftem Gleichgewicht und ohne die geringfte Havarie. Ohne daß wir unferen Sitz verließen, bugfierte das Motorboot das Floß und unferen Flugapparat die Küfte entlang füdwärts zu unferem Startplatz.

Ein Blick auf meine Uhr ließ mich zu meiner großen Überrafchung konftatieren, daß unfere, wie es mir vorkam, fehr weitläufige Fahrt bloß zwei Minuten und einunddreißig Sekunden gewährt hatte.

,Wahrhaftig!' rief ich Jacquelin zu. ,Auf welche Bruchteile von Zeit müffen wir nicht von nun an unfere Vorftellungen und unfere Aufmerkfamkeit einftellen. Wir werden gezwungen fein, unfer Zifferblatt nochmals zu teilen. Wir werden uns nicht mehr begnügen können, Sekunden zu meffen! Wir werden die Sekunden noch in Terzen und Quarten teilen müffen, fo rafch wird unfere neue Welt fich bewegen, und fo kurzwährende Zeiträume werden wir fortan von unferen Uhren ablefen müffen.'

Aber Jacquelin antwortete mir nicht. Sein Geficht war feltfam ftumpf und fchlaff. Sein Blick war in die Ferne gewandert und in einer fonderbar düfteren Leidenfchaft erftarrt. Mehr als jemals glich er in diefem feinem Siegesaugenblick mit feiner fchwerfälligen und gewaltigen Erfcheinung einem finfteren, unfeligen Titanen.

Sie werden verftehen, daß ich, befonders in den erften Tagen, völlig unter dem Bann diefes großen Ereigniffes ftand. Aber merkwürdig rafch glitt das Begebnis in meiner Erinnerung zurück, wie etwas Unwirkliches und Flüchtiges. Es

174

kam wohl daher, weil ich nicht das Recht hatte, mich anderen mitzuteilen. Ich stand ganz einsam da mit dem Bewußtsein einer vollbrachten universellen Tat. Und das Ganze war ja so kurz gewesen — ein minutenlanger, spurloser Sprung hinaus in eine unerschlossene, wunderbare Welt.

Und mit einem Male sah ich Jacquelin in einer neuen und größeren Bedeutung. Während er sich selbst rein körperlich erhoben hatte, als sei er in Wirklichkeit befreit von den Gesetzen der Schwerkraft, hatte ich ihn auch als Typus sich erheben sehen in die Regionen des Sublimen, als Typus des nur zu einseitigen technischen Strebens unserer Zeit, als menschliche Form einer dunkeln, schwerbelasteten Schöpferkraft, als einen jener düstergefärbten Heroen, die nie des Glückes teilhaftig werden, den Göttern nahetreten zu dürfen. Er erschien mir nicht mehr komisch oder mitleiderweckend wie früher, nicht mehr als mißgestalteter Zentaur der Luft, halb Mann, halb Flügelroß. Sein Genius überzeugte mich, seine rücksichtslos entschlossene Kraft flößte mir Furcht ein.

Wie ich sagte, hinterließ sein Wagestück keine Spuren, weder in der Luft noch auf Erden. Diejenigen, die ihn gesehen hatten, hatten mißverstanden, was sie gesehen. Eine Schar Damen und Kinder erzählte, in das Hotel zurückkehrend, von einem großen Zelte, das von dem Felsabhang ins Wasser hinabgestürzt sei. Aber die Herren legten dem Zeugnis ihrer Damen kein besonderes Gewicht bei.

Schon denselben Abend traf ein Eilbrief an mich ein, der mich in einer wichtigen dienstlichen Sache nach Paris berief. Und es verstrich ein voller Monat, ehe ich — es war gegen Ende September — meine Vermessungsarbeiten wieder aufnahm.

Natürlich galt einer meiner ersten Besuche Jacquelin.

Ich kam gegen Abend zu seinen Werkstätten hinaus. Es dämmerte schon. Der Himmel war besprengt mit schwarzem

175

fahrenden Ballengewölk, das sich vor einer heftigen steifen Nordwestbrise entrollte.

Die Schmiede lag offen, aber finster. Doch draußen vor der alten Wassermühle hob sich aus der Dunkelheit eine riesige, komplizierte Formation. Ich unterschied beim Nähertreten, als sich ihre Silhouette deutlicher auf dem etwas helleren Himmel zeichnete, ein mächtiges Metallskelett, ein Gerüst von Stangen, das sechs doppelte ausgestreckte Flügelspannen trug, ein Stativ aus Segeln und Tragflächen — noch unfertig, anzusehen wie das Spantengerippe eines Schiffes: Jacquelins neues Flugzeug!

Ich erkannte, während ich mich rings um diesen Koloß bewegte, Einzelheiten von seinem ersten Segelflieger. Aber dieser war mächtiger, viermal so tragfähig, ein ungeheurer schwarzer Drache, der hinten auf langen Stangen einen fischförmigen Steuerschwanz vorstreckte, während über den Tragflächen auf zwei krummen Fühlhörnern die Doppelfläche des Höhensteuers saß.

Er mußte einen Motor haben, das erkannte ich an der Schleife der Schraubenblätter unter dem langen dreieckigen Sattel. Gegen die hellere Luft erschien dieser dunkle gestielte und zipflige Schatten in der Form einer halbentblätterten Riesenblume, eines Venuswagens, aus dessen durchbrochener Krone die krummen Staubträger aufragten.

Ich merkte plötzlich, daß jemand hinter mir stand. Und als ich mich umwandte, sah ich Jacquelins dunkles bärtiges Gesicht ganz nahe dem meinigen.

Ich reichte ihm die Hand; er nahm sie ohne Freundlichkeit. Eine merkwürdige Veränderung war mit ihm vorgegangen. In seinen Zügen lag eine verbissene Heftigkeit, und die offene Helle des Blickes war einem Ausdruck von Drohung und Gereiztheit gewichen. Seine Bewegungen waren hastig und fahrig geworden; nicht eine Sekunde blieb er ruhig. Es war, als stemme er sich beständig gegen eine Richtung, die sein Körper nehmen wollte, aber nicht durfte. Ich begriff, daß er sich unter dem Zwang irgendeines starken Triebes befand und daß seine empfindsame Psyche unaufhörlich nach dem Gleichgewicht suchen mußte.

‚Sie sehen,‘ sagte er ein wenig später mit etwas zuvor= kommenderer Miene, ‚mein neuer Aeroplan ist fertig. Und an einem der nächsten Tage will ich fliegen.‘

Ich machte einige Bemerkungen über die Veränderungen dieses Types, aber sein Blick verriet kein volles Zutrauen.

‚Mein alter Gleitflieger ist zwei Tage nach unserm letz= ten Experiment verunglückt. Aber daran ist nichts verloren, da er ja doch diesem neuen und besseren Typ hätte weichen müssen.‘

‚Was wir damals ausführten,‘ fuhr er fort, ‚war nichts, war wertlos, nichts Besseres als das Spiel eines Kindes, das mit einem Brettchen im Fischteich umherplätschert. Vor mir liegt jetzt eine größere und bedeutungsvollere Aufgabe.‘

Er stand neben mir, sich in den Knien wiegend, das große Haupt gesenkt, und seine Augen spähten forschend nach mei= nen Mienen.

‚Jetzt weiß ich erst, was mir damals fehlte; warum jene ersten Versuche mich nicht ganz zu befriedigen vermochten. Als wir an jenem Tage gelandet waren, ergriff mich eine mir damals unerklärliche Traurigkeit und Bitternis. Ich wußte nicht, warum. Ich stand da und betrachtete hilflos und fra= gend meine leeren Hände, und das Ganze erschien mir mehr wunderlich als wunderbar. Ich hatte die Aufgabe gelöst, die ich mir gestellt hatte. Nun war es vorbei. Was nun!‘

Ich dachte mir sogleich den Grund von Jacquelins Miß= mut. Er hatte seine Gedanken in zu hohem Grade auf diese Aufgabe eingestellt. Er sah nicht eine ihrer menschlichen Sei= ten. Nicht eine Sekunde lang träumte er Zukunftsträume von

allgemein menschlicher Art. Nur von Punkt zu Punkt sah er.
Und darum stand er, sobald die Aufgabe gelöst war, jener
Öde und Furcht gegenüber, die dasselbe sind wie das Grauen
des Unseligen vor der Ewigkeit.

Aber nun hatte er ja, wie er meinte, einen Ausweg ge=
funden.

Seine Hände beschrieben Figuren in der Luft. ‚Jetzt weiß
ich, wo meine Aufgabe liegt,‘ sagte er. ‚Sie besteht nicht darin,
in stillem Wetter, bei günstigem mittelstarken Gegenwind
einige hundert Meter weit zu gleiten. Den Wind will ich
herausfordern. Den Sturm will ich bezwingen. Ich habe mir
eine neue und viel längere Bahn erwählt, quer durch die Luft,
die uns da von Norden lärmend entgegenkommt. Ja, gerade
ihr entgegen will ich, den Kurs Nordost zu Nord!‘ Er wies
hinaus über die Klippen. ‚Sehen Sie dort hinter den Hügeln
Cape de la Hagues Leuchtturm blinken! Dort will ich vorbei
— und weiter! Morgen starte ich. Ich schwinge mich von
meinem Uferabhang auf und stelle den Kurs auf Norden;
ich fahre rings um das Cape de la Hague. Morgen abend
lande ich in Cherbourgs Hafen. Sie wissen ja, daß ich einer
der Direktoren der großen Cherbourger Schiffswerft bin.
Aber glauben Sie nicht, daß meine Kollegen meine Arbeit
hier draußen etwa mit Respekt und Sympathie betrachten.
Einerlei! Morgen abend komme ich, die Luft unter mich
ziehend, nach Cherbourgs Hafen geflogen und lande auf der
Helling der Werft gerade vor meinen eigenen Kontoren.‘

Ich schwieg. Ich sah ein, daß er seit dem letzten Male nicht
viel weiter gekommen war. Bloß einen neuen Längenweg,
aber nicht in der Breite der Weltentwicklung.

‚Ihr Versuch kann nur mit dem allergrößten Risiko aus=
geführt werden,‘ sagte ich endlich. ‚Es ist ein fast wahnwitzi=
ges Wagestück. Sehen Sie doch: Sie haben nun in der Theorie
eines der größten und herrlichsten Probleme gelöst. Aber Sie

178

haben nicht das moralische Monopol auf Ihre Erfindung. Die Menschheit hat Anspruch darauf, daß diese Sache durch ruhige Arbeit gelöst und nicht durch einen halsbrecherischen Coup, einen Versuch, in sportlicher Beziehung einen Rekord zu setzen, einem vielleicht unwiderruflichen Untergang preis= gegeben wird.'

Aber er schüttelte nur den Kopf. Meine Vorstellungen von einem großen und allgemein=menschlichen Interesse weckten keinen Widerhall in ihm.

,Mir erübrigt nichts,' sagte er, ,als diesen Weg zu gehen, und ich kann nicht wieder glücklich werden, ehe ich ihn nicht versucht habe. Verstehen Sie denn nicht, daß ich erst, wenn ich mein Leben ernstlich für das Schwierigste eingesetzt, ein Recht auf dieses Leben errungen habe? Hindurch will ich. Lange genug hat Cape de la Hagues glutrote Laterne mich irritiert. Lange genug hat der Sturm zwischen den Hügeln zu mir heraufgeheult. Einmal hat er mich sogar umgeworfen. Meine Tragflächen sind in vollkommener Stabilität, mein Flugzeug kann nicht kentern, aber ein fast lotrechter Windstoß schleuderte mich von oben herab, so daß mein alter Gleit= flieger verunglückte. Jetzt aber habe ich mich selbst mit Kraft versehen. Ich habe einen Motor und eine Luftschraube. Ich bin gerüstet, mit dem Sturm zu kämpfen. Und den Weg, den ich mir vorgesetzt, muß und will ich gehen, und wenn es mein Leben kosten sollte!'

Seine Pupillen erweiterten sich, seine rechte Hand blieb ge= ballt durch die Luft. Er stand an die schaukelnden Metall= stangen des neuen Flugzeuges gelehnt, dessen Name Feuer= globus in weißen Buchstaben auf die rabenschwarzen Segel der Tragflächen gestempelt stand.

Ich sah ihn zum letzten Male, als ich auf meinem Heim= weg über die Höhen zurückblickte. Er stand bei seinem dunk= len Apparat — ein titanischer Körper, beschwert von seiner unbrauchbaren Riesenkraft. Schon war er ferne meiner Welt. In tiefer, weitentrückter Einsamkeit stand er da, mit seinem ewig wiederkehrenden Problem ringend. Sein Geist war wohl schon gestört, sein Wille monoman, begrenzt auf eine Linie von Ziel zu Ziel, auf einen einzigen Weltrekord, den es zu setzen gab. Aber so mußte es ja wohl sein. Sie, die den Weg weisen, müssen ja solche wahnwitzigen Spezialisten sein, monomane Plänkler, die uns anderen auf den möglichst kurzen Wegen voranfahren, mit pfeilspitzem und fliegendem Willen, blind für alles andere in der Welt, naiv wie Zehnjährige in allen anderen Wissenschaften außer ihrem eigenen winzigkleinen Fach. Und wir dürfen ihnen nicht Einhalt tun. Denn sind sie nicht Symbole alles Menschentuns, gesehen gegen die Unermeßlichkeit des Universums?

Es zeigte sich, daß Jacquelin schon am folgenden Tage seinen Versuch ins Werk gesetzt hatte. Pierre, sein Arbeiter, erzählte mir, die Maschine habe unterwegs auf der Schmalspurbahn, noch auf den Rädern ruhend, unter dem doppelten Druck des Sturmes und des Erdwiderstandes Havarie gelitten. Der intelligente Mensch schüttelte den Kopf. ,Lassen Sie ihn nur erst in die Luft kommen,‘ sagte er, ,und er wird fliegen wie ein Vogel.‘

Es vergingen weitere elf Tage. Der Badeort war verödet, und die Bevölkerung des Fischerdorfes rückte wieder in ihre Behausungen ein. Auch mein Werk näherte sich seinem Abschlusse und fesselte mich an mein Zimmer, wo ich Tag um Tag mit Reißfeder und Dreieck meiner Arbeit oblag.

Es war der erste Oktober, als mir Pierre unserer Verabredung gemäß telephonisch meldete, daß Jacquelin heute abend aufzusteigen gedenke. Pierre selbst beabsichtigte, auf eigene Faust und gegen die Order das Motorboot klarzumachen, um dem Flieger auf seiner Bahn zu folgen. Er bat mich, ihm Beistand zu leisten.

Ich griff nach Wachstuchmantel und Uniformmütze. Ich
lief durch den Park den Strand hinab. Es war spät am Tage.
Am Horizont formte sich ein ziegelroter unreiner Streif an
der Stelle, wo die Sonne hinter den Regennebeln versank.
Das Barometer war im Laufe des Tages stark gefallen. Ein
prickelnder Sprühregen kam mir in heftigen Böen entgegen.
Es blies stark aus Nordwest, aber ich fand Schutz hinter den
Dünen und gelangte endlich zu der Stelle, wo ein bleicher
Mann in Ölzeug und Seestiefeln auf der Reeling des Motor=
bootes saß, das auf den Sand hinaufgezogen war, eben noch
unberührt von der niederen, aber kräftigen Brandung.

,Wir können das Boot leicht ins Wasser schieben, wenn
Herr Jacquelin startet,' sagte er, ,aber ich glaube nicht, daß
er startet. Und wenn er startet, ergeht es ihm wohl so wie
letztes Mal, daß es ihm nicht gelingt, Luft unter seinen Ap=
parat zu bringen. Ist er aber in der Luft, so wird er fliegen
wie ein Vogel, und dann müssen wir uns klar halten. Denn
ich verstehe nicht, wie er lebend herabkommen kann. Ja, ich
glaube überhaupt nicht, daß er in diesem halben Orkan her=
abkommt. Aber wir wollen ja sehen.' Und er zündete seine
Pfeife an und schielte mit gekreuzten Armen unter den buschigen
Brauen empor zu dem Abhang, der sich turmhoch über uns
aufreckte, seinen Heidekrautbart zu unseren aufwärtsgewand=
ten Augen neigend.

Der Wind legte sich in nassen festen Umklammerungen an
unsere linke Körperseite, und wir empfanden deutlich, wie
auch wir eine Lee= und eine Luvseite hatten. Dann und
wann erhob der Flugsand sich zu einem hohen grauen Man=
tel, der sausend über uns herfiel und Hände und Mund und
Taschen mit glasknisterndem Kies füllte. Der Wind begann
zu heulen, die verjagten Wolken verteilten sich, die Brandung
hob sich phosphorweiß und zerstob in dicke Schaumbüschel,
die auf der Luft segelten. Und ich dachte: wie mit diesen Sand=

Körnern und Schaumflocken wird der Sturm auch mit ihm
hausen und heulen, wenn er aufsteigt!

Eben sank die Sonne, und ein eisiger Windstoß brachte die
Dunkelheit vom Meer mit sich. Aber zugleich klärte sich die
Luft, wurde wachsgelb und durchsichtig.

In diesem Augenblicke ging ein schwerer und zäher Ton
wie ein Seufzen über unsere Köpfe hin.

‚Klar!‘ schrie ich und sprang auf. ‚Macht das Boot klar!‘

Ein gewaltiger, eckiger, vollkommen schwarzer Schatten
war von der Kante des Abhangs über uns hinweggestürzt,
an uns vorbei, auf der Luft fahrend mit ungeheuerer Schnelligkeit, jetzt nur mehr sichtbar als eilender dunkler Streifen,
der sich gegen das Meer zog. Er erschien uns erst in seiner
richtigen Form, als wir ihn von rückwärts durch die Länge
seiner Bahn unterscheiden konnten: die sechs Etagen der
Tragflächen wie dunkle Riesenschilder, durch schlanke Stangen
verbunden, ein System von Küraſſen und Lanzen. Wir hörten die pfeifenden Wirbel der Luftschraube, die klingenden
Explosionen des Motors. An Größe schwindend, aber immer
klarer im Umriß erhob sich der Feuerglobus und wandte sich
seewärts. Ich sah die riesigen Kondorschwingen die Luft
umfaſſen, balancierend hinwandeln über den Wind. Und da
oben stand er, Jacquelin, die mächtigen Fäuste um das
Steuerrad geklammert, mit brennendem Blick unter den buschigen Brauen vor sich hinspähend den Stürmen entgegen
— ein kohlschwarzer Schiffer am Steuer seines fliegenden
Gespensterschiffes.

Das Motorboot scharrte durch den Sand. Wir sprangen
an Bord. Wir kämpften uns durch die Brandung in einer
Bahn lärmenden Gischtes, bis die zurückkehrenden Wellen
uns hoben und wir flott wurden. Wir fuhren los, den Kurs
seewärts nehmend, den ersten aller Flieger verfolgend. Mit
Begeisterung und Grauen sahen wir ihn da draußen wan-

182

dern, nun dem Horizont so nahe wie ein mächtiger und ge=
heimnisvoller Magier, der unter seinem ungeheueren Mantel
dahinfliegt. Wir schrien, wir schwenkten die Hüte. War er
verloren auf dem Wege, den er genommen? Sieh da, er kam
zurück!

Ja, es trieb ihn zurück. Dies Fahrzeug, das nicht kentern
konnte, kam in vollem Gleichgewicht rücklings uns entgegen,
vom Sturm bedrängt, von fahrenden Luftmassen zurückge=
schleudert. Er sank nicht, nein, er hielt sich, ja stieg sogar,
hob sich in die Lüfte, als wolle er versuchen, über diese sper=
renden Berge verdichteter Atmosphäre hinüberzukriechen.
Näher kam er uns — ein Rückzug! nein, jetzt rückte er neuer=
dings vor, senkte die Bahn, suchte einen Schlupfweg, einen
Paß zwischen den Höhen der Sturmwogen.

Wieder war er fast uns zu Häupten, undeutlich wahrnehm=
bar durch das dichter werdende Dunkel. In den Windpausen
kam das Mahlen der Luftschraube in abgebrochenen Wirbeln
zu uns. Wir sahen die enormen kohlschwarzen Vierecke über
unseren Gesichtern, das Aluminium des Traggerüstes zeich=
nete sein blinkendes Licht. Er hatte die Laternen angezündet,
eine grüne und eine rote. Stand er still, hing er im Gleich=
gewicht zwischen seiner Kraft und dem Widerstand der Luft?
Wollte er hinabsteigen? Wir winkten und schrien. Wir
waren klar!

Aber wiederum stürzte der Flieger hinaus in das Sturm=
gewoge, zum Meere brassend wie ein dunkles Phantom mit
rotem und grünem Feuerauge, die schwarzen Segel von
weißen Rippen ausgespreizt, wie die gestreiften Piratsegel
einer chinesischen Dschunke. Vor den Winden schlingernd, sich
wieder aufrichtend in voller Balance, schwingend wie das
Gewicht an einem ungeheueren Pendel vor der mächtigen
Himmelsscheibe — so sahen wir den Feuerglobus dahin=
segeln, gegen Nordwest, nochmals zurückgeworfen und dann

183

plötzlich verlöschen in der Unendlichkeit, hinabstürzen in die bodenlosen Abgründe der Finsternis. Ein Wanderer in einer leb- und raumlosen Welt, ewig unselig, ging sein Lenker ein durch das Tor der tausend Nächte, trauernd, trotzend und verzweifelt, eine hochragende Geistergestalt am Steuer des ersten Todesseglers der Lüfte . . .

Mit Eiseskälte und Grauen, mit dem Tosen des unsichtbaren Meeres lag die Finsternis dicht und weit um uns her. Minutenweise zeigte der Leuchtturm des Vorgebirges seinen Feuerschein über dem Horizont. Eine einzige kohlschwarze Wolke verfinsterte den Zenit dieser sternenfunkelnden und doch undurchdringlich dunklen Oktobernacht.

Wir wandten den Kurs landeinwärts, verwundert, betrübt, entsetzt. Handelte es sich ja um das für uns allermenschlichste Ding: um unser Leben.

Ich habe schon gesagt, daß Jacquelin nicht zurückkam. Aus Cherbourg meldeten keine Depeschen von einem Weltereignis, das aus der Luft geflogen gekommen und sich offen vor aller Augen auf den Hellingen der Werft niedergelassen hatte. Von Cape de la Hague wurden keine in Wolken schwimmenden mystischen Laternen signalisiert.

Aber heimgekehrte Fischer erzählten ihren Nachbarn von Phantomen, die sie draußen auf dem Meere hoch über ihren Kuttern kreuzen sahen: von einem Zug großer Schatten, zwei klaren und ruhigen Lichtern und einem Ton wie von einer fernen Uhr. Und ihnen wurde Jacquelins Flug zu einer Mythe, zu einem Zeichen des Universums, zu dem sie sich eine Geschichte dichteten, zu einer Sage, die sich ewig wiederholte, wenn sie am Steuerruder saßen und hinaufstarrten zu dem unbeweglichen Himmel, durch das Meeresbrausen dem Takt der mächtigen Uhr des Weltalls lauschend — und plötzlich dort oben etwas zu sehen und zu hören meinten.

Der Luftpilot Jacquelin ist nun vielleicht ein Skelett ge-

184

bleichter Knochen, verwickelt in dem zweiten Skelett des totenweißen Aluminiums, das an irgendeinem Riff des Meeresgrundes gestrandet ist.

Aber ist der Gedanke nicht unvergänglich, daß es einem dieser belasteten und glücklosen Riesen auch bloß ein einziges Mal gelang, sich von der wuchtenden Erde zu erheben? Und ewig wird ihr Wille hierzu sich wiederholen. Ewig wird ihr Wille, dunkel und trotzig, kreuzen und kämpfen, um immer neue sperrende Vorgebirge der Welt zu umsegeln.

Und vielleicht werden diejenigen, die einstmals hier oben fliegen werden — etwa schon die Kanalflieger in diesen nächstfolgenden Nächten — die Warnung seines trotzigen Motors hören und seine ruhigen Laternen winken sehen."

Kapitän Barri hatte seine Erzählung beendet. Alle saßen eine Weile stumm. Der Morgen war angebrochen, schon lag der Horizont weiß von dem werdenden Lichte.

Und da war es, daß das Preien zum zweiten Male erscholl, aber diesmal nicht von dem jungen Toren Morton mit seinen allzu offenen Augen des Sonntagskindes. Eine der vertraueneinflößenden Uniformmützen der Schiffsmannschaft meldete, daß Latham gestartet und bereits in Sicht sei.

Sie standen auf Deck und spähten durch das Fernrohr nach dem kleinen dunklen Fleck, der sich von der französischen Küste gelöst hatte und sich nun, von vorne wie eine Oblate anzusehen, auf der ganz klaren Luft zeigte.

Jetzt aber sahen sie ihn drehen und sein Profil zeichnen — ein rasches spindelförmiges Flugzeug, auf sein Ziel weisend wie ein Pfeil, im vollen Gleichgewicht der graziösen dünnen Flügel — sahen ihn schlank und gestreckt die Luft durchschießen wie einen jungen eifrigen Vogel.

Jameson wandte sich jäh und erregt um: „Das ist nicht Lathams Apparat!"

Kapitän Barri nahm das Fernrohr. „Nein," sagte er lang=
sam. „Das ist kein englischer Flieger!" Und plötzlich lüftete er
die Mütze.

„Blériot!" sagte er.

Die Geliebte
Von Karl Vollmöller

Sie müßten sie sehen," sagte er und hatte einen Ausdruck in seinen weit auseinander stehenden, flimmernden, rehbraunen Augen, als könnte er jetzt gleich tot zu Boden stürzen, wie jener junge Beduine vom Stamme der Tej, der die Sängerin liebte. Er legte seinen blassen, schmalen Kopf mit einem Ausdruck märtyrerhafter Verklärung gegen die gelblichbraune, verräucherte, ölgestrichene Wand des kleinen Kaffeehauses zurück, in dem wir saßen, ließ seinen Körper schlaff werden und seine Mundwinkel zucken. Ein dünner dunkelbrauner Bart gab seinem Gesicht eine peinliche Ähnlichkeit mit gewissen archaischen Christusbildern.

„Wenn Sie sie sehen könnten!" und seine langen feuchten Finger begannen wieder an einer Zigarette zu drehen, die er seit einer Viertelstunde unter dem Tisch auf den Knien hielt.

Es war kalt. Wenn die Tür geöffnet wurde, kam jedesmal ein eisiger Luftzug bis in unsere Ecke, und man sah draußen im Dunkel die Trajanssäule und das Eisengeländer des Forums. Wir waren die einzigen Gäste. Von Zeit zu Zeit kam eine der Unglücklichen, die an dieser Stelle ihr Wesen treiben, dick eingewickelt herein, trat fröstelnd an den Schanktisch und verlangte einen Punsch. Eine kaum Sechzehnjährige, Schlanke, Biegsame, die ich früher nie bemerkt, nahm uns gegenüber in der anderen Ecke allein an einem Tischchen Platz und blieb da sitzen. Später bemerkte ich mit einem unbeschreiblichen Gefühl von Überraschung und Unbehagen, daß sie nur ein Auge hatte: ein hellbraunes, kluges, spöttisches. Das andere war wie mit einem milchigen Häutchen überzogen.

„Sie müßten sie sehen!" begann er wieder und hatte jetzt einen entschlossenen Ausdruck um Mund und Kinn.

Auch ich hatte mich ganz an die Wand zurückgelehnt und empfand in unserer Stellung etwas wie eine körperliche Be-

188

rührung, die mich beunruhigte. Aber ich war abgespannter
als sonst und zufrieden, nur ruhig so dazulehnen. Es war
das vierte oder fünfte Mal, daß wir uns in diesem Café der
Heimatlosen nebeneinander gesetzt hatten. Seine verschliffenen
roten Samtbänke, der entgoldete Stuck der blinden Spiegel, die gemalte niedere gelbliche Wölbung waren noch aus
der Zeit des guten alten aussterbenden Kaffeehauses um
1780. Die kleinen weißen Marmortischchen standen je auf
einem schweren gußeisernen Fuß, der im geplätelten Fußboden eingelassen war. Ein paar armselige Stühle aus geboge-
nem Holz, der Schanktisch und die grellen Reklameschilder
aus Glas und Stanniol an den Wänden mahnten verstim-
mend ans gegenwärtige Jahrhundert.

Jemand fing an, Sägespäne auf den Boden zu streuen und
sie wegzukehren. Es mußte zwei Uhr sein. Wir rührten uns
nicht.

„Wollen Sie mit mir kommen?" fragte er mit einem Male
heftig und doch zaudernd. Er gab sich sichtliche Mühe, in
Blick und Stimme dem Moment ein gewisses Pathos zu verleihen, und versuchte, mich mit seinen schönen irrenden Augen
ruhig zu fixieren. Ich wartete einen Moment und machte
dann eine Bewegung, die Zustimmung oder Ablehnung bedeuten konnte. Er sagte nichts weiter, senkte den Kopf etwas
auf die Tischplatte und zog mit dem Finger verworrene Linien im Wasser, das auf der Marmorplatte schwamm.

Der Mensch mit Schrubber und Aufwaschlumpen wischte
jetzt unter unserem Tisch und hinter unsern Beinen.

„Nicht mehr schlafen können . . ." sagte er halb vor sich
hin, und dann plötzlich aufsehend und mit einem milden
Lächeln: „Sie gehören doch auch zu denen, die nicht mehr
schlafen!"

Ich hatte längst gefühlt, daß das Vertrauen, dessen er
mich zu würdigen anfing, seinen Ursprung in meinen nächt-

lichen Gewohnheiten haben mußte. Er hatte beobachtet, daß auch mir zuweilen ein irrer Blick entfuhr, wenn mir der Kellner unbemerkt ein neues Glas mit Wasser auf das ovale Kaffeebrett stellte, daß auch mir zuweilen noch die Finger von der Nachtglut der Arbeit zuckten oder daß ein halblautes geisterhaftes Wort den Weg über meine Lippen fand. In den letzten Tagen hatte das nahe Zusammensitzen eine erschrekkende körperliche Transfusion zwischen uns geschaffen, der ich mich umsonst zu entziehen suchte. Ich spürte deutlich, wie meine Nerven in den seinen fieberten, wie seine asketischen Brünste die meinen anfachten. Jetzt zeichnete er mit einem unbeschreiblich wollüstigen Ausdruck eine geheimnisvolle gewölbte, schwellende Form auf den Marmor.

„Sie müßten sie sehen!" wiederholte er dann unvermittelt und stand auf. Ich hörte förmlich, wie ihm das Herz unter dem etwas abgeriebenen braunen Rock schlug. Er faßte mich hart am Arm, wie um mich ohne weiteres mit sich zu ziehen, blieb dann wieder stier und regungslos mitten im Café stehen und starrte durch die Scheiben der Tür ins Dunkel hinaus. Die hübsche junge Dirne mit dem einen lustigen Auge und dem anderen toten sah herausfordernd und etwas höhnisch auf, als wir den Kellner riefen und zahlten.

Wir gingen. Er zog mich rasch und keuchend unter dem Torbogen am Palazzo Venezia durch und geradeaus die enge Gasse entlang. Links erkannte ich für einen Moment im Ausschnitt einer breiteren Querstraße die Treppe und die Pinie von Aracoeli, die hohe Silhouette der nackten Backsteinfassade, die breiten, hellen Stufen des Kapitols. Dann zog er mich links in eine kleine gewundene Nebenstraße, die nach meiner Berechnung in der Nähe des Marcellustheaters münden mußte, dann plötzlich wieder nach rechts durch die letzten Häuserreihen des alten Ghetto. Ich gab es auf, mich zu orientieren.

190

Ich wußte nicht mehr von ihm, als daß er Rocco hieß und aus Catanzaro stammte. Er sprach mit dem trockenen fanatischen Ton und der angenehmen Herbe, die das Kalabresische vom Neapolitanischen und Sizilianischen unterscheidet. Er war schlank und dünnknochig, wie die meisten seiner Landsleute. Soviel ich aus unsicheren Andeutungen, die er widersprechend hinwarf und wieder zurückzog, entnehmen konnte, hatte er erst der Marine angehört, dann einem in Rom garnisonierten technischen Truppenteil. Ein paarmal hatten ihn Soldaten, die mit ihren Mädchen in unser nächtliches Kaffeehaus gekommen waren, militärisch und leicht verdutzt gegrüßt. Sein Anzug war unbeschreiblich vernachlässigt, aber mit jener unverkennbaren Nuance, die die zerstreute Nachlässigkeit des Gelehrten oder Künstlers von der der Not unterscheidet. Auf seiner Visitenkarte hatte er über dem bürgerlichen Namen die neunzinkige Krone.

Ich erkannte mit einem Male, daß wir den Corso Vittorio Emanuele gekreuzt hatten und über die Piazza Navona gingen. Der große Brunnen brüllte in der Stille der Nacht. Bei unseren Schritten erhob sich einer, der unter einer Steinbank geschlafen hatte, und löste sich im schwarzen Gähnen eines Seitengäßchens auf. Wir kamen ziemlich genau dem kolossalen Baugerüst des neuen Justizpalastes gegenüber an die hohen Kaimauern, stiegen die Rampe hinauf und traten wie auf Verabredung an die Uferbrüstung, um in den Fluß hinabzusehen.

Er schien wieder unsicher geworden zu sein und legte sich schweigend weit über die Steinplatten der Balustrade vor. Ich hatte im Gehen deutlich gefühlt, wie er fortwährend unschlüssig die Richtung wechselte, wie aus einem inneren Widerstreben, mich zu führen. Jetzt lehnte er erregt und unentschlossen da und umfaßte mit einem weiten Blick den nächtlichen Fluß, der in einem breiten königlichen Bogen, vom

Ponte Margherita und von Norden kommend, genau in der Richtung von Ost nach West an uns vorüberrauschte und in einer nicht weniger königlichen Kurve hinter der Engelsbrücke wieder nach Süden bog. Die hohen abgeschrägten Ufermauern schimmerten weißlich wie reinster Marmor. Die unbewegte geometrische Strenge ihrer Linie erweckte das gleiche Wohlgefühl im Beschauer wie ein ägyptisches Flachrelief oder die Rumpflinien einer Segeljacht von Herreshoft. Ich fühlte, wie Rocco diesen doppelten Bogen in Form eines S einsog, schlürfte und genoß.

Aber der Ort, an den er mich führen wollte, war es nicht.

„Haben Sie sich einmal überlegt, daß die letzte Schönheit tödlich ist?" sagte er unvermittelt und fuhr dann rasch fort, als sei er über sein eigenes Wort erschrocken und suche mich abzulenken:

„Kennen Sie die Dolomiten? Ich sah einmal bei einem Paßübergang hinter dem Montaton einen See .. ich glaube, die Gegend hieß Cagorai .. einen kleinen Bergsee, in der Blässe der frühesten Frühe, in der allererften bräutlichsten Ahnung des Morgens: die Sterne spiegelten sich noch im Wasser. Einen gewöhnlichen, nicht großen, todstillen Bergsee, aber mit einer Kurve des Uferrands .. mit einer Kurve —"

Er machte eine umfassende runde Bewegung mit seinen langen, dünnen Armen und bog sich dann noch weiter über die gewölbten, kühlen Steinplatten der Uferbrüstung.

„Aber ich meinte eigentlich nicht die Dolomiten. Am Finsteraarjoch gibt es einen weichen abgerundeten Felssattel, jenseits des großen Gletscherfeldes, gerade der Hütte gegenüber, einen runden Bergsattel mit einer Linie, die von rechts herniederschwebt und links emporseufzt, .. eine von den Linien, eine von den stärksten. Ich schlich mich nachts, als alle schliefen, vor die Hütte und hockte da im Frost, bis die Führer um halb zwei zum Aufbruch nach der Spitze weckten. In einer reinen, zarten Kontur stand dieser geschwungene Sattel gegen den fühllosen Sternhimmel, weich wie die eingebogene Lende einer Frau, warm wie ein großer Mollakkord auf der Orgel, kalt und wesenlos wie die Zahl. Der eisige leise Wind blies mitten durch die Fetzen und Löcher meiner achtzehnjährigen Seele, der Widerschein des Gletscherfeldes durchleuchtete mich wie ein Gebilde aus Kristall .. und mir war es, als würde ich nie, niemals wieder diese Stelle verlassen.

Freilich: erst war es die Landschaft! Bis in die Tiefen des Geschlechtlichen hinein war es die Landschaft, die mich erfüllte. In der Bucht von Palicastro sah ich einmal im vollen Sommermittag einen Berg, einen sanftgeschwellten, flachgewölbten, mildgeschwungenen, langgedehnten, niederen Berg von glattem, gleichsam poliertem Stein, in einer sanften Parabel aus der Ebene steigend und wieder zur Ebene sinkend, auf der reinen ungebrochenen Höhenlinie nichts als einen niederen viereckigen Sarazenenturm. Die Sonne stand voll im Himmel. Es war heißer Mittag, aber die Luft flimmerte nicht. Sie war zäh und ruhig wie schmelzendes Glas. Das Meer atemlos blank und spiegelnd wie Quecksilber. Die göttliche Kurve des niederen Berges von glattem, gelblichem Stein wölbte sich unter der stählernen Glocke des Himmels, weich wie die erhabene Hüfte einer Frau, unfruchtbar und grausam wie die letzte Schönheit. Ich empfand sie so stark, daß mein achtzehnjähriger reiner Körper sich reckte und dehnte, wie eine Schote, die von ihren Körnern gesprengt wird, und ich mußte mich einen Moment an den einzigen Baum in der Nähe lehnen, einen Feigenbaum, der im Steingeröll wuchs, denn in diesem Augenblick schüttelten mich zum erstenmal im Wachen die neuen Schauer des Samens . . ."

Ich muß wohl eine Bewegung gemacht haben, denn er richtete sich auf. Ich hatte ein brennendes Gefühl wie von einer unkeuschen Berührung. Was schleppte er mich da in der Nacht herum, um mir Intimitäten zu erzählen! Wenn ich ihm jetzt einfach glatt den Rücken drehte und ihn stehen ließe! Aber etwas unendlich Rührendes in seiner Haltung nahm mir den Mut dazu.

„Ich glaube, ich bekam damals etwas wie eine kurze Ohnmacht. Kennen Sie die Gebetsstellung der Malaien von Batu! Nein! Ich kannte sie auch nicht. Es ist eine besonders suggestive Stellung der tiefsten, fast tierischen Adoration, ein letzter Nachklang des alten Fetischdienstes. Der Bata wirft sich erst heftig in die Knie, stützt sich mit seinen beiden flach aufgepreßten Händen, die er möglichst weit vorstreckt, auf den Boden und biegt dann langsam, langsam den Kopf in den Nacken zurück. Als ich das zum erstenmal sah — es war in einer kleinen dunkeln Hafenmoschee in Padang, wo wir in Erwartung von Orders aus der Heimat vor Anker lagen, — war es mir, als fiele ich in einen tiefen Brunnen von Erinnerung und Vorerlebtem: das war genau die Stellung, in der ich mich damals vor dem Berg in Policastro knieend fand, als ich aus meiner Bewußtlosigkeit erwachte . . .“

Er saß jetzt ganz aufrecht auf der Balustrade, fuhr sich über das Gesicht, blickte unstät nach den nahen Häusern und dem fernen Himmel voll von Wolken und Sternen.

„Zuerst freilich war es die Landschaft. Sie besaß mich völlig: meine junge Seele und meinen noch keuschen Körper. Später war es die Frau. Ich entdeckte den Körper der Frau, wie ich die Landschaft entdeckt hatte. Und er besaß mich völlig, wie mich die Landschaft besessen hatte. Völlig. Rettungslos . . .“

Er hatte sich wieder über den Fluß gebeugt und schüttelte sich wie im Fieber. Brach plötzlich ab, sprang auf und packte mich am Arm, wie zuvor im Kaffeehaus:

„Kommen Sie!“ Und er riß mich rasch am Kai entlang in der Richtung der Engelsbrücke mit sich fort über das rauhe, hallende, weißliche Pflaster.

194

„Dann, nach Frau und Landschaft, kam langerwartet, heißgesucht die Dritte — beiden gemeinsam und aus beiden geboren: die letzte Schönheit, die absolute Kurve ..."

Mir schwindelte etwas. Die Nacht war kalt, mit einem trockenen, klingenden, durchsichtigen Ostwind, mit jagenden Wolken und stillen Sternen. Ich war abgespannter als sonst, und die körperliche Müdigkeit steigerte noch das Fieber der Phantasie.

Er sprach jetzt unaufhörlich und verzweifelt. Es klang, wie wenn man auf hoher See den letzten kleinen Anker an einer unendlich langen Kette über die kläglich rasselnde Dampfwinde ablaufen läßt und immer weiter ablaufen läßt und nie damit zum Grund kommt. Mit langen haftigen Schritten schleppte er mich den Lungotevere hinab. Die hellen Paläste und Villen am Fluß froren schweigend, die Brücken hingen über ihren Geheimnissen, die Wasser rauschten. Und er predigte unaufhörlich in abgerissenen, bald drohenden, bald demütigen Sätzen etwas wie eine Religion der letzten Schönheit, aus Weib und Landschaft geboren und vollendet in der reinen mathematischen Kurve.

Er sprach ununterbrochen, wie um mich keinen Augenblick zu mir selber kommen zu lassen. Redete mit Donnerstimme und mit Engelszungen, schrie, brüllte und flüsterte. Bald hatten seine Reden für mich allen Zusammenhang verloren und schienen mir nur noch eine wirre Kette von Worten. Dann mit einem Male ward er wieder ruhiger und fing wieder in leisen fanatischen Tönen an von „Ihr" zu reden.

Am Ponte Sisto sah er nach Trastevere hinüber und schien zu schwanken. Aber er blieb schließlich doch auf der gleichen Seite des Flusses, und wir kamen seiner starken Krümmung folgend bis zur Tiberinsel. Droben von San Pietro in Montorio schien ein einsames Licht. Ich glaubte einen Moment, das frische kühle Rauschen der Aqua Paola zu hören, aber

13*

es war nur der Fluß, der sich an den Pfeilern der römischen Brücke brach.

Er schwankte wieder. Machte mir dann ein bedeutungsvolles Zeichen mit dem Kopf. Wir überschritten die beiden Brücken und die Insel, und er schlug jetzt entschlossen die Richtung nach der Ripa Grande ein.

„. . . zum erstenmal sah ich sie in einem entlegenen Vorort von Paris. Ich war damals mit Major Morris und mit Costa vom Generalstab dort, um bei Clément einen Lenkballon für die Regierung zu bestellen. In der dunkeln Werkstatt eines kleinen Modellisten war es. Es gab Staub und Spinnweben und draußen ein Gärtchen nach dem Fluß und eine Aussicht auf eine Brücke und auf die tausend Kamine von Clichy Neuilly und Levallois Perret. Und dann war sie da. Niemand achtete auf sie. Nur ich sah sie. Und ich sah sofort, daß sie vollkommen war. Sie hatte jene schöne gleichmäßige bräunliche Färbung. Ich erkannte sofort ihre Vollkommenheit . . .“

Wir kamen an San Michele a Ripa vorüber. Das schwerfällige Rasseln und Rattern der ersten Ochsenwagen hallte von der schweigsamen Fassade wider. Auf den Stufen vor der Kirche schlief ein Dutzend Menschen in den seltsamsten Lagen und Verrenkungen. Rocco ging zusehends langsamer. War es, weil wir uns dem Ziele näherten oder weil er anfing müde zu werden? Nun war es fast zwei Stunden, daß wir über das harte Pflaster gingen. Meine Fußsohlen brannten. Heiße Schauer von Müdigkeit liefen mir an den Beinen und über den Rücken empor. Aber mein Kopf war wach und fieberte.

Wir waren im Gebiet des Flußhafens. Am Ufer drängten sich die großen schwarzen Kohlenkähne von Civitavecchia, die Eisenkähne von Elba, die Marmorboote und Paranzen von Livorno, große Fischerbarken von Torre und von der adria-

tischen Küste, leichte Schuner mit Holz und Getreide aus
Fiume. Kein Licht, kein Geräusch. Schwerer Schlaf über
dem ganzen Gewirr. Nur ein größerer Dampfer und zwei
Schlepper, die in der Mitte des Flusses verankert lagen, hat=
ten Positionslaternen und qualmten ein wenig. Über dem
Fluß drüben sah man die regelmäßigen Lichterreihen des
modernen Quartiers unter dem Monte Testaccio, ein paar
helle Fenster in einem der neuen Klöster auf dem Aventin,
weiter drunten die Hallen des großen Schlachthofes und die
dunkle Masse eines ungeheuren Gasometers. Ein langer
lichterloser Güterzug fuhr weit unten langsam, langsam
durch das Gitterwerk der Eisenbahnbrücke.

Bei der Porta Portese war es wie ein Feldlager. In lan=
gen Reihen stauten sich die hohen zweiräderigen Karren der
Campagnabauern mit ihren Ladungen von Feldfrüchten, Ge=
müse und Schlachtvieh. Offene Kohlenfeuer brannten. Die
Beamten des Oktroi standen in ihren abgetragenen Röcken
herum und stocherten mißmutig von Zeit zu Zeit mit dem
eisernen Haken in der Tiefe einer Ladung Heu herum. Im
Bureau brannte ein grelles Azetylenlicht, und einer saß hin=
ter dem Schiebefenster und schrieb.

Wir wanden uns mühsam durch die Wagenreihen. Rocco
fing wieder an, rascher zu gehen. Wir waren vor der
Stadt.

„Seit der Zeit habe ich nur noch ihr gedient. Ich fühlte
wohl, daß sie keine anderen Götter neben sich duldete. Des=
halb ließ ich alles. Quittierte den Dienst. Dachte nur noch
daran, ihr Bild zu machen, es hundertfach zu wiederholen.
Suchte nur noch Wege, um immer tiefer und ausschließlicher
ihr zu gehören. Wenn Sie einmal einen meiner alten Kame=
raden treffen — Sie kennen doch den Major! — dann fragen
Sie nach mir. Sie werden sehen" (hier lächelte er schlau), „Sie
werden sehen, daß sie mich alle für wahnsinnig halten. Ge=

wiß tun sie das. Wie sollten sie auch anders! Denn sie hat
noch keiner von ihnen gesehen."

Wahnsinn! Ich fuhr unangenehm berührt zusammen. Der
Begriff hatte schon seit einer Stunde im Hintergrund meines
Gehirns gelauert. Es war einer von den Begriffen, die ich zu
verachten pflegte. Wahnsinn — ich glaubte zuviel davon bei
allen Menschen zu sehen, bei den scheinbar harmlosen und
klaren oft mehr noch als bei den verschrobenen und zerklüf=
teten, und ich spürte zuviel davon in mir selbst, um mit die=
sem Begriff als etwas Bestimmtem, Unterscheidendem operie=
ren zu wollen.

Wir gingen zwischen Feldern und Gärten. Rechts von der
Straße lagen noch vereinzelte Häuser, in denen es sich mor=
genblich zu regen anfing. Zuweilen war ein Gewölbe im Erd=
geschoß geöffnet und erleuchtet. Immer neue Karren kamen
uns ächzend und rüttelnd entgegen.

Zum erstenmal kam mir der Gedanke, nicht weiterzugehen,
umzukehren. Rocco ging immer rascher, stets einen halben
Schritt vor mir. Wenn ich einfach stehenblieb und um=
kehrte!

Die ganze Gegend, die nächtliche Landstraße, die Gärten,
die Häuser und der Fluß waren von einer unsagbaren zwei=
deutigen Schauerlichkeit. Ich erinnerte mich jetzt, einmal diese
Straße gemacht zu haben, vor Jahren, im Automobil, als
wir von Ostia kommend den Weg verfehlt hatten. Und er=
innerte mich deutlich, wie ich mich damals beim Nennen der
Örtlichkeit sofort an die große Bluttat erinnert hatte, die
kurz vorher in der Gegend passiert war und die damals die
Spalten der Zeitungen füllte.

Rocco schien mein Zaudern zu spüren. Er wandte sich um
und blieb einen Augenblick stehen:

„Ich gehe Ihnen wohl zu rasch?"

Er lachte. Ich hatte ihn nie lachen gehört. Ich kann nicht

198

sagen, daß sein Lachen angenehm klang. Er fühlte es offen=
bar selbst, denn schon hatte er wieder seinen leisen, gedämpf=
ten Ton:

„Gleich werden wir da sein . . . Ja, wenn der Major sie
zu sehen kriegte! Oder Costa . . . Sie ahnen ja alle so etwas.
Letzhin machte mir Costa ein verstecktes Angebot. Sie suchen
ja selbst nach ihr. Machen schlechte, täppische Götzenbilder,
von ihr, der Einzigen, Göttlichen. Ich mußte lachen, wie
mich Costa provozierend in der staatlichen Werkstatt herum=
führte und mir in einem geheimen Magazin die fremde Miß=
geburt zeigte, die für das neue Militärluftschiff bestimmt ist.
Ich mußte lachen, denn nun wußte ich, wie Sie im Gehirn
eines königlichen Beamten aussah. Er redete mir um den
Mund von einem neuen Verfahren. Als ob es auf das Ver=
fahren ankäme. Zeigte mir Holzproben. Verleimungsproben.
Ich machte sie nämlich anfangs auch ganz aus Holz . . .“

Mein Gehirnzustand war nicht mehr einfach als „Schwin=
del“ zu bezeichnen. „Gedankentaumel“ wäre ein schwacher
Ausdruck gewesen. Zu Tausenden und Tausenden waren seit
zwei Stunden meine Gedanken und Vorstellungen um Sie
zusammengeschossen, wie die Blasen von Wasserstoff und
Sauerstoff, die sich in der Lösung um die beiden Elektroden
sammeln, hatten dann wie Gasblasen im Wasser sich unauf=
hörlich losgelöst, waren emporgestiegen und zerplatzt. Mit
seinen letzten Worten hatte er mir zum hundertstenmal eine
ganze Phalanx von Vermutungen durchbrochen und in die
Luft gesprengt.

Wer war Sie! Eine Frau! Dies war meine erste undeut=
liche Vorstellungsreihe gewesen. Sie tauchte unter, sobald wir
das Café verließen, gleich bei der ersten Berührung mit der
kalten Nachtluft. Eine Statue! Ich fing vor der Engels=
brücke an, daran zu zweifeln. Eine Maschine! — aus
Holz!

199

Meine bescheidenen technischen Anschauungen kamen ins
Wanken, stürzten wirr durcheinander ins Gegenstandslose.
„Hier!" sagte er und schob mich durch ein kleines Tor, an
dem ich ohne seinen Griff vorbeigegangen wäre. Es lag in
einer langen Mauer an der linken Straßenseite, an der wir
seit einiger Zeit schon entlang gingen. „Flußseite," sagte ich bei
mir selbst, in meiner gewohnten, etwas pedantischen Art,
mich immer orientieren zu wollen, und versuchte noch einen
Blick auf die Straße zurückzuwerfen. Aber er hatte das
Tor schon geschlossen und faßte meinen Arm fester.
„Fallen Sie nicht!"
Ich fühlte noch, ehe ich es sah, daß wir in einem Garten
mit großen, kühlen Bäumen waren. Gras rauschte um meine
Schuhe. Dann begannen sich langsam die zusammenfließen=
den Silhouetten einer doppelten Baumreihe vom Nacht=
himmel abzuheben. Allmählich lösten sich auch rechts und
links von uns helle Stämme aus den tiefen Schatten. Nur
Platanen konnten so hell sein. Wir umgingen ein stilles, lich=
tes, spiegelndes Rund, das sich mit einem Male mitten im Weg
vor uns auftat. Meiner angespannten Aufmerksamkeit, die
mir fast die Augen aus dem Kopfe trieb, schien der Weg
schon unnatürlich lang. Ich hatte doch wohl die Entfernung
zum Fluß unterschätzt. Ich suchte vergeblich am Himmel
nach dem Lichtschein vom andern Ufer her, der doch eigent=
lich längst hätte sichtbar sein müssen. Vielleicht war der Gar=
ten gegen den Fluß durch eine hohe Mauer abgeschlossen.
Rocco ging einen Schritt vor mir. Er hatte meinen Arm los=
gelassen. Ich hörte plötzlich ein leises Klirren und wäre fast
auf ihn geprallt. Er stand über das Schlüsselloch einer großen
Tür gebeugt. Über uns ragte die Wand eines langgestreckten
niederen Gartenhauses mit vortretendem Dach.
Er brauchte einige Zeit, um aufzuschließen, und ich sah mich
mit fiebernden Augen und pochendem Herzen in der Dunkel=

heit um. Das Haus mußte unmittelbar an den Fluß stoßen.
Ich hörte in der Richtung der Eisenbahnbrücke deutlich eine
Rangierlokomotive, die Dampf abließ und von Zeit zu Zeit
kläglich pfiff. Hinter uns unterschied ich ein fernes Frühsignal
aus der Kavalleriekaserne von Trastevere. Warum mich diese
Warnehmungen beruhigten!

Eine kleine Tür, die in den rechten großen Torflügel ein=
geschnitten war, ging endlich auf. Rocco machte eine Bewe=
gung. Ich trat mutig und haftig in das dunkle Innere. Er
folgte mir. Beim Zuschlagen der Tür hörte ich, daß sie ein
schweres, solides, gut geöltes Schnappschloß hatte. Rocco
taftete an den Wänden. Man hörte seine Hände über den
Kalk streifen. Er suchte offenbar nach einem elektrischen Kon=
takt. Dabei murmelte er unaufhörlich vor sich hin. Dies
dauerte eine Weile.

Das erste, was mir im Dunkel auffiel, waren ein paar
bläuliche Streifen von Licht an der Wand gerade dem Ein=
gang gegenüber. Bald erkannte ich, daß es die Konturen von
schlechtschließenden Fensterladen waren. Der eine, ganz links,
schien bis auf den Boden zu gehen. Die Ritzen waren weiter,
deutlicher: eine Tür. In diesem Augenblick drang von drüben
der Ruf des Fährmanns, der mit seinem Boot vom Schlacht=
hof nach dem andern Ufer übersetzt. Nicht lange danach
ganz in der Nähe ein deutliches Plätschern. Eine Tür un=
mittelbar nach dem Fluß!

Ein leichtes knipfendes Geräusch. Die bläulichen Ritzen
verschwanden. Licht. Ganz oben an der gewölbten Decke
glimmte mißmutig und gelblich der Kohlenfaden einer aus=
gebrannten Glühlampe. Der Raum, in dem wir standen,
trug auf drei Seiten den Charakter einer gewöhnlichen,
nüchternen Werkstatt: Holzspäne am Boden, zwei Werk=
bänke an der linken Wand, darüber an der Mauer hängend
Raspeln, Sägen, Schraubzwingen und Winkel. Der Geruch

von frisch bearbeitetem Holz, Leim und Politur. Hinter mir
das große gewölbte Eingangstor, vor mir richtig zwei Fenster
und eine Tür. Die vierte Seite des Raumes bestand aus
einem Vorhang von schwerem, dunkelgrünem Brokat. Der
Stoff war alt, aus vielen schmalen Bahnen zusammengesetzt
und hier und dort verfärbt und verschlissen, aber in Farbe
und Zeichnung von wahrhaft fürstlicher Schönheit. In der
Mitte und an den Seiten war er mit schweren, alten Gold-
borten eingefaßt. Der Gegensatz dieser antiquarischen Pracht
zu der Nüchternheit der Werkstatt stimmte mich plötzlich
heiter. Ich fing an, alles unaussprechlich lächerlich zu finden.
Rocco lief fortwährend erregt ab und zu, faßte einen Gegenstand,
ließ ihn wieder los. Ich empfand etwas wie Verachtung
gegen ihn und gewann dadurch an Sicherheit. Ich nahm mir
vor, alles kühl und kritisch an mich herankommen zu lassen.
Wozu eigentlich diese Komödie? Was braucht er diesen Trö-
delkram da aufzuschlagen? Wie eine Jahrmarktbude ist es:
Treten Sie ein, meine Herrschaften! Nur herein! Es ist gleich
vier Uhr morgens. Einzig in seiner Art. Haha!

Ich bemerkte plötzlich mit leisem Erschrecken, daß Rocco
aufgehört hatte, hin und her zu laufen und nun ganz ruhig
an einer Werkbank lehnte und mich ansah. In seinen weit
auseinander stehenden, flimmernden, rehbraunen Augen lag
plötzlich wieder ein Ausdruck, als könne er jeden Augenblick tot
zu Boden fallen. Das rötliche, trübe Licht gerade über unserem Scheitel gab allen Dingen und uns selbst ein schatten-
loses, unwirkliches Aussehen.

Er hatte offenbar gefunden, was er vorhin so unruhig
suchte. Er hielt etwas in der Hand, einen kurzen, runden
Griff aus glänzend schwarzem Ebonit. Er spielte ein wenig
damit, trat dann zu einem großen elektrischen Schaltbrett,
das ich jetzt erst bemerkte. Der glänzend schwarze Griff in
seiner Hand paßte auf die Umschalthebel des Kontaktbrettes.

Er steckte ihn langsam auf, ohne etwas an der Schaltung selbst zu ändern. Trat wieder näher zu mir in die Mitte des Raumes. Blieb stehen. Meine Heiterkeit war verflogen. Ich wagte nicht, nach ihm hinzusehen. Empfand leichte Stiche beim Atemholen. Alle Bewegungen und Gedanken schienen mir unnatürlich verlangsamt, wie die Melodie einer Spieluhr, deren Feder zu versagen anfängt. Das Gefühl von Zeitlosigkeit und Unwirklichkeit wuchs und wuchs. Die Minuten schienen langsam stillzustehen. Die Zeit selbst erlag dem Bann des trüben, rötlichen Lichts, das mich mehr und mehr an das unbehagliche Dämmerleben in einer Dunkelkammer erinnerte oder an die zweideutige, kümmerliche Beleuchtung über einer Sitzung von Spiritisten.

„Kommen Sie!" sagte er ganz leise und mit einem ernsten, leidenden Ausdruck im Gesicht. „Aber denken Sie daran" — und hier ging ein abgrundtiefes, flackerndes Lächeln über sein Gesicht — „denken Sie daran, daß die letzte Schönheit tödlich ist . . ." Und jetzt wurde sein Lächeln für einen Moment zu einem fratzenhaften, starren Lachen, das dann plötzlich wieder verschwand, als sei es nie gewesen.

„Wollen Sie?" Er sprach schon wieder ganz zart und leise. Ich muß wohl mit dem Kopf genickt haben. Vielleicht sagte ich auch etwas. Er ging feierlich auf den dunkelgrünen Brokatvorhang zu. Und schon gewann jene unnatürliche Heiterkeit in mir wieder die Oberhand. „Treten Sie näher! Meine Herrschaften! Immer herein . . ." Er nahm den Vorhang in der Mitte ein wenig auseinander. Dabei bemerkte ich, daß er nicht, wie ich erst geglaubt hatte, lose zu Boden fiel, sondern unten straff gespannt war. Etwas wie lauer Schweiß rann an mir herab. Ich sah mich rasch und mit einem bewußt höhnischen Ausdruck noch einmal im kläglichen Halblicht der Werkstatt um. Lächelte dann ihm, der auf mich wartend dastand, voll perfider Bonhomie zu. Schlüpfte ihm

nach durch die weit übereinandergreifenden Ränder des Vor=
hangs.

Ich begriff nicht sofort.

⁕   ⁕   ⁕

Der Raum hinter dem Vorhang war bedeutend größer, als
ich vermutet hatte. Das Tonnengewölbe der Decke setzte sich
wohl noch viermal so weit fort, als das für die Werkstatt
abgetrennte Stück betrug. Nur dieses Deckengewölbe selbst
erschien hell. Die Wände kamen mir in dem schwachen Licht,
das hinter uns durch den Vorhang in den tiefen Raum her=
einfiel, zuerst schwarz vor. Dann sah ich, daß sie mit demsel=
ben dunkelgrünen Brokat bespannt waren, aus dem der Vor=
hang gefertigt war. Der Fußboden war mit einer einfarbigen,
glatten, hellen Matte belegt. In der Mitte lief eine zusam=
menhängende Reihe von Teppichen gegen den Hintergrund
zu. Etwa halbwegs befand sich etwas wie ein flaches Podi=
um, zu dem zwei niedere Stufen emporführten. In der Luft
lag ein schwacher Geruch wie von alten Parfümen, Weih=
rauch und feinem Firnis.

„Kommen Sie doch," sagte er leise. Seine Augen glänzten.

Wir gingen auf die Stufen zu. Jetzt erst erkannte ich auf
dem Podium einen drei bis vier Meter hohen, schlanken auf=
rechtstehenden Körper, völlig in ein dunkles Tuch eingeschla=
gen. Wieder schoß mir für einen Moment die Vorstellung
einer Statue durch den Kopf. Aber als ich am untern Teil
des Körpers nach der Andeutung einer Basis suchte, bemerkte
ich, daß er gar nicht auf dem Boden aufstand, sondern frei in
der Luft hing. Jetzt fiel mir auch eine leichte doppelte Schwei=
fung des verhüllten Körpers an seinen beiden Enden ins
Auge, etwa in Form eines sehr flachen Paragraphen. Während
Rocco sich mit glänzenden Augen anschickte, das Tuch abzu=
nehmen, warf ich einen Blick auf die Rückseite. Auf zwei senk=
rechten, dünnen eisernen Pfeilern lief etwa in Brusthöhe eine

204

horizontale Welle und verschwand in der Mitte des Körpers unter dem Tuch. Am hinteren Ende der Welle saß ein runder Körper aus dunkellackiertem Metall, der mit dem zweiten Pfeiler verbunden schien. Kabel liefen von da nach dem Boden. Ein Elektromotor!

In diesem Augenblick wurde ich mit einem leichten Zusammenzucken gewahr, daß der große eingehüllte Körper lautlos seine Lage verändert hatte. Er hing jetzt wagrecht an seiner Achse in der Luft. Rocco hatte auf der einen Seite das Tuch schon zurückgeschlagen: eine dunkelbraune, sanftgeschwungene polierte Fläche kam zum Vorschein.

Und nun begriff ich.

Sie war in der Tat von jener absoluten überwältigenden Schönheit, die der Ausdruck der letzten Zweckmäßigkeit und Vollkommenheit ist. Von dem starken, gewölbten, vollen Mittelstück liefen flacher werdend und sich gleichzeitig verbreiternd die beiden leicht gekrümmten Windflügel, um zuletzt mit einer sanften breiten Rundung zu endigen. Als Nabe war in der Mitte des beseelten Körpers eine glatte, runde, blauangelassene Scheibe von Stahl eingelegt, auf der sich das schwache Licht in konzentrischen Kreisen spiegelte.

Ich erinnerte mich schwach, von ähnlichen Luftschrauben gehört zu haben. Gewiß. Aber woher kam hier der unwiderstehliche Ausdruck einer fast persönlichen individuellen Vollendung! Eine fremde mystische Erweckung schien von diesem mattglänzenden Gebilde aus Kurve, Krümmung und Schneide auszugehen, von diesem geheimnisvollen körperhaften Geschöpf der körperlosen Linie, von dieser rätselhaften, verklärten Mischgeburt aus Tier und Zahl.

Völlig im Bann einer fiebernden Begierde und Ungeduld hatte ich unwillkürlich versucht, Rocco beim Abziehen der Hüllen behilflich zu sein. Aber die Verlockung, still mit der flachen Hand über die zarte Schwellung der äußeren Flügel

und über die volle heftige Wölbung des Mittelstückes zu strei=
chen, war noch stärker, und meine Hände glitten mit einem
eigenen Wohlgefühl der Liebkofung hin und wieder über die
glatte kühle Oberfläche der Politur.

„Vorsicht!" hörte ich neben mir die Stimme Roccos,
der eben das letzte Ende des anderen Schraubenflügels aus
feiner Umwicklung befreite.

„Vorsicht!"

Ich zog unwillkürlich die Hand zurück und spürte gleich=
zeitig am rechten Ballen ein leichtes Brennen und dann et=
was Warmes, das mir an den Fingern hinablief. Eine lange,
faubere Schnittwunde lief mir quer über die Daumenwur=
zel. Ich verstand nicht ganz und suchte betroffen mit der lin=
ken Hand in meine rechte Hofentasche zu gelangen, in der ich
ein reines Taschentuch vermutete.

„Laffen Sie!" stieß Rocco rasch hervor und hatte schon
meine Hand gepackt, maffierte die Wunde kräftig und hielt
dabei meine Hand weit von sich weg, um das reichlich strö=
mende Blut auf den Boden tropfen zu lassen.

„Ich bedauere fehr . . ." fagte er mit indifferenter Höflich=
keit, die in einem seltfamen Widerspruch zu dem fieberi=
gen Ausdruck feiner Augen stand, mit dem er das Rinnen
des dicken dunkeln Saftes verfolgte. Nie war mir Blut fo
klebrig und schwarz erschienen. Ich hatte unterdessen in mei=
ner rechten Brusttasche ein feidenes Tuch entdeckt und reichte
es ihm stumm mit der linken Hand. Er fah noch ein paar
Augenblicke mit starren Augen und zusammengezogenen
Mundwinkeln dem Rinnen des Blutes zu, dann nahm er mit
verändertem Ausdruck das Tuch, schlang es mir rasch und
fest um Hand und Puls und machte einen Knoten.

„Hatten wir nicht von der Gefahr der Schönheit ge=
sprochen!"

Er lächelte wieder undurchdringlich und betrachtete immer
206

noch aufmerkſam den improviſierten Verband. Plötzlich beka=
men ſeine Augen von neuem den ſtarren Ausdruck, den ich
eben zuvor bemerkt hatte: ein kleiner, matter, dunkler Blut=
fleck begann ſich auf dem weißen Tuch abzuzeichnen und
wuchs dann raſch wie ein Tropfen Tinte auf Löſchpapier.

„Gebrauchte ich nicht ſogar das Wort tödlich?“

Ein unbeſchreibliches Gefühl von Abneigung und Beklem=
mung überkam mich.

„Danke!“ erwiderte ich kurz und zog meine Hand, die er
immer noch mit beiden Händen hochhielt, an mich, wand
ohne ſeine Hilfe ein zweites Taſchentuch über das erſte, machte
mit den Zähnen einen primitiven Knoten und ſteckte ſie mit
geſpieltem Gleichmut in die Rocktaſche.

Ob er mein Gefühl erriet?

Wir ſtanden eine Zeitlang ſchweigend nebeneinander. Wie=
der ſchien eine Lähmung die Minuten zu befallen. Das Blut
ſang in meinen Ohren. Dann traten wir beide wieder wie
auf Verabredung näher an die Schraube heran. Ich bemerkte
jetzt, daß rings an ihren Kanten entlang ein blanker Metall=
rand lief.

Er war meinem Blick gefolgt: „Sie wundern ſich? — Ich
ſagte Ihnen ja, früher machte ich ſie ganz aus Holz. Aber
die Ränder waren zu empfindlich . . .“

Jetzt war er ſelbſt es, der mit einem unendlich ſinnlichen
Ausdruck die polierte Wölbung mit der Hand verfolgte.

„Es ſtellte ſich heraus, daß bei der hohen Umdrehungszahl
die kleinſten Gegenſtände, die in den Luftwirbel hineingeriſ=
ſen wurden, Strohhalme, Holzſpäne, Mörtelſtückchen, die
Kante verletzten. Jetzt habe ich ringsherum eine Stahlſchneide
eingeſetzt. Sehen Sie her! Sie müſſen flach darüberſtreichen,
wie über ein Raſiermeſſer . . .“

Sein Ausdruck begann mir mehr und mehr zu mißfallen.
Es war etwas ganz Neues in ihn gekommen, ein Fieber von

verhaltener Grausamkeit, eine raubtierähnliche Sprungbereit=
schaft. Aber schon nahm mich das geschweifte Gebilde aus
Holz und Stahl wieder ganz gefangen. Er spricht von Um=
drehungszahl. Sie dreht sich also. Wie wird sie aussehen,
wenn sie sich in die Luft wühlt . . .

Er berührte leicht meinen Arm.

„Finden Sie nicht, daß dies eine der Formen ist, unter
denen wir uns noch eine moderne Gottheit vorstellen könn=
ten? So in der Ruhe vielleicht weniger, als wenn sie sich be=
wegt . . .“

„Laffen Sie sie zuweilen laufen?“ fragte ich zaghaft.

„Immer. Ihre vollkommene Göttlichkeit beginnt eben erst
mit der Bewegung. Mit der Bewegung, von der man nicht
weiß, ob sie sie hervorbringt oder im letzten Grund von ihr
hervorgebracht wird. So in der Ruhe ist sie immer noch ein
Körper, deffen Grenze Sie mit Hand und Auge abmeffen
können. Eine mathematische Materialifation ihres leichten
Elementes, der Luft, aber doch immer Materie. Sobald sie
sich bewegt, wird sie mit einem Male wieder körperlos, astral,
gottähnlich, denn in der Rotation ist sie eigentlich nichts mehr
als ein imaginäres Gebilde aus unendlich vielen im Raum
sich schneidenden Linien von Kraft, ist sie nur noch reine ma=
thematische Kurve . . .“

Ich gestehe, daß ich seinen Ausführungen nicht zu folgen
vermochte, aber ich glaubte zu empfinden, was er sagen wollte,
empfand vielleicht wirklich so oder ähnlich. Mein Verlangen,
dies Wunder der Transfiguration, von dem er sprach, mit
anzusehen, wuchs jedenfalls ins Maßlose. Ward stärker als
alle andern Regungen. Ich blickte ihm seit einiger Zeit zum
erstenmal wieder voll in die Augen. Sprach kein Wort.

Er verstand. Nickte. Berührte mich wieder leis am Arm.

„Einen Augenblick . . .“

Er machte mit dem Kopf ein Zeichen gegen die Werkstatt

und ging langsam nach dem Vorhang zu. Mir kam plötzlich wieder sein Ausdruck von vorhin ins Gedächtnis, und ich folgte ihm in unwillkürlicher Beunruhigung ein paar Schritte weit. Er wandte sich kurz vor dem Vorhang um.

„Sehen Sie, hier stehe ich gewöhnlich, wenn ich das Morgen= und Abendopfer bringe .. Näher hinzugehen rate ich Ihnen nicht. Es entsteht nämlich ein ziemlicher Luftwirbel. Und dann .." (hier lächelte er wieder bös und abgründig) „— nun wir sprachen ja bereits von der letzten Schönheit, die tödlich ist!"

Er verschwand durch die Öffnung des Vorhangs. Ich ver= stand, daß er zu dem elektrischen Schaltbrett an der Seiten= wand der Werkstatt trat, um den Kontakt zu schließen. Ich hielt den Blick fest auf den wagerechten, dunklen, mattglän= zenden Körper gerichtet, den ich im ungewissen Licht auf diese Entfernung gerade noch unterscheiden konnte. Ich hörte hin= ter mir den leichten federnden Klang, mit dem sich der Schalt= hebel umlegte. Ein leises, gleichmäßiges Summen und Spin= nen vor mir: der große, geschwungene, wagerechte Körper aus braunpoliertem Holz war verschwunden. Nur die Nabe war noch als kleiner dunkler Fleck sichtbar, mit verschwim= menden, unsicheren Rändern, die sich als nebelhafte Ringe vom dunkleren Zentrum bildeten und ablösten. Alles andere ein durchsichtiger, flimmernder, kreisender Wirbel, mit zitternden konzentrischen und radialen Lichtern. Alle Dinge in dem tiefen schmalen Raum begannen zu leben. Die Stoffe an den Wänden fingen leise an, sich zu blähen und zu schwellen. Eine große Spinnwebe an der Decke zitterte und schlug hin und her. Auf der Matte raschelte es von allerlei winzigen Gegenstän= den, Halmen, Flocken, Spänen, die bisher unsichtbar gewe= sen waren und nun alle langsam und mit kleinen Sprüngen gegen den Brennpunkt des Luftwirbels vorrückten. Ich spürte die saugende Luftströmung in meinen Kleidern und meinem

Haar. Als ich mich umwandte, um nach Rocco zu sehen, be=
merkte ich, wie sich der Vorhang mir entgegenbauschte.

Ich hatte vielleicht mehr erwartet. Eine überraschendere,
mächtigere, katastrophalere Wirkung. Aber seltsam anziehend
und lockend war er doch, dieser geheimnisvolle belebte Kör=
per, der unsichtbar und tödlich wie ein geschliffenes Schwert
in der Luft kreiste.

Das Summen und Spinnen ging weiter, gleichmäßig,
sanft, beruhigend. Ich machte unbewußt ein paar Schritte
vorwärts, um besser zu sehen. In diesem Augenblick hörte
ich hinter mir am Schaltbrett noch einmal das Geräusch des
Kontakthebels und gleich darauf zum drittenmal. Ich stand
einen Moment, ohne zu begreifen. Das Spinnen und Sausen
vor mir schwoll zu einem wilden, hohen, singenden Ton.
Einen Augenblick noch, und ein neuer Luftstrom, körperlich
und unwiderstehlich wie ein Wasserfall, packte mich und riß
mich vorwärts, dem unsichtbar kreisenden scharfgeschliffenen
Schwert entgegen. Ich war anfangs zu überrascht, um über=
haupt Widerstand zu leisten. Dann kam mir die volle Gefahr
zum Bewußtsein, ich stemmte mich mit allen Kräften, bog den
ganzen Körper nach rückwärts, sah mich verzweifelt nach
irgendeinem Halt um. Nichts als Matte und Teppich! Alles
glatt und eben. Ein betäubendes Heulen und Sausen erfüllte
den Raum wie ein Heer von Geistern. Ein unsichtbares Fen=
ster schlug irgendwo mit dröhnendem Krachen zu. Klirren
von Scheiben folgte.

Durch den Wirbel der Schraube hindurch bemerkte ich
plötzlich blaues Funkenknistern. Die Schleifbürsten des Mo=
tors lagen offenbar nicht gut an, und Rocco hatte vollen
Strom gegeben. Ein deutlicher Gewittergeruch verbreitete
sich. Ich wankte und bäumte mich wie eine Weide im Sturm.
Meine Füße fanden auf dem weichen Teppich keinen Halt.
Schritt für Schritt zwang es mich dem Wirbel entgegen. Bei

einer besonders heftigen Anstrengung, nach rückwärts zu entkommen, verlor ich das Gleichgewicht, glitt aus, suchte mich wieder aufzurichten und fiel nach vorn in die Knie. Ich fühlte sofort, und zunächst mit einem Gefühl von Überraschung, daß ich so festeren Halt hatte. Es gelang mir, dem Luftstrom einige Augenblicke wenigstens Widerstand zu leisten. Mein Gehirn arbeitete jetzt rasch und sicher: es galt, der Luft möglichst wenig Angriffsfläche und dem Boden die größtmögliche Berührungsfläche zu bieten. Ich duckte mich noch mehr.

Dann kam mir auf einmal zum Bewußtsein, daß ich auf den Knien lag, die Hände weit vorgestreckt und flach auf den Boden gepreßt, den Kopf weit zurückgeworfen — die Gebetsstellung der Bata-Malaien!

Gleichzeitig glaubte ich hinter mir ein kurzes höhnisches Auflachen zu vernehmen, das nur von Rocco herrühren konnte.

Eine Art von Lähmung kam über mich, etwas wie eine psychische Vergiftung. Meine Nerven begannen zum erstenmal zu versagen. Ich hielt mich noch krampfhaft in der Verteidigungsstellung, die mir der Zufall gewiesen, aber dann fühlte ich auf einmal, wie langsam, langsam der ganze Teppich mit mir vorzurücken begann.

Ich glaube, ich schloß im ersten Moment dieser Entdeckung die Augen. Schauer von Ermattung und Resignation rieselten mir unter der Haut an allen Gliedern auf und ab. Ich warf mühsam noch einen raschen Blick nach dem Vorhang zurück, um abzuschätzen, wie weit ich schon vorgerückt war. Er bauschte sich und rauschte wie die Seide eines Kugelballons, der mit Gas gefüllt wird. Aber dabei bemerkte ich noch etwas anderes: nahe an der linken Seitenwand des Raumes, die nach meiner Orientierung gegen den Fluß lag, erblickte ich am Boden ein paar zusammengeknitterte Papierstücke, die sich kaum bewegten und nur manchmal etwas hin und her raschelten. Also drüben links an der Wand, keine fünf Schritt von mir, war es fast windstill! Es galt nur aus dem Zentrum des saugenden Trichters herauszukommen. Mein Gehirn arbeitete fieberhaft. Woher ich mich plötzlich erinnerte, daß angesaugte Luft in Form eines Konus dem Ansaugezentrum zuströmt ...?

Mein Haar flatterte in dem rasenden Luftzuge nach vorn und peitschte mir in die Augen. Meine Kleider füllten und blähten sich zum Zerreißen. Und der Teppich unter mir rückte langsam, langsam vor.

Es dauerte noch geraume Zeit, bis ich den Mut zu handeln fand. Jeder Versuch zur Flucht zwang mich zunächst, meine Stellung zu ändern, und das war das Bedenkliche. Ich würde mich also rasch und energisch ganz auf den Rücken werfen und mich dann, die Füße stets der Schraube zugekehrt, um meine eigene Körperachse nach links rollen, bis an die rettende Wand.

Was nun folgte, mag sich in wenigen Sekunden abgespielt haben. Mir selbst erschienen es Minuten der Ewigkeit.

Ein neuer, etwas heftigerer Ruck des Teppichs gab mir den Mut der Verzweiflung. Ich warf mich mit aller Gewalt platt rückwärts auf den Boden und wälzte mich dann unter Aufbietung aller Kräfte nach links — wälzte mich, rollte, rollte, wälzte mich. Einmal ... zweimal ... dann gab ich es auf zu zählen. Es war keine Rede davon, eine bestimmte Richtung zu halten. Mit einem Male erhielt ich einen fürchterlichen Schlag auf den Kopf, der mich fast betäubte. Mit der rasenden, lächerlichen Gedankenraschheit solcher Augenblicke kombinierte ich: Richtung verfehlt, doch unter das Messer gekommen! Dann, als nichts weiter folgte und der Schmerz am Kopf schon zu versausen anfing, tastete ich um mich und bemerkte, daß ich mit dem Kopf an der Mauer lag.

212

Die Schraube sang und heulte noch immer. Die blauen Funken sprangen und knisterten heftiger als je. Der große Vorhang war zum Zerreißen geschwellt, wie der Ballonklüver einer großen Rennjacht bei vierzehn Meter Wind. Ein besinnungsloser Trieb, mich in Sicherheit zu bringen, wegzukommen, hinauszufinden, hatte mich ergriffen. Dabei eine unsinnige Angst an Rocco, an den flimmernden, weit auseinanderstehenden Augen und an dem bösen, abgründigen, neuen Lächeln Roccos vorbeizumüssen. Ich sah ihn im Geist am elektrischen Schaltbrett stehen und den Sekundenzeiger seiner Uhr verfolgen. Die kleine Tür nach dem Fluß kam mir in den Kopf. Ich brauchte nur an der Mauer, an der ich lag, entlangzulaufen, den Vorhang durchzureißen und die Tür zu sprengen. Unten mußte der Flußpfad für die Schleppkähne laufen. Sehr hoch konnten wir nicht über dem Niveau des Wassers sein. Rocco würde sicher die andere Tür bewachen und in der Überraschung keine Zeit finden, mir in den Weg zu treten. Ich sprang auf und lief . . .

Lief an der Mauer entlang in der Richtung auf den Vorhang zu, erst mühsam mit dem Luftstrom kämpfend, dann rascher und rascher, riß mit einer heftigen Bewegung den Vorhang auf ein langes Stück von der Mauer weg, legte geblendet von der ärmlichen Helligkeit der Werkstatt die fünf Schritte bis zur Tür zurück und warf mich sofort mit der ganzen Wucht meines Körpers dagegen. Die Bretter bebten, das Schloß und die obere Angel wichen beim ersten Anprall, die Tür neigte sich schief nach außen, ich war im vollen Anlauf, in dem es kein Halten mehr gab, und bemerkte im gleichen kleinen Bruchteil einer Sekunde, daß es draußen heller Tag war und daß es metertief unter mir ins Leere ging . . .

✿   ✿   ✿

Als ich nach einer langen, qualvollen, unruhigen Bewußtlosigkeit wieder zu mir kam, hielt mich jemand, den ich nicht sehen konnte, von hinten an den Schultern und erklärte mir, daß der Mann, der da vor mir kniete, ein Arzt sei und jetzt gleich mit seinem Notverband an meinem gebrochenen Knöchel fertig sein werde. An einem leisen Schaukeln merkte ich, daß wir uns im Fährboot befanden. Ich versuchte mich aufzurichten, aber der Mann hinter mir war stärker als ich und wurde sogar sehr ungemütlich.

Meine erste Erinnerung an das Geschehene war niederschmetternd. Die Empfindung von sinnloser Blamage war so stark, daß ich vor Wut fast aufgeschrien hätte. Aber mit Rücksicht auf den energischen Helfer hinter mir nahm ich mich zusammen. Das erste, was mir zum Bewußtsein kam, war nämlich, daß Rocco gar nicht mehr in der Werkstatt gewesen war, als ich in meiner blöden Angst nach der Tür stürmte. Kein Zweifel. Ich erinnerte mich ganz genau: Rocco war verschwunden, die Werkstatt leer.

Schon fing der Schmerz wieder an, mit merkwürdigen, kreisenden, ziehenden Bewegungen aus meinem verletzten Fuß aufzusteigen, und als ich von neuem die Besinnung verlor, geschah es unter der beschämenden Erkenntnis, daß ich meine sinnlose Feigheit und törichte Exaltation mit einem komplizierten Knöchelbruch etwas teuer bezahlt hatte.

✳ ✳ ✳

Paris, 3. März, nachts. Dieses Abenteuer vor Porta Portese kommt mir selbst immer unglaublicher vor. Ich wäre heute versucht, an der ganzen Geschichte zu zweifeln, wenn ich nicht auf dem rechten Fuß so erbärmlich hinken müßte. Ob die Sache je wieder ganz gut wird! Und dann ist da auch die dünne, weißliche Narbe am Ballen meiner rechten Hand. Die schwarze Wahrsagerin, bei der ich gestern war, bemerkte sie und sagte dann etwas, was ich gern vergessen möchte. Sie sprach von einem braunen Malaienmädchen mit blanken scharfen Zähnen ... zutt! Was tut das zur Sache.

Nun, etwas muß schon daran sein. Wie wäre es sonst zu
verstehen, daß ich mit meiner ausgesprochen philologischen
Begabung mich plötzlich für Luftschrauben interessiere! Ich
bin, glaube ich, nach Paris gekommen, um mich zu zerstreuen,
aber eigentlich suche ich von früh bis spät doch nur nach Ihr.
Ich habe sie in diesen Tagen zu Hunderten gesehen, aber so
eine wie Sie war nicht darunter. Und dann diese unruhigen
phantastischen Nächte . . .

Mittwoch. Schlimmer als unglaublich — die Geschichte
fängt mehr und mehr an, ins Lächerliche zu entarten. Ich
hätte sie doch nicht erzählen sollen. Aber wenn des Teufels
Zufall im Spiel ist . . .

Ich traf Costa im Café de la Paix. Ich war gerade daran,
meine Frühstückseier zu köpfen und die Morgenblätter zu lesen.
Er kam direkt von der Gare de Lyon, hatte noch ganz feine
schwarze Linien von Ruß an den Wimpern, sagte mir, er sei
hergefahren, um den neuen Wrightapparat für die Regierung
abzunehmen. Ich konnte die Frage nicht unterdrücken, ob die
Wrightapparate auch Luftschrauben aus Holz haben. Er mo=
kierte sich etwas über mein plötzliches Interesse an den Din=
gen der Gegenwart (wir hatten uns meist bei den archäolo=
gisch = kunsthistorisch = literarischen Tees der Fürstin Mersch=
tschenski getroffen), und mokante Bemerkungen ertrage ich
sehr schlecht. So kam es wohl, daß ich ihm zu meiner Recht=
fertigung und seiner Beschämung die Geschichte erzählte.

„Dem armen Rocco tun Sie unrecht," meinte er. „Er ist
unbedingt ein Narr, aber einer von den harmlosen. Und da=
bei genial, unter uns gesagt, genial . . . Wär' er nicht . . ."
und er machte die unzweideutige peinliche Geste.

Er fand die Geschichte übrigens auch zu lang. Ich sah ihn
öfters ungeduldig mit dem Fuße wippen, denn er brannte
vor Ungeduld, das neue Flugzeug zu probieren. Er nahm denn
auch auf sein Frühstück nur rasch zwei Kognaks und raste in einem

Taxi-Auto nach Iffy. Ich blieb etwas beschämt zurück! Harm-
los . . . und dabei mußte ich, ohne daß ein bestimmter ver-
nünftiger Grund vorlag, an meinen linken Knöchel denken, der
wohl nie wieder ganz ins reine kommen wird.

Ich werde nachmittags einen kleinen Modellisten in Asnières
besuchen. Er soll die schönsten Holzpropeller machen.

Leutnant Costa ist ein reizender Mensch, nur etwas spöttisch.
Wir haben uns auf fünf Uhr zum Tee bei Rumplmayer ver-
abredet.

Ich glaube, ich werde hingehen, obschon ich sonst diese über-
füllten Bonbonnieren vermeide. Es tut doch wohl, mit einem
Menschen über gewisse Dinge reden zu können . . .

Nachts. Er kam natürlich zu spät. Als alles schon im Auf-
brechen war und die kleinen runden Tischchen sich entblätterten.
Ich sah ihn mit seinem ruckhaften, nervösen Schritt nach
hinten kommen, eine zusammengefaltete Zeitung in der Hand,
mit der er sich im Gehen auf den Schenkel schlug. Es war
die Tribuna. Er entfaltete sie sofort und hielt mir eine lange
Geschichte auf der dritten Seite unter die Augen. Drehte sich
weg, bestellte Muffins und pfiff zwei, drei dünne Töne vor
sich hin.

„Schauerliche Entdeckung von Porta Portese. Unglücksfall
oder Selbstmord!" Was ist das unsagbar Verletzende, zum
Wahnsinn Treibende am Ton dieser Zeitungsnotizen!

„Armer Rocco . . ." sagte Costa und fixierte eine Dame in
aprikosenfarbenem Tuch am Nebentisch.

Ein schauerliches Detail: sein Schädel war von Ohr zu
Ohr glatt durchgeschlagen, das ganze Gesicht wie durch einen
saubern senkrechten Schnitt entfernt. — Man fand ihn in
kniender Stellung, die Hände weit vorgestreckt und flach auf
den Boden gedrückt.

Donnerstag. Jede Nacht erscheint sie mir anders.

Heute nacht erschien sie mir, schlank, zart und dunkelbraun

216

wie die Tahitierinnen von Gauguin. Aber ich wußte, daß sie ein Malaienmädchen war, ein Mädchen von den Bata-Malaien. Sie kam lächelnd auf mich zu und breitete die Arme aus. Als sie ganz nahe war, bemerkte ich, daß sie scharfe Zähne von geschliffenem Stahl hatte . . .

(Später:) Humbug, zu behaupten, daß es Schlafmittel gibt. Ich nehme vierfache Dosen Veronal und habe seit zwei-undsiebzig Stunden nicht geschlafen. Woher nur immer dieser Geruch von schweren Parfümen, Weihrauch und Firnis! — Wie sagte Rocco! Eine Gottheit zu lieben . . . Ich erinnere mich nicht mehr.

Ich frühstücke mit Costa in der Taverne Royale.

Warum hier im Hotel die Tribuna nicht aufzutreiben ist!

(Nachmittags:) Diesmal war ich es, der Costa die Tri-buna mitbrachte und unter die Augen hielt: da die freiherrliche Linie der Familie Rocco sich weigert, die Erbschaft des so jammervoll verunglückten ehemaligen Marineoffiziers Andrea Rocco anzutreten, kommt der ganze nicht sehr umfangreiche Nachlaß, bestehend aus einem kleinen Anwesen von Porta Portese samt Inventar, sowie aus elektrischen und anderen Maschinen zur Versteigerung . . . Der Verunglückte beschäf-tigte sich bekanntlich . . .

Costa schien nicht besonders erschüttert. Er sagte nur: „Ar-mer Rocco! Es wird kaum die Lizitationsspesen decken . . ." und sah einer Dame in Mauve nach, die eben zwischen zwei Herren nach der Treppe zu ging.

Ich habe mir gleich beim Nachhausegehen mein Billett be-sorgt und Schlafwagen bestellt, obschon ich weiß, daß ich nicht schlafen werde.

Paris-Rom-Expreß, Montag früh. Diese kleine Sta-tion war Polo. Ich habe doch geschlafen. Es sind noch genau achtundvierzig Bahnkilometer. Es ist kalt in der Frühe. Ich werde sie sehen. Sie wird mir gehören. Gott sei mir gnädig.

Geflügelte Taten
Von Hermann Heijermans

Seitdem die helle Kiste mit der großen Nachnahme darauf in des Herrn Rumpelkammer ausgepackt worden war und seitdem diese Kammer verschlossen blieb, schien alles Korrekte, Sorgfältige, Wohlerwogene in der Haltung des Herrn, der Frau und ihrer noch unverheirateten Tochter wie weggeblasen.

Mit dem Boden fing es an, mit dem Boden, der einen ganzen Monat lang nicht rein gemacht worden war, obwohl er eine gründliche Reinigung sehr gründlich nötig gehabt hätte; der Boden, von dem die Frau selbst gesagt hatte, daß es ein Skandal wäre, wie die Spinnweben in allen Ecken und Löchern säßen — der Boden, worauf nun niemand den Fuß zu setzen wagte.

Der Herr, der sehr gewandt zu handwerkern verstand, hatte die Tür an zwei Stellen mit Riegeln versehen und den Schlüssel in seine Westentasche gesteckt. Ja, das war der närrische Anfang gewesen.

Robus, der Hausknecht, hatte sich nicht weiter den Kopf darüber zerbrochen — der fand alles richtig. Aber Christien, die alte Chris, die ihre Herrschaft schon länger als vierzehn Jahre kannte, saß mit Jans, dem Zweitmädchen, stundenlang hinter dem Kaffee, wo sie ingrimmig über das Mißtrauen, über des Herrn Rumpelkammer und über das Bodenverschließen klatschten. Wenn man vielleicht irgend etwas vermißte, dann konnte man es doch einfach rund heraussagen, dann brauchte man doch nicht zu mucken und zu heimtücken. Das hatte doch keine Art!

Das Geschwätz war noch in vollem Gange, als sich etwas Verblüffendes ereignete. Jans, die am allerwenigsten Anrecht darauf hatte, bekam zehn Tage Urlaub, um ihre Mutter in Friesland zu besuchen. Und als Christien, die nie einen Tag frei nahm, weil sie keine Menschenseele auf der Welt besaß, als Christien geduldig der Frau auseinandersetzte, daß sie

das Haus zehn Tage lang nicht allein in Ordnung halten
könnte, daß Robus auf seine eigene Arbeit angewiesen wäre
und sie auf die ihre und daß alles verfudeln würde, weil sie
doch nur zwei Hände zum Arbeiten habe, da antwortete diese,
daß sie es dann in den zehn Tagen mal nicht ganz so genau
nehmen sollte und daß Fräulein Amélie ihr auch ein wenig
mithelfen könnte. Nicht ganz so genau! . . . Die alte Magd
war rein zerschmettert davon, so ganz baff, so erschrocken,
daß sie ihren vertraulich brutalen Ton des unentbehrlich ge=
wordenen Mädchens, das zu einem Familieninventar gewor=
den ist, wie einen glitschigen Aal aus den Fingern gleiten ließ . . .

Jans reiste ab, froh wie ein Huhn, noch an demselben
Abend. Und während Robus Tutu und Jo, die beiden glän=
zend schwarzen Hündchen, die Herzenslieblinge der Frau, auf
den Weg vor dem Garten hinausließ und Chris am Spül=
stein das Geschirr aufwusch, artete die Familientorheit bis
in exzentrischste Ausgelassenheit aus.

Herr Schwalbe stand plötzlich, auf Strümpfen gehend, ja,
auf Strümpfen! — es war, um zu sterben vor Schreck! —
in der Türöffnung, ohne daß sie auch nur ein Rascheln ge=
hört hatte.

„Chris," sagte der Herr, der sonst um diese Abendstunde
immer eine rote Wange hatte, eine purpurnbeulige Stelle
von dem Antimakassar, auf dem er sein Schläfchen nach Tisch
nahm, „Chris, Mädchen, haben Sie nicht mal Lust, ein biß=
chen auszugehen!"

„Ich! Auszugehen!" hatte sie erstaunt gefragt. „Dazu
habe ich doch jetzt keine Zeit . . ."

„Dann nehmen Sie sich nur mal die Zeit; es ist das aller=
schönste Wetter," hatte er freundlich aufmunternd erwidert.

„Nein," hatte sie noch einmal gesagt, „bis ich mit dem
Geschirr fertig bin und den Flur aufgewischt habe, ist es
schon Nacht . . ."

„Ach, gehen Sie doch nur ein wenig aus," hatte er dringend gebeten.

Unhörbar fortschleichend war er dann verschwunden, wie er gekommen war, und keine drei Minuten später war — ebenfalls auf Strümpfen . . . guter Gott, sie jagten einem ja einen Totenschrecken ein! — war Fräulein Amélie gekommen, die ihr ein wenig im Haushalt helfen wollte, nun, wo Jans in Friesland war. Fräulein Amélie, die noch nie einen Finger gerührt hatte, Fräulein Amélie schlängelte sich liebenswürdig in die Küche, mit Chris hier und Chris da, und auch sie versuchte Chris auf alle Weise zu überreden, daß sie ein wenig ausgehen möchte.

Von Mißtrauen erfüllt und nichts von dem allen begreifend, hatte die Alte absichtlich langsam gemacht, absichtlich die Teller und Schüsseln nochmals nachgespült, absichtlich den Küchentisch gehörig gescheuert. Dann hatte die Hausfrau — so viel Hinterlist hätte man gar nicht bei ihr vermuten sollen! — der Alten geschellt und sie katzenfreundlich gebeten, lauter überflüssige Besorgungen zu machen, lauter Dinge, die gar nicht nötig waren, die Kobus genau so gut hätte ausführen können, Kobus, der heute abend mit Tutu und Zo ausgegangen war, um auch Besorgungen für den Herrn zu erledigen. Erst um neun Uhr, so lange hatte sie sich noch auf ihrem Zimmer neben dem Boden zu schaffen gemacht, war sie weggegangen, und als sie dann abgehetzt, gänzlich abgehetzt, weil sie der Geschichte nicht traute, schon um halb zehn wieder an der Gartenecke stand, sah sie das Bodenfenster hell erleuchtet, die weiße Gardine davor heruntergelassen und dahinter das allerabscheulichste Schattenbild, als ob Herr Schwalbe dort an den Trockenstangen hinge!

Unten im Wohnzimmer alles dunkel . . . Ungeduldig schellend, ohne daß Tutu und Zo anschlugen, hatte sie wohl zehn Minuten lang warten müssen, ehe der Herr, wieder auf

Strümpfen und in Schweiß gebadet, als ob er stundenlang herumgerannt wäre, öffnete.

„Ich dachte schon, es wär' was passiert," hatte sie gesagt.

„Passiert! Was denn! Wir saßen im Dunkeln und unterhielten uns," hatte der Herr schwer keuchend geantwortet.

Auf dieses Geflunker hin hatte sie geschwiegen und in der Küche wohl noch eine halbe Stunde lang auf Kobus gewartet, der mit Tutu und Zo zum Hundescherer gegangen war, um die noch ganz sauberen Tierchen waschen zu lassen.

„Kobus," hatte sie beklommen gemurmelt, „hier geschehen augenblicklich Dinge, die das Licht nicht vertragen können."

Er hatte sie ausgelacht, sie für verrückt erklärt, ihr auf die fetten Schultern geklopft und sie in die Seite gepiekt, wie er das wohl zu tun pflegte, wenn er ausgelassen war. Nein, von Sachen, die das Licht nicht vertragen konnten — bei der Familie Schwalbe — davon glaubte er nichts. Menschen, die auf tausend Gulden nicht zu sehen brauchten, die das schönste Auto in der ganzen Gegend besaßen, einen Prachtwagen von einem Mercedes, mit elektrischem Selbstzünder, und ein Reserveauto für schlechtes Wetter, Menschen, die ihr eigenes elektrisches Licht im Hause brannten, prompt alle Tage bezahlten, nie eine Rechnung zurückwiesen, die feinsten Nachbarn empfingen und alle naselang große Reisen unternahmen . . . ! Nein, die fette Chris mochte in ihrem dicken Schädel ausbrüten, was sie wollte, er — er konnte nur seinen Spaß an ihrer Besorgnis haben.

Ließ sie nicht neulich erst, als der Herr ihr hatte beibringen wollen, mit Brüssel und Berlin zu telephonieren, beim ersten Geräusch das Hörrohr mit einem gellenden Schrei niederfallen! Das war so polizeiwidrig dumm gewesen, und darüber hatten sie alle so furchtbar gelacht, daß man ganz von selber wieder an ihre Angst von damals denken mußte, wenn Chris über unheimliche Dinge im Hause ihr Tollmützchen schüttelte.

Vergnüglich lachend fuchte Kobus fie über ihre törichten Be=
denken zu beruhigen und kaute auf feinem Priem, deffen Saft
er alle halbe Minute in den Garten fpie.

Das war Mittwoch abend gewefen.

Donnerstag mittag aber begann auch Kobus irre zu wer=
den. Stotternd — man konnte fo recht merken, daß fie mit
der Sprache nicht recht herauszukommen wußte — fagte
Frau Schwalbe zu Chris, daß Fräulein Amélie auf einmal
die Idee bekommen hätte, etwas höher im Haufe fchlafen zu
wollen. Ob Chris nichts dagegen hätte, für acht Tage nach
unten ins Fremdenzimmer zu ziehen! Kobus fchliefe doch
auch im Souterrain — bange brauchte fie da alfo nicht zu
fein.

„Himmel, was für ein Einfall — nein, das tu' ich nicht!"
hatte Chris ärgerlich ausgerufen. „Warum foll ich denn von
meinem Zimmer herunter! . . ."

„Weil Fräulein doch fo gerne möchte — fie findet die Aus=
ficht oben über die Bäume weg fo herrlich — tun Sie's doch
nur — ich werde es fchon wieder gut machen . . ."

Widerfpenftig und übelgelaunt hatte Chris noch ein wenig
dagegen angeknurrt und eine ganze Portion Bosheiten her=
ausgefchleudert.

Als Frau Schwalbe aber auf ihrem Willen beftand, war
ihr nichts übriggeblieben, als murrend nachzugeben.

Doch den ganzen Tag über hatte fie den Mund nicht auf=
gemacht.

Der Herr, die Frau, Fräulein Amélie, Jans und Kobus,
alle im Haufe wußten, daß Chris, wenn fie in böfer Laune
war, ihre Lippen wie eine zufammengepreßte Zitrone aufein=
anderkniff. Sie arbeitete, kochte und bewegte fich dann wie
eine Stumme, ftieß die Töpfe, fchlug die Türen zu und kam
erft auf zwei=, dreimaliges Schellen. Ließen fie fie dann ruhig
in ihrer eigenen Sauce fchmoren, dann kam fie nach dem Ef=

224

sen gewöhnlich so langsam wieder zu sich. An diesem Tage aber dauerte es länger.

Um zehn Uhr, als sie den Schlüssel im Fremdenzimmer hinter sich umdrehte, hatte sie noch kein Wort gesprochen, hatte sie noch niemand Gutenacht gesagt und Kobus auf alle seine faulen Witze keine Antwort gegeben. Vor dem Spiegel hatte sie sich ihr borstiges gelbes Haar gekämmt, ein flachsiges Zöpfchen davon gedreht und ein Schnürband darum gewickelt.

Und als sie dann in ihr schönes Bett gestiegen war, mit den wollenen Strümpfen angetan, wegen der Bettuchkälte, hatte sie noch lange dagelegen und über den Mutwillen der reichen Leute nachgedacht, die sich alle Tage was Neues ausdenken, nur weil sie mit ihrer Zeit nichts anzufangen wissen.

Während sie so leise einschlummerte und noch im Halbtraum überlegte, daß sie morgen die Holzsachen in der Küche gründlich scheuern wollte, fuhr sie plötzlich erschrocken seufzend in die Höhe.

Irgendwo über ihrem Kopf wurde gepoltert.

Deutlich vernahm sie es: Bums! . . .

Und dann wieder: Bums!

Sie richtete sich im Bett auf, die fetten Knie gegen den Leib, der ganz von einer Gänsehaut überlaufen war, gezogen. Ihr stockte der Atem. Plötzlich hörte sie eine Dachpfanne mit Geklapper in die Dachrinne plumpsen. Einen Augenblick zog sich ihre Körpermasse in der Deckenhöhlung zusammen wie eine Kolbenstange in den Zylinder, einen Augenblick bewegte sich die Bettdecke unter dem Beben ihres Herzens wie ein wallender See. Dann aber fuhr ein entsetzlicher Gedanke ihr durch den Sinn: ihr Nähkasten war noch oben im Mädchenzimmer! Der Nähkasten, der hinter Schloß und Riegel im Koffer lag und ihre mühsam zusammengesparten Amsterdamer Staatslose barg. Mit einem Aufschrei schnellte sie aus dem Bette und zündete die Kerze an.

Der Wecker stand gerade auf ein viertel nach zwölf.

Alles schien im Hause zu schlafen, die Hunde kläfften nicht, und — wahrhaftig, wahrhaftig! — noch während sie zähne= klappernd an der Tür lauschte und überlegte, rasselte eine zweite Dachpfanne, ruckweise polternd, über die Dachrinne weg in den Garten, wo sie mit dumpfem Schlag auf die Erde fiel.

Eine Reihe von krampfhaften Reflexbewegungen ließ Chris die Türklinke umdrehen, die kleine Treppe in das Souterrain hinunterrasen, mit der einen Hand das im Zugwind flackernde Kerzenendchen schützen und mit der andern die Tür bearbei= ten, die in Robus' Zimmer führte.

„Robus!" schrie sie heiser, „Robus — schnell doch, Robus!"

Endlich hörte Robus, und als er aufgeschreckt die Tür öffnete, sah er zum erstenmal in seinem Leben die dicke Chris in ihrer Nachtjacke vor sich stehen, den fleischigen Nak= ken entblößt und von den Flachsschwänzchen ihres Haares umflattert. Aber wo sonst Mund und Augen waren, zeigte ihr leichenblasses Gesicht nur ein paar gespenstische Löcher mit einer entsetzten Augenbrauenlinie darüber.

„Wo brennt's denn!" schrie er.

Sie aber legte, unempfindlich für seine mageren haarigen Waden und knochigen Füße, ihren dicken Zeigefinger auf den Mund und flüsterte mit banger Miene:

„So höre doch nur!"

Oben hielt das Stöhnen und Poltern an, und durch die geschlossenen Türen erklang gedämpft ein verdächtiges Lachen.

„Was ist denn los?" brummte Robus, „was ist denn los? Sie sind noch auf!"

„Nein, Robus — nein, Robus —" keuchte sie, „es ist etwas ganz Unheimliches! Auf dem Dach! — Dachpfannen sind heruntergefallen!"

Während sie das noch sagte, polterte deutlich wieder eine

Pfanne von oben herunter und klapperte gegen die Dach=
rinne.

„Allewetter!“ brummte er ärgerlich, weil er im Schlaf ge=
stört war. „Da wollen wir aber doch mal nachsehen!“

Mutig fuhr er in sein Beinkleid, ließ die Hosenträger her=
abbaumeln, öffnete sein Taschenmesser, das blutdürstig beim
Kerzenlicht aufblitzte, und stieg die läuferbelegte Treppe hin=
an. Halb erstickt vor Angst watschelte sie mit der flackernden
Kerze in den Händen hinterdrein. Seltsam spielten die Strah=
len des Lichtes auf den schwieligen gelben Fußballen des
Kobus und den Messingstäben über dem Läufer.

Je höher sie hinaufkamen, um so merkwürdiger wurde das
Geräusch. Es mußte ein Mensch da auf dem Dache sein; von
einer Katze konnte das nicht kommen.

Plötzlich klebten Chris’ Strümpfe auf dem Treppenläufer
fest.

„Wo bleibst du denn mit dem Licht,“ rief Kobus mit
düsterer Grabesstimme. Angenehm war ihm die Sache auch
gerade nicht.

Endlich hatte sie sich aufgerafft. Schwer atmend schritt sie
weiter, die eine Hand wie ein Barbierbecken unter das ge=
schmeidig herableckende Kerzenfett haltend, das in bleichen
Tröpfchen ihr feuchtes Fleisch betaute.

Ohne zu sprechen, in grauenvollem Schweigen, durchma=
ßen sie den hohlen Raum und die letzten Stufen.

Jetzt waren sie oben. Sie lauschten. Drinnen wurde ge=
sprochen. In atemloser Verblüfftheit blieben sie stehen, ob=
wohl sie am liebsten gleich wieder die Treppe hinuntergesetzt
wären. Hinter der Bodentür erklang das unterdrückte Lachen
von Frau Schwalbe und Fräulein Amélie. Lachen — Lachen
— nachts um ein Uhr — auf dem Boden!

„Jesses nochmal,“ flüsterte Chris.

Kobus stieß sie in die Seite. Die Hälse nach der Bodentür

hingereckt, die Ohren gespannt, hielten sie sich an dem Treppen=
geländer fest.

Es schien, als ob Fräulein Amélie tanze — als ob sie auf
und nieder schwebe, einmal vorn an der Tür und dann wieder
weiter weg.

Und plötzlich, nach längerer Stille, vernahmen sie ein so
seltsames, so total verrücktes Gespräch, daß Chris vor Angst
und Aufregung das heiße Kerzenfett auf Kobus' Füße nieder=
tropfen ließ.

„Papa!" hörten sie Fräulein Amélie rufen, „Papa — nun
laß uns aber bitte auch mal in die Dachrinne . . ."

„Nein, es ist viel zu schön hier!" erklang des Herrn Stimme
von draußen, worauf Frau Schwalbe antwortete:

„Aber Mann, die Dachrinne ist doch nicht für dich allein
da! . . ."

„Allmächtiger," flüsterte Chris, „hörst du!"

„Stille doch!" entgegnete Kobus, ihr einen Stoß versetzend.
Darauf schwieg sie, und aufs neue lauschten sie dem wahn=
witzigen Gespräch, das da auf dem Boden geführt wurde:

„Nun, meinetwegen könnt ihr auch mal in die Dachrinne,"
sprach der Herr, zwischen jedem Wort leise summend. „Ihr
könnt auch mal ums Haus herum bis an den Schornstein,
aber ja nicht nach unten — denn bei Spaarns ist noch Licht,
und in dem Mädchenzimmer bei Leurings sitzt das Mädchen
und liest . . ."

„Jetzt komme ich, Papa — hoppla! — famos!"

„Ist die Dachrinne auch trocken, Peter!"

„Was macht das!"

„Nun, ich bin auf Strümpfen, und da ist mir das nicht
einerlei, Peter!"

„Dann halte dich schräg an den Pfannen entlang."

„Papa — ich schieße doch mal nach unten. Das geht ja
großartig!"

228

„Willst du das wohl lassen!"

„'n Tag, Papachen! ... He! ..."

Unten kläffte der Hofhund bei Leurings.

„Na ja! Da haſt du's!" brummte der Herr.

Chris verließ die Kraft. Sie mußte ſich ſetzen. Das eine kräftige Bein unter ſich geſtemmt, wie einen Stützbalken unter eine Mauer, die ſich ſenken wollte, den linken Ellenbogen ge= gen die Holzkante der Treppe gepreßt, ſo hockte ſie da, der Mund, ein dunkler Strich, wie verſteinert und ſchmerzlich verzerrt wie in Scheiterhaufenqual. Das Entſetzen Lots, die Angſtſchauer der durch Nero Gemarterten, was waren ſie gegen die Qualen, die ſich auf ihrem Antlitz ausprägten!

Der Herr, die Frau, das Fräulein, nachts um halb eins in der Dachrinne ſchäkernd, daß die Dachpfannen herunterroll= ten — und das Fräulein, das hinunterſpringen wollte! — Herr des Himmels: drei Menſchen auf einmal verrückt ge= worden! Es war ſo entſetzlich, daß ſie in plötzlicher Erſtar= rung faſt auf den Vorplatz herabgekollert wäre, wenn Robus ihr nicht ärgerlich einen Tritt verſetzt hätte, wobei das herab= träufelnde Kerzenfett wieder ſeinen Fuß verbrannte.

„Verdammt nochmal!" rief er, nicht länger mehr imſtande zu flüſtern. „Halt doch wenigſtens die Kerze gerade! Mir das alles auf den Fuß tropfen zu laſſen! Biſt du auch verrückt geworden!"

Er tanzte vor Schmerz mit dem Taſchenmeſſer in der Hand, daß die Hoſenträger ihn wild umflatterten.

Endlich fuhr ſich Chris, aus ihrer Erſtarrung aufgeſchreckt, mit der Hand über die feuchte Stirn.

„Robus," ſtotterte ſie, „Robus — du mußt — du mußt — die Nachbarn wecken ..."

„Still — ſcht!" antwortete er, aufs neue nach ihr tretend. Dann kroch er wie ein Mörder die letzten Stufen hinauf nach Chris' Zimmer, das neben dem Boden lag, und öffnete leiſe die Tür.

„Komm her," flüsterte er, „wir wollen durch dein Fenster sehen, was sie da machen."

„Und das Fräulein auf meinem Zimmer!" keuchte Chris, indem sie ihm nachstrampelte. Der Rest ihrer Gedankensplitter erstarb in der Unendlichkeit. Plötzlich erlosch die gegen so viel Angstseufzer nicht gefeite Kerze, noch etwas trübe nachglimmend mit ihrem verqualmenden kleinen Docht.

„Die Kerze ist ausgeweht," flüsterte sie, halb weinend, durchschritt aber die wohlbekannte Dunkelheit des Zimmerchens und fuhr in nervöser Zerstreutheit mit der Hand über die Hüfte, wo sonst, wenn sie angekleidet war, ihr Streichholzdöschen steckte.

Kobus hörte gar nicht zu. Vorsichtig, ohne das Fenster kreischen zu lassen, hatte er den Rahmen aufgeschoben und den Oberkörper über die Dachrinne gebeugt.

„Nun?" fragte Chris.

Doch wie angefroren, bewegungslos, atemlos lehnte er in dem Fensterrahmen.

„Was siehst du denn?" fragte sie wieder, wobei sie ungeduldig an dem einen Hosenträger zerrte, als ob sie einen Glockenzug in der Hand habe.

„Halt den Mund!" rief er gedämpft, „die verfluchte Dachkante stört mich — sie wirtschaften ja in der Dachrinne herum . . ."

Zähneklappernd vor Furcht und in der Nachtluft, die über ihren fleischigen Nacken wegstrich, lehnte sie sich neben den Hausknecht auf die Fensterbank, die rundlichen Arme halb auf das Zink der Dachrinne gelegt.

Es war ein lieblicher Sommerabend. Die Sterne standen zahlreich um den Mond herum, der sich wie eine hübsch geputzte, leuchtende Messingsichel über einem Brei aus Reis und Stärke erhob. Der Hofhund bei Leurings kläffte unruhig.

230

„Sind sie noch auf dem Dach!" fragte sie zusammenschauernd.

„Stille mal!" antwortete Robus.

Nebenan, hinter der Ecke, die die Aussicht verhinderte, erklangen die Stimmen nun deutlicher.

„Daß du dich nicht unterstehst, es noch einmal zu tun!" brummte der Herr. „Solange der alberne Hund blafft, verhalte dich, bitte, still."

„Weißt du wohl," meinte Frau Schwalbe in einem Ton, so gemütlich, als ob sie sich bei einem Kaffeeklatsch befände, „weißt du wohl, Peter, daß es keine zwei Jahre mehr dauern kann, und die Leute müssen sich der Sicherheit wegen auch auf den Dächern Hunde halten . . ."

„Hörst du das!" flüsterte Chris, „sie sind alle drei übergeschnappt — du mußt der Polizei Bescheid sagen . . ."

„Stille doch!" knurrte der Hausknecht wieder.

„Ich lege mir ganz bestimmt einen Bluthund aufs Dach und Fallen in die Dachrinnen," sagte der Herr in allervergnügtester Stimmung. — „So, jetzt blafft der Hund nicht mehr. Jetzt werde ich noch eine kleine Tour am Hause entlang unternehmen. Amélie, wohin willst du denn, Kind!"

„Ich will mal ein bißchen ums Haus herum, Papa!"

„Dann stoß dich nicht an der Schornsteinstange, Kind!"

„Nein, Papa!"

In demselben Augenblick schrie Chris so gellend auf, daß die kleine Mondsichel einen Schreck zu bekommen schien.

Fräulein Amélie flog eben in einer Hose ihres Papas an dem Dachfenster vorbei. Und als sie die Köpfe von Robus und Christien erkannte, brach sie in ein so tolles Gelächter aus, daß der Hofhund des Nachbars aufs neue anfing, wütend anzuschlagen . . .

Es war ganz einfach der neue amerikanische Flugapparat für Hausgebrauch, der in aller Stille seinen Einzug in Holland gehalten hatte.

Die Reise um die Erde in vierundzwanzig Stunden
Von Maurice Renard

Kurz vor zehn Uhr vormittags tat der Mann, den wir gerettet hatten, endlich die Augen auf. Und ich erwartete mir natürlich jene geradezu klassische Art von Erwachen, daß er sich mit immer noch fiebrigen Fingern über die Stirn fahren und mit noch ganz entkräfteter Stimme stammeln würde: „Wo bin ich? Mein Gott, wo bin ich denn!" Aber nichts dergleichen geschah. Der uns vieles, wenn nicht alles zu verdanken hatte — er blieb fürs erste noch ruhig liegen, den Blick nach innen gerichtet. Dann erst kehrte ein stählerner Glanz von hoher Intelligenz und ungewöhnlicher Energie in seine Augen zurück; aber dann wieder war er, so schien es, nur Ohr für die Umdrehungen der Schiffsschraube und den Gang der See gegen die Planken. Hierauf — er hatte sich mit einem Male in seiner schmalen Pritsche aufgesetzt — hierauf begann er die Kabine einer sehr eingehenden Inspektion zu unterziehen . . . alles das mit so wenig Rücksicht auf uns und so sehr über uns hinweg, als ob Gaétan und ich überhaupt nicht dagewesen wären. Ja, wir mußten es in der Folge erleben, daß er sich erst noch der kleinen Luke zukehrte und durch sie das Meer beobachtete, ehe an uns die Reihe kam und er einen nach dem andern ohne besondere Neugierde, wie auch nicht gerade mit ausgesprochener Höflichkeit inspizierte. Darauf verschränkte er die Arme und verfiel in tiefe Träumerei.

Nach seinem Äußern hatten wir diesen Unbekannten von schönem Gesicht und schönen Händen für wohlerzogen gehalten. Und auch sein Anzug (obschon er getrieft hatte vor Nässe und ebenso wie die Wäsche tüchtig eingeweicht war) hatte uns von seinem Besitzer als von einem Gentleman erzählt. Und nun ein solches Betragen! Mein Kamerad war schlechterdings empört, und ich selber war ziemlich verblüfft.

Doch dauerte meine Verblüffung nicht lange. Ach was, sagte ich mir, wenn man bloß nicht immer so voreilig urtei-

234

len wollte! Muß man dieses sonderbare Benehmen nicht ganz und gar zu Lasten einer Störung des Zerebralsystems schreiben — einer Störung, die nach einer derartigen Katastrophe selbstverständlich zu nennen ist!

„Haben Sie Schmerzen!" fragte ich. „Sagen Sie, bitte, tut Ihnen etwas weh!"

Der Fremde schüttelte nur verneinend den Kopf und gab sich erneut seinen Gedanken hin. Meine Befürchtungen verstärkten sich, und ich wechselte mit Gaétan einen Blick. Ich vermag nicht zu sagen, ob der Patient diesen Blick auffing, doch war mir, als ob sich um die Augen seines sonst so strengen Gesichtes ein Lächeln bildete.

„Wollen Sie vielleicht etwas trinken!" fragte ich.

Und da fragte er zurück, mit einem fremden Akzent:

„Sein Sie — Arzt!"

„Nein!" sagte ich lustig. „I bewahre! nein!"

Und als seine Augen fortfuhren zu fragen, fügte ich hinzu:

„Romancier, Schriftsteller ... Sie verstehen!"

Er runzelte die Stirn, und das sollte ein Ja sein. Doch war es nicht unliebenswürdig und war fast wie ein Gruß. Dann reckte er gegen Gaétan den Unterkiefer vor, und das war eine der inquisitorischesten Gesten, die ich jemals in meinem Leben gesehen habe.

„Dieser Herr ist der Besitzer des Schiffes, Baron Gaétan de Vineuse-Paradol — und eben er ist es, der Sie an Bord genommen hat. Was mich betrifft, so bin ich der Reisegefährte des Barons."

Indes, statt uns nun seinerseits Name und Art zu künden, worauf ich ihn doch geradezu mit der Nase gestoßen hatte — statt dessen beliebte der Mann, sich wieder einmal tiefstem Nachsinnen hinzugeben; und dann erst buchstabierte er schier, so mühsam kam das alles heraus:

„Wollen Sie mir gefälligst sagen, was denn eigentlich paſ=

235

siert ist! Mir fehlt von einem gewissen Augenblick an alle und
jede Erinnerung . . ."

Diesmal offenbarte sich seine Aussprache: es war eng=
lischer Akzent in Reinkultur.

„Sehen Sie mal," antwortete Gaétan ihm, „das war höchst
einfach. Da war also 'ne Schaluppe, und in der Schaluppe
waren Matrofen, und die Matrofen haben Sie herausgefischt."

„Aber vorher, bester Herr, vorher!"

„Vorher? Na, selbstverständlich nicht vor der Explosion,
sondern eben unmittelbar darauf!" witzelte mein Freund.

Des Mannes Gesicht spiegelte die höchste Überraschung
wider.

„Was für eine Explosion, verehrter Herr?"

Ich legte mich ins Mittel:

„Ich will Ihnen alles, was wir über Ihren bedauerlichen
Unfall wissen, genau berichten. Und ich hoffe, daß Ihnen das
Ihre Erinnerungen so weit auffrischen wird, daß Sie Ihrem
liebenswürdigen Wirte dann Ihrerseits einen Bericht von
dem Vorfall geben können, dem er die Ehre Ihrer Bekannt=
schaft verdankt."

Obwohl ich die Worte mit Absicht so gesetzt hatte, daß sie
jedem andern dreimal unterstrichen vorgekommen wären —
der Fremde reagierte nicht im mindesten. Er legte seine Arme
um seine Beine, stützte sein Kinn auf seine Knie und wartete
auf meine Aufklärung. Ich aber sprach:

„Sie befinden sich hier auf der Dampfjacht „Océanide" des
Herrn de Vineuse=Paradol. Kapitän: Duval. Heimatshafen:
Le Havre. Zweitausenddreihundertvierundachtzig Tonnen Ge=
halt. Läuft ihre fünfzehn Knoten. Wir kommen von Havanna.

Unsere Fahrt vollzog sich in der glücklichsten Monotonie,
bis uns vor drei Tagen eine Havarie an den Maschinen pas=
sierte und wir zu stoppen gezwungen waren. Heute haben wir
den 21. August; also war das am 18. Man ging sofort an

236

die Reparatur der gebrochenen Kurbelstange, und der Kapitän
wollte den Aufenthalt auch gleich dazu benutzen, um sein
Steuerruder auszubessern. Wir befanden uns zur Zeit der
Panne auf dem vierzigsten Grad nördlicher Breite und 37
Grad 23' 15" westlicher Länge, nicht allzu weit von den Azo=
ren, zwölfhundertneunzig Seemeilen von der portugiesischen
und siebzehnhundertsiebenundachtzig von der amerikanischen
Küste entfernt, mithin schon auf der zweiten Hälfte unseres
Weges. Erst heute in aller Frühe ging unsere Weiterreise
vonstatten.

Den vorvorgestrigen 18. August — Windstille und die See
wie Öl. Nicht eine Mütze voll Brise und nicht ein Schnaps=
glas voll Strömung. Ein Segler hätte mit vollen Segeln
während zwölf Stunden nicht einen Faden Länge hinter sich
gebracht, und die „Oceanide" — aller Willkür der Elemente
preisgegeben — blieb vollkommen auf ein und demselben Fleck.
Das war natürlich nicht allzu angenehm. Aber da uns der
Kapitän versichert hatte, daß wenigstens die Reparaturar=
beiten vom Fleck gingen, so nahmen wir die Episode nicht allzu
tragisch. Und nur infolge der ungeheuren Hitze, die (da wir
ja nicht fuhren) nicht einmal ein bißchen Fahrwind erträgli=
cher machen konnte, beschlossen wir, den Tag über zu schlafen
und lieber während der Nacht auf Deck zu sein. Also daß wir
das Frühstück um acht Uhr abends und das Diner um vier
Uhr morgens einnahmen.

Und das war vorgestern, Freitag, den 19., daß wir — zwi=
schen jenem abendlichen Frühstück und jener nächtlichen Mit=
tagsmahlzeit — auf Deck promenierten und im Mondschein
unsere Zigarren schmauchten. Der Himmel wimmelte von Ge=
stirnen. Und alle Sterne bis zu den Planeten funkelten. Dazu
regnete es unaufhörlich Sternschnuppen, und ihre weißen
Bahnen hafteten so lange, daß man hätte meinen können,
eine mystische Kreide zeichne Parabeln auf die schwarze Him=

237

melstafel. Ich ward nicht müde, bei dieser grandiosen Geo=
metriestunde aufmerksamster Schüler zu sein. Alles rings
um uns wetteiferte mit der Großartigkeit dieses Schauspieles.
Absolute Stille herrschte. Unser Schiff schlief wie tot. Und
nur unsere Kautschuksohlen glitten leise, leise über die Planken.

Wir hatten vielleicht zum zwanzigstenmal unsere Tour
um das Oberdeck gemacht, als von Steuerbord her weit,
weit draußen ein großes Sausen aufkam. Fast zu gleicher Zeit
sahen wir ziemlich hoch am Himmel einen schwachen Schein
auf derselben Seite aufgehen. Und der kam auf unsere Jacht
zu und mit ihm das Sausen. Das Sausen wurde stärker,
schwoll an, entschwand fernhin und verklang, während das
Leuchten (mit einer für einen Himmelskörper bescheidenen Ge=
schwindigkeit) über uns hin= und den entgegengesetzten Hori=
zont hinabfuhr — so wie eine bequeme, ja sogar etwas faule
Sternschnuppe.

Wir zwei waren übrigens sogleich der Meinung, daß das
nur ein Meteor gewesen sei. Und die Schiffswache pflichtete
uns bei, obschon sie, wie sie sagte, in all den dreißig Jahren,
die sie nun zur See fuhr, niemals etwas annähernd Gleiches
gesehen hatte. Der Kapitän, den das Sausen gleichfalls her=
aufgelockt hatte, gab ohne weiteres die Möglichkeit einer Feuer=
kugel zu, nachdem er unsere Berichte angehört hatte. Er ver=
zeichnete im Bordbuch unterm 20. August: Halb ein Uhr nachts
ein schwach leuchtender Meteorstein die Atmosphäre gerade
zu Häupten der „Océanide" passiert — in einer Kurve genau
von Osten nach Westen, also genau dem vierzigsten Parallel=
kreis folgend, wo wir vor Anker liegen."

Bei dieser Stelle fixierte ich den Unbekannten scharf. Der
aber umarmte seine Beine unterhalb seiner Knie nur noch
fester, schloß die Augen und — wartete auf die Fortsetzung.

„Sie können sich wohl denken," fuhr ich ein wenig ent=
täuscht fort, „daß das Meteor nun bei uns zum Tagesgespräch
238

wurde. Und ein jeder hatte da natürlich seine eigene Mut=
maßung. Ich! Ich blieb an rein äußerlichen Dingen kleben,
die mir aufgefallen waren — an der Proportion zum Bei=
spiel der Geschwindigkeit seines Falles zu der Dauer des Ge=
räusches. Der Herr Baron hingegen hatte eine weniger banale
Ansicht. Nach seiner Meinung nämlich war es sehr leicht
möglich, daß die Feuerkugel — von der wir glaubten, daß
sie über den Horizont herauf= und über uns hinweggesprungen
sei — ebensogut aus dem Ozean herausgeschleudert worden
sein konnte. Diese Hypothese war zwar ein wenig kühn, aber
je phantastischer die Theorien waren, um so mehr bestachen
sie uns. Auf die Art wollten wir die Bestürzung vor uns
selber entschuldigen, die uns ergriffen hatte. Denn das brüske
Auftreten dieser Masse haarscharf über unserem Schiff hatte
uns weidlich durchgeschüttelt, und wir alle waren ein Seufzer
der Erleichterung, daß das Projektil wenigstens eine anstän=
dige lichte Höhe über uns bewahrt hatte. Sein Sausen hatte
es fertiggebracht, daß wir die Köpfe wider Willen tief in
unsere Schultern steckten, was der erfahrene Feldzügler so
schön „einen Schlüsselbeinknix vor der Kugel machen" nennt.

Kurz und gut: wir wünschten nie wieder derartige Experi=
mentalastronomie mitmachen zu müssen. Was aber nicht ver=
hinderte, daß sich das Phänomen letztvergangene Nacht wie=
derholte . . . ein wenig später zwar, gegen ein Uhr, aber da=
für mit um so dramatischeren Komplikationen.

Den gestrigen Tag gab Herr de Vineuse, der es satt hatte,
hier auf offenem Meer und noch dazu unter einem so gefähr=
lichen Himmel länger herumzuliegen, den Befehl: es müsse
den ganzen Tag und die ganze Nacht an den Reparaturen
durchgearbeitet werden. Ablösung von zwei zu zwei Stun=
den. Die eine Abteilung an die zerbrochene Kurbel in den
Maschinenraum, die andere ans Steuerruder in einer Scha=
luppe. Und die Arbeiter in der Schaluppe haben ihre Aus=

befferung foeben beendet und gehen gerade daran, das Steuer wieder aufzumontieren — da kommt die Feuerkugel aufs neue angefauft!

Die Nacht ift an Sternenfeuern gerade fo reich wie die vorhergegangene — und da kann nun, wer immer es will, fehen, wie jener bläßliche Schein sich entzündet, höher steigt und auf uns zugleitet ... Herr de Vineufe glaubt zu bemerken, daß die Geschwindigkeit geringer als geftern ift, und nach meiner Wahrnehmung dünkt mich der Ton des Saufens um eine halbe Note tiefer und auch feine Intenfität verringert. Gleichwohl war das Tempo diefes Afteroiden immer noch ganz leidlich. In einigen Sekunden erklomm der himmlifche Zigeuner den Zenit, und es fchien außer Zweifel, daß er in feiner bekannten Kurve hinter jenen Horizont hinabtauchen würde. Mutter Erde hatte in ihm eben etwas wie einen neuen Satelliten zugekriegt, eine Minuskel von einem Mond, ein Streichhölzlein, gemeffen an jenem anderen, Jahrtaufende alten Mond.

Aber da gefchah plötzlich etwas — als ob eine Sonne sich mit einem Male in einen Blitz verwandelt hätte! Aus und vorbei war's mit der Planetenbahn von Often nach Weften, zu Ende war's mit allem Saufen — und dafür eine fürchterliche Detonation! Ich erhielt von einer unsichtbaren Fauft einen wütenden Stoß in die Herzgrube, die Luft wurde fo erfchüttert, daß wir zu erfticken drohten, die „Ozéanide" erbebte bis in die Rippen, ein Wind fprang auf und legte sich im felben Augenblick wieder, und Wellen hüpften, um sich fofort wieder zu glätten.

Dann vernahmen wir fehr deutlich, wie ein wahrer Hagel von Gegenftänden herab ins Meer fiel. Darunter etwas, das ganz nahe bei der Schaluppe tief untertauchte, wieder heraufkam und fchwamm. Und das waren Sie, mein Herr, verzweifelt angeklammert an die Riegel einer Blechtüre — aber

240

aus einem merkwürdigen, über alle Maßen leichten Blech, denn sonst hätten Sie ja wohl nicht damit schwimmen können . . .

Man fischte Sie auf — Sie waren bewußtlos. Und da man doch nicht wissen konnte, ob Sie der einzige an Bord dieses . . . dieses Meteorsteins gewesen waren oder nicht, so ließ der Kapitän das Wasser in einem Umkreis von zwei Meilen absuchen. Und somit wohl das ganze Feld der Katastrophe. Aber man stieß auf nichts als metallische Trümmer. Allenthalben metallische Trümmer. Die leuchteten wie von einem Widerschein, wenn ich mich so ausdrücken darf, und schwammen so famos und wackelten dabei, wie nur Bojen schwimmen und wackeln. Von einem lebenden Wesen, wie gesagt, keine Spur.

Was Sie anging, mein Herr, so haben wir Sie ausgekleidet, schlafen gelegt und bei Ihnen gewacht — während jener ganzen Absuche. Ich glaube, daß sich Ihre Ohnmacht gegen Morgen in einen gesunden Schlaf verwandelte — ungefähr in dem Augenblick, als wir unsere Weiterreise nach Le Havre antraten, wo wir aller Voraussicht nach in weniger als acht Tagen anlangen werden.

So! Und damit wäre nun — unsererseits — alles gesagt . . .

Bleibt nur noch, daß es uns vergönnt sei, zu erfahren, wen zu pflegen wir das Vergnügen hatten."

Aber der Mann wiegte mit dem Kopfe und antwortete nicht.

„Und . . . und . . . das Metall!" fragte er endlich, „das schwimmende Metall . . . die Trümmer!"

„Nu, wenn schon!" scherzte Gaétan, „lassen Sie die man hübsch bleiben, wo sie geblieben sind! Das heißt dort, wo Sie sich an eins von ihnen — an die bewußte Blechtüre — so leidenschaftlich angeklammert hatten. Duval, unser Kapitän, hat nämlich auf den ersten Blick bemerkt, daß das alles altes Aluminiumeisen war, von einer so hundsmiserabeln Quali= tät — zu schade zum Mitnehmen!"

Da lächelte der Unbekannte, und das ermutigte meinen Freund, in ihn zu dringen:

„Nun also los mit dem Geheimnis! Wir werden's schon nicht gleich auf See noch patentieren lassen. Ein Ballon also, was!"

Aber der andere bat um Kleider und ein Frühstück. Gaé= tan ließ ein Jachtkostüm und Leibwäsche aus seinem Kleider= kasten bringen.

„Haben Sie keine schwarzen Kleider!" fragte der Mann.

„Nee. Wozu auch!"

„Es ist gut — ich hätte nur lieber gehabt —"

Währenddessen gab ihm Gaétan Uhr und Börse zurück.

„Aber da sind ja wohl Ihre Initialen eingraviert: C und A!"

„Ich heiße Archibald Clarke, zu dienen, und bin Ameri= kaner aus Trenton im Pennsylvanischen. Alles übrige werde ich Ihnen gleich nach dem Frühstück berichten. Würden Sie, bitte, zuvor noch so liebenswürdig sein und mir ein Rasier= messer borgen!"

Wir ließen den Mann allein und erwarteten ihn im Speise= saal.

Das mußte man sagen: er machte sich in Gaétans Messe= uniform famos. Sympathisch von Physiognomie, vollendete Kinderstube, kurz — ein prächtiger Bursche.

Mr. Archibald Clarke speiste gewissenhaft und trank eben= so — ohne eine Silbe verlautbar werden zu lassen. Zum Kaffee goß er sich ein kleines Glas Scotch whisky ein, ge= nehmigte eine Claro (einen Dollar das Stück), reichte uns nacheinander die Hand und sprach:

„Ich danke Ihnen, meine Herren!"

Für das Frühstück oder für die Errettung aus Wassersnot! — diese Frage schwebt heute noch.

Mr. Clarke tat ein paar herzhafte Züge aus seiner Zigarre und fing behaglich an zu erzählen, wobei er nicht selten nach einem Ausdruck und oft auch nach einem Gedanken suchen mußte. Der geneigte Leser wird es mir nicht verübeln, daß ich — zu seiner eigenen Bequemlichkeit — das drolligste, aber auch unverständlichste Kauderwelsch, das sich wohl je ein Bürger der United States geleistet hat, ein wenig korrigiere. Und daß ich die unzähligen Pausen, die sich Mr. Clarke aus den verschiedensten Gründen gestattete, ebenfalls ausmerze.

※   ※   ※

„Sicherlich", hub er an, „ist Ihnen der Name Corbett nicht unbekannt! Die Corbetts von Philadelphia. Oder doch! Unbekannt! Ja! — Nun, im Grunde ist das ziemlich natür= lich. Wer soll in Frankreich etwas von diesem fernen Erfin= derpaar gehört haben, das eigentlich all die Entdeckungen der letztvergangenen Jahre gemacht hat — nur daß die beiden stets das Pech hatten, sie zu derselben Zeit mit anderen, in der Popularisierung prompteren Gelehrten zu machen! Edi= son, das Ehepaar Curie, Berthelot, Marconi, Renard — sie alle haben nichts erfunden, was nicht mein Schwager Ran= dolph und meine Schwester Ethel Corbett gleichfalls erfun= den hätten; nur daß es all jenen immer ein klein bißchen früher geglückt ist. Na, und deswegen kennt man sie wohl auch in Frankreich nicht.

Bei uns da drüben sind die beiden gleichwohl Berühmt= heiten. Vor kurzem noch wußten die Zeitungen überm großen Teich nicht genug zu erzählen von dem Wagemut der beiden. Das war gelegentlich eines gefährlichen submarinen Experi= mentes. Tatsächlich geht es nun schon mehrere Monate in einem fort, daß schier alle Tage Neues entweder über ihre tieftaucherischen oder über ihre aerostatischen oder auch über ihre automobilistischen Pläne verlautet — kurz, über Ver= suche in jedem Genre. Und da geschah's — und da geschah's

— entschuldigen, bitte, die Herren, daß ich mich so unbehilf=
lich ausdrücke, aber die fremde Sprache geniert mich und
knebelt meine Gedanken — und außerdem muß ich Sie um
strengste Diskretion bitten, denn ich werde auf ein Geheimnis
zu sprechen kommen, auf das ich kein Recht habe.

Wie? Ich danke Ihnen im voraus, meine Herren!

Und da geschah's, daß den 18. August, gerade, wie ich aus
dem Bureau gehen will, ein Telegramm von Ethel Corbett
mich, Archibald Clarke, ersten Buchhalter der Kabelmanufak=
tur Roebling Brothers, Trenton, Pennsylvania, dringend bit=
tet, mich ohne Aufschub nach Philadelphia zu verfügen.

Ich verstand ganz und gar nicht ... Seit einer gewissen,
noch dazu sehr schäbigen Erbschaftsangelegenheit war eine
Spannung zwischen uns eingetreten, und wir hatten uns
seitdem mit keinem Auge mehr gesehen. Was mußte da ge=
schehen sein? Und was sollte ich nun machen? Ich schwankte
in meinen Entschlüssen — bis mich die umständliche und
überreichliche Aufschrift der Depesche belehrte, wie sehr mei=
ner Schwester daran gelegen sein mußte, daß mich die Auf=
forderung ohne jede Verzögerung erreichte. Es war also sicher=
lich etwas äußerst Wichtiges. Und schließlich bleibt Familie
doch immer Familie — nicht wahr?

Eine Stunde später setzte mich die Pennsylvania Railroad
glücklich an der West Philadelphia Station ab, und ich fuhr
in einem Hansom nach Belmont hinaus. Nämlich da draußen
wohnen die Corbetts. In dem herrlichen Fairmount Park,
am Ufer des Schuylkill River. Also für alle Arten von Sub=
marine günstig gelegen.

Mein Cab fuhr erst durch die Westvorstadt, dann über
eine Brücke und tauchte schließlich ins Grüne ein. Ehe wir
an die Brücke gelangten, war die Nacht hereingebrochen —
aber eine Nacht so überreich an Sternen, daß ich schon von
weitem das Haus meines Schwagers erkannte. Ein unan=

244

fehnliches, winziges Haus — nur daß es sich gar so unan=
sehnlich und winzig ausnahm, weil es an das immense Ate=
lier gelehnt stand, nahe bei dem monumentalen Hangar und
vor dem schier unübersehbaren Automobil= und Flugfeld.

An diesem Riesenblock von Gebäuden war heute nur ein ein=
ziges Fenster der Wohnung erleuchtet. Wo sonst doch — oh,
die Nachtwachen der Corbetts sind sprichwörtlich in ganz
Pennsylvanien! — wo sonst jede Nacht entweder das Glas=
dach des Ateliers oder die Türen und Fenster des Hangars
zum Fest der Arbeit illuminiert waren ...

Jim, der Neger, empfing mich, ohne ein Licht in der Hand,
und führte mich ins Zimmer Corbetts — das einzige Zim=
mer, das heute erleuchtet war.

Mein Schwager — bettlägerig, gelb und fiebernd. Meine
Schwester kam sogleich herzu. Seit vier Jahren hatte ich sie
nur auf Bildnissen in den Zeitschriften gesehen. Sie hatte sich
nicht verändert. Ihr Kleid war von jenem knabenanzugglei=
chen Schnitt wie ehedem und ihr kurzes Haar noch immer
kaum grau.

„Guten Tag, Archie," begrüßte mich Randolph. „Ich war
mir keinen Augenblick im Zweifel, daß du dich beeilen wür=
dest. Wir brauchen dich nötig —"

„Das hab' ich mir gedacht, Ralph. Also was muß ich!"

„Helfen —"

„Mann, streng' dich nicht an!" unterbrach ihn meine Schwe=
ster. „Ich werd' es ihm statt deiner und so kurz wie möglich
sagen, die Zeit drängt.

Also, Archie, wir haben da etwas fabriziert ... Aber so
beruhige dich doch! Ralph befindet sich in keinerlei Gefahr.
Nichts als ein bißchen Fieber mit der Verpflichtung, Zimmer
und Bett zu hüten. Ich bitte dich, unterbrich mich nicht!

Also, wir haben da etwas fabriziert. Ganz im geheimen.

Ralph, Jim und ich. Ein sehr interessantes Ding. Und aus
Furcht, daß uns wieder mal ein anderer damit zuvorkommen
könnte, haben wir uns von allem Anfang an gegenseitig fest
versprochen, die Sache, sowie sie fertig ist, auch gleich auszu=
probieren. Da muß zu unserm Pech dies Schnupfenfieber
daherkommen! Ausgerechnet heute! Das Experiment ver=
schieben? Ausgeschlossen! Aber zu dem Manöver sind drei
Mann nötig! Wer also Randolph ersetzen? Ich. Mich ersetzen?
Jim. Und Jim ersetzen? Du — hab' ich mir gedacht.

Dein Posten braucht keine Abrichtung und braucht auch
keine allzu große Geistesgegenwart — nur ein bißchen Diszi=
plin im Verlauf der Prüfung und recht, recht viel Diskre=
tion hinterher. Ich kenne deine Qualitäten, Archie. Mehr als
jeder andere kannst du uns nutzen. Also willst du?"

„All right! Vergessen wir alles, was zwischen uns gewe=
sen ist, liebe Schwester. Ich bin gekommen, um mich nützlich
zu machen."

„Aber dieses will ich dir im voraus gesagt haben: es ist
nicht ohne Gefahr. Und es ist auch — wie soll ich mich da
gleich ausdrücken? — kurz und gut: dieser Sport, den wir
versuchen werden, möchte dir leicht als über alle Maßen aus=
gefallen, als übertrieben, bizarr, als äußerst monströs er=
scheinen . . ."

„Das ist mir einerlei. Ich bin gekommen, um mich nütz=
lich zu machen. Also zeig' mir das Zimmer, in dem ich nächti=
gen kann. Ich werde mich auf der Stelle hinlegen, um mor=
gen so früh wie möglich zu eurer Verfügung zu sein."

„Morgen!" rief Corbett. „Aber das soll ja gar nicht mor=
gen sein, sondern heute, jetzt, gleich, sofort! Da — eben schlägt's
elf Uhr! Also los, los, los, mein Junge! Keine Minute ver=
loren!"

„Was? Das Experiment zu nachtschlafender Zeit?"

„Ei gewiß. Es findet im Freien statt. Also, wenn wir's

246

am Tage machten, so sag' doch selber, Archie, wie könnte da unser Geheimnis vor all den adleräugigen Ingenieuren, die uns unaufhörlich belauern, Geheimnis bleiben!"

„Im Freien! Meinetwegen denn. Aber was für eine Art von Experiment ist es!"

Doch da wurde Ethel ungeduldig.

„Jetzt komm schon! Außer du hast dir's anders überlegt!" rief sie. „Alles ist bereit. Das Funktionieren des Apparates wird dir seinen Zweck besser erklären als die beste Schilderung. Was! Den Anzug wechseln! Eine Bluse anziehen! Bloß keine Maske machen — wir sind hier nicht auf dem Theater!"

„Auf Wiedersehen, Archie," sagte Randolph noch. „Also auf morgen abend denn!"

Was war das!

„Sag' mir das eine noch," fragte ich meine Schwester, indem ich ihr wie ein Hündchen nachlief. „Auf morgen abend denn, hat er gesagt! Ja, soll es denn auf eine Reise gehen! Auf morgen abend! Ralph hat doch auch gesagt, daß das Experiment nicht bei hellem Tageslicht sein soll. Also müssen wir doch spätestens mit dem ersten Morgengrauen aufhören! Wo werden wir mithin den ganzen Tag verbringen! Ethel, wo soll die Reise hin!"

„Nach Philadelphia."

„Nach wie! Nach Phi—!... Ja, aber wir sind doch hier in Philadelphia!"

„Ach, mein lieber Bruder, bist du ein... Wir werden eben einen kleinen Umweg machen und dann wieder hierher zurückkommen."

Ich schwieg. Erstens, weil mir ahnte, daß jede weitere Frage vergeblich gewesen wäre. Und zweitens, weil ich auf meinen Weg durchs Dunkel zu achten hatte. Ethel wollte die Aufmerksamkeit aller Zudringlichen und Spione nicht erwecken, was sicher geschehen wäre, wenn nun mit einem Male

in der Nacht Lichter im Hause hin und her gewandelt
wären.

Meine Schwester ging immer vor mir her, erst einen un=
endlichen Korridor entlang und dann quer durch das Atelier.
Hier konnte man wenigstens sehen. Durch das gefensterte
Dach strahlten die Sterne und der aufgehende Mond auf ein
wahres Chaos der seltsamsten Formen hernieder. Um an das
entgegengesetzte Ende dieses Saales zu gelangen, mußten wir
auf Zickzackwegen an phantastischem Allerlei vorbei. Und
da galt's vor allen andern Dingen erst einmal über eine
Barriere aus lauter armierten Balken hinwegzusetzen, die
alle ziemlich feindselig dreinschauten. Sodann mit merkwür=
digen Geschöpfen aus Stahl nicht in Kollision zu geraten,
von denen jedes auf vier Rädern hockte. Und dann wieder
einen Bogen um ein paar unbeschreibliche Mühlen zu machen,
mit so gewundenen Flügeln, daß sie nach Propellern aus=
sahen. Meine liebe Ethel freilich, die schlüpfte überall glatt
hindurch. Ich aber, ich hatte mich erst vor einer gewissen
Pneumatik zu retten, die sich wie ein getretener Wurm
krümmte; und in dem glorreichen Gefühl, dieser tückischen
Falle gerade noch entronnen zu sein, stolperte ich auch schon
über ein Tau, das sich aus purer Niedertracht auseinander=
gewickelt hatte. Dann, nach meinem sieggekrönten Kampf
mit dieser hanfenen Boa, war es gerade, als ob ich einer Rie=
senspinne ins mörderische Netz liefe: ein Garn verstrickte mich
in seine dünnen Maschen — und dabei versank ich auch noch
rettungslos in einen Sumpf, der sich dann freilich als eine
nicht völlig geleerte Ballonhülle entpuppte. Gleich darauf
hatte ich eine Karambolage mit den Flossen einer Art von
Haifisch, der ganz aus Eisen war — und als ich mich endlich
befreit hatte, war es nur, um mit meinem Kopf gegen ein
hölzernes Vogeltier anzurennen. Damit aber schien die See
der Erfindungen meinen Heldenmut zur Genüge erprobt

248

zu haben, denn dann stand ich mit einem Male unserm Jim im Hangar von Angesicht zu Angesicht gegenüber.

Dieser Hangar war so groß wie das Schiff einer Kathedrale und diente vielen Luftballonen als Garage. Die standen an den beiden Längswänden entlang, und der Mond ließ ihre mehr oder weniger aufgeblähten Wänste leuchten. Aber ob kugelrund, ob spindelförmig oder ob eiähnlich — all diese Ballone drückten sich an die Wände, als ob sie in Ehrfurcht und Scheu zurückgewichen wären vor einem Etwas in der Mitte der Halle, einem Etwas, das sehr langgestreckt war und wie von innen heraus glühte. Und Ethel zeigte auf dies Langgestreckte und sprach: „Das da, das ist es!"

Sie wandte sich an Jim und unterhielt sich leise mit ihm.

„Ah, also das soll's sein!" gaffte ich erst mehr, als ich wirklich sah. „Hm!" Das muß man sagen: ein Automobil — ein geradezu kolossales! Wenn nicht — dann vielleicht ein Schiff!"

So weit ich das in diesem Halbschatten zu erkennen vermochte — es waren genug Bogenlampen da, nur brannte keine von allen, — war das Ganze gewissermaßen eine gigantische Messerklinge, weniger schneidend als sehr, sehr spitz. Ich finde keine bessere Vergleichsmöglichkeit. Zirka vierzig Meter lang, von vorn bis zum ersten Drittel sich etwas verdickend und nach hinten zu wieder stark verjüngt — wohl um die Luft oder das Wasser so recht nach Herzenslust durchschneiden zu können.

Am Heck ein Steuerkreuz. Ah! dachte ich bei mir, es ist doch mehr ein Schiff! Oder nein! es ist vielmehr ein Automobil!

In der Tat, das Vehikel ruhte auf stämmigen Rollen. Mit Gummireifen versehenen und auf eine abnorm starke Federung aufmontierten Rollen. Zwischen diesen Rollen war unter dem Apparat noch etwas wie schwarze Blöcke, die ich aber nur schlecht unterscheiden konnte.

249

Und das Ganze leuchtete. Indeffen — wenn es überhaupt verstattet sein mag, zwei so entgegengesetzte Begriffe miteinander zu verkuppeln — es leuchtete wie erloschen.

Ethel schob mit dem Fuß einiges auf dem Boden herumliegende Werkzeug zur Seite und öffnete an der einen Flanke dieses Titanenschwerts — gegen die Mitte zu — eine Tür. Und da gemahnte mich eine Ampel, die mich aus dem Bauche dieses Dinges heraus anblendete, an die Existenz einer Kabine. Ein winziger Verschlag — vier Meter lang, zwei Meter hoch und einen Meter breit. Dabei faßte diese Hütte drei Sitze, die einer hinter dem andern angebracht und ganz komfortable Automobilsitze waren. Vor den beiden vorderen funkelte ein ganzes System von Hebeln, Handgriffen und Pedalen. Unmittelbar hinter dem Rücksitz aber befanden sich nur zwei Griffe, die mir die Steuerungshandhaben zu sein schienen.

„Dies ist dein Platz," kündigte mir Ethel an. „Du wirst am Steuer sitzen. Und ich vor dir. Und Jimmy vor mir. Oh, nur keine falsche Bescheidenheit! Du brauchst deswegen kein Steuermannsexamen absolviert zu haben, mein lieber Junge. Ich wenigstens glaube, daß du nicht allzuviel zu steuern haben wirst. Die Anwendung des Steuerruders ist bei uns nur eine Ausnahme. Es ist sehr wohl möglich, daß du nicht einmal den kleinen Finger zu rühren haben wirst."

„Mir auch recht! Aber wozu sind denn dann all die andern verteufelten Dinger da!"

Ethel hörte nicht. Jim hatte sie nach vorn an den Bug gerufen. Und sie ließ mich in all meiner Fiebrigkeit einfach vor der Kabine stehen.

Was für eine Kabine, meine Herren! Was für ein Kommandosteg! Was für Zähne, Ringe, Scheiben, Sektoren, Gestänge, Leinen, Stricke, Taue, Schlangen- und Kühlrohre, Schlüssel und Schrauben, Drähte, Schieber und Indikatoren! Und noch viel andere ähnlich schleierhafte Vorrichtungen!

Nichts im ganzen Raum kam mir einigermaßen christlich und geheuer vor, jene drei Fauteuils vielleicht ausgenommen und höchstens noch an der Vorderwand die große Uhr.

Im großen und ganzen nämlich sah diese Uhr wie irgendeine andere Präzisionsuhr aus. Nur, wozu war unter dem Zifferblatt diese Weltkarte da, die mit ihrer einen Hälfte bis in das Uhrgehäuse hineinreichte und die überhaupt so aussah, als ob sie sich um eine Vertikalachse drehen könnte! (Mit einer ähnlichen Vorrichtung, erinnerte ich mich, demonstriert man faulen Schülern sonst den Wechsel von Tag und Nacht.) Und wozu war außerdem noch ein Kurvenzeiger da, der um die ganze Erde herum auf Philadelphia zu zeigte. Da ich mir dies alles nicht im geringsten erklären konnte, setzte ich lieber meine Inspektion fort.

Da war ein Korb, starrend von Flaschen und Lebensmitteln, der mich nur noch neugieriger machte. Ja, Herrgott, sollte es denn mit einem Male gar keine Kneipen mehr geben! Wenn wir den morgigen Tag schon irgendwo zubringen mußten, warum dann nicht in einer anständigen Kneipe nahe am Fluß oder nahe an der Straße! Ach so: die alte Furcht vor Spionen! Nun, dann konnte man wenigstens behaupten, daß die Vorbeugungsmaßnahmen, die man da im Korbe aufgestapelt hatte, exquisit zu nennen waren! Aber — aber — Fenster! Gar keine Fenster! Wie soll man bloß lenken! murmelte ich. Wie auf den Weg achten können, wenn's wirklich ein Automobil — oder wie Untiefen entgehen, wenn's submarin — oder wie Kirchtürmen, Bergen und Birnbäumen ausweichen, wenn es was Aviatisches ist! Und überhaupt: wo blieb aller Mechanismus! Wo war der Motor! Am Kopf! Am Schwanz! Oder unter der Kabine! Diese unsere Kabine nahm ein Viertel von der Höhe und ein Zehntel von der ganzen Länge ein; sie war also sozusagen der Magen im Bauch des Walfisches. Was gab es in den andern drei Vierteln

251

Höhe und neun Zehnteln Länge dieses großen Fischleibes, darin wir die Jonasse sein sollten!

In diesem Augenblick rief meine Schwester, und ihre Stimme scholl freudig und kühn und bebte vor Glück und Wagemut:

„Jim! Das Tor vom Hangar aufgemacht! Es ist höchste Zeit, daß wir unser Steckenpferd herauslassen!"

Der Nigger heulte vor Lachen und öffnete durch irgendeine sinnreiche Vorrichtung die ungeheuren Flügel des Tores. Vom Sirst bis zum Fuß der Gebäudes wurde ein Streifen gestirnten Himmels sichtbar. Der verbreiterte sich, und da lag das weite Feld, ganz in Mondweiße, in einem Halbkreis von silbernen Hügeln umstanden. Ein kleiner See inmitten des Feldes spiegelte den flammenden Himmel wider. Und vor alle dem unser Riesenschwert: gleichwie vor der Paradieses= pforte! Welche fürchterliche unbekannte Kraft mochte diese verheerende Waffe wohl durch die Lüfte sausen — dieses Monument auf Rollen dahinrasen lassen, das in diesem Augenblick doch noch so hilflos schien wie ein gestrandetes Schiff?

Meine Schwester drehte das Licht drinnen ab.

„Machen wir rasch!" sagte sie. „Ich möchte gern präzis um Mitternacht starten. Ja, sag' einmal, was ist dir denn, Archie?"

„Du — du vergißt wohl ganz, den Motor anzudrehen?"

„Hahaha!" lachte Ethel, als ob ich einen unsterblichen Witz gemacht hätte. „Das müßte so eine niedliche Arbeit geben! Was, Jimmy?"

„Ja, ja," gurgelte der Nigger unter scheußlichem Wiehern. „Erinnern sich Madame noch an den Unfall mit dem Modell in verkleinertem Maßstab?"

„Vorwärts, Archie, und faß nun ein bißchen mit an!" kommandierte mein Schwesterlein.

Sie schob an. Jim — und auch ich (trotz meiner großen Verwirrung) — wir wollten gleichfalls anschieben, als ich (zu meiner noch größeren Verwirrung) bemerkte, daß der metallene Koloß dem gelindesten Ansetzen einer einzigen weiblichen Schulter schon nachgab und auf das leichteste und leiseste dahinfuhr: seinem unbekannten Schicksal entgegen.

„Oh, wie fein ausbalanciert der heute ist!" konstatierte meine Schwester. „Ich hätte geglaubt, daß zum mindesten zwei Mann nötig wären, um ihn herauszuschieben. Nein, laß nur mich ganz allein machen — es ist ja das reinste Kinderspiel."

Sie schob das Untier in westlicher Richtung — nicht zum Schuylkill River, sondern im Gegenteil mitten ins Feld hinein — was meine nautische Hypothese sofort zuschanden machte. Ich folgte. Jim konnte es sich nicht verkneifen, im Fandangoschritt neben mir her zu tanzen.

„Sei mir nicht böse, lieber Bruder, aber ich will dir den ganzen Mechanismus lieber erst unterwegs auseinandersetzen. Für den Moment bin ich zu sehr beschäftigt."

Welch eine innere Erregung in diesen Worten mitzitterte! Seit wieviel Monden fiebernder Tätigkeit mußte sie diesen einen Augenblick herbeigesehnt haben!

Nun, unter freiem Himmel, sah der Apparat nicht mehr so riesig und auch nicht mehr so furchtbar aus. Von vorn gesehen schien er überhaupt nichts weiter als wirklich nur eine Säbelscheide, durchs Vergrößerungsglas erschaut, — oder genauer noch: eine Säbelspitze.

Ethel inspizierte jene Blöcke oder Klötze zwischen den Rollen.

„Alles in Ordnung!" meinte sie dann. „Nicht eine Mütze voll Wind: wir hätten uns die Witterung gar nicht schöner wünschen können. Einsteigen!"

Jim schloß die hermetisch sichernde Tür hinter uns zu.

253

Und war der Atem der Natur diese Nacht an sich schon un=
hörbar gegangen, nun konnten unsere Ohren selbst diese
Stille nicht mehr auffangen. Aus und vorbei.

——— ——— ——— ——— ——— ———

Erst war ich der Meinung gewesen, daß unsere Kabine
stockfinster wäre. Ich wollte schon loswettern über diese
Blinden= und Gefangenenexpedition zugleich — da wurde
mein Blick von einem blassen Schein angezogen, von einem
milchigen Leuchten über dem Sitz meiner Schwester.

Es war eine Art Oberlicht, und das leuchtete inwendig.
Doch ich will versuchen und es Ihnen beschreiben: ein frei=
hängender, nach unten gerichteter, großer, halbkugelförmiger
Trichter, dessen Hals sich außerdem noch so wie ein Fernglas
nach Belieben ausziehen ließ. Diesen Trichter zog Ethel her=
ab, bis er sich wie eine Käseglocke über ihren Kopf stülpte
und ihn mit Mondlicht bleichte. Dann sagte sie zu mir, ich
sollte mich einen Augenblick auf ihren Platz setzen.

Und wie groß war meine Verwunderung, als ich mit
einem Male wähnte, ich befände mich durch irgendeine köst=
liche Magie wieder im Freien! Auf die Innenfläche des Trich=
ters projizierte sich die ganze Umgebung, der Himmel mit sei=
nem Halbmond, die Milchstraße, die unermeßliche Tiefe des
Firmaments und all das Riesellicht der zahllosen Sterne, das
weiße Feld und der silberige Hügelkranz. Als ich mich her=
umwandte, erblickte ich die Silhouette von Philadelphia mit=
samt der alles überragenden William=Penn=Statue und mit
dem Heiligenschein, der über dem heidnischen Nachtleben je=
der Weltstadt flackert. Zuletzt sah ich in diesem Trichter auch
das unansehnliche und winzige Häuschen der Corbetts, in
dem Randolph nun auf seinem Fieberbett sehr an uns den=
ken mochte. Ich war begeistert von dieser lebenden Miniatur.
Vielleicht kann ich Ihnen einen Begriff von allem geben, wenn
ich Sie an das erinnere, was der Photograph erblickt, wenn

254

er unter fein Tuch kriecht, um zu fehen, was er auf die Platte bekommen wird. Nur daß beim Photographen dann das Bild auf dem Kopf fteht und bloß ein Ausfchnitt ift und kein Panorama wie hier — ein abfolut fcharfes Panorama aus acht Meter Höhe — aus eben der Höhe, in der diefes vollendete Periskop auf dem Dache unferer Mafchine angebracht war.

Alfo des Rätfels Löfung: wie man von hier drinnen aus wohl lenken könnte!

Ich muß geftehen, daß ich mit dem größten Vergnügen noch ftundenlang unter diefer Zauberglocke fitzengeblieben wäre — wäre meine Schwefter nicht wieder auf ihren Poften gezogen. Sie fchalt:

„Findeft du diefes bißchen Linfe wirklich fo feenhaft oder tuft du nur fo? Jedes Unterfeeboot unferer Flotte befitzt ein faft ebenfo kommod eingerichtetes Periskop. — Sind wir genau in der Richtung, Jim?"

Der Trichter ftreute feinen phosphorefzierenden bläulichen Schein umher, und alle Inftrumente traten aus ihren Schatten heraus.

Jim beugte fich über eine Buffole.

„Zu Befehl, Madame," fprach er und lachte nicht mehr. „Genau von Often nach Weften."

„Gut. Archie, Steuer gefaßt! Und geradeaus gehalten, bis dir ein anderer Befehl wird! So wie bei einer Ruderpartie! All right, Archie!"

„All right!"

„All right, Jim!"

„All right!"

„Well! Ach—tung! Gewichte gelöft!"

Der Nigger trat auf zwei Pedale zu gleicher Zeit. Ich hörte unter unfern Füßen zwei Aushebungsvorrichtungen — die eine mehr bug-, die andere mehr heckwärts — zu gleicher Zeit in Aktion treten. Etwas Schweres fiel dumpf auf den

Rasen. Mir war's, als ob eine bis ans Herz rührende Kraft mich neu aus meinen unterschiedlichen Körperteilen zusammensetzte: den Kopf auf den Rumpf, den Rumpf an die Beine und die Beine auf den Fußboden — mit einem Wort: ich erlebte die seekrankheiterregende Sensation, die das brutale In-die-Höhe-Schnellen eines Fahrstuhls in dir erzeugt. Aber nur einen Augenblick lang, nur so lange, als ich brauchte, um dieses Gefühl zu haben. Dann war alles, wie wenn nichts gewesen wäre.

„Halt!" schrie ich, „was war denn das!"

Zu meinen Füßen leuchtete etwas.

Ich beugte mich nieder. Und plötzlich schloß ich die Augen, und meine Hände verkrampften sich in die beiden Steuerungsgriffe. Der Boden unter meinen Füßen war aus einer so durchsichtigen Masse, als ob überhaupt kein Boden da wäre, und durch dieses klaffende Loch sah ich Philadelphia tiefer — tiefer — und immer tiefer versinken — mit einer sich pro Sekunde wohl hundertmal überschlagenden Geschwindigkeit. — Wir flogen! Wir stiegen!

— — — — — — — — — — — — — — — — — —

Ethel hatte sich um meinen Schrei nicht im mindesten gekümmert. Sie sah angestrengt auf ein Zifferblatt und las mit lauter Stimme ab, was der Zeiger zeigte:

„300 — 400 — 600 — 1000 — Jim, sehen Sie auf Ihrem Statoskop nach, ob's stimmt! 1050 — 1100 — Stimmt's!"

„Zu Befehl, Madame!"

„Dreißig Kilo Ballast auswerfen!"

Der Diener trat auf ein Pedal.

Wieder hörte ich eine Aushebungsvorrichtung, und ich sah deutlich, wie einer der Schattenstreifen zwischen dem Abgrund und uns an Volumen verlor und immer durchsichtiger wurde. Aber diesmal war's natürlich kein Fallgewicht mehr gewesen, denn das wäre einem nächtlichen Spaziergänger da unten nicht auf das beste bekommen. Für derartige Fälle war fein vorgeforgt worden: wir konnten uns von hier innen aus eine äußerliche Stelle unseres Bauches auffchlitzen und Sandfäcke oder Wafferfchläuche auslaffen. Freilich, wie die Corbetts aus einem hermetifch verfchloffenen Raum eine folche direkte Kommunikation mit der Außenwelt fertiggebracht hatten, das hätt' ich gern gewußt. Meine Schwefter jetzt über diefen Punkt zu befragen, das ging nicht an. Sie war hypnotifiert von ihrem barometrifchen Zifferblatt und beftand rein aus Zahlen:

„1450 — 1475 — 1500 Meter! Endlich! Ach, 1540! Das ift zuviel!"

Und fie griff nach einer herniederhängenden Kette und hing fich daran. Auf diefe Weife gefchah über uns — was ich unfern Speicher nennen möchte — ein Schnurren. Die Nadel am Barometer zuckte auf 1500 zurück.

„Das wäre gefchehen!" erklärte Ethel.

Dann, nachdem fie auf die Uhr über der Mütze des Nig= gers gefehen hatte:

„Fünf Minuten vor zwölf. Sehr gut. Abfahrt Punkt Mit= ternacht!"

Abfahrt! Was meinte fie damit! Ich ftarrte auf ihren fchwefterlichen Nacken und auf ihr männlich kurzes Haar. Dann aber konnte ich nicht länger an mich halten:

„Abfahrt! Was foll denn das wieder heißen! Sind wir denn nicht längft fchon abgefahren!"

„Nein!"

„Na, dann — wohin wollen wir denn eigentlich!"

„Um die Welt, mein geftrenger Herr Bruder!"

„Wa—wa—! Ach, mach doch keine faulen Witze, ja! Um — um —"

„Um die Welt! Und zwar in einem einzigen Tag! — Sind wir auch ganz genau eingeftellt, Jim!"

Alle Fährniffe und Schreckniffe eines Aufstiegs statt mit einem erfahrenen Piloten mit diefer Tollhäuslerin — die Augen gingen mir über. Währenddem fah ich wie durch einen Schleier diefen unfeligen Nigger eine Wafferwage konfultieren.

Und fo bekam er denn glücklich heraus, daß unfer Flugfchiff feine Nafe nicht genügend hoch trüge. Aber ein bißchen Ballaft würde wohl machen, daß wir die nötige mathematifch genaue horizontale Lage wieder einnähmen. Nur waren wir unter derlei Praktiken um zwanzig Meter höher geraten. Doch Ethel erklärte, daß das nicht von der geringften Bedeutung fei, befragte eine Buffole, lächelte und murmelte dazu:

„Wir find mit der Nafe genau horizontal in oftweftlicher Richtung!"

In dem Augenblick, als die Uhr zwölf fchlug, ertönte der Befehl:

„Motor — los! Kontakt hergeftellt!"

Da hatte Jim auch fchon einen großmächtigen Umfchalter auf die Sekunde pünktlich und anfcheinend erfolgreich bemüht.

Sogleich wurde die unfichtbare Mafchine — hinter der Rückwand — mit einem fehr leifen, aber fehr eindringlichen Brummen lebendig. Das Brummen fchwoll an. Und in dem Maße, in dem die Mafchine ihre Kraft verdoppelt, verfünffacht, verzehnfacht fpielen ließ, wurde erft ein feiner Luftzug hier herinnen, der fich alsbald zu einem regelrechten Wind ballte und fchließlich nicht übel wirbelte. Und draußen, da mußte wohl ein Sturm fein, ja — ein Orkan. Ein wahrer Samum, was fage ich, ein wahrhaftiger Blizzard tobte da wohl ums Schiff — eine neue ärgere Sündflut — ein Etwas, das die Welt noch nicht erlebt und das wohl auch ihren Untergang bedeuten follte. Als ob ein Hagel von grimmigften Wurffpießen die doch aufs befte verwahrten Fugen bedrängte! Eine Sturmkolonne der wütendften Vipern hätte nicht an-

258

nähernd so höllisch zu zischen vermocht! Kurz: da draußen mußte eine weltenmörderische Wut hausen — erlebten doch wir hier drinnen sogar einen Tornado im kleinen!

Das pfiff und sang und trommelte und tschinellte um unser Schiff, und gar um den Vordersteven war's, als ob in einem fort eine schwere Menge Seide zerrissen würde. Die Wände unserer Zelle erbebten (wohl durch die Arbeit des Motors), und als ich die vibrierende Wand anfühlte, war sie minder kühl, als sie mit Rechten sein sollte. Die Temperatur stieg empfindlich. Das Thermometer sprang nur so hinan. Bald hatte ich das Gefühl, als wäre dies alles nur ein Ofen, und der Ofen würde von außen geheizt. Es wurde mir klar, mit welch einer nie geahnten Geschwindigkeit unser Vehikel dahineilen mochte. Und was mir zuvor herzzerreißende Gewißheit geschienen hatte — ich glaubte an den Wahnsinn Ethels nicht mehr. Dazu verriet meine wackere Schwester so gar keinerlei Überraschung: sie benahm sich gerade, als ob sie diese schwindelnde Schnelligkeit mit allem Drum und Dran als das Selbstverständlichste von der Welt vorausgesehen hätte.

Auf ihr Kommando kalfaterte Jim die Türen und machte jeden Luftzug dicht, indem er Werg in die Ritzen meißelte. Ethel aber sah derweil auf einen langen Zähler, auf dem der Zeiger immer weiter vorrückte, und sagte neue Zahlen her:

„500 — 600 — 1000 — 1200 — 1250!"

Wobei ich sagen muß, daß sie die Zahl 1250 wie einen Sieg ausrief, und daß der Zeiger auf dieser Zahl 1250 stehenblieb, genau so, wie die Quecksilbersäule im Thermometer von nun an nicht mehr stieg, und so, wie die höllische Musik draußen fortan nicht noch wütender mehr anschwoll.

„1250! Es ist erreicht!"

Nachdem meine Schwester einen Blick auf die Uhr ge-

worfen und etwas wie einen Überschlag ihrer Berechnung
gemurmelt hatte, meinte sie zu Jim, auf die Erdkarte deutend:

„Jim, zwölf Uhr drei Minuten fünfundvierzig Sekunden
stellen Sie den Zeiger auf Thorndale ein. Auf Thorndale,
nicht wahr! Zwölf Uhr drei Minuten fünfundvierzig Sekun=
den nämlich passieren wir Thorndale."

Und Jim setzte sich in Bereitschaft, drehte an der Erdkarte
so lange, bis der Zeiger auf Thorndale stand; und auf die
Zehntelsekunde pünktlich drückte er auf einen Knopf, und die
Walze mit der Erdkarte, die zweifellos mit dem Räderwerk
der Uhr verbunden war, fing an, sich langsam um sich selber
zu drehen — und zwar von links nach rechts.

Mir aber wurde zum Ersticken.

„Ethel!" Ich rang nach Luft. „Aber das ist ja gar nicht
möglich! Wir können doch nicht in drei Minuten fünfund=
vierzig Sekunden — bis Thorndale —"

„Kleinigkeit!" versetzte Ethel, während sie allerlei Bedie=
nungsmanöver ausführte. „Thorndale ist längst passiert. In
diesem Augenblick kreuzen wir die Bahnlinie zwischen Valley
und Siousca. Sieh doch selber auf die Erdkarte — und dann
sieh hierher!"

Und ich sah auf den Zähler, und der zeigte unbeweglich
auf 1250.

„Nämlich das ist ein Tachometer," fuhr sie fort, „ein Ge=
schwindigkeitsmesser. Und der steht momentan auf über
zwanzig Kilometer achthundert Meter pro Minute. Das
macht ungefähr zwölfhundertfünfzig Kilometer in der
Stunde."

„Donnerwet—! Wir machen also zwölfhundertfünfzig
Kilometer in der Stunde!"

„Wir! Wir machen gar nichts!"

„Was heißt denn das nun wieder!"

„Wir rühren uns nicht vom Fleck! Die Luft ist's, die der=

art an uns vorübergefegelt! Unfer Kahn fteht abfolut ftill — die Atmofphäre bloß wütet drauflos. Deswegen habe ich ja auch unfern Apparat Aerofir getauft!"

„Wie?"

„Einen Moment nur — fo! Ich mußte nur diefen Zahn da erft noch zudrehen — aber jetzt fteh' ich dir ganz zur Verfügung. Halt! — auf daß in dich wie in unfre Kabine doch endlich Licht kommen möge —"

Sie drehte das elektrifche Licht an, fo daß im Perifkop über uns aller Mond= und Sternenfchein wie vor Tageshelle verblaßte.

„Die Luft, fagteft du, foll's fein, die derart an uns vorüberfegelt?" Meine Neugierde war bis zum Paroxysmus gefteigert.

Meine Schwefter hub an:

„Brüderlein, du bift doch fonft ein Rechengenie. Sollteft du alfo noch niemals daran gedacht haben, wie lächerlich koftfpielig es die Menfchheit eigentlich anftellt, wenn fie irgendwie reifen will? Wie fie fich nur unter dem teuerften Aufwand von Dampf, Benzin oder Elektrizität fortzubewegen verfteht — auf einem Ball, der doch in immerwährender Bewegung ift! Ich würde mich nicht im geringften wundern, wenn die Erde eines Tages ftillftehen würde vor Erftaunen darüber, daß es noch keinem Menfchen eingefallen ift, über der Erde einmal auf ein und demfelben Fleck zu bleiben und ruhig abzuwarten, ob dann nicht alle Punkte auf demfelben Parallelkreis an ihm vorbeidefilieren würden und er an einem irbeliebigen Orte einfach herabzufteigen brauchte!"

„Blendwerk der Hölle!"

„Und fiehft du: diefen ziemlich felbftverftändlichen Gedanken, den haben Randolph und meine Wenigkeit aufgenommen und dann auch gleich ausgeführt — wie Sigura zeigt!"

261

„Diefer Aerofix?"

„Ja. An ihm haftet alle Luft und alle Erde vorüber. In bezug auf diefe beiden verhält er sich vollständig unbeweglich. Die Schwerkraft, der unfer Flugschiff unterworfen ist, bewirkt, daß wir in stetig gleicher Entfernung vom Erdmittelpunkt bleiben — nur die Bewegung der Erde um sich selber, die machen wir kraft unseres Motors nicht mehr mit. In diefem Sinne will diefes unfer Stillstehn verstanden fein. In einem andern Sinn freilich tun auch wir immer noch mit, nämlich was den Lauf unseres guten alten Planeten um die liebe Sonne und die Bewegung unseres ganzen Sonnensystems um eine noch zentralere Sonne im unendlichen All anbetrifft.

„Nur . . . da ja die Erde von Westen nach Osten sich dreht, scheinen wir uns von Osten nach Westen in vierundzwanzig Stunden herumzukugeln — oder noch genauer gefagt: in dreiundzwanzig Stunden fechsundfünfzig Minuten vier Sekunden. Ganz so wie die Sonne."

„Aber," wagte ich da einzuwerfen, nicht ohne vorher ein paar Überlegungen auf einen Fetzen Papier hingekritzelt zu haben, „wenn ich mich recht erinnere, so hat die Erde doch einen Umfang von vierzigtaufend Kilometern. Diefe Strecke in vierundzwanzig Stunden zurückgelegt, macht eine Geschwindigkeit von fechzehnhundertfechsundfechzig Kilometer pro Stunde."

„Gar nicht so übel für ein kaufmännisch erzogenes Gemüt! Da guckt wirklich ein Stückchen erster Buchhalter heraus! Aber dennoch fehlgeschoffen, mein teuerster Reifegenoffe, denn die Erde hat doch den Umfang von vierzigtaufend Kilometern nur am Äquator. Wenn wir also beispielsweise über Quito aufgestiegen wären, dann würde unser Tachometer tatfächlich eine Geschwindigkeit 1 666 66 666 . . . aufweisen müffen. Wir aber haben uns über Philadelphia erhoben, auf dem vierzigsten Grad nördlicher Breite, der nur dreißigtausend Kilometer mißt, und das macht eben nur zwölfhundertfünfzig Kilometer pro Stunde. Möchtest du dir nicht einmal vorstellen, mein lieber Peary oder Amundsen, wie's über einem der beiden Pole wohl wäre! . . . und ob wir da wohl nicht immer ein und denselben Fleck unter uns, eine Aussicht auf ein und dieselbe Eisplatte hätten, die gerade wie eine Grammophonplatte rotiert!

Übrigens mußt du dieses eine wohl bedenken: je höher wir unser Schiff in die von diesem terrestrischen Walzer fortgerissenen Lüfte aufsteigen lassen (je größer mithin der Durchmesser des Kreises wird, den wir scheinbar um den Erdmittelpunkt beschreiben), um so größer wird auch die Geschwindigkeit der an uns vorüberwalzenden Atmosphäre. Und um so schwieriger müßte es dann eigentlich für uns werden, uns unbeweglich zu erhalten (das heißt, der immer wilder anstürmenden Luft zu widerstehen), wenn nicht die Luftsäule mit zunehmender Höhe an Dichtigkeit abnehmen würde. Du verstehst! Und so durchschneidet der Bug unseres Schiffes in jeder beliebigen Region mit ganz der gleichen Leichtigkeit die Luft: zwei Phänomene, die sich völlig das Gleichgewicht halten . . .“

„Aber warum wählen wir gerade fünfzehnhundert Meter Höhe!“

„Weil die höchste Erhebung rund um den vierzigsten Parallelkreis diese fünfzehnhundert Meter absolute Höhe über dem Meeresspiegel nicht erreicht. Etwas tiefer! Möchtest du wirklich mehr oder weniger gelinde an die Rocky Mountains anfahren!“

„Folgen wir diesem vierzigsten Parallelkreis auch jederzeit ganz genau!“

„Ganz genau! Bis . . . vielleicht . . . eines schönen Tages unsere Maschine sogar diese ihre Fixation beliebig zu ändern imstande sein wird: entweder vermittelst der Anziehungskraft der Gestirne oder aber auch mit Hilfe der planetarischen Bewegung der Erde selber. Es handelt sich dabei nur darum, der Sonne gegenüber auf ein und demselben Fleck zu bleiben, und alsobald werden die Fahrten (scheinbar natürlich nur Fahrten), die kreuz und die quer über die Erde möglich werden. Aber soweit sind wir noch nicht, nein ... nein! Bislang können wir nichts weiter, als dem Gegenstand unserer Wahl wie ein Verliebter folgen. Das Steuer dient zu nichts, als uns beim Start in die gehörige Richtung einzustellen und eventuellen allzu stürmischen Rivalen zu entwischen. Wir sind Globetrotter aus Muß, sowie wir uns dazu einmal freiwillig entschieden haben, mein lieber Bruder. Da — die Bussole! Ihr Zeiger würde während vierundzwanzig Stunden um kein Haar abweichen, wenn da nicht die magnetische Deklination wäre, wenn der geographische und magnetische Pol zusammenfielen. Wir haben Norden allzeit zur Rechten ..."

„Also", stammelte ich, „sind wir morgen wieder in Philadelphia, nachdem wir erst den ganzen vierzigsten Parallelkreis umwandelt haben! Und das war es, was du einen kleinen Umweg machen genannt hast!"

„Sehr richtig! Sieh dir den Planigloben unterhalb der Uhr an. Der zeigt nicht nur unsere jeweilige Lage an, sondern gibt uns auch noch ein vollständiges Bild unserer scheinbaren Bewegung. Der unbewegliche Zeiger daran, das sind wir, das ist unser Aerofix. Und immer nach vierundzwanzig Stunden kommt derselbe Ort wieder unter ihm vorbei. Morgen nach zwölf Uhr: Philadelphia! Das heißt, wir werden eine kleine Verspätung erleiden, indem wir beim Start doch erst (nicht in Gang, sondern) ins Stehen kommen mußten und an unserem Ziele aus dem Stehen sozusagen wieder auf den irdischen Trab kommen müssen. Diese beiden Manöver erfordern etwas Zeit, wie du dir wohl denken magst. Ja sogar, wenn ich — was mir übrigens unmöglich wäre — morgen über Philadelphia den Motor jäh abstellen würde, dann würde der Luftstrom mit aller ihm zu Gebote stehenden Wucht auf uns hereinstürzen, und von dieser unserer Vorderwand schlechterdings nicht ein Atom übrigbleiben..."

Schweiß perlte mir auf der Stirn, und die Innenflächen meiner Hände wurden naß.

„Diese Hitze!" murmelte ich. „Und erst dieses Gesause! Du mußt schier brüllen bei deiner kleinen Abhandlung, und dennoch verstehe ich dich kaum."

„So sehr reibt sich die Luft an uns! Du findest also auch, daß es zum Ersticken ist?"

Sie machte an den Türen ein paar Klappen auf. Diese waren durch Röhren, die am Schiffsheck im Sinne der Luftströmung endigten, mit allem Draußen verbunden. Und man muß schon sagen: die Ventilatoren funktionierten ausgezeichnet. Denn sogleich verbreitete sich eine köstliche Kühle hier drinnen.

Meine Schwester aber sprach derweil:

„Du kannst dir gar nicht denken, welche Mühen und Ängste es uns gekostet hat, bis wir ein Mittel gegen diese fürchterliche Hitze gefunden hatten! Da kam Ralph auf die Idee einer Schutzschicht, mit der der Schiffskiel verputzt wurde, einer isolierenden Schicht mußt du wissen..."

Darauf löschte sie das elektrische Licht. Als sich meine Augen von der jähen Dunkelheit erholt hatten, sah ich, daß sich Ethel neu mit dem Periskop behelmt hatte und von milchigem Licht ganz umflossen war.

„Ihre Hoheiten die Rocky Mountains!" verkündete sie. „Sieh nur mal, Archie!"

Der ganze Trichter war von einer magischen Himmelsbläue erleuchtet. Wolken schwammen da und da. Die ferne-

265

ren ohne befondere Haft, die näheren wie flockige Blitze. Wieder andere, die uns juft den Weg verfperrten, verlegten mir damit die Aussicht, wenn auch nur für die Zeit eines Augenzwinkerns. Den Horizont herauf ... ich wollte natürlich fagen: über den Rand des Oberlichts ... ftrebte ein ungeheurer Schattenfleck fternenwärts. Auf das bizarrfte gezackt und blendende Lichter um die Gipfel, war das die Bergkette, die mit Volldampf auf uns zukam.

Die wie aus einer Riefenfauft gegen uns gefchleuderten Gletfcher fchienen opalifierende Streifen — fchienen Kometenfchweife. Eine flüchtige Helle glitt über unfern transparenten Fußboden hin. Bergrücken zuckten. Bergfpitzen fprangen auf. Als ob eine ganze Herde von Bergen von einem panifchen Schrecken erfaßt einherftürmte.

Bis mit einem Male alles abfchüffig wurde und verfank und fich fo tief hinab verlor, daß mein Auge es nicht mehr erreichte. Und ein Firmament, aller Wolken bar, auf den Plan trat und die Innenwand unferes Periskops mit einem göttlich fchönen tiefen Blau färbte ...

Dann ward ein Funkeln von ungezählten Facetten, unnennbare Feuer, wie ein Kirchenfenfter aus eitel Diamant — — — und da befiel unfern Nigger eine tolle Ausgelaffenheit! Er erftickte fchier, buckelte fich ganz zufammen und raffelte endlich einen halblauten Willkomm dem Stillen Ozean.

Ethel beftätigte mir:

„Ja, da wär' er alfo, der alte Burfche. Drei Uhr dreiundzwanzig. Und wirklich, er kam pünktlich zum Rendezvous!"

Ich fchrie hellauf:

„Wir fallen!"

„Keine Bange! Unfer Aerofix erfreut fich nicht umfonft einer foliden Bauart, geliebter Bruder!"

„Na ja!" fagte ich und fchämte mich in meinem Herzen und wollte nicht länger feige fcheinen und machte lieber große

266

Worte. Das ist es ja, was ich sage! Ein prächtiges Flug=
zeug ..."

„Papperlapapp! Ein Ballon, Archibald! Ein richtiggehen=
der Ballon mit Gas! ... Kein Schrauben= und kein Flächen=
flugzeug vermöchte sich in dieser toll gewordenen Atmosphäre
zu halten. Darum eben ein Ballon! Du wirst begreifen, daß
bei einem Aerofir Gondel und Motor ungemein solid mit
der Hülle verbunden sein müssen. Sonst gäbe das keine
kleine Verwirrung in allem, was da Tauwerk oder Ver=
windung hieße — davon, daß die Hülle gleich zu Anfang
platzen würde, überhaupt nicht zu reden. Unser Apparat ist
ein einziger Kiel, und das Metall, aus dem er hergestellt ist,
ist eine Legierung von Aluminium und einer Substanz, die
nicht schwerer wiegt als Kork und jeden Stahl an Wider=
standskraft weitaus übertrifft. Dieser Kahn ist durch eine
horizontale Scheidewand in zwei Etagen geteilt. Der erste
Stock über uns ist voll von einem Gas, das nur seine Er=
finder kennen und das einen sechsmal so starken Auftrieb wie
Wasserstoff hat. Zu ebener Erde hat er drei Räume. In der
Mitte die Kabine, in der ich dir diese kleine Lektion zu er=
teilen das Vergnügen habe; nach vorn heraus einen sehr be=
scheidenen Raum für die Corbettakkumulatoren, unsere sehr
bequeme und schier unerschöpfbare Elektrizitätsquelle, und
nach hinten heraus endlich die Kammer, worin der Motor —
Ach, dieser Motor, dieser Motor! Du wirst sehen, der macht
uns noch unsterblich! Wobei du aber nun durchaus nicht an
Millionen von Pferdekräften denken sollst. J wo! Der Aero=
fir hat nichts mit einem Dampfboot gemein, das mit gerade
so viel Erfolg gegen einen Strom ankämpft, daß es nicht ab=
getrieben wird und seinen einmal eingenommenen Platz eben
noch behauptet. Was wäre das auch schon für eine gar große
Erfindung! In einem solchen Fall wäre das Corbettsche Flug=
schiff nicht viel mehr als das schnellste Luftfahrzeug (zwölf=

267

hundertfünfzig Kilometer (Geschwindigkeit pro Stunde) und würde nur so tun, als ob es unbeweglich wäre. Was in der Theorie wohl ausführbar schiene (eine einfache Rechnung, kaum mehr als eine Multiplikation) ... in der Praxis aber dem wahnsinnigen Unterfangen gleichkäme: eine Mücke mit soundso viel hundert Pferdekräften ausstatten zu wollen!

Nein, unser Motor treibt den Aerofir absolut nicht irgendwie an, sondern schaltet ihn nur von der Bewegung der Erde um ihre eigene Achse aus. Unser Motor ist weiter nichts als ein Trägheits=, als ein passiver Widerstandsgenerator ... verstanden? Und wenn er auch ganz dieselbe effektive Arbeit leistet wie eine Maschine, die unter so staunend schwierigen Umständen von Osten nach Westen fliegt, so ist doch all sein zahlenmäßiger Kraftaufwand fast nicht der Rede wert.«

»Ja, aber wie?« bat ich. »Nach was für einem Prinzip?«

»Tja, das kann ich dir leider nicht sagen ... Also, bitte ... Corbett würde sehr, sehr unzufrieden mit mir sein ...«

»Du kennst meine Diskretion!«

»Eine einzige vage Andeutung, Archie! Aber mehr auf keinen Fall!

Du erinnerst dich doch an jene Kreisel, Gyroskope genannt, mit denen wir als Kinder spielten und die zum Beispiel auf einem ausgespannten Faden in jeder möglichen und unmöglichen Lage tanzen, ohne je herabzufallen. Sie bilden mit ihrer Unterlage die ausgefallensten Winkel und schienen allen Gleich= und Schwergewichtsgesetzen ungestraft zu spotten. Und erinnerst du dich vielleicht auch, welche Anwendung dieses Kinderspiel kürzlich in England erfuhr? Wie der Ingenieur Louis Brenan mit ihrer Hilfe den fulminanten Einschienenwagen konstruierte? Der Witz bei der ganzen Sache ist der, daß jeder Körper, in den solche Gyroskope eingebaut sind, in jeder labilen Lage stabil bleibt — gerade als ob er mit einer sehr großen Geschwindigkeit ausgestattet wäre. Jede Ver=

wendung eines Gyroskops ist also ein Ersatz für eine erforderliche Geschwindigkeit.

Diese Kraft nun haben wir durch eine Spezialdisposition bis auf ein Vielfaches von ihr erhöht. Hinter uns, Archie, wirbeln sechs Gyroskope."

„Aber wenn die nun auf einmal nicht mehr wirbeln!"

„Da müßte schon ein äußerst unvorhergesehener Unfall eintreten, mein Lieber. Brennan hat demonstriert, daß von dem Augenblick an, da du die Gyroskope abstellst, sie während vierundzwanzig Stunden noch weiterlaufen. Davon ermöglichen die ersten acht Stunden noch jegliche Praktik — was meines Erachtens mehr als genug Zeit ist, ohne allzu jähe Übergänge wieder mit der Erde in gleichen Schwung zu kommen und sich nebenher einen bequemen Landungsplatz zu sichern. Der Unfall könnte also nur durch die . . . durch die . . . kurz, durch unsere Spezialdisposition an den Kreiseln verschuldet werden. Und was das betrifft . . ."

„Ethel! Du erschreckst mich!"

Meine Schwester sah mich verächtlich an. „Du hast doch mitangesehen, Archie, wie kinderleicht ich den Apparat allein aus dem Hangar an den Start geschoben habe. Und da waren am Bauch des Fisches Gewichte angebracht, die den Auftrieb neutralisierten. Der Ballon wog also nicht mehr als die paar Pfunde, die ihn am Erdboden festhielten. Diese Kompensationsgewichte gehen automatisch von der Kabine loszuhaken und dann heidi! . . . Ach, Archie, glaube mir nur, die kleinste Kleinigkeit ist vorgesehen! Wir haben erst mit einem verkleinerten Modell — so groß wie ein Seelenverkäufer — experimentiert. Durch irgendein Versehen wurde, im Atelier noch, der Motor angedreht. Sofort hat sich der Aerofix auf französisch empfohlen. Durch die Mauer hindurch . . . hoch über einen Hügel von Belmont hinauf . . . wo er immer noch ist . . ."

„Ja, aber könnte sich durch die Hitze nicht irgendwie das Gas entzünden?"

„Da kannst du ganz beruhigt sein! Diese riesige und explosible Blase könnte sich nur durch einen Funken oder eine Flamme: durch ein offenes Licht entzünden. Und wie sollte das wohl!"

„Ja, ja, schon gut ... Mir ist dein ganzes System nun klar, Ethel ... obschon ich von allem Anfang an dieses dein Autoimmobil für einen veritabeln Motor-Car gehalten hatte!"

„Wegen der Räder und ihrer Federung? Das dient zu nichts als zum Landen. Du läßt dich herab, stößt sanft auf, und der Schwung macht dich noch ein paar Meter dahinrollen, ehe du stoppst. Das ist wie beim gewöhnlichen Flugzeug."

Mein Begriffsvermögen schwand, einen so paradoxen Traum glaubte ich zu erleben, und meine Blicke ließen von dem sich drehenden Planigloben nicht mehr ab, der ein so deutliches farbiges Bild von unserer Wallfahrt um den vierzigsten Parallelkreis darstellte.

„Das viele, viele Wasser," murmelte ich, „das immer noch mehr zu werden scheint! Ist das Meer unter uns ... und wie tief ist es wohl!"

„Eintausend bis zweitausend Meter. Wir sind zwischen dem hundertvierzigsten und hundertsechzigsten Meridian."

„Es ist bald fünf Uhr!"

„Ja, das heißt: in Philadelphia ist es bald fünf. Nicht aber an den Orten, die jeweils gerade unter uns sind. An all diesen ist es an jedem soeben Mitternacht. Unser Aerofir, unbeweglich im Raum, ist ebenso unverrückbar, was die Zeiteinteilung der Menschen angeht. Wir bereisen nur Orte, an denen es gerade Mitternacht ist."

„In der Tat, die Sonne will immer noch nicht aufgehen."

„Aber wie könnte sie denn, Archie! Sie ist doch fortwährend auf der entgegengesetzten Seite der Erde. Sie und unser

Apparat spielen sozusagen Guckguck! miteinander, aber nie
Dada! Unsere jeweiligen Antipoden haben jeweils gerade
Mittag. Wir versäumen auf diese Art einen ganzen Sonnen=
tag und erleben dafür eine ganze lange Nacht mehr. . . Spä=
ter, wenn die Erfindung ausgebeutet werden und jedermann
seinen Aerofix besitzen wird, wird man — sehr wahrscheinlich
— bei immerwährendem Tageslicht reisen wollen. Die Feinde
der Dunkelheit werden ewig in den Tag hineinleben können,
angesichts eines nie endenden Sonnenunterganges oder, je
nach Liebhaberei, einer unaufhörlichen ersten Morgenfrühe.
Sieh dir doch den Himmel im Periskop an: die himmlische
Kuppel spiegelt sich unbeweglich in der porzellanenen Kalotte
wieder, unbeweglich . . . bis auf den Mond. Das ist immer
noch der Himmel von heute nacht zwölf Uhr über Philadel=
phia und bleibt's auch: als ob die himmlische Pendüle stehen=
geblieben wäre . . ."

„Eine Pendüle aber ist in Gang," erwiderte ich. „Und das
ist die in meinem Magen! Eben repetierte sie zweimal zwölf
. . . Essensstunde. Du mußt wissen, daß ich seit gestern, seit
meinem dritten Frühstück . . ."

Wir speisten.

Sie haben sich ja vorhin, als mein Hunger sich äußerte,
selber überzeugen können, daß mich Essen erst immer wieder
zum ganzen Manne macht. Und so geschah mir auch nach
jener Mahlzeit. Nachdem ich mich an ausgezeichneten Kon=
serven delektiert und eine kleine Flasche Brandy eingenommen
hatte, war mein Mut wieder da — ich kümmerte mich den
Teufel was um dieses Messers Schneide, die so schmal war
wie der Seitengang eines Schlafwagens. Nur ein Gefühl
von Steifigkeit, und als ob mir alle Glieder meines Leibes
zerschlagen wären, machte sich bemerkbar — das war die
Reaktion auf den Schock, den ich erlebt hatte.

Dann drückte mir in dem lauwarmen Halbschatten eine

wohlige Verdauung die Lider zu. Die Winde sangen ein Wiegenlied, und die Gyroskope stimmten summend ein. Zwischenein hörte ich nur noch etwas, wie daß die Uhr schlug und Ethel dazu meinte, ein Viertel des Weges hätten wir nun hinter uns — und da war ich auch schon hinüber.

„Nee, du! Aber das gibt's hier nicht! Ich glaube gar, du schläfst! Auf! auf! Ich kann dich einen um den andern Augenblick dringend nötig haben! Hier heißt's wach sein und alle Mann auf dem Posten!"

„Na ja . . . schon gut . . ."

„Bedenke doch, dies köstliche Japan, das wir eben passieren!"

„Ich pfeif' auf Japan! Weißt du das! In einer Dusterheit, als ob's Kienruß schneien würde!"

„Friede! Archibald! Friede! Hübsch ruhig sitzengeblieben!"

Der Nigger buckelte sich zusammen, und seine Schultern wackelten, als ob er sich aufs neue über etwas freute.

Aber Ethel mit ihrem herrischen Ton hatte mich eingeschüchtert. Ich fragte nicht eben freundlich:

„Wo sind wir denn nun?"

„Schon hinter Peking. Über der Wüste Gobi."

„Immer noch fünfzehnhundert Meter über dem Erdboden?"

„Nein, fünfzehnhundert Meter über dem Meeresspiegel. Die Wüste liegt achthundert Meter hoch . . ."

Schweigen. Stille. Denn ich hörte den immerwährenden Lärm von Wind und Motor schon rein gar nicht mehr. Zumindest nicht anders mehr als die tausend Geräusche irgendeiner sonstigen tiefsten Einsamkeit und Verlassenheit . . .

Und lange, lange während dieser Zeit hatte ich gegen den Schlaf anzukämpfen.

Da munterte mich zweimal hintereinander blinder Lärm einigermaßen auf.

Das erstemal: ein wenn auch sehr schwacher Stoß gegen

den Bug. Irgend etwas Weiches war uns im Weg gewesen. Meine Schwester beruhigte mich gleich: sie hätte durch das Periskop sehr deutlich zwei große Flügel gesehen.

Das zweitemal: springt mit einem Male ganz entsetzt der Neger auf und stottert, ob wir wohl immer noch genau in der Richtung seien, und falls das nicht mehr der Fall sei, so sei das fürchterlich, wegen der Kaschmirberge, die an die dreitausendachthundert Meter hoch seien; aber er selber könne sich keine Rechenschaft mehr ablegen, er sei wie blöd.

Ein Glas Brandy brachte ihn wieder zu sich. Nachdem ihm seine Kaltblütigkeit und sein klarer Kopf zurückgegeben waren, nahm er schön seinen Platz vor der Uhr wieder ein.

Und endlich schrie meine Schwester so hell wie ein Kellner in einem Speisewagen: „Zu Tisch die Herrschaften, zu Tisch! Es ist Mittagszeit!“

„Mittag!“ machte ich. „Jawohl, Mittag um Mitternacht!“

Das chinesische Firmament besetzte unser Oberlicht mit seiner kosmographischen Kuppel, so daß es gerade wie eine jener Himmelskarten aussah, die man Uranoramen nennt. Die Schwärze dieser Nacht schien einen Stich ins Grüne zu haben. Wolken, die unsern Kumuluswolken ähnlich sahen, verdeckten bald und enthüllten dann wieder die ewig sich gleichbleibenden Sternbilder. Einzig das Stück Wassermelone, das sich Mond nannte, war angeschwollen und hatte sich gegen Südosten verfügt.

Das Dejeuner war so reichlich wie ein Souper gewesen. Und das Diner wollte darin nichts nachlassen. So kam's, daß wir ihm nicht allzu große Ehre antun konnten . . . Der mitternächtliche Nachmittag ging unendlich lang hin. Das Kaspische Meer, die Türkei, Griechenland, Kalabrien, Spanien, Portugal waren unsichtbar und fremd unter uns vorübergeglitten. Eine unüberwindliche krankhafte Reizbarkeit machte, daß ich die transparente Diele trampelnd mit meinen Füßen bearbeitete . . . ich führte mich wie wahnsinnig in der schmalen Zelle auf . . . und vor kindlichem Vergnügen strahlte ich, als ich endlich — gegen dreiviertel zwölf — den Befehl erhielt, mich bereitzuhalten. Meine Schwester erklärte, daß man nun den Motor abstellen und die Gyroskope bremsen würde, um so gemach wieder in den Erdenschwung zu kommen und in Philadelphia landen zu können.

Die Lampe leuchtete, Jim warf den großen Kommutator herum, ein paar Hebelvorrichtungen gerieten in schaukelnde Bewegung. In der Kammer am Heck hörte man die Bremse einsetzen, das Gebrumm nachlassen, das Gesause schwächer werden. Der Zeiger des Tachometers ging zurück.

Ich mit fiebrigen Händen am Steuer. Meine Schwester hatte mir noch einmal eingeschärft: ohne einen Befehl nicht mucksen! Zuweilen verlängerten sich unter mir die beiden Feuer eines Atlantikdampfers zu weißen und roten Schweifen.

Ich hielt's nicht mehr aus vor Ungeduld. Als ich mich über die Schulter meiner Schwester vorbeugte, sah ich in ein höchst ärgerliches Gesicht.

„Was ist?“

„Wir werden nicht schnell genug langsamer! Wenn das so weitergeht: Adieu, Philadelphia!“

Die Uhr zeigte zwölf Uhr dreißig. Die Luft pfiff noch wütend. Ich trocknete nervös an meiner Stirn herum.

„Wenn wir nur innerhalb der Bannmeile landen!“ meinte ich. „Und wenn's auf hundert Kilometer von der Stadt wäre.“

Der Nigger schüttelte mit dem Kopf.

„Nein, Jim! Nein, nicht wahr?“ fragte meine Schwester.

„Alle Mühe vergebens, ich habe die Schuld, es ist zu spät!“

„Ach was, zu spät!“ schrie ich da. „Halte nur erst einmal richtig an, und dann fahren wir eben rückwärts!“

„Archibald, du bist ein Esel! Unser Flugschiff — du hast es selbst gesagt — ist kein Automobil, sondern ein Auto-

274

immobil. Wir uns rückwärtsfahren! Ja, wenn Mutter Erde
so liebenswürdig wäre, sich einmal — extra für uns! — ein
bißchen nach der entgegengesetzten Seite herumzudrehen!
Aber wozu auch! Wir haben Gas genug, wir haben Ballast
genug, wir haben Elektrizität genug und haben Lebensmittel
genug; das einzige Vernünftige, was uns bleibt, ist, noch einmal um den Planeten herumzufahren und morgen um die
Zeit ein bißchen früher auszuschalten und zu bremsen. Motor
angedreht, Jim! Bremsen — frei!"

Und noch während sie also kommandierte, schwand ein
nebliger, mit Johanniswürmchen besternter Fleck unter uns
vorbei: Philadelphia . . .

„Armer Randolph!" seufzte Ethel. „Wird er sich grämen
um uns!"

Ohne erst noch einmal Atem zu holen, setzte sie mir in der
geschwätzigen Art von Leuten, die einen Tadel schon über sich
ergehen sehen und ihn erst gar nicht zu Worte kommen
lassen wollen, alles mögliche auseinander. Wie wir am besten
Belmont wieder erreichen, nachdem wir morgen um die Zeit
in irgendeinem engeren Umkreis gelandet sein werden. Das
heißt, in keinem weiteren Umkreis als zwanzig Kilometer.
Und daß von da ein Ackergaul den Apparat zum Hangar ziehen
müsse, den wir ums Morgengrauen bestimmt erreichen würden.

„Ich verstehe immer Morgengrauen, Ethel! Ich habe ein
wahres Heimweh nach Morgengrauen! Mir ist, als ob die
Sonne für immer erloschen wäre! Aber ja, ich bin gekommen,
um mich euch nützlich zu machen, ich gebe mich ja schon wieder zufrieden! Aber das eine versprichst du mir doch: morgen
um die Zeit bestimmt in Philadelphia!"

„Ich schwöre es dir! Morgen um ein Uhr und etliche
Minuten. Du mußt nämlich wissen, daß wir mit den Manövern von vorhin an die sechzig Minuten Zeit verbummelt
haben."

Jim stellte die Weltkarte von neuem ein. — — —

— — — — — — — — — — — — — — — —

Diesmal traf Ethel sogleich die nötige Einteilung, wie
jedes von uns ein bißchen schlafen könnte. Ethel und Jim
sollten abwechselnd Wache halten. Was mich betrifft, so
sollte ich nach Belieben über meine Zeit verfügen.

Umfallend vor Müdigkeit, streckte ich mich auf dem Glas=
boden aus, den Fuß meines Sitzes zwischen meinen Beinen.
Scheinbar schlafend, lieferte ich mich auf lange Stunden den
qualvollsten Bildern aus.

Kein Traum war so fabelhaft wie diese Wirklichkeit! So
war mir das Erwachen der Anfang eines Alps, der noch
schrecklicher war als alle geträumten. Das Periskop — die
reine Kellerbeleuchtung! Und Ethel schlafend in diesem Licht
— wie Tote schlafen. Jimmy eine bronzene Wache. Und un=
barmherzige Nacht um uns. Ewige Mitternacht!

Das Grauen kam ... daß ich nur noch mit den Händen
stammeln konnte. Die fuhren mir herum ... und stießen mit
einem Male gegen etwas Glattes, Kaltes ... und das war
eine Brandyflasche. Gluck, gluck, gluck, gluck ... in drei
Sekunden ... das Grauen war weg.

Wie lange diese Herzseligkeit anhielt! Genau so lange, bis
der unheimliche Gast wiederkam und ich ihn mit einem tüch=
tigen Schluck wieder bannte. Es schmeckte übrigens gut, und
mich dürstete quasi immer wieder nach Mut ... ohne daß ich
auch nur ein einziges Mal an die Folgen dachte. Entschuldi=
gen die Herren, bitte, diese kleine Beichte. Aber sie ist zum
Verständnis des folgenden notwendig.

— — — — — — — — — — — — — — — —

Gegen sieben Uhr abends über den Balearischen Inseln
kommandierte meine Schwester: Vorbereitung zum Stoppen.

„He, Archie! Aufgewacht! Du hast lang genug geschlafen!
Steuer gefaßt!"

276

„Zu Befehl, Madame Corbett," sagte ich mit dem über=
mütigsten Lächeln. „Ganz zu Ihrer Verfügung!"

Bei dem frisch angedrehten Licht der Lampe musterte ich
meine Schwester. Sie hatte mich einen ganzen „Tag" nicht
gesehen und wußte natürlich auch nicht, ob ich geschlafen
hatte oder nicht. Und meine Heiterkeit schien ihr weiter nichts
als die Befriedigung über unsere bevorstehende Landung in
Belmont.

Die Bremsen traten in Aktion, und der Wind flaute ab.
Meine Kollegen vom Dienst hatten unaufhörlich an allen
möglichen Hebelvorrichtungen zu tun — und ich schämte mich
meiner Untätigkeit. Ein falscher Ehrgeiz packte mich, sowie
ich auch nur daran dachte, welche Dienste ich mit meinen bei=
den Steuergriffen zu leisten imstande sein würde. Ah, man
sollte nur so staunen, welche Pilotentalente in mir schlummer=
ten! Wie ich diesen braven Mann meiner Ethel und jenen
Kretin von Nigger ausstechen würde! Eins — zwei — nach
Backbord hin — eins — zwei — nach Steuerbord — eins —
zwei — nach Backbord hin — eins — zwei — nach ... Oh!
alle Minen wollte ich springen lassen!

Und nur, um mal bißchen zu probieren, wollte ich um
Haaresbreite nach links halten. Doch versteht es sich von
selbst, daß das Steuer nicht nachgab. Unsere Geschwindigkeit
war noch viel zu groß und der Luftwiderstand deshalb noch
viel zu wütend, als daß ich das geringste hätte ausrichten
können. Meine Steuergriffe waren also nur zum Anschauen
da! Das machte mich rasend. „Oh, du wirst schon, paß nur
einmal auf, ich werde dich schon zur Räson bringen — und wenn
ich selbst nicht mit heiler Haut aus dieser ganzen Geschichte —"

Und da gab es wirklich nach. Und das leider nicht nur um
Haaresbreite, sondern gleich um ein tüchtiges Stück.

Ich war mit einmal nüchtern. Wenn die andern bloß nichts
davon merken!

Aber die andern hatten mit ihren eignen Manövern genug zu tun. Und ich konnte derweil den Schaden vielleicht wieder reparieren. Ich hielt also nach der entgegengesetzten Seite. Aber durch mein Ungestüm von vorhin hatte ich am Gestänge, das durch die ganze Motorkammer lief und am Heck nach außen mündete, wohl ausgerechnet an dieser Mündung etwas verbrochen, das erst wieder gutzumachen war, wenn man in diese Motorkammer ein= und an Ort und Stelle vor= drang.

Indes, davon hatte ich keine Ahnung und arbeitete also bis zur Verzweiflung weiter und . . . bis mich eine heillose Wut ankam.

Ich drückte und drückte und drückte . . . und dann ließ es mit einem Male auch nach dieser Seite nach . . . und sogleich entstand irgendwo ein sehr feines Pfeifen.

Ethel horchte auf.

„Allmächtiger Gott, Jim!" schrie meine Schwester. „Das Gas entweicht! Schnell, schnell!"

Jim stürzte nach der Seite, wo die Gyroskope waren. Ich aber wußte überhaupt nicht mehr, wo ich war, und machte einfach eine Tür auf.

Aber da war keine Zeit mehr, auch nur halbwegs hinaus= zuspringen.

Eine glühende Hitze . . . ein betäubender Donnerschlag . . . eine blendende Helle . . .

Ich klammerte mich an einen Türflügel und verlor die Be= sinnung.

— — — — — — — — —

Das Ende vom Lied kennen Sie ja besser als ich selber.

❀   ❀

Mr. Archibald war mit seinem Bericht zu Ende. Und mit offenem Munde sahen wir ihn seine letzte Clarо zu einem Stümpchen rauchen und den letzten Likör genehmigen. Die

Zigarrenkiste war durch ihn bedenklich erleichtert, und in der Whiskybottel war Ebbe eingetreten. Wir hatten den Redner während der ganzen Zeit nur durch manches Ach! und Oh! des Entsetzens und der höchsten Verwunderung unterbrochen; abgesehen davon, daß ich ihm immer zur rechten Zeit mit einem Ausdruck oder einem Endchen Satzkonstruktion zu Hilfe kam.

Mr. Clarke stand von seinem Stuhl auf und sah durch eine der Luken hinaus aufs Meer ... „Ja, ja, das war kein Spaß!"

„Sie sind also auch davon überzeugt," warf ich ein, „daß Ihre Frau Schwester und der Nigger verloren sind!"

„Und ob!" antwortete der Amerikaner.

Und warf seinen Zigarrenstummel hinaus in die See, als ob das für ihn nicht das Grab seiner Ethel, die Grube Jims und das Trümmerfeld des wunderbaren Aerofix hätte sein müssen!

„Würden Sie mir dieses eine erklären!" fing ich nach einer Weile wieder an. „Als der Aerofix die beiden Male über die „Océanide" wegfuhr, war das Sausen jedesmal ein anderes. Das erstemal ließ sich das Sausen erst hören, als der Apparat schon sichtbar war, und hielt auch dann immer noch an, als der Aerofix längst zum westlichen Horizont hinabgetaucht war. Das zweitemal aber traten die Gehör= wie die Gesichtserscheinung zu gleicher Zeit auf und wären wohl auch zu gleicher Zeit dann wieder —"

„Das ist aber doch äußerst einfach, lieber Herr! Das erstemal waren wir auf der Höhe der „Océanide" beinahe noch in voller Geschwindigkeit und also schneller als der Schall, der pro Sekunde nur sechsundvierzig Meter sechsundsechzig Zentimeter macht! Das zweitemal reisten wir über Ihnen nur noch annähernd gleich schnell wie der Schall ... soll ich Ihnen das genauer vorrechnen!"

„Nein, danke!"

„Dieses Problem haben wir übrigens schon in der Schule gehabt: der Blitz aus einer Kanone und der Donner —"

„Ach was!" rief Gaétan da. „Sie haben bei Ihrer ganzen Erzählung doch eine ungewöhnliche Auffassungsgabe an den Tag gelegt. Also verraten Sie uns lieber noch einiges über den Aerofix und besonders über die leichten Akkumulatoren."

„Ich habe Ihnen unter dem Siegel der Verschwiegenheit alles gesagt, was ich wußte. Schon um mich dafür erkenntlich zu erweisen, daß Sie mich in so dankenswerter Weise aus dem Wasser aufgefischt haben ... Ja, wenn statt meiner ein Professor oder ein Ingenieur in der Kabine gesessen hätte! Der hätte — und selbst wenn es meine unglückliche Schwester nicht gewollt hätte — doch ungleich mehr von allem gehabt als ein simpler erster Buchhalter."

Nach diesen geschickt gesetzten Worten schwieg Mr. Clarke abermals. Und so oft wir in ihn drangen, uns noch mehr von dem Aerofix zu erzählen, wich er aus, als ob er an diesen betrüblichsten und schrecklichsten Fall in seinem noch so jungen Leben nicht erinnert werden möchte.

– – – – – – – – – – – – – – – – – – –

Das ging so bis zu unserer Ankunft in Havre. Aber nicht nur, daß er sich über diese seine Reise auf ein und demselben Fleck ausschwieg — er verriet auch sonst nichts. Welche Mühe kostete es uns, ihm auch nur ein paar Einzelheiten über Trenton, die Kabelindustrie im allgemeinen und sein geschätztes Haus Roebling Brothers im besonderen zu entreißen. Dabei ließ er eigentlich nur mich an sich herankommen. Er war ausgesprochen höflich, aber ebenso lakonisch zu seinem Wirt.

Als die „Océanide" den Kai angelaufen war, grüßte Mr. Clarke uns wie ein Korvettenkapitän und war auch schon an

Land. Jegliche Unterstützung Gaëtans hatte er entschieden abgelehnt.

Als er fort war, da war uns erst recht wie in einem Traum ... Wir hielten Umfrage an Bord, stießen aber auf nichts als Trinkgelder, die er zurückgelassen hatte. Und die waren darnach! Mr. Clarke hatte an Mannschaft und Dienerschaft wie ein Nabob ausgeteilt. Dann aber ergab sich etwas noch Seltsameres: der Amerikaner, der geradeswegs aus Pennsylvanien gekommen war, hatte in französischen Banknoten und Louisstücken bezahlt!

Ich fuhr nach Paris, während Gaëtan sich im Automobil auf sein Schloß Vineuse=sur=Loire begab. Nur eine Bitte hatte mir Gaëtan vorher noch aufgetragen: „Du brauchst ja nicht gerade mit Tinte drauflos zu wüten ... aber so ein bißchen schreibst du die Schauerballade mir zu Gefallen wohl nieder!"

Schon ein paar Wochen nach meiner Wiederankunft in Paris waren meine Akten über Mr. Clarke und sein unfreiwilliges Bad im Atlantischen Ozean zu wahren Monsterprozeßakten angeschwollen.

Nämlich ich hatte alle einschlägigen Bulletins der Observatorien, die auf dem vierzigsten Parallelkreis lagen, gesammelt, und kein einziger dieser Berichte vom 19., 20. und 21. August laufenden Jahres verzeichnete etwas von einem Meteor oder einer sonstigen Erscheinung.

Daß keine von all diesen Beobachtungsstationen weder ein Feuer= noch ein Lichtphänomen registrierte, ging noch an. Ethel Corbett hatte ja über einem Kontinent stets alles elektrische Licht abgedreht. Aber daß keiner dieser Sternenwärter das große Sausen gehört haben sollte!

Und dann kam etwas Niederschmetterndes: Gewiß gab's in Philadelphia einen Fairmountpark und am Ufer des Schuyl= kill River ein Belmont mit einem von einer Hügelkette um=

standenen weiten Feld, „das sich vorzüglich zu einem Flugfeld eignen müßte", wie die liebenswürdige Auskunft besagte . . . aber von einem Ehepaar Corbett nicht die Spur.

Und in Trenton existierte neben einer ausgedehnten ehrsamen Topfmanufaktur und außer etwas anfechtbaren altägyptischen Skarabäenfabriken wohl die Kabelmanufaktur Roebling Brothers, die sogar in sehr beträchtlichem Ansehen stand . . . nur reagierte kein einziger Buchhalter und auch sonst kein Angestellter auf den wundervollen Vornamen Archibald oder auf den öden Familiennamen Clarke.

Und so war unser Mann aufs neue zu dem Geheimnisvollen, Unbekannten und Schiffbrüchigen geworden.

_ _ _ _ _ _ _ _ _ _ _ _ _ _ _

Monate gingen hin, ohne daß ich etwas von diesem Pseudo-Clarke gehört hätte, und ich hatte mein Verfahren gegen ihn längst eingestellt . . . da kam gestern der folgende Brief. Zwiefach kuvertiert. Auf dem ersten äußeren Kuvert — Aufgabestempel Paris, Postamt 106, Place du Trocadéro. Auf dem zweiten inneren Kuvert eine andere Handschrift, und der ganze Brief von dieser selben Hand geschrieben:

„Herrn Maurice Renard
Schriftsteller
212, Avenue Armand-Fallières
Paris (XV.)

Sehr geehrter Herr!

Ich bitte Sie wegen meines Betragens an Bord der „Océanide" um Entschuldigung. Sie werden es ja längst herausbekommen haben, daß ich damals in die traurige Wahrheit ein wenig Komödie mengte, zu der aber Sie und Herr de Vineuse-Paradole mir zumindest den Stoff geliefert hatten.

Also ich bin keineswegs der amerikanische Buchhalter Archibald Clarke, sondern Ingenieur, Franzose, und der Apparat, mit dem ich in jener Nacht experimentierte, da ich den Vor-

282

zug hatte, Ihre Bekanntschaft zu machen, war auch nicht eigentlich ein Aerofir. Oh, ich hätte Ihnen die Maschine bis in ihre einzelsten Einzelheiten schildern können, aber meine Erfindung ist so umwälzend und so einfach zugleich, daß ich es für geraten hielt, Ihnen auf Ihr Drängen lieber etwas anderes zu erzählen. Wer waren Sie denn! Ich kannte Sie nicht. Sie hatten mir zwar das Leben gerettet — ich aber hatte ein noch viel köstlicheres Gut zu bewahren!

Wie ich dazu komme, mich heute wenigstens halb zu demaskieren! Weil gestern der Flugapparat Nr. II vollendet worden ist! Nun können mir Indiskretionen nicht mehr schaden. Die Maschine ist all right, auf und davon zu fliegen. In einigen Tagen vielleicht schon werden Sie von meinem Triumph hören und somit auch erfahren, wer ich bin. So viel indes kann ich Ihnen heute schon verraten: meine Erfindung ist mehr wert als solch eine Reise auf demselben Fleck.

Ich ermächtige Sie gerne — eine kleine Gegenleistung! —, mit diesem Stoff anzufangen, was Sie wollen. Ich selber besitze keinerlei schriftstellerischen Ehrgeiz. Aber wenn Sie Ihren geschätzten Lesern damit vielleicht eine kleine Freude machen können, dann tun Sie's bitte, und tun Sie's bitte schnell!

Für heute noch: Ihr ergebener

Archibald Clarke."

Das Flugtreffen von Ardea
Von Gabriele d'Annunzio

Wie der Adler im sandigen Tal nicht mit einem einzigen Schwung sich erhebt, sondern mit immer kräftigeren Flügelschlägen seinen Anlauf nimmt, sich langsam in leichter Steigung von seinem Schatten trennt und dann endlich frei auf der Breite seiner Schwingen sich im Wind emporschraubt — erst zeichnen seine Krallen tiefe Spuren, dann werden sie leichter und leichter, bis sie zuletzt kaum noch den Sand zu ritzen scheinen und die letzte Spur fast unsichtbar wird —, so stürmte die Maschine auf ihren drei leichten Rädern in ihrer blauen Rauchwolke, die aussah, als brenne die dürre Heide unter ihr, dahin und erhob sich von der Erde.

Sie gewann rasch an Höhe. Unter dem Druck des Höhensteuers bäumte sie sich auf und vermied die Luftwirbel, die vom heißen Boden aufstiegen und sie zu drehen versuchten. Dann drehte sie in den Wind, mit oszillierenden Bewegungen, wie die Gabelweihe, wenn sie emporkreist, wie der Akrobat auf dem gespannten Draht. Neigte sich in der Kurve etwas gegen die erste Zielstange, richtete sich wieder auf, flog rasch und gerade wie ein Pfeil die grüne Linie der Pappelallee von Ghedi hinab, überflog die Gehöfte, kämpfte mit den Böen unter fortwährendem Anluven, schwebte im weißen Abglanz der Wolken, schön wie das Bild des Sonnengottes von Edfu, ganz nur Schwinge wie das Emblem über den ägyptischen Tempeln.

Giulio Cambiaso hatte nie so wie diesmal die Zusammengehörigkeit zwischen der Maschine und seinem Körper gefühlt, zwischen seinem geübten Willen und dieser bezähmten Kraft, zwischen seinen instinktiven Bewegungen und den Bewegungen dieses Mechanismus. Von den Flügeln der Schraube bis zur Flosse des Steuers fühlte er dies ganze schwebende Gebilde wie eine organische Verlängerung und Bereicherung seines eigenen Seins. Wenn er sich über die Steuerung beugte,

286

um einen Windstoß zu parieren, wenn er sich mit dem Körper gegen das Innere der Kurve neigte, um mit der Hüfte die Verwindung der Flügelenden zu betätigen, wenn er beim Anluven mit unfehlbarem Gefühl das Gleichgewicht wiederherstellte und von Zeit zu Zeit die Flugachse versetzte, hatte er die Empfindung, mit seinen beiden weißen trapezförmigen Schwingen durch lebendiges Gewebe verwachsen zu sein, lebendig wie die Brustmuskeln der Geier, die er im Abflug von den Felsen von Mokkadam und in ihrem Kreisen über dem Sumpf von Sakur beobachtet hatte.

„Einsam sind wir nun, Bruder, frei, fern von der quälenden Erde," dachte Paolo Tarsis, der schon die erste Runde hinter sich hatte und jetzt vor dem Winde flog, um seinen Freund einzuholen. „Ich will nicht mehr trauern, mir nicht mehr das Herz zermartern, dir meine Folter nicht länger verhehlen. Ich muß dir zurufen, muß deine Stimme im Flug vernehmen. Siegst du, siege ich. Siege ich, siegst du. Wie groß und männlich der Himmel heute ist!"

Er ließ alles hinter sich: den Wirbel seiner Leidenschaft, das erregende Lachen Isabellas, den fiebernden feindlichen Blick ihres jungen Bruders, die Eitelkeit der Freundinnen, die Banalität der Bekannten. Er fand seine Stille wieder, seine Einsamkeit, sein Werk.

„Der Reiher!"

Tausend und tausend Stimmen schrien es einstimmig. Von den Tribünen, von den Schranken, von den Karren, die auf der Landstraße nach Calvisano und auf der nach Montichiari hielten, von den Böschungen der weißen Straßen, aus den Wespennestern von Menschen, die in den Bäumen hingen, aus den schwarzen Haufen auf den Dächern der Bauernhäuser, aus der zahllosen Menge von Gesichtern, die zu den Pfaden der Luft emporgerichtet waren, aus dem unermeßlichen Staunen stieg der Ruf wie Donner oder wie Meeresrauschen.

„Der Reiher!"

Paolo Tarsis holte seinen Freund ein, flog in Rufnähe an ihm vorüber, kam in den Wirbel seiner Schraube, rollte, stampfte, schoß aus der Geraden, stieß nach unten wie ein Habicht, stieg steil empor wie die Wildente, zeigte gegen das Licht die Rippen seiner Schwingen, umflog das Ziel so knapp, daß sein innerer Flügel fast die Spitze des flatternden Wimpels berührte. Er hatte, als er Giulios Maschine passierte, den gewohnten Erkennungsruf ausgestoßen, den sie auf Streifzügen, auf der Jagd, im Biwak gebrauchten. Hatte er ihn vernommen, war der Ruf im Knattern der Motoren verloren gegangen?

„Der Reiher!"

Die Menge wiederholte den Ruf, berauscht von diesem eleganten und gefährlichen Spiel, von diesem Fest der Grazie und der Kühnheit, von diesem Wettkampf der beiden brüderlichen Flieger.

In einer tiefblauen Bucht, zwischen hohen, gelblichen Wolkenbergen, tauchten sie jetzt beide auf, verfolgten sich wie zwei Störche vor der Brutzeit und verloren sich wieder in der großen Weiße. Vom Beispiel angefeuert, stiegen andere auf, erhoben sich, flogen ihnen nach. Alle Hangars dröhnten und fauchten, voll von Winden wie die Häuser des Äolus. Von der Mannschaft aufs Feld geschoben, von starken Armen gehalten, vom rasenden Stern der Schraube endlich in die Lüfte entführt, entflog eine Maschine nach der andern, um den prunkenden Himmel zu erobern: die einen gelb wie Fischadler, andere rosa wie Flamingos, andere rostfarben wie Kraniche. Sie schossen pfeilschnell wie die Schwalben, kreisten wie Kondore, strichen dahin wie Schnepfen. Alle Mächte des Traums schwellten die Brust der Sterblichen zur Verklärung des Menschen. Die Seele der Menschheit hatte das Jahrtausend überschritten, die Zeit beflügelt, den Ausblick in die Zukunft ver-

288

tieft, das neue Zeitalter begonnen. Der Himmel war jetzt zum dritten Reich geworden, nicht mit titanisch getürmten Blöcken erstürmt, sondern mit dem Blitz, der gefesselt und zum Sklaven geworden.

Und lebendig wie die Menge war der Himmel, trunken wie sie von Lust und Wundern, von Stolz und Schrecknis, von Leidenschaft und Unendlichkeit. Es war einer jener sublimen italienischen Himmel, die in einer einzigen Stunde die hundertjährige Wandlung erneuen, die die Künstler an den Decken der Paläste und in den Kuppeln der Basiliken vollbracht; einer jener Himmel, die alle Bilder von Größe erwecken und vernichten, die die silbrige Lust des Veronese mit den steinernen Schauern des Buonarroti vereinen. Die Wolkenmassen waren wie Architektur, wie geformte Materie aus den Händen eines Bildhauers, ein Chor von Engeln, eine Rotte von Ungeheuern, ein Paradies von Blumen. Sie stiegen vom Gebirge auf, schmiegten sich an die Hügel, zerfetzten sich an den Spitzen der Pappeln. Wie milchige Wasserhosen waren die einen und bebten oben in einem Licht von der sensitiven Durchsichtigkeit der Seetiere. Andere wie lichter Ton auf der Scheibe eines Töpfers, der sie mit unsichtbarem Finger zu einer Urne formte. Ein Henkel schoß aus der Seite des Gefäßes und bog sich gefügig nach oben zum Rand. Im Innern der Urne aber war das Blau, und alles Blau ringsum am Himmel kam diesem wenigen Blau nicht gleich. Andere glichen andern Figuren, andern Geschöpfen, andern Sagen, andern Künsten. Die Welt der Mythen und Träume, vom neuen Mythus und vom neuen Traum beschworen, erfüllte die Wölbung des Himmels.

Jetzt schoß einer der großen Vögel zur Erde, erhob sich wieder, legte sich auf die Seite, schlug in einer engen Kurve gegen den Boden und blieb reglos auf dem zusammengebrochenen Flügel liegen, während der andere unbeschädigt in die

Höhe ragte, ohne Zuckung, ohne Todeskampf, ein lebloser Haufe von Rippen und Leinwand, schmutzig von Öl und Ruß. Der Führer der Maschine stieg aus den Trümmern, sah nach seiner Hand, die blutete, und lächelte.

Nicht lange darauf sah man einen andern Flieger, der wie ein lichtgeblendeter Nachtvogel gegen die Schranken stieß, unter dem Geschrei der Menge eine weite Strecke der Umzäunung niederriß und sich dann mit zerfetzter Bespannung, mit zerrissenen Drähten und verbogenem Gerippe überschlug. Lautlos lag er in einem Kreis des Schreckens, ein stummes Wrack über dem metallenen Herzen, das noch warm war und rauchte. Die erschreckte und lüsterne Menge beroch das Aas. Vom Mann sah man nur die Beine, die in den Stahldrähten verwickelt waren. Aber man zog ihn aus dem Gewirr, grub ihn aus, richtete ihn empor. Er war totenblaß, schwankte, verbiß einen Schmerzensschrei, wie man ihn betastete. Er hatte den Oberschenkel gebrochen. Zwei Soldaten trugen ihn auf einer der niedergerissenen Planken weg. Er lag auf dem Rücken, die Augen zu den Wolken gerichtet. Der Schatten eines siegreichen Fluges glitt über ihn und seine Verzweiflung weg.

Jetzt erblickte man eine andere Maschine, die plötzlich von einem Feuer ohne Farbe ergriffen ward. Im Tageslicht war nichts zu sehen als die Leinwand, die sich mit einem Male bräunte und von den Rippen aus Esche und Pappelholz löste, die schon wie Reisig knisterten. Das Feuer griff rasch um sich; die Flamme schlug aus den halboffenen Ventilen. Wie ein großer Brandpfeil, der mit Werg umwunden und mit Brennöl getränkt von der Balliste geschleudert wird, schoß die Maschine zu Boden und grub sich in die Erde ein. Im Aufprall explodierte das Benzingefäß und überschwemmte den zerschmetterten Rumpf und den Mann, der noch lebte. Der Körper der Maschine brannte wie ein Scheiterhaufen. Am pfeilartigen Schwanz knarrten die beiden Steuerruder.

Der Mann sprang, umgeben von farblosen Flammen, auf und wälzte sich im schwelenden Gras mit solcher Wut, daß sich sein Kopf in den weichen Boden wühlte. Die Menge brüllte auf, bis in die Eingeweide gepackt, nicht von Mitleid für den Verwundeten, sondern von der Leidenschaft des tödlichen Spiels. Ein anderer Flieger, der hoch oben kreiste, schoß mit einer kühnen Wendung des Höhensteuers herab wie der Geier auf das Aas. Wenige Meter über der Erde richtete er die Maschine auf und flog hart über dem Verunglückten weg, der sich immer noch unaufhörlich wälzte. Er beugte sich etwas, um zu sehen, wer es sei, und sah, wie er jetzt still lag. Dann schwenkte er rasch ab, stieg wieder höher, erschien bläulich im Wolkenschatten, vergoldet im Sonnenlicht, und setzte ruhig seinen Flug fort. Das Geschrei der Menge stieg zu ihm auf.

„Tarsis! Tarsis!"

Der Mann, dem es gelungen war, das Feuer zu ersticken, hatte sich auf seine Beine erhoben und stand jetzt schwarz, verrußt, ölbeschmutzt da, die Haare versengt, die Kleider verkohlt, die Hände verbrannt, schauerlich lebendig. Zweihundert Meter von ihm war von seiner zerstörten Maschine nur noch der glühende Motor zu sehen, die Rohre verbogen und abgerissen. Der Mann betrachtete seine Hände, mit denen er das hartnäckige Feuer erstickt hatte.

Ein grausamer Taumel trieb das Blut in die Augen der Tausende, die nach dem Kampfspiel der Lüfte in die Höhe starrten. Die blutige Lust am Zirkusspiel war in jeder Brust erwacht. Eine plötzliche Steigerung des Lebensgefühls wallte unter der drohenden Nähe des Todes auf.

„Tarsis! Tarsis!"

Der Reiher zog seine Kreise weiter und umflog eben schon in der fünfzehnten Runde das Ziel. Alle Herzen beflügelten sich gleichsam, um ihm im heroischen Fluge zu helfen. Alle Kehlen schrien dem kühnen Flieger seinen Namen zu wie einen

19*

tönenden Lufthauch, der seine Geschwindigkeit erhöhen sollte. Die Menge befahl ihm gleichsam zu siegen.

„Tarsis!"

Er hielt seinen Flug mit all seiner Geduld durch, beschleunigte die Fahrt mit all seinem Fieber. Von Zeit zu Zeit, bald gegen eine Wolke, bald gegen das Blau, wurde sein Oberkörper sichtbar, vornübergebeugt, wie um sich instinktiv zu verkleinern und der Luft weniger Angriff zu bieten, wie um sich der Form der Spindel und des Pfeiles anzugleichen. Die schärfsten Augen oder die besten Gläser konnten seinen unbedeckten Kopf erkennen — der Wind hatte ihm die Haube entführt —, sein scharfgeschnittenes Gesicht, aus dem die Energie zu strömen schien wie die Hitze von den Kühlrippen des Motors.

„Tarsis!"

Er war jetzt allein. Der Himmel hatte sich entvölkert. Hier und dort auf dem Feld landeten die letzten Flieger. Sie ließen sich nieder wie erschöpfte Wandervögel, legten sich auf die Seite oder stießen mit dem vorderen Sporn auf wie verwundete Falken. Ein falbes Licht, wie ein ferner Abglanz des ringsum reifenden Hafers, verbreitete sich über das Feld. Die tannenen Bretter der Schranken leuchteten wie poliertes Gold. Die Mauern der Gehöfte, der Kirchen und der Villen, die Spitzen der fernen Glockentürme glühten. Die Schatten der Zielmasten, der Stangen und Pylonen verlängerten sich.

Er war allein. Er sah nichts vor sich als den wirbelnden Stern seiner Schraube, hörte nichts als den gleichmäßigen Pulsschlag seines Motors. „Wo war sein Freund? Was war vorgefallen? Was hatte ihn schon zur Landung gezwungen!" In diesem Augenblick hörte er, wie einer seiner Zylinder aussetzte, dann noch einer. Sein Herz krampfte sich zusammen; er kam sich plötzlich wie ein Verblutender vor, als ströme es aus seinen Adern in die metallenen Rohre. „Verriet ihn das

292

Glück im letzten Augenblick!" Er luvte gegen einen Windstoß
an, manövrierte mit aller Macht, hielt sich so dicht als mög=
lich am Wind, umflog den letzten Pylon wenige Zoll vom
Wimpel, zog im Geist eine gerade Linie bis zum Ziel, gerader
als die Linie, die der Zimmermann mit Richtschnur und Men=
nig zeichnet. Als die Spannung nachließ, hörte er mit ruhige=
rem Ohr, daß der Motor wieder gleichmäßig arbeitete, hörte
den exakten, kräftigen Schlag. Unwillkürlich, als säße sein
Freund neben ihm, stieß er einen leisen Kehlton aus, der in
ihrem bizarren Jargon ein Zeichen von Genugtuung aus=
drückte. Ein Ton, den sie auf Jagden und Streifen gleichsam
dem gezähmten Raubtier und wilden Stämmen abgelauscht
hatten. Er lachte in sich hinein beim Gedanken, wie der große,
hervortretende Adamsapfel des Rekordmannes John How=
land erregt auf und ab zucken würde. Dann schweifte er in
unbestimmte, unwillkürliche Vorstellungen ab, als sei mit
einem Male seine Aufmerksamkeit entspannt, als habe das
gegenwärtige Geschehen plötzlich jede Bedeutung verloren.
Und nun schoß ihm das Bild Isabellas durch die Brust: er
sah ihr Gesicht voll Zauberei und Fährnis vor sich, sah das
Spiel ihrer Knie im grauen Rock, dem zwei kunstvolle, un=
erklärliche Falten das Aussehen von zwei zusammengeschla=
genen Flügeln gaben.

Plötzlich schloß sich der Stromkreis seiner Energie wieder.
Er fühlte von neuem, wie sein Körper die ganze Maschine
regierte, daß im Innern seiner Flügel wie in den hohlen
Knochen der Vögel die gleiche Luft kreiste wie in seinen Lun=
gen. Wieder ward das Gefühl in ihm lebendig, nicht mehr
ein Mensch in einer Maschine zu sein, sondern ein einziger
großer Körper mit ihr. Die Empfindung des unerhört Neuen
lebte in jeder seiner Bewegungen. Er flog dahin wie auf sei=
ner eigenen schwellenden Lust.

„Der Reiher! Tarsis!"

Er fah auf dem Signalmaft die Scheibe auffteigen, die feinen Sieg anzeigte, hörte das Meeresbraufen, das zu ihm aufstieg, fah hinab, überblickte die graue Maffe der Volksmenge mit taufend weißlichen Gefichtern, taufend gereckten Händen. Obfchon er von der Kurve am Ziel fich abwärts fenkte, war es ihm doch, als ftiege er fchwindelnd hoch über eine ftarre Warte. Er fchoß abwärts, wendete, flog vorbei, in einem Dröhnen des Siegs, einem Wirbel von Glanz, weiß und leicht, funkelnd von Meffing und Stahl, ein Bote des höchften Lebens.

✤ ✤ ✤

Während der Sieger feinen Flug fortfetzte, um den eigenen Sieg noch zu übertreffen, wurden am Signalmaft die beiden fchwarzen Dreiecke und das weißrote Quadrat aufgezogen, die den Start Giulio Cambiafos für den Höhenrekord anzeigten.

In der Menge dauerte die fchwere Dünung noch an, die auf einen heftigen Sturm folgt. Die Ankündigung des neuen Wettbewerbes war für fie eine herrliche und erregende Verheißung, im Abendrot fchwebend. Als der Freund Paolos den Reiher beftieg, fchwieg der Lärm. Die Schraube braufte in der Stille ringsum.

„Zum erstenmal trage ich eine Blume in die Luft. Wo ift wohl jetzt die kleine olivfarbene Indierin, die fie mir gab? Vielleicht fieht fie nach mir hin und ängftet fich. Was für ein feltfamer Befuch. Werde ich fie wiederfehen, wenn ich lande? Werde ich ihr fpäter wieder begegnen? Die gelbe Rofe von Madura! In die Höhe will ich fie tragen, in die Höhe . . .“

Die Wölbung des Himmels im Zenit war vollkommen wolkenlos, wie eine ungeheure Kugel, rings von den koloffalen Pilaftern, Bogen und Säulenhallen der Wolken geftützt. Die Glut des Abends war erlofchen. Ein myftifcher Hauch belebte die formlofen Geftalten, die fich auf der Höhe

294

der Wolkenfirste dahinter neigten und ausstreckten, wie die Figuren der Nacht und der Frühe auf den Mediceergräbern. Die Stadt von Brettern verschwand jetzt mitsamt all ihren kleinen Dingen, und die großen Dinge wurden größer im Anwachsen des Dunkels und der Erwartung. Die Nike auf der römischen Säule erschien jetzt von gigantischer Größe.

„Zu unerreichten Höhen will ich sie tragen."

Der Reiher beschrieb einen weiten Bogen um das bron= zene Standbild. Seine geradlinigen Flügel waren von einer Schönheit wie die heiligen Sonnenflügel in ägyptischen Tem= peln. Das Volk, das am Tage die Göttin auf dem Wagen hergezogen, empfand die zwiefache Schönheit. Nun begann für die Menge ein grausames Freudenfest.

Der Reiher stieg in Wellenlinien und Kreisen empor. Von Welle zu Welle, von Kreis zu Kreis klang das Knattern des Motors schwächer, verlor in gewissen Momenten jede Härte, wurde gedämpft wie der Schlag des Dreschflegels auf der Tenne, wie das Summen eines Schwarmes im Korb, wie die ländlichen Geräusche, die in Traum wiegen, die Lie= der, die sich entfernen, schien sich ins Blau zu verlieren wie die Maschine selbst und der Mann auf der Maschine: ver= stummte endlich ganz, war nicht mehr da, war nur noch für den einen da oben hörbar. Die Menge reckte sich und horchte, die ganze Seele in den Augen und mit verhaltenem Atem. Das stufenweise Abnehmen des Geräusches erweckte in jedem ein so tiefes Gefühl von Entfernung, daß der Gesichtssinn sich täuschen ließ. Der Mann da oben schien bereits in unbe= rechenbarer Höhe, gänzlich losgelöst von seinesgleichen, ein= sam, wie keiner je einsam war, gebrechlich, wie keiner je ge= brechlich, jenseits des Lebens wie ein Hingeschiedener. Die Bangnis des Unbekannten lastete auf jeder Brust. „Nicht weiter, nicht weiter!" flüsterte die Stimme des Bangens. „Höher! Höher!" rief die Stimme des Rausches.

„Nicht weiter! Es ist schon zu hoch! Es macht einen schwindeln!"

„Weiter! Höher! Noch bis zu dem Wolkenrand dort wenigstens!"

„Genug! Ein Lufthauch kann dich stürzen, ein Nichts: ein Draht, der reißt, ein Funke, der ausbleibt."

„Weiter! Laß nicht nach! Die Höhe, in der du jetzt bist, erflog schon einer vor dir. Höher steigen mußt du, um neue Himmel zu erobern!"

Ein Ruf aus tausend Kehlen stieg zu dem Kühnen empor. Am Signalmast war das weiße Zeichen des Sieges erschienen. Schon schwebte der Reiher in neuen Himmeln.

„Genug! Der Sieg ist dein!"

„Höher! Siege doppelt!"

Der Rausch der Menge war wie das Pochen eines gemein= samen Fiebers, das sich der fühllosen Luft mitteilte und bis zu dem menschlichen Vogel da oben drängte. Der Himmel erschien wie ein drohendes Geschick.

„Höher! Höher!"

Es schien, als sei jenseits der Grenze die Gefahr ver= schwunden, als sei der Mensch durch das Übermaß der Kühn= heit selbst straflos und sicher geworden. Die Maschine erschien jetzt nur noch wie ein dünner Pfeil, der wie durch Zauber im blassen Himmel hing. Der Augenblick schien endlos. Keiner vermochte ein Wort auszusprechen.

„Er kommt herunter! Er kommt herunter!"

Der Bann war gebrochen. Erst leise wurden die Worte ausgesprochen, dann mit ungleichen Ausrufen.

„Er kommt herunter!"

Man sah, wie der Pfeil größer wurde, rasch wieder die Form eines beschwingten Fliegers annahm. Etwas Glänzen= des und Dunkles zugleich, etwas, das einmal leicht auf= leuchtete und dann unbestimmter Schatten war, durchschnitt

296

unterhalb der Maschine die Luft. Vielleicht sah so die erste Feder aus, die aus den Schwingen des Ikarus aufs Meer fiel.

Eine Stimme voller Schrecken rief: „Die Schraube! Der Schraubenflügel!"

Und Schrecken breitete sich über die ganze Menge, nicht von Stimme zu Stimme, nein, von Fleisch zu Fleisch.

„Er fällt!"

Alle Stimmen und Geräusche hatten einen unnatürlichen Widerhall, nicht in der Luft, in den Herzen selbst.

„Er fällt, er fällt!"

Nun schrie keiner mehr, keiner holte mehr Atem. Man sah, wie der menschliche Vogel schwankte und sich von einer Seite auf die andere legte wie ein wahnsinnig rollendes Schiff. Man sah, wie der lange Mittelkörper unter dem Druck des Steuers sich bäumte und aufrichtete, einen Augenblick die Flugflächen in die richtige Lage zum Abstieg brachte und einen Moment lang Hoffnung weckte, dann plötzlich vorwärts stürzte, ohne Halt, mit der Geschwindigkeit eines toten Körpers gerade herabkam und gegen die Erde prallte mit einem Dröhnen, das in der lautlosen Stille der Herzen wie Donner klang.

Kein Schrei erscholl, keine Hand hob sich. Für einen Augenblick schien die Menge leblos wie der weißliche Trümmerhaufen von Stoff und Rippen, wie das große Leichentuch, das zehn Schritte vom Fuß der römischen Säule lag. Es war nicht das Licht des Abends, sondern der Schein des Geschehnisses, das Menschen und Dinge zu beleuchten schien. Die Ebene war wie ein Meer, die Wolken wie ein Kreis von Welten, der Himmel wie ein undurchdringbarer Demant. Die ewigen Naturkräfte herrschten wieder.

Dann wurde der Galopp der herbeisprengenden Reiter vernehmbar. Die Menge durchbrach die Barrieren und überschwemmte das Feld, lüstern nach dem Anblick von Blut und zerschmetterten Gebeinen. Und hoch über der Menge, die voll Wildheit sich um das greuliche Schauspiel stieß und schlug, erhoben sich einsam Säule und Standbild, zwei unsterbliche Geschöpfe sterblicher Künstler, in Schönheit für den unbesiegten Stolz des Menschen zeugend. Und es zeugten die Flügel aus Erz für die gebrechlichen Flügel aus Linnen.

„Ist er tot? Atmet er noch? Hat er den Kopf zerschmettert? Das Rückgrat gebrochen?"

Von den Lanciers zurückgedrängt, wogte und tobte die Menge. Die Pferde bäumten sich und schnaubten, Schweiß auf den Flanken, Schaum am Gebiß. Um sehen zu können, krochen die Neugierigsten unter dem Bauch der Pferde durch, preßten sich zwischen Kruppe und Kruppe, zwischen Sporn und Sporn.

Als die Trümmer entfernt, die Drähte entwirrt, die Leinwandfetzen weggezogen waren, wurde der leblose Körper des Helden sichtbar. Der Hinterkopf klebte am Motorgehäuse derart, daß die sieben Zylinder mit ihren Kühlrippen eine Art von schauerlichem Strahlenkranz um sein Gesicht bildeten. Die lichtbraunen Augen waren starr geöffnet, der Mund ruhig und unverzerrt, im hellen, weichen Bart glänzten die reinen, weißen Zähne. Die große Schläfenader war von einem gerissenen Spanndraht glatt durchschnitten, wie von einem Rasiermesser. Aus der Wunde strömte ein roter Bach, der sich über das Ohr, den Hals, die Schulter und die halbgeschlossene Faust ergoß. Ein Arzt, der sich über seine Brust beugte, um das Herz zu behorchen, das längst nicht mehr schlug, spürte an seiner Wange die kühle Frische eines Rosenblattes. „Tarsis! Tarsis!"

Ein neuer Schauer durchlief die trunkene Menge, die plötzlich erschüttert schien, als strahle der Schmerz des überleben-

298

den Freundes auf sie über. Man hörte deutlich in der erha=
benen Stille des Abends den Motor des unermüdlichen
Fliegers näher kommen, der immer noch Runde um Runde
zurücklegte.

Die Melodie der Sphären
Von Aage von Kohl

Am Schluß schraubte François Bravier mit vieler Sorgfalt wieder den Messingdeckel auf den langen, spindelförmigen Benzinbehälter.

„Ça-y-est!" sagte er zu sich selber, noch mit einem gründlichen Sachmannsblick über den diminutiven, achtzylindrigen Kolownewmotor hin und gleichzeitig seine Finger an dem Twistknudel trocknend, der immer im linken Ärmel seiner blauen Leinenjacke steckte. „Übrigens ist es wohl auch bald höchste Zeit! Ja, Tod und Seligkeit: es ist fünf Minuten vor!"

Er gähnte umständlich und mit vielen Armverrenkungen, kroch dann behende vorwärts durch das komplizierte Netzwerk der schmächtigen, rotlackierten Aluminiumstangen, die teils die Plattform des Flugzeuges und achtern die beiden Luftschrauben trugen, teils in den drei kleinen Mahagonisteuerrädern endeten — schwang sich mit einem Satz über die Kante der verschiebbaren Fußstütze am Sitzplatze hinab und stand jetzt im Halblicht auf dem Asphalt des Hangars.

Droben, unmittelbar über seinem Kopf, hing der mächtige Eindecker mit seinen gespreizten Flügeln, leise erzitternd in den vier außerordentlich langen Stahltrossen, an denen er aufgehängt war: gleichsam ohne Gewicht in der Luft schwebend, breitete er, über den Boden der Halle und an deren Wände hinauf, seinen Schatten wie den eines gigantischen Vogels im Fluge.

Durch das grobfädige, gummierte Raventuch der Tragfläche schienen die zwei Bogenlampen hoch oben von der Dachkuppel herab.

Aus dem Dunkel des Gartens, das ganz lose wie eine luftige Portiere den offenen Südgiebel abschloß, schlich sich die heiße und süße Brise des Nachtwindes hinein, fast bis zum Schwindel erfüllt von Jasmin- und Veilchengeruch.

Es kam ihm im selben Augenblick vor, als hörte er draußen den Kies unter raschen Schritten knirschen.

302

Er lief nun nach vorn und drehte die Lichtkontakte am
Eingang auf. Der gelbliche Schein flutete in einem Nu über
die Krümmungen des Pfades und über das dichte Gras der
mächtigen Rasenflächen. Tief draußen in der intensiveren
Dunkelheit des Hintergrundes schimmerten mit einem Male
die großen, weißen Blütenhaufen der Hecken.

Fürst Wrasow Kolownew und seine Begleiterin wurden
sichtbar.

„Alles bereit, Exzellenz —" rapportierte François, vor der
Dame seine Mütze ziehend. Der Fürst nickte:

„Danke, Bravier, es ist gut! Bitte, setzen Sie eine Leiter
drinnen an. Wir sind zwei." Während der Mechaniker kehrt
machte und im Schatten des Raumes verschwand, wandte
Wrasow sich wiederum Narna zu, ihre linke Hand ergrei=
fend:

„Ja, du hattest natürlich recht, Marinka Alexandrowna!
Ist es nicht sonderbar, daß also auch ein Ingenieur von den
unfaßbaren Dingen erfaßt werden kann — vom Atemzug
der Erde und der Pflanzen in einer Sommernacht! Nie zuvor
hätt' ich es für möglich gehalten, daß mir dergleichen ge=
schehen könnte!

Marinka, nun verstehe ich gar nicht, wieso ich nicht schon
längst darauf gekommen bin, dir diese Fahrt vorzuschlagen!
Wie wundervoll wird es sein, in den sanften Kurven dort
oben dahinzugleiten, bürdelos, mühelos, in der durchsichtigen
Luft aus Nacht . . . zusammen mit dir!" fügte er leiser hin=
zu, stammelnd, ihren Blick suchend.

Sie sah verwundert zu ihm auf und wurde ein wenig rot
in beiden Wangen; aber gleich nachher wurde sie noch bläs=
ser als zuvor, sie lachte nervös, zog ihre Fingerspitzen aus
seiner Hand:

„Ach, bester Wrasow!" erwiderte sie kurz, ihren Kopf
schüttelnd, „du sprichst wahr: ich erkenne dich nicht wieder!

Es ist offenbar diese für dich ungewohnte Stunde der Nacht, die dich mit einem Male so beredt gemacht hat. Ich wußte nicht, daß du überhaupt so viel reden kannst. Falls du so fortfährst — kommen wir einfach nie von der Stelle. Können wir sofort an Bord gehen?"

Aber Kolownew wollte sich auch diesmal erst eigenhändig vergewissern, daß alles in Ordnung sei, und er ging daher gehorsam von ihr fort, hinein in den Hangar, mit einem Seufzer sowohl über seinen eigenen Mangel an Mut wie über den beinahe bitteren Ton, in dem sie beständig zu ihm sprach.

Als er ihr den Rücken zugekehrt hatte, lehnte Narna sich schwer an den eisernen, mennigübertünchten Pfeiler am Eingange, plötzlich schaudernd: oh, war es nicht, als ob .. als ob ... diese verborgene Bürde da drinnen, unter ihrer Tracht, rings um ihren Körper gesponnen wie ein zolldickes Korsett, sie bis in Mark und Bein frieren machte! als ob sie einen Eisblock über ihrem Gürtel trug!

Sie richtete sich mit einem Ruck auf, runzelte ihre Brauen, versuchte sich ihrer eigenen Schwachheit zu schelten und zog instinktiv den langen, weiten Regenmantel fester um sich, den sie heute trotz der Schwüle gezwungen war zu tragen und den sie keinen Augenblick von sich zu legen wagte; aber durch diese Bewegung wurde sie abermals von Schrecken erfaßt — von derselben erstickenden Angst, die sie gestern nachmittag empfunden hatte, drunten auf dem Stations-Perron Alt-Peterhof, unter den forschenden, vielleicht direkt argwöhnischen Blicken des Polizeihauptmanns. Sie war im Begriff gewesen aus dem Coupé zu steigen, stand schon auf dem schmalen Trittbrette des Waggons, aber dann schnappte die Tür hinter ihr zu, einen Zipfel ihres Regenmantels festklemmend — und indem der Zug sich gleichzeitig in Gang gesetzt hatte, verlor sie ihren Halt und stürzte vornüber, gerade in die Arme des Polizeioffiziers! Sie hatte zwar im voraus gewußt, daß die-

304

fer immer auf dem Perron zugegen war, während der Mo=
nate, wo sich die kaiserliche Familie auf Peterhof aufhielt,
und er lächelte obendrein sehr liebenswürdig, als er ihr auf
die Beine geholfen hatte und sie nachher aus seiner Umar=
mung freiließ: „Mon dieu, mademoiselle, aber kann es wun=
dernehmen, daß man sich nicht frei bewegen kann, wenn man
dermaßen stahlhart geschnürt ist, ganz wie gepanzert!"

Aber im selben Nu war da jäh ein Schatten über sein Ge=
sicht geflogen, er machte einen schnellen Schritt, beinah einen
Sprung auf sie zu, die Hände vorwärts gestreckt — während
sie erbleichend, trotz aller Versuche sich zu beherrschen, rück=
lings wich und eine Sekunde lang alles verloren wähnte…
aber da, im letzten Moment, hatten sie beide Wrasows Rie=
senstimme draußen vor dem Gitter gehört, polternd und ver=
gnügt:

„Hier, Marinka Alexandrowna, hier halte ich mit dem Wa=
gen!" — — — und für Exzellenz Kolownew existierten na=
türlich keinerlei Schwierigkeiten, — dachte Narna nun wei=
ter, wiederum ganz und gar von der Idee erfüllt, die ihrem
Vorhaben hier draußen zugrunde lag: ja, wohin man sich auch
wandte, immer, immer, immer dieser Unterschied! Den Für=
sten nichts anderes als Rechte — dem Volke nur Pflichten!
Damit ein paar tausend Hochwohlgeborene in Überfluß und
ohne eine Hand zu rühren leben konnten, mußten hundert
Millionen sich unter qualvoller Arbeit und nutzlosem Ringen
zu Tode hungern! Ach, mein Gott, mein Gott — ja, es gab
in Wahrheit nur diesen einzigen Weg, um … nein, nicht
um sich zu rächen, aber um eine Möglichkeit zu schaffen für
glücklichere Verhältnisse, für jene Kommenden, die gänzlich
ohne Schuld sind.

Sie strich sich wirr das schwere schwarze Haar aus der
Stirn, hörte, ohne es selbst zu wissen, Wrasows tiefe und
frohe Stimme, die dort hinten im Halbdunkel unter den mäch=

tigen Flächen des Eindeckers den Mechaniker kommandierte
— und es traf sie mit einem Male ein dumpfes, nagendes
Gefühl, wie von Erkenntlichkeit, Dankbarkeit gegen ihn: ja,
ein Glück, daß er im rechten Augenblick dort auf der Station
eingetroffen war! Es geschah also in Wirklichkeit auf doppelte
Weise durch seine Hilfe, daß sie überhaupt das ausführen
konnte, was sie für heute nacht geplant hatte. Aber war es
dann nicht etwas viel zu Abscheuliches, war es nicht etwas
Entsetzliches, ihm seine Güte dadurch zu lohnen, daß sie jene
schreckliche Tat vollbringen wollte!! War es nicht ein Ver=
brechen von ebenderselben Unmenschlichkeit wie das, worun=
ter das ganze Volk litt! Ja, hundertmal schlimmer — weil
sie sehr wohl wußte, daß er aus seinem ganzen Wesen heraus
genau das Gegenteil von dem empfinden und denken mußte,
wofür sie und ihre Genossen stritten.

„Klar! Marinka! Kommst du nun!“ hörte sie die Stimme
des Fürsten im selben Nu, groß und voller Erwartung.

Und sie ging entschlossen auf ihn zu, plötzlich Trost in dem
Bewußtsein findend, daß sie doch selber das letzte und ein=
zige, was sie besaß, aufs Spiel setzte. Im Trotz zwang sie
sich dazu, viel zu hart und unfreundlich über ihn zu denken:
diesen fürstlichen Projektemacher und Erfinder, der für nichts
anderes Ohr noch Auge hatte als für seine Motoren und
Flugmaschinen. Dieser Riesenkerl, der in all seinem Scharf=
sinn und seiner ausdauernden Arbeitskraft dennoch unver=
besserlich naiv und linkisch war wie ein Knabe! Ein Kind —
bei seinen dreieinhalb Ellen, den breiten Schultern und dem
langen schwarzen Schnurrbart. Hier lebte er jahraus, jahr=
ein, hier draußen auf seinen meilenweiten Wiesen und Fel=
dern, beinahe von aller Welt abgesperrt, mit seinen ewigen
Experimenten, die Stück um Stück sein ganzes Vermögen
verschlangen. Und obendrein hatte er — während dieser vier
Besuche, die sie, ihrem Plan zufolge, in den letzten Wochen
306

ihm gemacht hatte — es schließlich gewagt, sie mit anderen
Blicken zu betrachten als die, wozu er das Recht hatte, als
ehemaliger Studienkamerad aus der Lehranstalt und dem
Laboratorium. Nein, die Rücksicht auf ihn durfte ihr nicht das
mindeste bedeuten — im Vergleich zu ihrem Traume vom
Glücke Rußlands . . .

Sie kamen endlich zum Sitzen, nachdem sie mehrere Male
des Gleichgewichtes wegen den Sitz hatten umstellen müssen
— indem Kolownew sehr schamvoll und mit sachtpolternder
Lustigkeit behauptete, sie wiege heute, meiner Treu, mindestens
zwölf Kilo mehr als je zuvor!

Die Bank war — für zwei sehr eng — etwa einen Meter
unter dem Mittelpunkt der Tragflächen angebracht, in einem
Wirrwarr von Steuermechanismen, die sich alle in drei Hand=
griffen vereinigten. Narna empfand es zum ersten Male merk=
würdig feindlich, so dicht neben ihm zu sein. Sie saß halb=
wegs hinter seiner rechten Schulter, sich gegen die niedrige
Rücklehne stützend, und starrte ihm verschwiegen und zornig
in den Nacken hinein. Die seidenartige Spitze seines schweren
Schnurrbartes, die außerhalb seiner Wange zu sehen war,
zog immer und immer wieder ihren Blick auf sich, machte
sie heiß und haßerfüllt, ohne daß sie begreifen konnte, wes=
halb.

François war zur Hinterwand des Raumes gegangen und
stand nun und arbeitete an einem Treibrad, das mit Hilfe
einer Trosse und einer Taille den Monoplan rücklings und
aufwärts zog — wie zu einer Schaukelfahrt. Die vier Trag=
leinen, die unten am Gestell des Flugapparates in Ösen fest=
gemacht waren und automatisch ausgelöst werden konnten,
sammelten sich nach oben zu, sehr hoch droben, in einem Ha=
ken, der in der höchsten Spitze der Dachkuppel saß. Der Fürst
drehte den Kopf nach links, um der Bewegung am Grad=
messerbogen zu folgen, der in Weiß an die Seitenfläche der

20'   307

Halle gemalt war und der angeben sollte, wann der Auf=
schwung hinreichend weit war, um die erforderliche Geschwin=
digkeit zum Aufstieg zu ergeben.

„Start!" rief er wie Donnerkrach.

Das Aufzugsseil ließ los, und der Eindecker schwang in
seinen Tauen vorwärts — wie eine Wurfschaukel mit enor=
mem Radius. Indem er die Luft gegen die mächtigen Areale
seiner Flächen hinaufpreßte, sauste er schnell und schwer nach
vorn, passierte brummend die lotrechte Stellung, begann sich
im Aufwärtsgehen zu heben . . . und dann setzte mit einem
Ruck der Fürst den Motor in Gang, die Tragetrossen lösten
sich, die Schrauben mahlten wirbelnd im Kreis — und der
Monoplan fuhr schräg aufwärts und vor, durch den offenen
Giebel hinaus. Die Lampen dort schienen jäh zu versinken.
Die Luft stand steif in Gesicht und Brust der beiden. Tief
unter ihren Füßen brausten die Bäume im Garten.

Sie flogen . . .

Gegen den schummerigen Horizont unterschied Narna die
langen, gezackten Profile der Höhenzüge bei Kusnezy. Sie
zogen im selben Nu nach links vorüber: die Maschine än=
derte die Richtung ihrer Fahrt, machte, sich leise vornüber=
neigend, kehrt — und gleich nachher sah sie drunten unter
sich den kohlschwarzen Dachrücken des Hangars, aus dessen
beiden Giebeln das gelbe Licht heraussickerte. Die kleine Tan=
nenplantage — ein blaugrüner Teppich, der versank; der
bleiche Knopf der Flaggenstange schwankte dicht dort unten
vorbei. Der Fürst saß, mit beiden Händen das zitternde Rad
fassend. Das Höhensteuer war, wie zwei helle, wogende Blät=
ter, ein Stück nach vorn sichtbar. Narna fühlte mehr, als sie
beobachtete, daß er sein Gesicht, in dem die großen blauen
Augen strahlten, ihr zuwandte:

„Sieh!" rief er in das Sprachrohr, das sie verband, und
zeigte vor sich hin, wo die Kante der Tragfläche einen wage=

308

rechten, weißlichen Strich über den Himmel von links nach
rechts zog. „Sieh, Marinka, dort oben gegen Norden: der
Brandschein von Sankt Petersburgs rastlosem Nachtleben,
das, wie man sagt, niemals stillsteht! Und da hinten, mitten
zwischen Ost und Nord, ach, dort erblicken wir schon den zar=
ten Schimmer des kommenden Morgens!

Marinka, hörst du: heute geschieht alles zum erstenmal!
Zum erstenmal erlebe ich die Nacht, die den kommenden Tag
gebiert, der Morgenröte Melodie, den Anfang zu allem. Hörst
du, ich habe nie zuvor gelebt — niemals zuvor bis nun, da
wir beide ruhend in die Höhe steigen, um den Sonnenschein
vor allen anderen zu empfangen!" Er lachte, schwieg eine Se=
kunde lang und fuhr dann fort:

„Du großer Gott im Himmel, ich begreife es nicht, was
los ist mit mir. Fühlst du wie ich, daß mein Flugzeug wirklich
den großen Schritt getan hat; zuverlässig, stetig gehorcht es
meinem Willen! Sicher wie in einem Boote, das stromab=
wärts auf einem Flusse von der Strömung geführt wird,
sitzen wir hier, du und ich! Du weißt nicht, wie ich mich heute
tüchtig und stark fühle. Ja, heute sehe ich zum ersten Male
vollkommen ein, daß die Zukunft Russias in meiner Hand
liegt — und daß ich sie zum Siege bringen kann!

Falls du mir dabei helfen willst, mit mir zusammenge=
hen —!" schloß er in tieferem Tone, wurde aber im selben
Nu von der Dreistigkeit seiner letzten Worte gelähmt, ver=
suchte seine Erregung hinter Gelächter zu verbergen — und
beugte sich dann, beständig lachend, vornüber, den Griff des
Höhensteuers bewegend. Das Flugzeug stieg nun höher auf=
wärts, in einer schrägen, wogenden Linie; der Luftdruck
preßte sich laut summend gegen ihre Brust, klapperte jäh mit
der gestrafften Leinwand der Segelfläche, pfiff an den Stan=
gen bei ihrem Ohr vorüber. Und hier oben begegnete ihnen
plötzlich ein würziger Strom, o eines Sommermorgens

Schauer, die Düfte von Blumen, von Tau und Heu! Tief, tief drunten, umhüllt von der vagen Dunkelheit, jagten, mit sonderbar verlängerten Seiten, die ungeheuren, kohlschwarzen oder blaßgrünen Tafeln von Wald und Feld unter ihnen hinweg — und neue glitten hervor, um wiederum zu verschwinden. Und in der Ferne, ganz draußen links, hinter den parkbekleideten Felsufern Peterhofs, lag dumpfglänzend ein Streif von des Meeres unermeßlichem Spiegel aus Metall.

Es war bei seinen Worten wie ein Stich durch Narna gegangen, ein leises Stöhnen aus ihrer Kehle, aber gleich nachher preßte sie zornig ihre Zähne zusammen: Torheiten, Unsinn, leere Redensarten! Nein, sie wollte gar nichts sehen, sie wollte ganz und gar nichts hören von all dem, was er sagte — nur sich in ihren Plan vertiefen, all dessen Einzelheiten noch einmal überdenken, bloß dem krachenden Lärmen des Motors dort hinten lauschen, ja, dem unveränderlichen Alarm der gehorsamen Maschine, dem gesetzgebundenen Geräusche des Gesetzgebundenen: Pflicht, Pflicht, Pflicht!

Sie machte sich so klein wie nur möglich, um das Gefühl seiner Nähe zu vermindern, machte sich hart gegen dies Wunderbare, das zu erleben sie eine der ersten auf der Erde war: mit Meilengeschwindigkeit hier hoch droben in der Luft vorwärts zu fliegen, durch den leise erwachenden Mitsommertag, unter des Morgenhimmels Kuppel aus Stahl! Dort hingetragen, wo sie es wollte, von diesem sanften und feurigen Tier, das der Scharfsinn ihres ehemaligen Kameraden, o nein, ihres Freundes geschaffen hatte! Nein, nein, sie durfte weder hören noch sehen, aber trotzdem ihn keine Sekunde aus den Fingern lassen, keinen einzigen Augenblick ihre Macht über ihn aufgeben, denn nur indem sie ihre Absicht verbarg, nur indem sie ihn lockte und überlistete, konnte sie das erreichen, was sie wollte.

Einen Moment schien sie die Vollbringung von dem vor sich zu schauen, was ihr Ziel war: sie sah das Flugzeug in weichem Schwung über das breite flache Dach jenes einstöckigen Pavillons in Peterhofs Schloßpark dahinschweben, wo die kaiserlichen Schlafgemächer lagen. Ganz niedrig sauste es darüber hinweg, in der schwachen Dämmerung, die ihr erlaubte, das zu erkennen, was sie zu sehen brauchte — die aber den Wachtposten drunten verhinderte, ihre Fahrt rechtzeitig zu stoppen. Sie sah sich selber, wie sie plötzlich von ihrem Platz mit einem Sprunge sich erhob, es vermeidend, seinen Augen zu begegnen, und sich nachher taumelnd durch die Luft hinabstürzte, die Mitte des mächtigen Schieferdaches treffend . . . und dann wurden Erde und Himmel mit Weltgerichtsgetöse erschüttert, Steine und Mauerwerk zerbarsten, eine meilenhohe Flamme riß das Haus bis auf seinen Grund auseinander — und wenn der Rauch sich verzogen hatte, dann war der geheime Wunsch Russias vollbracht, dann war Russia der Befreiung noch einen Schritt näher als je zuvor, der Tyrann mit all den Seinen ausgerottet. Ach, die kommenden Geschlechter, die, gleichviel, ob sie ihre Tat guthießen oder verdammten, doch eine Freude ernten sollten, wie wir sie niemals kennen lernten: unter der Sonne der Freiheit geboren zu werden!

Sie bemerkte mit einem Male, daß der Fürst seit mehreren Minuten nicht gesprochen hatte, und ihr wurde rätselhaft weich und süß dabei zumute. Sie erinnerte sich schmerzlich bereuend, wie sie heute kalt und spöttisch zu ihm gewesen war — teils von der angstvollen Spannung überreizt, teils mit Überlegung, um ohne Schwierigkeiten Ausflüchte dafür zu haben, daß sie ihren Regenmantel umbehielt und es sich in all den Stunden bei ihm nicht gemütlich machte. Aber jetzt wollte sie zum Entgelt recht gut und brav sein für diese halbe Stunde, die noch übrig war.

Ohne es selbst zu wissen, legte sie ihre linke Hand auf seine Schulter; er wandte ihr sofort sein Gesicht zu — in der gedämpften Beleuchtung begegneten ihr seine Augen, sie schienen ihr seltsam tief und blau zu sein.

„Ja," sagte sie, mit einem Male schwindelnd müde und verwirrt, „wie ist es schön, dies alles, so schön!" Sie hörte selbst ihrer Stimme gleichsam klagenden Laut und fing verwirrt an, einige Haare wegzustreichen, die bei der Fahrt immer und immer wieder quer über ihren Mund hingeführt wurden, ihr Wange und Lippe kitzelnd. Danach zeigte sie vor sich hin und suchte sich von den beiden früheren Flügen her, die sie bei Tage ausgeführt hatten, zu erinnern, was es wohl für Dörfer und Villenquartiere seien, über die sie jetzt hinwegsegelten.

„Erzähle mir, Wrasow, erzähle mir, was ist es, was wir dort sehen! Weshalb sagst du gar nichts mehr! Ist es wirklich Katharinas Schloß in Babygon, der winzig kleine blasse Würfel da in dem dunklen Garten!" Und plötzlich übermütig, unerklärlicherweise gestärkt, indem sie es mit einem Male empfand, wie seine Schulter unter dem leichten Druck ihrer Finger erzitterte, fuhr sie lachend fort:

„Weißt du, Wrasow, daß ich schon drunten im Hangar argwöhnte, du habest aus irgendeinem Buche die hübschen Worte auswendig gelernt, mit denen du mich überraschtest! Wie hätte es sonst geschehen können, daß deine berüchtigte Stummheit sich so plötzlich als eine vielsagende Verschwiegenheit entschleierte! Nicht wahr!"

Kolownew antwortete nichts.

Auch Narna wurde schweigsam, während sie beobachtete, wie die leuchtende Horizontlinie droben gegen Norden sich nun nach rechts hinzog und ihren Schimmer an den erwachenden Morgen verlor. Und gleich nachher lag ein glänzender Streif des Meeres direkt vor ihr. Sie öffnete, tiefatmend, ihren

Mund der salzigen Luft entgegen, die sie im nächsten Nu traf, kühl, befreiend wie ein Bad: ja, Wrasow hatte recht, alles geschah heute zum ersten Male . . . zum ersten und zum letzten Male!

Dann drehte wiederum der Fürst sein Gesicht halbwegs über seine Schulter hin:

„Sei nun nicht mehr so spöttisch gegen mich," sagte er heiser und schnell. „Hörst du, Marinka, während vieler, vieler Tage habe ich mich ja auf diese Fahrt gefreut! Oft nahm ich mir vor, einige Nächte vorher aufzusteigen, um mich daran zu gewöhnen, um mich zu üben — aber jedesmal, wenn ich soweit war, da mochte ich doch nicht . . . es war, als ob ich mich selber bestehlen wollte!"

Marna lachte leise. Es kam ihr mit einem Male vor, daß es doch ihr Recht sei, froh zu sein in der kurzen Zeit, die ihr noch übrigblieb. Sie erhob ihren Blick zu dem seinen und bat ihn, ob er wohl nicht einmal über den ganzen Gebäudekomplex und den Park Peterhofs hinwegfliegen wolle.

„Hörst du, Wrasow!" sagte sie zuletzt flehentlich, ihre Wange gegen seine Schultern lehnend, wunderlich dankbar dafür, sich dies erlauben zu können und doch ihre Pflicht nicht zu verraten, „versprich es mir, Wrasow! Ich möchte so gern die großen Marmorbassins von hier oben sehen . . . zusammen mit dir."

Der Fürst sah lächelnd zu ihr hinab:

„Es ist ja verboten, Marinka," antwortete er, „aber natürlich tue ich, wie du willst. Falls dann die Schildwachen darauf verfallen, uns als Schießscheibe zu verwenden, bekommen wir ja eine gute Gelegenheit, praktisch zu konstatieren, wie schwer es ist, ein Flugzeug in voller Fahrt zu treffen. Und nachher werd' ich uns beiden schon Absolution verschaffen."

Marnas Lächeln fror hin.

Denn bei feinen Worten wurde fie wiederum, aber mit zehnfach verdoppelter Gewalt, von diefem verfengenden Groll, von diefem Haß gegen fich felbft ergriffen, der fie die vorige Nacht wachgehalten hatte. Ein brennender Vorwurf wuchs blitzfchnell aus jener Vorftellung heraus, der fie bis dahin keinen einzigen Gedanken gefchenkt, die aber jetzt mit ihrer ganzen, erftarrenden Gewißheit vor ihr ftand: daß fowohl die Mafchine wie er zweifellos vernichtet würden, zufammen mit ihr felbft, während der Explofion. Sie fah die ungeheure Feuerfäule des entfetzlichen Sprengftoffes vor fich, den fie bei fich trug: diefe fünfzehn Kilo von konzentriertem Ekrafit, das einen ganzen Stadtteil zertrümmern konnte — und das in einem einzigen Nu ihn und feinen Monoplan reftlos zermalmen mußte!

Es ging ein fchauderndes Erzittern durch ihre Glieder. Ihre Zähne fchlugen gegeneinander. Sie lehnte fich atemlos hintenüber, fpürte mit einem Male, daß der Luftzug, der ihr Geficht traf, eifig kalt war, und der fanfte, wogende Flug über des Meeres unermeßliche Fläche tief drunten erfüllte fie mit Schwindel und Grauen. Mein Gott, worauf hatte fie fich doch eingelaffen! Wie war es möglich, daß fie es fo fpät begriff, daß auch er fterben mußte! Daß auch er durch diefe Tat getötet werden würde, bei der ihr zu helfen fie ihn überliftet und betrogen hatte! Ach, Wrafow, hörft du, beeile dich zu erraten, was ich beabfichtige, hilf mir, hörft du, du darfft nicht fterben! Ich kann es nicht ertragen: ich kann nicht tun, was ich muß — wenn ich auch dich dabei töten werde!

Aber in derfelben Sekunde, wo diefe Gedanken ihr Bewußtfein erreichten, gelang es ihr, fie jählings von fich zu weifen, ihr Recht zu verneinen, fie wegzujagen. Sie entfann fich deffen, was fie fchon längft unter zahllofen andern Argumenten dem Präfidenten gegenüber erwähnt hatte — als Antwort auf feine Einwendungen gegen diefen wahnfinnigen

314

Verfuch, der nur eine einzige Chance für das Gelingen hatte, aber taufend Möglichkeiten dafür, niemals durchgeführt werden zu können —: daß fie es wohl wiffen würde, Wrafow dorthin zu bringen, wo fie wollte, und daß übrigens diefem fürftlichen Sonderling gegenüber, der in ziellofer Sportluft feine Millionen vergeudete, keinerlei Urfache zu größerer Schonung fei als den Soldaten und Dienern und andern Zufälligen gegenüber, die ja immer der Gefahr ausgefetzt waren, unverfchuldeterweife durch ein Attentat getötet zu werden. Laß ihn nur mein Gefchick teilen — hatte fie zuletzt gefagt —, denn was wiegt wohl fein und jener andern und mein eigenes Leben gegen das, was unfer Ziel ift: der Millionen Wohlfahrt und Frieden für alle kommenden Zeiten! Und ift es nicht gerade dies, was wir vor unfern Brüdern voraus haben: daß wir ihr Glück höher einfchätzen als unfere eigene Todesangft und das Entfetzen unferer Herzen, zu morden!

Und nun wandelte fich der ohnmächtige Selbfthaß tief drinnen in ihr in ein heißes und dumpfes Schuldbewußtfein ihm gegenüber, in eine Ehrfurcht, als wäre etwas Heiliges an diefem Manne, der zuverfichtlich hier bei ihr faß und unfchuldig getötet werden follte. Und mit hämmerndem Herzen, mit brennenden Augen und qualvoll fcharfhörendem Ohre laufchte fie allem, was er fagte.

Er hatte das Steuerrad losgelaffen, nachdem er es feftgeftellt hatte.

In großer Fahrt ftieg das Flugzeug, fich wie ein Mefferblatt durch die Luft fchneidend, in wenigftens vier- bis fünfhundert Meter Höhe gegen Nordweften hin — der Verbrämung der Küfte folgend, die, noch beftändig in einen durchfichtigen Schleier gehüllt, fchnell unter ihnen hinwegflog: zu ihrer Rechten das Meer und linkerfeits das braungraue Land, bläulicher Dächer Rechtecke und Quadrate, winzig kleine Rasenpläne vom Umfange einer Hand, und quer durch das Ganze hindurch schlängelte sich ununterbrochen, hinten unter ihren Füßen verschwindend, der helle Faden der Chaussee. Hin und wieder schien das alles ein wenig zu wanken, wenn die Windstöße von der See her das Flugzeug zum Wiegen brachten.

Wrasow breitete die Arme aus:

„Horch!" sagte er mit einer Stimme, die, wie es ihr plötzlich vorkam, sich einen Ton erobert hatte, den sie nie zuvor gehört: einen Tubaklang, der irgend etwas Allertiefstes drinnen in ihr erweckte, ein helles und siegreiches Timbre, das sie plötzlich dazu brachte, diesen erhöhten Stand hier hoch droben als etwas für ihn Selbstverständliches zu empfinden. „Marinka, heute sehe ich das alles — so wie es dereinst sein wird. Hier hoch droben über mir ist es, als erkenne ich die jahrtausendealte Stimme der Lüfte, ach eine triumphierende und süße Melodie, der Sphären ewigen Gesang!

Siehe, und drinnen in mir ist es mit einem Male, als ob ich mich selber vollauf begreife und weiß, was ich in all dieser Zeit wollte, wo ich die Norm meines Monoplans zu finden suchte: die vollkommene Stabilität, Zuverlässigkeit und Schnelligkeit! Verstehst du mich, Taube, Marinka, nicht wahr — ja, ich erinnere mich ja von alten Tagen her, Jahre zurück, droben im Polytechnikum, wenn du spöttisch oder höhnisch es versuchtest, mich zum Proselyten zu machen für jene Theorien vom einzigen Wege zum Glück Rußlias: eure Propagandataktik, euer Dynamitprogramm — den Nihilismus, der alle Hindernisse vernichten sollte!

Nein, Marinka, ich bin in diesen Wochen so froh gewesen, weil ich merkte, daß du an all das nicht mehr glaubst, weil du kein einziges Wort darüber gesagt hast — du, die du ehemals nur über dies Eine sprechen wolltest! Und du hast recht darin: denn gehört wohl zu einem Mordattentat anderes als bloß eine hinreichend geringe Achtung für das Leben anderer und für das eigene! Das Leben, das uns von Vater und Mutter gegeben wurde, damit wir wachsen und wirken, damit wir, ein jeder auf seinem Gebiete, einen Stein zum Hause der Zukunft legen sollten! Nein, nimmer haben die, die nur niederrissen, Anteil daran gehabt, den Fortschritt zu erzeugen! Nur die, in denen sich größere Kräfte bewegten, die eine weiterschauende Phantasie besaßen — nur die können, mit oder ohne Wissen, das hervorbringen, woraus segensreich das Neue geboren wird. Nicht wahr? Niemals wurde der Töter zum Sieger, weil die Ausrottung nur die Tat eines Schwächlings ist und weil die Formen des Lebens einzig von dem Starken erschaffen werden können.

Ja, erst heute, erst an diesem Morgen, der unter der Brise erwacht, erst hier, wo ich dich an meiner Seite habe, begreife ich bis auf den Grund, daß ich doch niemals das vergaß, worüber wir damals sprachen. Ach, siehst nicht auch du das geheime Gesetz in dem, was ich in diesen Jahren schuf?" Er hatte sie mit eiserner Hand um den linken Arm gegriffen, seine Augen lachten, sein Bart flatterte in der Fahrt gegen seine braune Wange, er zeigte erregt und lachend den schmalen weißen Strang hinunter, über den sie hinwegjagten, den kolossalen Viadukt bei Korkuli.

„Siehst du es: die engen Spuren der Eisenbahn, unbeweglich, massiv und schwer?" fuhr er heiser fort, erzitternd vor den Gesichtern, die sich immer klarer seinem Auge entspannten — und Narna lauschte beinahe gegen ihren Willen, mit einem Male bebend vor der Glut ungekannter Gedanken, die in ihr glimmten.

„Begreifst du, ich hatte also wirklich recht, als ich mir neulich prahlend einbildete, ich sei es, der Rußlands Leben in seiner Hand halte. Oder weißt du denn nicht soviel: daß die Tyrannei, um existieren zu können, Türen aus Stahl fordern

317

muß, Wege, die mit Eisen gesperrt werden können, verriegelte Fenster, Dunkelheit und Grenzbewachung! Aber ich habe das Mittel zum Verkehr erschaffen, das Rußia offen für einen jeden macht, offen für Aussicht und Einsicht, offen für Licht und für Luft!

Narna, meine Taube, horch doch auf das, was in deinem Herzen flüstert: Gott ist zweifellos da! Der helle und heilige Geist des Fortschritts, voller Güte, voller Lächeln und voller Liebe zu all dem, was lebt! Begreifst du wie ich, was das Ziel der seligen Träume ist — hinter jedermanns Tasten und Schmerz! Erkennst du nun die verborgene Absicht jenes rastlosen Sehnens, das wir in unserer Seele besitzen! Erde und Meer haben wir schon mit Gewalt geöffnet, die Länder reichen einander ihre Hand durch die engen Tore der Schienenwege — nun aber überfliegen wir das Gitter, wo wir es wollen, der letzte Verschluß zerbrach! Das Siegel der Vorzeit zersprang — bald wird die Sonnenzeit des Glückes da sein!"

Weit draußen, rechts von ihnen, kroch ein Dampfboot, klein wie ein Insekt, mit dem millimeterkurzen Schweif von Rauch, mühselig über den blanken Stahl des Meeres hin. Ganz vorn, in der Ferne, kräuselten sich wie Moos die uralten Parke um Peterhofs Kaisersitz. In sausender Hast wallte tief drunten der zweigeteilte Streifen des Strandes unter ihnen hinweg, beständig neue Felder vor ihren Blicken aufrollend.

Wrasow griff berauscht um das Rad.

Noch höher stieg der Eindecker aufwärts — in einer ungeheuren Spirale, rund und rund und hinauf! In einer gigantischen, drehenden Steigung — ein Kreisgang im Azur, den Gipfel im Zenit.

Unaufhaltsam drehte sich alles im Zirkel da drunten, schneller und schneller — und verminderte sich gleichzeitig mit jeder

Sekunde: die enormen Quaderſteine des Ufers wandelten ſich in Schutt. Wälder und Dörfer, die eben noch wie eine doppelte Handfläche geweſen, waren nun nicht größer als ein Fingergelenk. Aufwärts und rund in beſtändiger und polternder Fahrt . . . und Narna griff mit zitternden Händen um die Armlehne des Seſſels, ſtarrte ſchwindelnd hinab, wähnte plötzlich, daß auch alles, was ſie ſelber die Jahre hindurch dort unten gedacht und gemeint hatte, nur Sandkörner und Staub waren, nur das kleinliche Gewäſch der Kurzſichtigkeit.

Unter ihnen ſtob ein Schauer von winzig kleinen Funken, kreideweißen Schimmern, die kreiſend ſtiegen und ſanken —

„Die Möwen!“ rief der Fürſt. „Haſt du ſie geſehen? Ja, die Vögel, die ſpielend den Morgen in ihren Flügeln fangen! Frei und froh wie die Vögel werden wir alle werden! Hörſt du der Lüfte Ton aus aller Leben Gemeinſchaft und Freude! Siehſt du, was du und ich vermochten — weil wir uns ſelbſt vergaßen, unſere Liebe wie unſern Haß, und uns nur unſerer Arbeit und deren ſeliger Träume entſannen!“

Mit einem Ruck ſah Narna auf, atemlos, keuchend, weil er hier eben die Worte nannte, deren Sinn ſie in dieſem Augenblick empfunden hatte! Eine Sekunde lang wurde ſie von Zweifel und Angſt ergriffen: war er es alſo nur, der das zu beherrſchen vermochte, was ſie dachte!

Aber unmittelbar nachher füllte ſich ihr ganzes Weſen in allen Fibern mit Glück, denn ſein Antlitz traf nun der erſte Schein der Sonne. Seine Augen leuchteten tief und blau; ſieh ſeine Augen, ja, er hatte recht in allem! Törin, daß ſie es nicht längſt erkannte: ſieh, ſieh, die Sonne ſtand funkelnd auf und machte ſeinen Kopf wie aus Gold — und die Augen, ein mächtiges Meer!

Und da erfaßte ſie jäh, zum erſten Male, was ſie hier hinaus geführt hatte: die Erbärmlichkeit der Schwachheit, der Verräterei, die entſetzliche Verrücktheit der Henkertat, die ſich wahnsinnigerweise Mut dünkt. Der Meuchelmörder=Dienst gegen die rätselvolle Frucht des Lebens, die tief drinnen in jedermann wächst! Ja, sie war nicht würdig zu leben! Es gab nur einen einzigen Weg zurück, keine Sekunde zu verlieren, nun, nun sollte es sein!

Nun! . . .

Mit einem Satz erhob sie sich von ihrem Platze, griff mit beiden Händen wild vor sich — warf sich vornüber gegen den gähnenden Schlund.

Aber auch Wrasow war mit einem Sprung aufgeschnellt. Die Flugmaschine holte schwer nach Steuerbord über. Es gelang ihm, die Schöße des Regenmantels zu erfassen, er jagte einen Arm um ihren Leib, taumelte gleichzeitig schwankend nach links hinüber, indem der Monoplan von neuem krängte, war nahe dabei, hinterrücks über Bord zu stürzen, klammerte sich mit aller Macht an eine Stange, die lautlos unter seinem Griffe doppelt zusammenknickte; mit den Kniekehlen hakte er sich um die steife Achse des Rades und erreichte so, sich krümmend, wieder den Sitzplatz, ehe das nächste Überholen kam — sah aber dann, wie sich alles tief drunten blitzschnell vergrößerte; pfeifend fuhr die Luft um ihn herum in die Höhe, in die Flächen über seinem Kopfe polternd, sie fielen . . . fielen . . . nein, Gott sei gelobt, nun verminderte sich die Schnelligkeit des Falles . . . wir stocken . . . nun steigen wir von neuem!

Mit einem einzigen Blick hatte er gesehen, daß alles wieder in Ordnung sei, und er klemmte atemlos seine Augen zu, sank stöhnend zurück, beständig Narna in seine Arme pressend. Mein Gott, was war wohl geschehen, waren es die Möwen, die sie hatte sehen wollen, war es seine Schuld, das Ganze! Was hatte er gesagt oder getan, das ihr solche Angst machen konnte!

Langsam beugte er sein Gesicht über ihren Kopf hinab,

320

der gegen seine Brust ruhte: blaß, kreideweiß war sie ... ach
die Fülle des dunklen Haares ... öffne deine schwarzen Augen,
sei nicht mehr bange, du bist ja bei mir, erzähle mir, was dir
geschehen ist!

Sie versuchte es furchtsam, matt noch einmal, sich loszu-
reißen, schluchzend, stammelnd:

„Wrasow, laß mich los, hörst du, laß mich, ich hab' kein
Recht zum ... ich will ...“

Kolownew antwortete nicht.

Denn plötzlich kam es ihm vor, als sei er nahe daran zu
ersticken vor unfaßbarem Mitleiden — vor lodernder Qual
und vor einer zermalmenden Wonne, die er nicht zu begreifen vermochte. Noch heftiger als zuvor preßte er sie an sich,
mit beiden Armen dicht um ihren Leib — und im nächsten
Nu schien es ihm, als begriffe er mystischerweise das alles:
sowohl was sie im Verborgenen mit ihren Besuchen hier
draußen gewollt hatte, als auch was geheimnisvoll während
dieser Wochen in ihm selber geschehen war, sowohl die tiefste
Absicht ihrer Kälte ihm gegenüber, wie die innerste Ursache
dazu, daß seine Worte es vermocht hatten, ihre Zwecke zu
ändern, ihre Gedanken aufzuklären und zu stärken! Eine
Erschütterung lief durch seine Glieder, ein stöhnender Laut
entfuhr seinem Halse — als sie aber in Angst ihre Augen
aufriß, da sah sie ihn lächeln, wild und barsch und zärtlich.

„Still,“ flüsterte er, selig ihr von Sonne beleuchtetes Gesicht anstarrend, sie an sein Herz pressend, „sprich nichts, Kind!
Kleine Geliebte, schweig und lieg still, ich lasse dich nie mehr
los! Begreifst du denn immer noch nicht, daß du für Zeit
und Ewigkeit freiwillig die Meine wurdest, in dieser Stunde,
wo Gott uns gut war! Geliebte, sieh, die Sonne ist aufgestanden, die ganze Welt liegt in Licht zu unsern Füßen!“

Das Flugzeug stieg — über das Meer hinaus, das sich
langsam auszuhöhlen schien, eine ungeheure Schale aus Sil-

ber von Horizont zu Horizont. Die Spitze des Peterhofturms ragte blinkend tief drunten, und gleich darauf erstrahlte die goldene Kuppel der Kirche.

Die Welt stand in Flammen.

An den weißen Flächen des Monoplans strich die Luft vorüber — sie war süß, salzig und rein.

Das lebendige Mastodon
Von Paul Scheerbart

Am 12. November 1910 war der alte Baron Münch=
hausen in Irkutsk und sandte mir plötzlich folgendes
Telegramm:

„Hier soeben die kolossalste Entdeckung gemacht. Seit vie=
len, vielen Jahrtausenden befinden sich Luftballons in der
Erdluft. Und das sind natürliche Luftballons — aus der
Eiszeit. Fallen Sie nicht vom Stuhl. Wir haben drei Stück
gefangen. Zwei sind ganz leer. Aber im dritten befindet sich
— es ist wirklich wahr — ein kleines Mastodon. Drei Meter
lang ist das kleine Tier. Nicht viel größer als ein Elefant.
Und das drolligste ist: das Tierchen lebt. Das erste lebendige
Mastodon auf unserer Erde im zwanzigsten Jahrhundert der
christlichen Zeitrechnung. Wenn das kleine Tierchen nicht alles
auf den Kopf stellt, so weiß ich tatsächlich nicht, was noch
mehr passieren soll. Teilen Sie dieses Novum gleich allen
Zeitungen mit und auch der Allgemeinen Gesellschaft für Luft=
ozeanographie. Berufen Sie sich nur auf die Glaubwürdig=
keit meines anerkannten Namens. Heute ist eben alles mög=
lich. Ich bin Ihr alter Baron Münchhausen."

Das Telegramm kostete sehr viel Geld. Der Postbote lächelte.
Und ich lächelte auch.

Was war nun zu tun?

Ich sandte einen Waschzettel an alle Zeitungen Europas
und begab mich ins Bureau der Allgemeinen Gesellschaft für
Luftozeanographie. Dort wollte man dem Baron sofort den
Ehrendoktortitel verleihen. Ich aber riet ab. Ich sagte, wir
müßten doch erst das Weitere erfahren. Denn — so bestimmt
auch alles gehalten war — es war doch nicht unmöglich, daß
sich der bekannte, nun schon hundertfünfundachtzig Jahre
alte Baron mal einen kleinen Scherz leistete; die Sache er=
schien uns doch allen wie ein Märchen. Wo kam denn das
Mastodon her? Und im Luftballon drinnen sollte es sich Jahr=
tausende hindurch lebend erhalten haben — ohne Nahrung?

Wir telegraphierten demnach an den alten Baron gleich das Nachstehende:

„Beim besten Willen nicht so ohne weiteres zu glauben. Wovon lebte das Mastodon? Und — wie sieht denn der Naturballon aus? Bitte umgehend Nachricht. Wir rüsten sofort Expedition aus, wenn sich das Unglaubliche bewahrheiten sollte. Die Direktion der A. G. L."

Die Antwort ließ nicht lange auf sich warten.

Sie lautete:

„Wovon das Mastodon so lange, lange Zeit gelebt hat? Ja — das möchten wir auch gern wissen. Die verdünnte Luft, in der das Mastodon lebte, ist sofort bei der Öffnung entwichen. Das Mastodon lebt und hat eine Badewanne mit frischen Lachsen, einen zwei Meter langen Spickaal und zweihundert Bratwürste bereits aufgefressen. Jetzt sieht sich das kleine Tier lebhaft und freundlich mit den Augen blinzelnd nach mehr um. Und unser Vorrat muß erneuert werden. Die Stoßzähne sind über einen Meter lang. Sonst ist das Tierchen ganz friedlich. Haut dunkelbraun und gar nicht faltig wie bei einem Elefanten. Die Ohren verändern ihre Farbe, sind zumeist dunkelviolett, sehen aber auch zuweilen orangefarbig aus. Wir fahren heute noch mit dem Tier nach südlicher gelegenen Gegenden, werden von dort aus gleich Näheres berichten. Wir fürchten nur, daß das Tier sehr rasch wachsen wird. Und dann dürfte doch die Ernährung eines derartigen vorsintflutlichen Monstrums mit Schwierigkeiten verknüpft sein. Hochachtungsvoll Münchhausen."

Da lachten wir alle recht herzlich.

Aber — die Geschichte für einfach aus der Luft gegriffen zu halten, dazu hatten wir doch nicht den Mut: der Name Münchhausen flößte uns doch allen zu großen Respekt ein.

Lebhaft bedauerte ich, daß wir über die Form des Luftballons — besonders über die Beschaffenheit der Ballonhülle

Näheres nicht erfahren konnten. Auch hätte uns eine Bemerkung über die Art des Ergreifens sehr erfreut.

Nun mußten wir uns in Geduld faffen. Und das ist bekanntlich keine Kleinigkeit.

Zwei Tage und zwei Nächte vergingen, ohne daß wir eine weitere Nachricht erhielten.

Ich rannte jede zweite Stunde zur A. G. C.

Und alles war vergeblich.

Da — endlich — der erfehnte Telegraphenbote.

Er wurde beinahe zerriffen vor Ungeduld. Und das Telegramm lief Gefahr, ebenfalls zerriffen zu werden. Doch es ging fchließlich noch alles gut ab. Münchhaufen telegraphierte:

„Die Wachstumsmöglichkeiten find in den letzten zwei Tagen ganz rapid gestiegen. Jetzt ist das Tierchen schon vier Meter lang. Aber — was das alles zu fich genommen hat! Wir find hier mitten in China. Viel Volk ist immerzu hier und macht das Tier unruhig. Wenn das Tier nicht immerzu freffen würde, wär's wohl gefährlich. Verfchiedene Tierärzte find hier zur Stelle. Man wechfelt in der Nahrung ab. Aber — wenn das fo weitergeht, fo ist das Tier in Jahresfrist fo groß, daß es nicht mehr Platz auf diefer Erde hätte. Ich bitte, Expedition auszurüsten. Mir fchwant ein Schauervolles. Münchhaufen."

Jetzt hatten wir die neue Adreffe, und wir telegraphierten nun umgehend an den Baron diefes:

„Bitten um Angabe, woraus der Luftballonstoff beftand und wie groß er war. Ferner bitten wir um Nachricht, ob nicht noch eine Spur des Gafes zu entdecken ist, das den Ballon oben hielt. Ferner bitten wir um Aufklärung, in welcher Höhe die drei Eiszeitballons entdeckt wurden. Und fodann um Angabe, wie das Herunterbringen der drei Ballons zur Erdoberfläche bewerkstelligt wurde. Expedition geht heute ab. Direktion der A. G. C."

326

Dieses Telegramm wurde nicht beantwortet. Unsere Depeschen begannen sich zu kreuzen. Münchhausen drahtete danach:

„Das Unglück wird immer größer. Das kleine Tier ist jetzt
schon fünf Meter lang. Die Russen, die hier sind, haben beschlossen, das Tier zu töten. Ich widersetze mich dem barbarischen Vorgehen mit allen Kräften. Aber ich fürchte, die werden nicht stark genug sein. Bitten Sie umgehend die Kaiser
und Könige von ganz Europa, hier ein Machtwort zu sprechen.
Wir müssen doch sehen, was aus der ganzen Geschichte wird.
So was passiert doch nicht alle Tage. Wir werden nicht sobald
ein neues lebendiges Mastodon entdecken. Bitten Sie die Direktoren der zoologischen Gärten um Unterstützung. Lassen
Sie Millionen aufbringen. Ich opfere mein ganzes Vermögen
und meinen ganzen Kredit. Die Russen sind ein zu barbari-
sches Volk. Sie verdienen die Prügel, die sie sonst bekommen,
durchaus. Das sind ja alles die reinen Henkersknechte. Bieten
Sie auf, was Sie können. Hier ist jede Minute Milliarden
wert. Schon ist das Tier fünfeinhalb Meter lang. Die Russen
werden immer rabiater. Sie laden schon die Gewehre. Ich
flehe Sie an, sofort dem Kaiser von Rußland zu telegraphieren. Ich bin außer mir. Ihr alter Münchhausen."

Dieses Telegramm versetzte uns natürlich in eine ungeheure
Aufregung.

Und in Kürze schickten wir so viel Telegramme ab, daß
unsere gesamten Ausgaben für Depeschen in den letzten drei
Tagen insgesamt fünfunddreißigtausend Mark betrugen.

Nun kam auch Antwort auf unsere Depesche von dem
alten Baron, sie lautete:

„Die Ballons wurden oben in der Luft ungefähr sieben-
tausend Meter überm Meeresspiegel gefangen. Runterbringen
war unmöglich, da sie uns plötzlich höher zogen. Wir also,
schnell entschlossen, schnitten alle drei Ballons auf. Im dritten fanden wir das vergnügte Mastodon, das jetzt den Tod

327

vor Augen sieht. Ich habe den Russen allen Whisky gegeben, den ich auftreiben konnte. Aber die Kerls können ja so schrecklich viel vertragen. Die drei Ballons waren übrigens durch Schlinggewächse aneinandergekettet. Durch eine Unvorsichtigkeit des ersten Steuermanns ging die ganze Ballonhülle leider über Bord. Nur das kleine Mastodon blieb bei uns und verursachte, daß wir mit unheimlicher Geschwindigkeit hinuntersanken und bei Irkutsk landeten. Tun Sie bloß, was in Ihren Kräften steht. Die Russen trinken wie die Tollen. Aber sie werden dabei immer blutgieriger. Wenn ich das Mastodon nur fortschaffen könnte! Ich kann mich doch mit diesen Kerls nicht schießen. Außerdem würde hier die Gewalt alles vernichten. Helfen Sie Ihrem alten Baron Münchhausen."

Nun wußten wir alles.

Gleichzeitig ahnten wir aber auch, wie alles enden würde. Der Baron ist ein starker Mann.

Aber — wie soll er gegen berauschte Russen aufkommen?

Außerdem — eine Gefahr steckt in dem Weiterfüttern des vorsintflutlichen Tieres doch. Allerdings: hundert Meter könnte es schon lang werden.

Aber — kann's nicht noch bedeutend länger werden?

Das ist hier die Frage.

Diese Frage wurde durch das nächste und letzte Telegramm leider — leider — endgültig beantwortet.

Münchhausen drahtete:

„Kleines Tier sieben Meter lang geworden und dann infolge von zu vielen Kohlrüben plötzlich am Herzschlag verendet. Die Russen sind sehr vergnügt. Die meisten schlafen schon. Ich sorge dafür, daß das Mastodon dem Berliner Naturhistorischen Museum überwiesen wird. Es muß in Spiritus gesetzt werden. Armes kleines Tier. Der alte Münchhausen."

Das ist in aller Kürze die Geschichte, die alle Welt aufgeregt hat — wohl die merkwürdigste Luftgeschichte.

Der Ozeanflug
Von Leonhard Adelt

An Dr. A. H.
11. VII./25. X. 13.

Kurz nachdem Nikolaus Tränlein durch das schräggestellte Zelluloid des vorderen Auslugs Rockall Island gesichtet hatte, senkte sich der Nebel.

⚹   ⚹   ⚹

Das war wider die Wetterkarte und alle Voraussicht. Als sie sich vor zehn Stunden in Leven, Fifeshire, zum Start anschickten, stieg der Morgen weiß und klar aus dem rotübergossenen Meere. In der Halle um sie fröstelte noch Nacht. Die zwei Luftschiffe der englischen Nordflottille wiegten sich im Säuglingsschlaf, Riesenbabies an der Brust ihrer gelben Ammen, die zwerghaft und verhuzelt unter den grauen Kautschukleibern kauerten. Die elektrischen Bogenlampen im Balkenwerk des Dachgewölbes sangen leise und warfen silberne Reflexe auf die metallisierte Hülle des deutschen Schiffes, das wie aus einem einzigen gewaltigen Stahlblock gegossen schien.

Die Mannschaft stand schon auf ihren Posten im Luftschiff, bis auf Bewermann, den Führer, der das Ausbringen überwachte, und den Ballonmeister, der in Leven bei den Reserven bleiben sollte. In dem fahlen Zwielicht, das sich zwischen den auseinanderrollenden Torflügeln durch die Halle ergoß und die Bogenlampen zu bleichen Monden entrückte, sahen sie alle grau und übernächtig aus. Tränlein, Schlaf und Unlust in den Augenwinkeln, drehte gedankenlos am Steuerrad und fuhr wie ertappt zusammen, als der Kontrollzeiger den Ausschlag des kombinierten Seitensteuers bestätigte, das durch die ganze Schiffslänge von ihm getrennt war. Hätte ich doch, dachte er verstimmt, der Order zum Trotz einen Kognak genommen. Aber da steckt einem die Disziplin im Blut und ist stärker als der gesunde Menschenverstand. Oder ist es Mach, dessen Wille uns allen bis an Tisch und Bett Gewalt antut!

„Büschen schlapp, was!" stichelte Braun, der sich giftete, daß man dem Jüngeren das Seitensteuer anvertraut hatte, und schlang sich mit weitausholendem Schwung einen dicken wollenen Schal um den Hals. „Ist noch ein Glück, daß der Alte euch um zehn in die Falle geschickt hat ..."

Aber Merkli, der Führer-Stellvertreter, der den jungen Steuermann gut leiden mochte, lenkte ein:

„Das ischt nur die natürliche Reaktion auf die Nacht vorher; zwölf Stunden Seitensteuer gehen einem auf die Nerven."

Braun wippte den Oberkörper, der aus nichts als Brust= kasten zu bestehen schien, auf seinem kurzen und breiten See= manns=Beingestell.

„Natürlich — Landratten, die eine Mütze voll Seeluft um= schmeißt. Ich — ich habe von Hamburg aus andere Touren gemacht als diesen Heringsteich, über den ihr mit eurem Kahn da gegondelt seid."

„Braun," sagte Merkli gemütlich und richtete sich von den Flüssigkeitsmanometern auf, deren Stand er gerade kontrol= lierte, „Braun — wieviel Rum haben Sie in Ihren Morgen= tee getan?"

Die wasserblauen Augen des zweiten Steuermannes gingen unruhig hin und her.

„Sie wissen doch, ich bin erkältet, muß einen Steifen neh= men ... Zum Teufel nochmal," brach er wütend los und kriegte einen dunkelroten Kopf, „ärztliche Vorschrift, Herr ..."

Die beiden Monteure am vorderen Motor platzten respekt= los heraus; Tränlein aber fühlte, ohne aufzusehen, hinter den gekreuzten Drahtseilverspannungen des Laufganges die kalt forschenden Augen Machs, der in der Mittelkabine dem Vertreter der „Daily Post" die Stahlrohrkonstruktion seines Schiffes erklärte. Ingenieur Kitzenbrecher, der Erfinder, drückte sich in der Nähe der beiden Herren herum und suchte sich dem englischen Journalisten durch zustimmendes Räuspern in Erinnerung zu bringen; das Fieber der Angst und Ungewiß= heit, das ihn vor jedem Aufstieg krank machte, zirkelte rote

Flecke auf feine hohlen Wangen. Herrn von Mach, der die Fähigkeit hatte, fo nebenher alles zu fehen und zu hören, was ihm fehens= und hörenswert fchien, paßte es, den Ingenieur zu überfehen; er nötigte feinen Gaft durch den Laufgang, um ihm den Motoreneinbau zu zeigen — und um zu hören, was da vorne los war.

Wieder fpürte Tränlein jene Welle der Erregung vor der Perfönlichkeit des Direktors einherfluten, die fie alle ftets aufs neue zu einer krampfhaften Überfpannung ihrer Kräfte fort= riß. Er bemerkte, wie Braun fich voller Eifer in ein nicht recht definierbares Tätigfein ftürzte, und beobachtete verftohlen Machs beherrfchtes Diplomatengeficht, deffen Blick ausdrucks= los ins Leere zu verlaufen fchien. Von den geblähten Flügeln der Nafe, deren Rücken gerade und fchneidend war, gruben fich zwei hochmütige Falten zu den Winkeln des fchmalen und gekniffenen Mundes herab. Die glattrafierte Haut fpannte fich bläulich über der brutalen Linie der Kinnbacken, aus der das Kinn wie eine geballte Fauft vorfprang.

Monteur Obermaier klappte die Verfchalung des vorderen Motors zurück. Er blieb ganz unbefangen und fletfchte wohl= wollend fein Wolfsgebiß, als er den beiden Herren im Knat= tern der erften Explofionen eine kurze Warnung zufchrie. Der Direktor feinerfeits, dem alle Vorurteile feiner Gefellfchafts= klaffe andern Lebenskreifen gegenüber das Rückgrat fteiften, behandelte diefen einfachen Arbeiter mit ausgefuchter Höflich= keit. Das ift das Glück, niedrig geboren zu fein, dachte Tran= lein mit einer Art von Neid. Man ift unbefchwert und kann nur heraufkommen, wo unfereins unter der Laft der Tradi= tion auf brüchiger Leiter zwifchen oben und unten fchwankt. Was laftet nicht alles auf mir und macht mich kleinmütig und gedrückt: die Orden meines toten Vaters, die Leutnants= uniform meines Bruders, der keinen Zufchuß hat, die Ängfte meiner Mutter, die mich aus der Selbftherrlichkeit des Flug=

zeugs in diese aufgeblähte Gebundenheit bettelten, die Sehn=
sucht meines Blutes, der ich nicht Raum geben darf, die
Schule und das, was sich Bildung nennt und aus neun Schub=
laden voll Vokabeln, Jahreszahlen und verstaubter Regeln
besteht . . .

Nun betrat Herr von Mach mit seinem Gast die Führer=
zelle. Braun schickte sich an, stramm zu stehen, besann sich
aber und wiegte jovial den Oberkörper. Merkli übernahm die
Erklärung, in einem unbekümmerten Kauderwelsch, das zwi=
schen Schulenglisch und Schwyzerdütsch die Mitte hielt. Der
Engländer richtete den Glasscherben, den er im rechten Auge
trug, aufmerksam auf den Mund des Sprechers. Nach einer
Weile fragte er gelassen in akzentfreiem Deutsch:

„Bitte — sprechen Sie nicht Deutsch?"

Braun grinste, Merkli errötete, Herr von Mach verzog keine
Miene. Er allein wußte, was von den andern nur Tränlein
ahnte: hier ging es nicht bloß um den Sonderpreis der „Daily
Post" für dasjenige Luftschiff, das den Ozeanfliegern bis Rockall
entgegenkommen würde — um diese lumpigen tausend Pfund,
die kaum ihre Unkosten, geschweige denn ihr Risiko deckten;
es ging um die Existenz ihres Unternehmens, das nur durch
Eingreifen englischen Kapitals noch zu halten war, es ging
um die Zukunft des Luftschiffes überhaupt, um dessen ver=
wegensten Versuch, seinen Anteil an dem Triumph des flie=
genden Menschen zu behaupten.

Von draußen steckte der Hüne Bewermann seinen Kopf
mit dem Kindernäschen und dem kleinen, wie schmollend ver=
zogenen Mund herein und rief:

„Bleiben Sie nur dort, meine Herren — Sie beide zu=
sammen werden so ungefähr mein Gewicht haben. Ich balan=
ciere aus."

Die Haltemannschaft ließ locker — das Schiff war achtern
überlastig. Merkli zog eine der Ventilleinen, die backbord in

einem Rechen vereinigt waren, worauf achtern eine Wasser=
hose auf den durchlässigen Bretterbelag der Halle plantschte.

„Achtung — anlüften!"

Gleichmäßig hob sich das Schiff vom Boden ab.

„Gut."

Herr von Mach fragte:

„Haben Ihre Leute die Schwimmjacken angelegt?"

„Ja."

„Für wieviel Stunden Betriebsstoff haben Sie an Bord?"

„Benzin für vierzig Stunden." Bewermanns jungenhaft
helle Stimme wurde schmetternd: „Luftschiff — voraus!"

Das Schiff wurde ausgebracht. Kreischend rollten die Lauf=
katzen in den Seitenschienen neben ihm her und hielten es in
Richtung.

Hinter ihnen war Trubel und Lärm. Die Engländer ba=
lancierten ihre Schiffe aus, um dem deutschen Kameraden
das Geleit zu geben.

Als Bewermann sich in den Führerstand geschwungen
hatte, stieg der K II senkrecht auf. Das Heulen der anspring=
genden Motoren verschlang das hundertfache Hip=hip=hur=
rah! des Marineflugplatzes, der unter ihnen versank. Über
der Nordsee trieb die Sonne als ein brennender Ballon. Trän=
lein nahm den Kurs landein.

        ✤   ✤   ✤

Tränlein umfuhr die verbotene Zone am Firth of Forth.
Dann legte er das Ruder nach dem Fluidkompaß auf die Luft=
linie Edinburgh=Glasgow fest. Noch über Edinburgh wur=
den sie von einem Geschwader Wasserflugmaschinen des Royal
Flying Corps überholt, die dieselbe Richtung hatten. Durch
den Auslug erblickte Tränlein den Schatten des Luftschiffes,
der hundetreu vorauslief: groß, weiß und leuchtend, bis er
langsam stumpf und dunkel wurde. Auf Steuerbord wanden
Bergnebel Turbane um die runden Hochlandsgipfel, betteten

334

sich in die Moore der Täler und zerfetzten sich an den zerklüf=
teten hängen, die ungeschlacht und drohend in das flache Land
einfielen. Aber die hügelwellen auf Backbord funkelten nebel=
frei im Erntegold ihrer Felder.

Die Ebene unter ihnen erstickte in der schwelenden Aus=
dünstung der Städte, Zechen und Stahlwerke. Auf den
schwarzen Bogenlinien der Eisenbahnen krochen die trägen
Schlangen der Züge; die weißen Rauchballen der Lokomo=
tiven saßen ihnen im Nacken wie ein Frettchen der Natter,
der es den Kopf zerbeißt. Die Bahnlinien waren Zei=
ger in das grauefte Dunstmaffiv: Glasgow. Der junge
Steuermann sah auf fleckige Schieferdächer, zwischen denen
düstere und vielgewundene Vorstadtgaffen klafften, auf das
Ameisengewimmel des weitausladenden George Square und
auf die platten Schiffsverdecke im hafen, die sich emsig durch=
einanderschoben.

Dann zog das Meer heran. Es stieg aus seiner Unendlich=
keit in die steinige Enge der Firths und Lochs. Das Schnee=
gestöber der Möwen flitzte um braune Segel und die schwar=
zen Rauchfahnen der Dampfer. Felsenköpfe ragten mit
weißen halskraufen aus der glasgrünen Flut.

Der Führer ließ Braun höhensteuer geben und postierte
sich neben Tränlein:

„Vier Strich nach Steuerbord!"

Tränlein legte das Ruder herum und ging, ohne die Wir=
kung abzuwarten, über mittschiffs nach Backbord entgegen.
Die Berginseln schwangen sich lautlos um ihre Achse, die
Firths und Lochs glitten wie lockere Schleifenbänder im Tanz
dahin. Nun hatte das Luftschiff Rückenwind und flog jauch=
zend nach Nord.

Über South Uist pendelte ein Fesselballon. Die Flugzeuge
des Naval Wing waren, Mücken im Sonnenbrand, am
Strande niedergegangen. Eines nur flog mit ihnen bis St.

Kilda. Dahinter dehnte es sich indigoblau zu einem kaum merklich aufgebogenen Rand: Atlantik.

Torpedoboote zogen ihnen nach, weißen Gischt und schwarzen Rauch hinter sich. Ein hechtgraues Linienschiff löste ein Geschütz zum Gruß; Blitz und Rauch kamen aus seiner Breitseite, einen Augenblick später drang der Krach nach oben, matt wie durch Wasser hindurch und sogleich verschluckt von dem Siegestaumel der drei Motoren. Bewermann signalisierte mit der weißen Flagge: Alles wohl an Bord!

Vor St. Kilda wurde Tränlein von Merkli, Braun von Jahringenieur Hinrichsen abgelöst, den Bewermann durch das Sprachrohr aus dem hinteren Maschinenraum herbeirief. In der Kabine fanden die beiden Steuerleute den Klapptisch für sich gedeckt: der Direktor hatte vorgesorgt und machte den Wirt. An der drahtlosen Bordstation gab der Engländer seine Berichte auf, Werkmeister Kalousek bediente den Sender. Kitzenbrecher lehnte zusammengefallen in einem der Korbsessel, sein vorzeitig ergrautes Haar schien gesträubter und gesprenkelter als je.

„Legen Sie sich in die Hängematte, Tränlein,“ sagte Herr von Mach, und seine Stimme hatte einen Unterton von Herzlichkeit, der den jungen Menschen verwirrte.

Tränlein legte sich und schloß erschöpft die Augen. Er horchte auf die Kehllaute des Engländers, auf das renommistische Seemannslatein Brauns, das an Kitzenbrecher gerichtet, aber für den Direktor bestimmt war, auf die schrillen Pfiffe aus dem Sprachrohr, durch das sich Herr von Mach in kurzen, harten Sätzen mit Bewermann verständigte, und auf das Orgeln der Motoren hinter den leichtgefügten Kabinenwänden. Er fühlte über sich dieses große, unbehilfliche, widersinnige Tier, das sich durch Gas aufwärts und durch Gasexplosionen vorwärts treiben ließ und als ein neuer Erdtrabant um das Gesetz der Schwere kreiste. Waren sie nicht hier

336

zu dreizehn eine Welt für sich! ... und waren doch die gleiche
Welt der Gebundenheiten und Kleinlichkeiten, wie sie ver-
tausendfacht dort hinter ihnen lag. Die geschlossenen Augen
brannten ihm in Sehnsucht, zu fliegen: wieder einmal die
Ausschwingungen der Flügelenden in den Fingerspitzen zu
spüren und den rastlosen Rhythmus des Motors im Herzschlag des Blutes! Einsam einzutauchen in sein Element wie
die Fische in der Tiefe.

Seine Gedanken wanderten aus dem enträtselten Geheimnis der Luft in diese gläserne Tiefe, die noch nicht geschändet
war. Berge sind dort unten, dachte er, — Talländer und gewaltige Gebirge, deren höchste Erhebungen in unsern Alltag
reichen. Auch Rockall ist solch ein Berg. Wesen sind dort unten, auf deren beschwertes Dasein sich die schimmernde Ahnung eines andern, höheren Daseins senkt. Was ist ihnen
diese Scheide von Wasser und Luft, wo uns das Leben beginnt: Tod, Jenseits, Nichts?

Nikolaus Tränlein verfiel in einen unruhigen Halbschlum-
mer, aus dem ihn Machs Stimme zum Tee rief.

„Wie alt sind Sie, Tränlein?“ fragte Mach beiläufig, als
er ihm die Wärmflasche herüberschob.

„Zweiundzwanzig,“ antwortete Tränlein, voll Scham über
seine Jugend, die Herrn von Mach ein neues Übergewicht über
ihn gab. Hastig kehrte er mit Braun auf seinen Posten zurück.

Das Luftschiff schlingerte und stampfte, als die beiden
Steuerleute durch den Laufgang schritten.

„Verdammt nochmal, hat der Kahn eine Schieflage,“
brummte Braun und stapfte breitbeinig voran.

„Und die Nebel!“ lachte Obermaier, dessen Motorstand sie
gerade passierten, und zeigte mit dem Daumen durch die
runde Schiffsluke.

„Hat man schon Ozeanflieger gesichtet?“ fragte Tränlein
gespannt.

Obermaier spuckte verächtlich durch die Luke:

„Keine Spur!"

Sie hatten jetzt Westkurs mit Seitenwind, der Tränlein zu schaffen machte. Am Höhensteuer fluchte Braun vor sich hin.

Bewermann beruhigte:

„Wir nehmen vor Rockall Wasserballast an Bord."

Auch Direktor Mach fragte an; Bewermann telephonierte zurück:

„Das will nichts sagen. Wir sind jetzt um anderthalbtausend Kilo leichter, die wir an Betriebsstoffen verbraucht haben, und so müssen wir den Kahn mit dem Höhensteuer gewaltsam herunterdrücken. Außerdem haben die Heckzellen stärkeren Auftrieb als die Bugzellen, die durch den Luftzug abgekühlt sind."

In diesem Augenblick sichteten Nikolaus Tränleins unverdorbene Augen mitten zwischen den einfallenden Nebelschwaden Rockall Island.

＊　　＊　　＊

Nikolaus Tränlein hätte den hausgroßen Fels, der sich einsam in die blaue Unendlichkeit des Atlantischen Ozeans stemmt, schwerlich erkannt, wenn nicht ein Fesselballon darauf aufmerksam gemacht hätte. Auch bemerkte er zwischen einigen Fischdampfern der englischen Makrelenfischer einen Kreuzer, der nach der Startbahn an Bord nur das ihnen drahtlos avisierte Mutterschiff des Naval Wing sein konnte.

Bewermann verständigte sofort den Direktor, der mit dem Engländer herüberkam.

„Wir sehen von der Kabine aus nichts."

Tränlein trat zur Seite und gab den Auslug frei.

„Rockall," sagte Mach verkniffen.

„All right," bestätigte der Mann von der „Daily Post" gleichmütig, „ich habe Rockall gesehen. Sie haben den Preis."

„Wir müssen schleunigst wassern," entschied der Führer

und ließ durch Merkli unter dem Gondelbug die dreieckige rote Landungsflagge hissen.

Aber schon dichteten sich die Nebel. Araber in flatternden Gewändern stürmten auf weißen Hengsten heran, schleiergewandete Houris umtanzten den Bug, nasse Nixen tasteten mit lockenden Armen das Zelluloid des Ausjugs ab, hinter dem der junge Steuermann auf die entschwindenden Richtungspunkte starrte. Weiße Finsternis stand um das Schiff, und die Motoren heulten doppelt laut.

Bewermann war mit einem Satz am Maschinentelegraphen und stellte den Hebel auf Rot: Achtung! — dann auf Leer. Der Sturmgesang der Motoren flaute ab, die Flimmerscheiben der Propeller wurden Schwert.

Grüne und rote Lichter tropften aus dem Nebel, Sirenen brüllten wie brünstige Stiere.

„Die Bordlaternen heraus!" schrie Bewermann. Merkli war schon dabei, die Lichter auszuhängen: weiß am Bug, grün nach Steuerbord, rot nach Backbord.

Im Laufgang zeigte sich das schlafmützige Gesicht des Sahringenieurs Hinrichsen.

„Soll das Hecklicht heraus!"

Bewermann war wütend.

„Natürlich, Mensch! Was kommen Sie da erst her!"

Merkli kletterte an Tränlein vorbei auf den Kompaßtisch.

„Man sieht nünt von der Landungsflagge."

Er öffnete den Auslug, durch den es naßkalt hereinbraute, und schwenkte ein weißes Handlicht.

Stimmen stiegen aus dem Meere, hohl und widerhallend. Raketen zischten auf, und das grelle Auge eines Scheinwerfers wanderte im Kreis. Bewermann befahl die Motoren auf halbe Kraft und drückte das Luftschiff langsam herunter, um nicht mehr als nötig Ventil zu ziehen.

H. M. S. „Hermes" hatte Boote ausgesetzt, die in der

Milchstraße des Scheinwerfers näher kamen. Da stellte Bewermann den Maschinentelegraphen wieder auf Leerlauf und löste das Landungsseil, das abrollend auf das Wasser klatschte und von der Besatzung des nächsten Bootes aufgefischt wurde. Das Luftschiff ruckte erst erleichtert aufwärts und senkte sich dann bugab.

Bewermann rief in das Sprachrohr:

„Laßt die Bordeimer nieder und holt Wasserballast ein!"

Alles, was die Hände frei hatte: Merkli, Mach, der Journalist, Ritzenbrecher, Kalousek, ließ hastig die Eimer über Bord, die sich unten gurgelnd füllten.

In diesem Augenblick stolperte Fahringenieur Hinrichsen durch den Laufgang und stotterte verstört:

„Achtern ist ein Dampfer!"

Bewermann stieß einen Fluch aus, schleuderte den Unglücksboten beiseite und hetzte geduckt durch den Laufgang zum Heck. Den Takt der Motoren übertönte sein Gebrüll, das vom Echo höhnend zurückgeworfen wurde:

„Dampfer zurück! Wollen Sie uns in Brand stecken! Zurück — zurück — zurück!"

Merkli aber riß eigenmächtig den Hebel des Maschinentelegraphen auf: Äußerste Kraft! und ließ, während die Motoren aufheulten, Höhensteuer geben. Das Luftschiff bäumte sich wie ein erschrecktes Roß; in der Kabine stürzten die Fahrgäste zu Boden, achtern krachte es, und über die Wasser schrillte ein Schrei. Merkli lehnte sich backbord hinaus: im Lichtbad des Scheinwerfers flog hundert Meter unter ihnen ein Mensch kopfüber steil empor.

„Herunter, Braun — es hängt einer im Landungsseil!"

Aber das Schiff gehorchte nicht, noch einmal durchschoß ein Körper pfeilschnell das Bündel Licht — steilab, Schreie und Aufprall waren eins.

Merkli wandte sich ab.

340

„Der ifcht zerplatzt," fagte er betrübt.

Die Motoren verftummten wie von felbft. Durch den Lauf=
gang kehrte Bewermann zurück, hinter ihm Mach. Schräg
über des Führers Stirn, bis hart zur linken Schläfe, schnitt
ein roter Streif wie von einem Degenhieb; über das gefchlof=
fene linke Auge ftrömte Blut.

„Was ift los!" fragte er und bezwang fich mit einer An=
ftrengung, die fein Jungensgeficht dunkel färbte.

„Ich habe Vollkraft voraus befohlen," antwortete Merkli
trotzig.

„Und haben uns das Heck zerfchmettert," ächzte Bewer=
mann und packte eine der Stahlrohrftreben mit beiden Fäu=
ften. „Hätten Sie wenigftens nicht Höhenfteuer gegeben!"

„Dann wären wir in irgendwelche Schiffsmaften gerannt."

„Und fo haben Sie uns mit dem Heck in den Fockmaft
diefes vermaledeiten Heringsfängers gehauen, der mir nichts,
dir nichts mit rauchendem Schornftein unter ein waffernes
Luftfchiff fährt."

„Sie waren fortgelaufen," verteidigte fich Merkli unficher.

Bewermann wifchte mit der Hand über das linke Auge.

„Ift gut, Merkli. Bedanken wir uns bei Hinrichfen."

Herr von Mach trat hinter den Führer.

„Sie haben fich an einem Spanndraht die Stirn geritzt."

Während er ihn aus der Bordapotheke verband, fragte er:

„Was haben Sie befchloffen, Bewermann!"

Im Banne diefer unbewegten Stimme und diefer kühlen
Hände war Bewermann fofort gefaßt.

„Merkli, wie hoch find wir!"

Der Schweizer las den Höhenmeffer ab:

„Elfhundert Meter."

„Das hat uns gut heraufgeriffen. Ift noch ein Glück, daß
wir fchon Wafferballaft genommen hatten. Wir müffen waf=
fern, um den Schaden nachzufehen. Geben Sie Notfignale,

Merkli, Braun, Tränlein — aufpassen: ich lasse die Motoren laufen — gehen Sie vorsichtig in Spiralen herunter!"

Merkli löschte die Bordlichter und schwenkte das Buglicht. Das wirbelnde Scheibensieb der Bordsirene stöhnte hilfeheischend in das weiße Chaos. Tief unten suchte der Lichtarm des Kreuzers nach ihnen.

Der Führer rief ins Sprachrohr:

„Kalousek, telegraphieren Sie dem Kreuzer, daß wir manövrierunfähig sind."

Werkmeister Kalousek entgegnete:

„Der Apparat funktioniert nicht mehr."

Herr von Mach, noch am Ausgang zum Motorenstand, stieß einen Ruf der Überraschung aus:

„Bewermann — das Schiff stellt sich auf den Kopf!"

Der Führer warf einen Blick auf den Pendel:

„Nach hinten, wer kann!"

Alle hatten begriffen. Mach, Merkli, der Hilfsmonteur turnten, unter haltenden Griffen nach den Streben und Spanndrähten, die schiefe Ebene des Laufganges herauf, rissen in der Kabine Kitzenbrecher, Kalousek und den Engländer mit sich und langten atemlos beim hinteren Motorenstand an. Langsam hob sich der erleichterte Bug: das Luftschiff fiel in seine normale Lage zurück.

„Bleiben Sie einstweilen hier," ordnete der Direktor an.

Er selbst telephonierte von der Mittelkabine aus mit dem Führer:

„Was bedeutet das?"

„Es müssen am Heck Stahlrohre geknickt sein — die Stabilisierungsflächen haben sich gesenkt und wirken jetzt als abwärts gerichtete Höhensteuer. Braun kann mit den Höhensteuern nicht parieren — die Steuerdrähte sind schlapp. Lassen Sie Ihre Leute langsam vorkommen, und so oft der Laufgang mehr als fünfzehn Grad Schräglage kriegt, ziehen Sie

sich mit ihnen nach hinten zurück, um das Schiff wieder auf=
zurichten."

„Können wir nicht waffern!"

„Dynamisch nicht, sonst stellt sich der Kahn immer stärker
auf den Kopf und schießt senkrecht ins Meer — vorn er=
saufen wir, und hinten sprengt der Überdruck das Heck ab."

Herr von Mach winkte seine Leute herbei:

„Ganz allmählich wieder vorgehen!"

Dann beriet er weiter mit dem Führer:

„Also wie!"

„Zwei Möglichkeiten. Entweder ich ziehe alle Ventile und
laffe den Kahn durchfallen, auf das Rifiko hin, daß wir beim
Aufprall zerschlagen oder unter dem Ballon ins Meer ge=
drückt werden. Bestenfalls ist zu hoffen, daß wir von den
Booten aufgefischt werden; das Luftschiff müffen wir als
Seetrift seinem Schicksal überlaffen."

„Und die zweite Möglichkeit!"

„Wir halten uns in der Luft, bis ich Art und Umfang des
Schadens genauer festgestellt habe. Mehr kann ich im Mo=
ment nicht sagen."

„Einen Augenblick, Bewermann."

Herr von Mach ließ den Hörer sinken und wandte sich den
andern zu. Ausdruck und Stimme waren beherrscht und
höflich.

„Wir haben Schaden am Heck. Es gibt zwei Möglichkeiten
für uns: das Luftschiff durchfallen laffen und uns in die
Boote retten, oder ausharren und versuchen, den Schaden zu
beheben. Mister Mirfield, Sie sind hier Gast — wünschen Sie
das Schiff zu verlaffen!"

Der Engländer putzte sorgfältig sein Einglas mit einem
seidenen Tuch.

„No, aber meine Berichte abzugeben."

„Die laffen wir in einer Leuchtboje über Bord. Die andern!"

343

Ritzenbrecher, totenblaß vor Erregung, schüttelte krampf=
haft seinen grauen Kopf.

Fahringenieur Hinrichsen näherte sich vom hinteren Mo=
torenstand. Die Tränen rannen ihm in seinen Spitzbart.

„Herr Direktor, ich kann doch nicht Englisch — ich wußte
nicht, was ich dem Kapitän zurufen sollte."

„Ist erledigt," schnitt ihm Mach brutal ins Wort. „Sche=
ren Sie sich auf Ihren Posten zurück! Achtung — das Schiff
kippt wieder. Alles nach rückwärts!"

Wieder begann das Wettrennen mit dem Tode. Die Ver=
spannungsdrähte schnitten zehnmal zehn Kreuze in ihren ge=
duckten Lauf.

Wieder stand Mach am Sprachrohr. Er hatte die Kabinen=
türen hinter sich zugezogen. Sein Blick war geistesabwesend
nach innen gekehrt, die Falten seiner Mundwinkel zuckten.
Ein Funke sprang in seinem Auge auf, Überlegung ward
Entschluß:

„Bewermann — es gilt nicht bloß unser Leben, es gilt
auch unser Schiff, unsere Existenz. Wir müssen durchhalten."

„Ich werde tun, was möglich ist, Herr Direktor."

Bewermann hängte ab.

„Kinder," sagte er und verzog seinen kleinen schmollenden
Mund, „die Sache steht faul. Kippen wir, dann — über
Bord. Schwimmjacken habt ihr ja. — Wir haben jetzt drei
Uhr siebenunddreißig nachmittags, mitteleuropäische Zeit.
Treiben unter 57° 36′ nördlicher Breite und 13° 14′ west=
licher Länge mit zehn Sekundenmetern Südsüdwest — also
etwa auf die Nordspitze der Färöer zu. Auch 'ne schöne Ge=
gend. Na. So und jetzt" — er formte die Hände zu einem
Trichter — „jetzt brauche ich Sie, Obermaier."

Obermaier pfiff dem Hilfsmonteur und kam herbei.

„Obermaier, es ist etwas am Heck kaput. Wir müssen
wissen, was los ist. Wenn möglich, reparieren."

344

„Schon recht, Herr Bewermann."

„Sie, Obermaier, fallen Sie nicht."

Der Mechaniker fletschte lachend sein Wolfsgebiß.

„Keine Spur."

„Ja, aber dann brauchen wir noch einen, der Sie anseilt und Ihnen die Werkzeuge reicht. Hallo — Merkli soll mich hier vertreten."

Tränlein meldete sich:

„Ich bin ein guter Turner, Herr Bewermann."

Bewermann drehte sich langsam nach ihm herum.

„Das wäre ... ne, ne — ist schade um Sie."

Braun schneuzte sich geräuschvoll in ein blaugewürfeltes Taschentuch. Der Führer streifte ihn mit einem flüchtigen Blick und sah dann nachdenklich zu Kalousek hinüber, der sich mit Machs Schar durch den Laufgang heranpirschte. Aber Tränlein war hartnäckig und ohne seine eingeborene Scheu. Eine Sekunde lang — als er Bewermann mit Mach telephonieren hörte — war es ihm wie ein staunendes Erwachen aus langem Traum durch den Kopf gegangen: also so sieht das Sterben aus ... Sonderbar, dachte er, daß das so gar nichts in einem aufrührt — weder Furcht noch Sehnsucht, kaum ein wenig Feierlichkeit. Und wie sonderbar, daß, wenn ich jetzt sterbe, ich doch für meine Mutter noch weiterlebe — bis sie die Nachricht hat ... Die Stimme zitterte ihm in der Anspannung, seinen Willen durchzusetzen:

„Sie haben Frau und Kinder, Herr Bewermann."

Der Hüne fuhr auf:

„Tod und Teufel, das fehlte mir gerade! Ne, junger Mann — nun bleiben Sie mal hübsch an Ihrem Rad."

Da fiel es ihm herrisch ins Wort:

„Sie sind für die Führung verantwortlich und haben zu bleiben."

Direktor Mach stand im Eingang.

345

„Ich danke Ihnen, Tränlein — Obermaier."

Und mit einem Anflug von Galgenhumor fügte er hinzu:

„Darf ich bitten — das Schiff macht gerade wieder seine Verbeugung."

Sie liefen den stampfenden Gang empor.

„Ein gesundes Training," sagte der Engländer trocken.

„O ja," pflichtete der Direktor verbindlich bei, „man vertritt sich ein wenig die Beine."

Die lange Reihe der Wassersäcke und kommunizierenden Benzinbehälter über ihnen, die nach dem Bug zu abzurutschen schien, legte sich in die Wagerechte zurück. Hinter dem zweiten Maschinenraum waren Taue, Anker, Werkzeugkasten und Ersatzteile verstaut. Der dreikantige Stahlkiel, der unter dem ganzen Ballon verlief, verengte sich hier und bog sich schnabelartig zum Heck empor. Obermaier suchte aus dem Hellegatt das nötige Werkzeug zusammen, seilte sich an und begann den Einstieg. Vorsichtig aufwärts kriechend, leuchtete er mit einer elektrischen Taschenlampe den Längskiel und die Querspanten ab, knöpfte stellenweise die Stoffbespannung auf und beklopfte die nahtlos gezogenen Rohre.

Tränlein stand unter ihm, die Füße gegen zwei Streben gestemmt, das Seil gesichert. Das metallisierte Segeltuch der Bespannung umschloß sie wie eine eckige Röhre aus gewebtem Nebel. In regelmäßigen Zwischenräumen steilte sich diese Röhre zum Kamin und fiel dann schaukelnd zurück. Tränlein war es, als ob er auf dem Meere selber schaukle, das da tausend Meter unter ihnen rollte. Er kämpfte mit einer Übelkeit, die aus seinen Eingeweiden aufstieg und von innen gegen seinen Schädel preßte. Jeder Hammerschlag hallte als eine Armee von Hämmern in seinem Ohre wider.

Der Monteur pfiff: er hatte die Stelle entdeckt, wo die Mastspitze des Heringsfängers durch die Stoffverkleidung des Achterstevens gestoßen war; dicht dabei hatte ein zweiter Zusammenprall eines der Kielrohre geknickt. Die Steuerdrähte hingen außenbord schlaff herab. Da zogen sich die beiden aus der unbestimmten Dämmerung des Kamines in den kippenden Laufgang zurück, riefen im Vorüberkommen den Kameraden ein paar beruhigende Worte zu und erstatteten dem Führer Bericht.

„Einen halben Meter höher — und er hätte uns ein schönes Loch in die Hülle gerissen," versicherte Obermaier und zeigte die Zähne.

Nachdenklich schob Bewermann die blaue Schirmmütze aus der Stirn.

„Das geknickte Rohr auswechseln, ist unmöglich. Schient es, so gut es geht, und sucht dann außenbord an die Steuer heranzukommen."

Sie hatten gut eine Stunde Arbeit, das Rohr zu stützen, ehe Obermaier sich über die geschwächte Stelle hinaus wagen durfte und oberhalb davon durch die gereffte Bespannung verschwand.

Auf dem Bauche liegend, beobachtete Tränlein aufmerksam das gestützte Kielstück: würde es der Mehrbelastung standhalten oder würde das Heck sich vollends senken? Seine Aufmerksamkeit war die des Fachmannes, der die Probe auf seine Arbeit macht. Obgleich sie beide der Gefahr näher waren als die andern, so fühlte er sich doch außer ihr: seit er sie unmittelbar vor Augen hatte, war die Erregung seiner Nerven einer rein sachlichen Betrachtung gewichen. Das Halteseil, das er weiter unten am Längskiel gesichert hatte, glitt ruckweise durch seine Hände; die Steuerdrähte, deren gerissene Enden Obermaier in das Seil verknotet hatte, folgten mit schlängelnden Bewegungen. Sie waren Lebenszeichen und verlängerte Organe dieses Menschen, der dort draußen an dünnen und vielleicht gebrochenen Stahlstangen in das Ungewisse turnte, das unter ihm mit offenem Rachen auf der Lauer lag.

Danach blieben Halteseil und Steuerzüge lange Zeit un=
beweglich. Tränlein wurde unruhig und zwängte den Ober=
körper durch den Riß in der Stoffverkleidung. Aber draußen
war nichts als Nebel. Schon auf Armweite löste sich der sil=
berne Leib des Schiffes in milchichte Wogen. Irgendwoher
kam kreischendes Geräusch, in gleichmäßigen Abständen heulte
die Sirene dumpf und schmerzhaft auf. Sie trieben haltlos
im Chaos des Raumes. Verdammte Seelen — ging es Trän=
lein durch den Sinn —, verdammte Seelen, angeklammert
an das Wrack ihrer Hoffnungen, hinausgestoßen in die Ewig=
keit . . .

Aber dann stand irgendwo der singende Ton, den er stets
fühlte, ehe er ihn hörte, und der ihn immer wieder beglückte.
Er stand in Lüften wie Gesang der Sphären; die Nebel selber
sangen. Er schwoll im Näherkommen orgelnd an, und Trän=
leins Herz jubelte ihm entgegen. Ihm war, als sehe er das
dreigeteilte Licht am Bug des fliegenden Bootes, das da ir=
gendwo südwärts von ihnen die neue unsichtbare Brücke über
den Atlantik schlug: den himmlischen Regenbogen neuer Mög=
lichkeiten.

Sein Herz wurde voll von einer wunderbaren Zuversicht:
wie könnten wir verstoßen sein! Aus dem wracken Luftschiff
brachen Rufe, und das Meer gab hohl und hundertfach die
Antwort: wie könntet ihr verstoßen sein! Das kreischende Ge=
räusch in den Steuern war verstummt, und eine Stimme,
die Tränlein kannte, fluchte verblüfft ihr:

„Donnerwetter!"

Dann setzte das Kreischen mit verstärktem Eifer wieder
ein — aber nun klang es wie ein fröhliches Lied zum Marsch=
takt unsichtbarer Soldaten.

Sie dachten nicht daran, daß auch die dort im fliegenden
Boot Verirrte waren, daß sie vielleicht in dumpfer Verzweif=
lung das unerbittliche Fallen der Benzinuhr verfolgten und mit

348

geröteten Augen in die weiße Wand starrten, die stumm vor
ihrem brüllenden Anlauf hielt und doch immer gleich weit
und undurchdringlich blieb.

Aus einem ovalen Nebelausschnitt trat dem jungen Steuermann, wie aus einem Rahmen der Großvaterzeit, das rührende Bild von Brauns Mutter entgegen: wie sie inmitten
der aufgeregten Mannschaften des Fuhlsbütteler Flugplatzes
verschrumpft und in ihr Umschlagtuch gehüllt Stunde um
Stunde auf die Rückkehr ihres Sohnes harrte, der bei einer
der Übungsfahrten über See mit dem Luftschiff verschollen
war. Sie lächelte freundlich und verständnislos, wenn man
sie tröstend ansprach: was wollten diese feinen Leute von ihr!
Ihr Sohn wird schon wiederkommen — natürlich wird er
wiederkommen. Ist eine Seemannsmutter es denn anders
gewöhnt! Einmal war er drei Jahre fort, und ein Jahr lang
blieb sie ohne Nachricht — aber er ist doch wiedergekommen.
Und nun, keine vierundzwanzig Stunden, seit er ihr die Hand
gegeben hat: „Adjüs ook, Mutting!" . . . was machen sich die
Leute da um ihn Sorgen!

Und er war wiedergekommen . . . und würde auch diesmal
heimfinden.

An diese einfältige alte Frau mußte Tränlein denken —
und nicht an seine eigene Mutter.

Fern, ganz fern summten die Motoren des fliegenden Bootes.

Herr von Mach ließ sich durch Kalousek erkundigen, wie
es mit der Ausbesserung stehe. Tränlein fragte in den Nebel
hinein — Obermaier schrie zurück:

„Abwarten!"

Nach zwei Stunden schrillte sein Signalpfiff. Tränlein, dem
alle Glieder vom Liegen auf den Rohren schmerzten, faßte das
Seil fester. Er wußte: jetzt trat Obermaier den halsbrecherischen
Rückzug an. Die Sekunden zerdehnten sich qualvoll — dann
schwang sich der sehnige Körper des Monteurs in den Steven.

„Das wäre getan."

Er überturnte vorsichtig die geschwächte Stelle und seilte sich ab. Er war ganz erschöpft. Tränlein verforgte das Werkzeug.

Sechs Augenpaare fahen ihnen erwartungsvoll entgegen. Herr von Mach hatte in einer glücklichen Eingebung ein Laufgewicht herrichten laffen, das nach Bedarf durch Seilzug verschoben wurde und das Hin= und Herrennen der ermüdeten Mannschaft unnötig machte. Er begleitete Obermaier und Tränlein zur Führerzelle.

Bewermanns Augen lachten fie an.

„Sind die Steuerzüge wieder in Ordnung!"

„Das schon . . ."

„Aber —!"

„Backbord sind die Steuerflächen verbogen und unbrauchbar."

„Aber mir scheint doch, der Kahn kippt jetzt weniger!"

Obermaier grinfte.

„Ich habe die Befpannung der horizontalen Stabilifierungsflächen gerefft, foweit es ging."

„Alle Wetter — da oben haben Sie fich hinaufgetraut!" ftaunte Bewermann und ftellte erfreut den Mafchinentelegraphen auf: Achtung—Langfam!

Die Motoren erhoben gedämpft ihre Stimmen, die flatternden Luftfchrauben fchwirrten wieder.

„Braun, halten Sie vorfichtig mit dem Höhenfteuer gegen!"

Das Luftfchiff ftampfte, aber es kippte nicht mehr.

„Oftkurs nehmen, Merkli! Einen Strich Abtrift verrechnen!"

Der Schweizer handhabte das Rad, den Blick auf den Kompaß gerichtet. In der Gegenftandslofigkeit des Nebels wußte niemand, ob das Schiff dem Steuer gehorchte.

Herr von Mach fragte:

350

„Wo sind wir?"

Der Führer zuckte die Achsel.

„Wenn sich Windstärke und Windrichtung gleich geblieben sind, zweihundertfünfzig Kilometer nördlich von Rockall. Wir sind zu hoch, um zu loggen."

„Das wären" — der Direktor beugte sich über die Karte — „vierhundert Kilometer bis zu den Hebriden."

Da sahen sie, daß Merkli das Steuerrad losgelassen und sich nach ihnen umgewendet hatte.

„Der Kahn hält nicht Kurs," sagte er leise.

Eine Weile schwiegen sie alle. Dann heulte die Sirene melancholisch in das eintönige Rattern der Motoren. Sie trifteten steuerlos im Atlantik.

Sie waren so voller Hoffnung gewesen — nun schlug sie die jähe Erkenntnis ihrer Lage nieder. Braun, der schon längst sehr still geworden war, priemte nervös; Obermaier tobte am Motor herum. Der Führer hielt den Kopf gesenkt, es war ihm leid um diese jungen Leben.

„Bewermann!"

Der Anruf des Direktors prallte von ihm ab. Gleichgültig ordnete er das Nötige an:

„Motoren leer laufen lassen. Fortwährend Notsignale geben. Merkli an den Ventilrechen, Tränlein an den vorderen Auslug — auf Schiffssignale achten. Braun mit äußerster Vorsicht auf hundert Meter heruntergehen."

Herr von Mach trat neben den Führer. Sein Gesicht war weiß.

„Sie wollen das Luftschiff aufgeben?"

„Was bleibt uns übrig! Obermaier hat gewiß sein möglichstes getan."

Das unbewegliche Gesicht des Direktors nahm den nach innen gekehrten Ausdruck erbitterter Gedankenkonzentration an. Niemand sprach mehr ein Wort.

Herr von Mach griff nach der Karte.

„Wir treiben in der Richtung auf die Färöer zu!"

„Vermutlich."

„Das sind noch vierhundert Kilometer. Ist auf den Färö=
ern Landungsgelegenheit?"

„Ausgeschlossen."

„Hm. Aber auf Island ist ein Stützpunkt für die Ozean=
flieger der Route Kap Farvel=Reykjavik errichtet!"

„Ja" — Bewermann horchte auf.

„Das sind vierhundertfünfzig Kilometer. Wenn wir mit
dem Wind und mit voller Maschinenkraft fahren, könnten
wir die in vier Stunden bewältigen."

Bewermann lächelte gutmütig.

„Wenn der K II heil und frisch wäre. Übrigens würden
wir nicht einmal genau Rückenwind haben."

Braun fuhr auf:

„Entschuldigen, Herr Bewermann — ich kenne hier die Ge=
gend. Der Fog, den der Südwind hier niederschlägt, geht ge=
wöhnlich bald in Regen über. Und wenn wir erst die Höhe
von Färöer haben, können wir fast mit Sicherheit auf Ost=
wind rechnen."

„Das wäre —! Mensch! ... Wenn sich das Drehmoment
nur einigermaßen parieren ließe ... Vielleicht, wenn wir back=
bord den vorderen Propeller ausschalten! Na, ob wir so oder
so draufgehen ... Die andern drei Propeller einschalten!
Schiff in den Wind stellen! Volle Kraft voraus!"

Donnernd verstärkte sich das Knattern der Motoren, die
Sirene brüllte: Schlachtgesang! Schlachtgesang!

Draußen löste sich der Nebel in Regen.

※   ※   ※

Nachts zwei Uhr dreizehn Minuten mitteleuropäische —
elf Uhr fünfundvierzig Minuten isländische — Zeit meldete
die Steuerbordwache auf Torpedobootszerstörer „Svift", der

über Order zwischen Island und den Hebriden kreuzte, das Passieren eines großen Flugzeuges, mit Kurs nach Norden.

„Nach Süden!" versetzte der wachthabende Offizier tadelnd und suchte durch das Nachtglas den östlichen Himmel ab, an dem einzelne Sterne bleichten. „Haben Sie denn nicht die Lichter gesichtet?"

„Zu Befehl — Backbordlicht und Hecklicht."

„Also doch nach Norden," berichtigte sich der Wachthabende betroffen und nahm auf gut Glück die Verfolgung der Flieger auf.

Aber die siebenhundertundzwanzig Pferdekräfte des K II erwiesen sich den dreißigtausend Pferdekräften des englischen Turbinenbootes als überlegen: das Flugschiff kam nicht wieder in Sicht. Dagegen wurden die Wachen auf mehrere im Wasser qualmende Phosphorkalziumpatronen aufmerksam, die anscheinend von den Fliegern zur Bestimmung der Windversetzung ausgeworfen waren. In gleicher Richtung damit fischte man eine Leuchtboje auf. Dem Kommandanten, der angesichts der Sonderbarkeit des Falles aus seiner Koje geholt worden war, wurden als ihr Inhalt zwei Schriftstücke übergeben — ein dickes und ein dünnes. Das dicke trug auf seinem Umschlag folgenden Vermerk:

„Bitte Bericht drahtlos an ‚Daily Post' befördern. Drahtlose Luftschiffstation kaput. Mirfield."

Das zweite Schriftstück lautete:

„Verkehrsluftschiff K II, Nationalität deutsch, Heimatshafen Hamburg, Führer Bewermann, Besatzung 13 Mann.

Unter 63 ° nördlicher Breite, 12 ° westlicher Länge. 1,05 Uhr W. E. Z.

Laufen wegen Steuerdefekt Flugstützpunkt Reykjavik an. Bitten um drahtlose Verständigung an Ballonmeister Müller, Leven. Bitten ferner, uns zu eventueller Hilfeleistung zu folgen.

Gez.: Bewermann, Diplom-Ingenieur."

Man hatte auf dem K II sehr wohl die Lichter des Torpedobootes bemerkt, das backbord in ihrem Kurse dampfte. Aber Bewermann war gegen jeden Aufenthalt, der ihnen nach Lage der Dinge doch nichts hätte nützen können. Nachdem man sich einmal zu dem Versuch entschlossen hatte, das Luftschiff an Land zu bringen, kam alles darauf an, eine Fahrt nicht zu verlängern, die an Schiff, Maschinen und Mannschaft bereits die äußersten Anforderungen stellte. Die astronomische Navigation mit Hilfe des Ballonsextanten hatte, seit sie aus der Region des Nebels herausgekommen waren, keinerlei Schwierigkeiten mehr.

Der Ballon stampfte und schlingerte, Kitzenbrecher lag seekrank in der Kabine, der Engländer schlief. Die andern waren auf ihrem Posten, in jenem Zustand der Zerschlagenheit und Übermüdung, in dem alle Sinne doppelspürig sind und der Geist wie im Traume handelt.

Im Auslug sah Tränlein sich den Wandel der Stunden vollziehen. Graue, schwarzbäuchige Opfertiere, lagen die Wolken auf dem Ostrand der Welt. Weiße Priester, noch lichthell vom Abschiedsgruß der toten Sonne, standen darüber gebeugt; Rauchstreifen stiegen von den verbluteten Opfern an den weißen Gewändern vorüber in den mattblauen Himmel.

Der Heiligenschein der Erde legte sich um den Pol: in einem grünlichen Strahlenkranze, der voll geheimen, zitternden Lebens war. Die Magnetnadel in Tränleins Steuerkompaß wurde unruhig wie ein Kettenhund zur Geisterstunde. Sie irrte witternd gen Abend und wich dann vor dem zuckenden Tanze violetter Garbenbündel in den Morgen, bis die Flammenkrone ihres geheimnisvollen Gebieters sie wieder auf Mitternacht bannte. Kalousek kam bestürzt aus der Kabine herüber, wo er die drahtlose Bordstation in Ordnung zu bringen suchte; er behauptete, elektrische Entladungen und

354

über der herabhängenden Antenne das Aufleuchten eines Blitzes wahrgenommen zu haben.

Später wanderte das Zwielicht des langen Tages am Nordhimmel von West nach Ost. Die Kugel des Raumes füllte sich mit Helle, der Schnee der Wolken flammte auf, feurige Pfeile schossen über den östlichen Meeresrand, die Sonne hob ihre blutige Faust. Der Schatten des Luftschiffes schwamm backbord auf gelbweißem Nebel, umrahmt von einer Aureole aus blau=gelb=rot=violetten Ringen. Durch die Morgendünste brechend, zog die Sonne hellgrüne Streifen in die graue und stürmische See. Das Patentlog, das im Wasser schleifte, änderte seine Richtung zum Schiff: der Wind kam jetzt aus Osten. Tränlein stellte das widerspenstige Fahrzeug hartnäckig in ihn ein.

Und dann begab sich das Wunder der erfüllten Hoffnung: geradeaus blendete das Licht des jungen Tages auf einem weißen Zackenstrich. Der Mann am Auslug griff zum Fern= glas.

„Zwanzig Knoten Westnordwest voraus Land in Sicht!“ meldete er dem Führer.

Einsam donnerte das Meer um schwarze Vorgebirge, die überhingen, und um zernagte Klippen, eingehüllt vom Staub der Brandung. Es schäumte küstennah durch Felsen= tore und um Riffe, die gleich erstarrten Flammenzungen zu flackern schienen. Es schuf zerstörend neue Inselformen, die Tränlein äfften: wracke Schiffe, Burgen, Türme, Erker, grün= bemützte Häupter und Totenschädel, in deren leere Augen= höhlen die Brandung flimmernde Lichter warf. Grüne Mul= den und braune Grate waren mit weidenden Schafen hell be= tupft; von den senkrechten Inselwänden hoben sich Schwär= me kreischender Flocken: Millionen Möwen, Seeschwalben,

Sturmvögel, Seepapageien. In einer Bucht lag ein toter Wal auf dem Rücken, gedunsen wie ein Ballon.

Wo sich die graue Uferlava des Festlandes flachte, war manchmal eine Handvoll winziger Häuser ausgesät. Darüber standen die zerrissenen Hänge, in deren Falten und Zacken ewiger Schnee gebettet war. Von der stumpfen Pyramide des Eyafjallajökull floß weißblau ein Gletscher; in den braunen Basaltwogen des Hinterlandes schaukelte die verschneite Hekla.

Der Schaukeltanz der Berge wurde toller, und Tränlein wußte nicht, ob es das Luftschiff war, das so stampfte, oder ob er selber schwanke. Er hörte neben sich die Stimme des Führers, die ihm seltsam fremd und unwirklich klang:

„Aushalten, Tränlein! Nun hat's bald ein Ende."

Der junge Steuermann nickte und biß die Zähne zusammen.

„Diese Zangenbucht da, jenseits der Landzunge — das muß der Faxafjördur sein. Braun — Höhensteuer!"

Die Küste sank zurück; jenseits der Landzunge tauchte steuerbord der Hafen von Reykjavik auf.

„Jetzt kommt es darauf an: nehmen Sie Kurs nach Norden, Tränlein!"

Tränlein legte das Ruder herum und wartete gespannt auf die Wirkung. Der K II rollte und ächzte; unten zog ein Strudel Land und Meer in seinen Wirbelkreis.

„Was — er will nicht, er trudelt im Kreis!" brach Bewermann los. Die ungeheure Überreizung des dreißigstündigen Dienstes entlud sich in einem Wutanfall. „Hund, verdammter — ich will dir!"

Er riß Tränlein das Steuerrad aus der Hand und steuerte mit rasenden Griffen.

Lavafelder glitten unter ihnen, schwarze Bergwände ver-

356

schoben sich auf Steuerbord — in ihrem Windschatten rückte das Luftschiff vor, drehte sich über zwei Buchten, drehte sich nach der dritten Bucht ... rote Hausdächer und Fahnen aller Farben, ein Platz voll aufgeregter Menschen um ein plattgedrücktes Denkmal herum, das Tränlein an dem Schatten als ein Standbild erkannte ...

„Reykjavik," knurrte Bewermann, wie ein Hund über dem Knochen, den man ihm rauben will.

Schiffsverdecke mit Flaggenschmuck und weißem Pfeifenrauch, der Eselsschrei eines Nebelhorns im blauen Sonnentag ...

„Dänischer Kreuzer," stellte Braun sachverständig fest, und: „Ein dänisches Schulschiff — ein englisches Torpedoboot — ein Hapagdampfer — Privatjachten, scheint es ..."

„— und ein fliegendes Boot!" rief Tränlein.

Die obere Tragfläche eines großen Flugzeuges breitete sich wie ein helles Verandadach auf dem Meere.

Inseln kamen im Bogen näher ... offenes Meer ... die Landzunge von Reykjavik ...

„Flugschuppen!" rief Tränlein. „Sie signalisieren!"

Vorbei. Lavafelder in flutender Bewegung ... ein kleiner grüner See ... ein Berg, der sich vor ihnen aufrichtete wie, von einem Motorboot aufgestört, ein Flußpferd aus dem Schlamm ... nochmals Häuferdächer und Menschengewimmel ... nochmals Meer, Lavagrau und der drohende Flußpferdrücken — das Luftschiff scheute und stieg.

„Der Wind steht auf den Berg zu, es reißt uns herauf!" schrie Braun.

Bewermann musterte das Gelände: zwischen Landsee, Berg und Meeresarm eine silbrige Ebene, mit einzelnen Erdhaufen und Lavablöcken.

„Wie hoch sind wir?"

„Hundertfünfzig Meter," antwortete Merkli.

„Motoren stopp!"

Wie mit einem Herzschlag standen die Motoren still.

Bewermann überließ Tränlein wieder das Steuerrad, knebelte die beiden Reißleinen los und warf die eine Merkli zu.

„Die Gasventile ziehen! Dann reißen!"

Die Ebene hob sich ihnen wie eine flache Riesenhand entgegen. Sie fielen senkrecht.

„Achtung!"

Tränlein, die Hände um das Steuerrad gekrampft, spreizte federnd die Beine, Braun machte Klimmzug, die Monteure hielten mit der Linken eins der Stahlrohre gepackt, mit der Rechten die Anlaßkurbel der Motoren.

„Los!"

Die Reißleine um die Faust gewickelt, sprang Bewermann über Steuerbord in die Tiefe. Tränlein sah ihn auf dem silbrigen Moos der Ebene in die Knie stürzen. Im gleichen Augenblick haute das Luftschiff krachend auf. Der junge Steuermann fühlte es als Fußtritt gegen den Bauch und knickte vornüber zusammen.

„Reißen!" brüllte die Stimme des Führers.

Das Schiff war wieder emporgeschnellt — Bewermann, der die Leine nicht lassen wollte, wurde mitgerissen.

„Reißen!" gellte seine Stimme noch einmal, sich überschlagend.

Merkli hing mit aller Kraft an der zweiten Leine.

Das Luftschiff kehrte im Bogen zur Erde zurück, prallte wieder auf ... stand zitternd ... hob sich nicht mehr. Bewermann, die Leine in der Faust, lag regungslos am Boden.

„Nicht herausspringen!" befahl Merkli, das Kommando übernehmend.

Die Mannschaft warf verblüffte Blicke zum Ballonbauch empor. Sie war darauf gefaßt, die riesige Hülle aufgerissen

358

über sich zusammensacken zu sehen — doch der Ballon blieb prall. Die Reißleinen hatten beide versagt, die Klinken sich nicht ausgehakt.

In der Ferne sah Tränlein Menschen rennen.

„Hierher!" schrie er und suchte das bißchen Dänisch Kopen=hagener Luftschiff=Tage zusammen: „Hold Gondolen fast!"
Aber die Menschen rannten fort.

Etwas anderes jagte heran — ein Auto parierte kurz, vier Männer im Sportsdreß ergriffen das Landungsseil, das Merkli losgebunden hatte; der fünfte, dick und unbeholfen, blieb schnaufend sitzen.

„Good morning," grüßte der eine — weißhaarig, glattra=siert, pergamenten — und legte die Hand an die Klubmütze.

„Good morning," antwortete es gelassen aus der Kabine. Mister Mirfields Einglas schaute über Bord. „Ist hier ein Telegraphenamt?"

„Im Ort," sagte der Weißhaarige.

Einer der andern vier, die Lederjacke über dem schlenkern=den Sakko, klemmte gleichfalls ein Monokel ein. Tränlein erkannte mit einem Stich der Überraschung dieses junge, verlebte Gesicht, dessen Mundwinkel nervös oder spöttisch zuckten.

„Nadler!" entfuhr es ihm.

Nadler winkte ihm ohne Überraschung zu.

„Ihr seid schon drahtlos gemeldet," rief er zurück.

Merkli hatte nochmals kräftig Ventil gezogen.

„Obermaier, Kalousek über Bord! Luftschiff gegen den Wind einstellen!"

Obermaier versuchte draußen die geballte Faust des ohn=mächtigen Führers zu öffnen, die noch immer die Reißleine hielt. Da ihm das nicht gelang, schnitt er die Leine kurzer=hand hinter dem Knebel durch. Dann zerrte er mit Hilfe Kalouseks und der Automobilisten das Flugschiff gegen den

Wind und schlang, ohne Rücksicht auf den dicken Insassen, das stählerne Ankerkabel einige Male um den Kraftwagen.

Tränlein spürte Erdenschwere durch den Bretterbelag der Gondel steigen und seine Glieder gleich dem Luftschiff verankern. All das Schwebende, Unbestimmte, Schiffsmäßige der letzten dreißig Stunden wiegte nur noch als ein traumhafter Schwindel in ihm.

„Erde," dachte er ungläubig, „Erde . . ." und reckte seine steif gewordenen Arme.

„Alles nach vorn!" ordnete Merkli an. „Hinrichsen, Sie bleiben mit zwei Monteuren an Bord. Bitte, Herr Direktor."

Mach kam mit dem Engländer durch den Laufgang. Hinter ihm wankte Kitzenbrecher, aschgrau und verfallen.

„Nach Ihnen," sagte der Direktor höflich und ließ dem Journalisten den Vortritt.

Er selbst trug den Verbandskasten und begab sich sofort zu Bewermann. Der weißhaarige Sportsmann kniete bereits bei dem Bewußtlosen und rieb ihm mit Kölnischwasser die Schläfe. Tränlein, unsicher in der ungewohnten Sicherheit des Erdbodens, schüttelte Nadler die Hand. Er hatte ihn als einen abgerissenen und sentimental verzweifelten Burschen in Erinnerung und musterte nun verwundert seine amerikanische Eleganz.

„Ja, mein Lieber, ich habe mich herausgemacht, seit wir in Johannisthal zusammen auf Flugschule waren," trumpfte Nadler auf.

„Ich wußte gar nicht, daß du den Ozeanflug mitmachst."

Nadler lachte und zeigte mit dem Daumen auf den alten Herrn.

„Jawohl — auf der Jacht Vandersteppens. Er hat alles mitgebracht — sein Auto, uns, unsere Maschinen, unsere Manager, sogar unsere Mäuschen."

„Ist das der reiche Amerikaner?"

360

„Derfelbe."

„Und wer find die andern?"

„Der Dicke ift Mifter Robes — Agent, Gründer, Schieber, was du willft. Im Nebenamt mein Portemonnaie. Der kleine frechfchnauzige Kerl da ift Rolla. Sliegt jetzt Owam=Doppel= decker. Der mit der Bulldogg=Vifage ift Rupf, fein Manager."

„Verbindlichften Dank für Jhre Hilfe," hörten fie Herrn von Mach fagen.

Der Amerikaner wehrte trocken ab:

„Hätten lieber meine Jacht benutzen follen."

Der Ohnmächtige regte fich, Mach öffnete ihm fanft die blutige Sauft — Tränlein fah, daß die Singer bis auf die Knochen durchgerieben waren.

„Wie geht es Jhnen, Bewermann?"

Der Sührer fchlug die Augen auf.

„Was ift —? Ja fo . . ."

Herr von Mach reinigte und verband die verletzte Hand.

„Haben Sie Schmerzen?"

„Ein wenig Schädelbrummen. Hat nichts zu bedeuten. Laf= fen Sie mich aufftehen."

Braun und Tränlein richteten ihn auf, Vanderfteppen holte eine Slafche Kognak aus feinem Wagen, die ihm Braun dienft= eifrig abnahm. Der Verwundete trank.

Jsländer, gruppenweife wettrennend, fprengten auf flinken und ftruppigen Ponies heran: Städter und Städterinnen, Knaben und Mädchen, Sifcher und Bauern. Mifter Mirfield, der gerade das Luftfchiff photographierte, eilte auf den erften beften Ponyreiter zu. Tränlein fah ihn heftig auf den Mann einreden, der fich ftumm und mißtrauifch verhielt, und an= dere Reiter die beiden umringen. Ein Mädchen mifchte fich ein: blond, blauäugig, von fchönem Ebenmaß. Sie trug die Volkstracht der Jsländerinnen, doch ftak die lange Sranfen= troddel des runden, fchwarzen Kopftuches in filberner Hülfe,

361

und das dunkelblaue Wollkleid, aus dessen Mieder die Ärmel und der gestärkte Brusteinsatz der Hemdbluse schneeigweiß erblühten, war von einem reichverzierten Silbergürtel umschlossen. Augenscheinlich bot sie dem ungeduldigen Engländer ihr eigenes Pferd an, denn er schwang sich sogleich auf die Fußstütze des Frauensattels.

„Halt!" rief da Mach zu ihm hinüber. „Nehmen Sie auch meine Depeschen mit."

„Well," gab der Journalist zurück.

„Na, Herr Ritzenbrecher," hub Braun wohlwollend an und blickte dem Direktor verstohlen nach, „ein Kognak gefällig?"

Hastig kippte er den Becher, ehe er ihn an den Erfinder weitergab.

Bewermann hinkte mühsam das Luftschiff entlang und betrachtete kopfschüttelnd die zerbrochenen Landungsschlitten, die eingebeulte Ballonspitze und die verbogenen Heckrohre, von denen Stoffetzen und Drähte baumelten.

„Das gibt drei Tage Arbeit," schätzte er. „Wir müssen das Heck stützen und dann die Rohre auswechseln. Ein Schweißapparat wird ja wohl zu haben sein."

Tränlein fiel es auf, daß die Stoffverkleidung der Kabine gewaltsam durchgetreten war. Das war Mach, ging es ihm durch den Sinn; er hat Luft schaffen wollen, falls der Ballon beim Aufprall explodiert wäre.

Und zum erstenmal kam es ihm zum Bewußtsein, daß sie wunderbar gerettet waren.

＊　　＊　　＊

Nikolaus Tränlein lag schlaflos mit schmerzenden Knien in einem Eisenbett, das neben einem gleichen stand. Die niedrige Stubendecke drückte auf ihn, das leichte Dunenbett war heiß und schwer, die hinter Doppelfenstern eingekerkerte Luft muffig und schwül. Die Welt schien um das Bett einzuschrumpfen, das ein Luftschiff war; die Luftfahrer drohten zu ersticken

362

und kämpften um ihr Leben. Bewermanns Kommandorufe hallten hohl im Nebel wider, rote Quellen dampften ihm von Stirn und Händen. Das waren die heißen Quellen von Reykjavik, an denen gewaschen wird. Vandersteppens Auto mit Mach, Bewermann und Ritzenbrecher fuhr voraus, Tränlein ritt mit Nadler hinterdrein — er ritt den K II, dessen Nase tief gesenkt war. Auf dem grauen Meere weideten kleine, ungepflegte Pferde mit zusammengekoppelten Vorderfüßen; auf dem grün überwachsenen Dach einer Erdhütte graste eine Ziege. An einer holprigen Straße reihten sich ebenerdige Holzhäuser, die mit graugestrichenem Wellblech verkleidet waren; einstöckige Bauten aus bläulichem Dolerit umgaben den Denkmalsplatz.

„Thorwaldsen," erklärte Nadler und zeigte auf das Standbild.

Eine Musikkapelle blies Tusch, ein Herr begrüßte den Direktor und reichte ihm eine Handvoll Telegramme ins Auto.

„Der Gouverneur," erläuterte Nadler und entrückte in die Wolke von Tabaksqualm, die im Gastzimmer des Hotels zur Hekla schwamm. Alle Sprachen brachen aus der Wolke: Englisch, Dänisch, Deutsch, Französisch, Isländisch . . ., alle Sorten Kleider und Uniformen tauchten auf, alle Sorten Gestalten und Gesichter: Sportsleute, Fabrikanten, Flieger, Monteure, Manager, Wetter, Buchmacher, Marineoffiziere, Touristen. Sie alle kreisten, und ihr Mittelpunkt war César — César, der große Flieger und Prahler, der als erster von Kap Farvel auf Island eingetroffen war. Zwei Fliegerfrauen, deren Männer noch unterwegs waren, bestürmten ihn mit Fragen.

„Iphigenie und Gudrun," spottete Nadler. „Sie hocken den ganzen Tag am Meeresstrand und halten Ausschau."

Die rotblond gefärbte Lona schmachtete den Helden César an.

„Lona — um nicht zu sagen: Lena, mein Mäuschen," stellte Nadler vor.

Die Leute stauten sich in der Gasthausstube wie gepökelt. Sie bedrängten Tränlein, daß ihm alle Glieder brachen; er wurde matt und tot. Aber Einar Thoroddson, der Wirt zur Hekla, wußte Rat. Hallgerd, seine Tochter, sah Tränlein aufmerksam und fragend an und faßte nach den blonden Nackenschlingen ihres Haares. Nikolaus Tränlein erkannte sie: es war das junge Mädchen, das dem Engländer ihr Pferd überlassen hatte. Was ist es nur mit ihrem Blick — grübelte er —, ist es Wissen oder Erwartung?

„Ich habe mit meiner Tochter gesprochen," sagte Einar Thoroddson auf englisch, „sie wird Ihnen in ihrem Hause ein Zimmer geben."

Und Hallgerd fügte deutsch hinzu:

„Sie können mit meinem Mann gehen . . ."

Die Rauchwolke wurde klein und weich und weiß und war ein Dunenbett, das sich lindernd um ihn schmiegte. Da vergaß Nikolaus Tränlein seine Schmerzen und schlief tief und traumlos ein.

* * *

Nikolaus Tränlein hatte einen vierstündigen Wachdienst an Bord des K II hinter sich. Die Ausbesserungsarbeiten, die unter Merklis Leitung mit den eigenen und angenommenen Monteuren vor sich gingen, gaben der übrigen Mannschaft wenig zu tun. Bewermann hütete auf ausdrückliches Verlangen des Direktors das Bett; wer dienstfrei war, nahm an dem Festessen teil, das die Stadt den fremden Gästen im Hotel zur Hekla bot.

Schon im Vorflur hörte Tränlein die lärmende Stimme des Fliegers César, der französisch sprach. Als er den Saal betrat, dessen kahle Holzwände mit Birkenzweigen und Flaggen aufgeputzt waren, erzählte der Sieger der Etappe Grönland-Island gerade:

„Ein Nebel, sage ich Ihnen, ein Nebel! Nach unserer Be-

364

rechnung hätten wir längst das Leuchtfeuer von Kap Skagi sichten müssen, aber so oft wir durch den Sog herunterstießen, trafen wir auf Meer. Es war zum Rasendwerden; die Erde habe ich geküßt, als ich endlich wieder an Land kam."

„Hoch César!" jubelte es, die Sektkelche klirrten, die Musik blies Tusch.

Nadler rief ironisch dazwischen:

„Hoch Kitzenbrecher!"

Und alles stieß mit dem Erfinder an, der in Sekt und Seligkeit zerfloß.

„Ein Telegramm an meinen Herzog," schluchzte er gerührt; „das muß mein Herzog wissen. Und in unserm Amtsblatt müssen sie abdrucken, was die Zeitungen hier über uns geschrieben haben."

Ein dänischer Marineoffizier fragte ahnungslos:

„Werden Sie den K II auch auf der Rückfahrt führen!"

Ein scheuer Seitenblick Kitzenbrechers stahl sich zu dem Direktor hinüber, der in ein Gespräch mit Vandersteppen vertieft schien.

„Ja ... das heißt ... ich weiß noch nicht, ob ich nicht den Dampfer nehmen muß ... mein Gesundheitszustand ..."

Ein Grauen schüttelte den Erfinder vor der Möglichkeit, sich noch einmal den Tücken dieses Ungeheuers überantwortet zu wissen, das Machs Wille aus der Gegenstandslosigkeit kindlich unbeirrter Träume in stählerne Handgreiflichkeit gezwungen hatte.

Nadler, der zwischen Braun und Lona saß, hatte Tränlein den Platz neben seiner Freundin freigehalten. Der junge Steuermann war mehr erstaunt als verwirrt, sich unterm Tisch durch einen Händedruck von zarter Frauenhand begrüßt zu fühlen.

„Ich habe Sie schon in Johannisthal gern gehabt," flüsterte ihm die rote Lona zu. „Sie waren so ... so anders als die andern ..."

Fräulein wußte darauf nichts zu sagen. Überdies erhob sich jetzt der große César und klinkte an sein Glas.

„Eine neue Zeit ist gekommen für Island," begeisterte er sich an sich selbst. „Ihr Isländer habt vor tausend Jahren Amerika entdeckt. Ich aber habe euch für Europa zurückentdeckt. Ihr habt zuerst den Wasserweg nach Amerika gefunden — ich habe euch den Luftweg um die Welt geschenkt. Männer von Reykjavik — ich schenke euch eure Zukunft! Reykjavik wird Etappenstation der großen Flugroute Europa–Amerika werden. Jedes Flugschiff wird euch hundert reiche Fremde bringen. Hotels werden aufschießen wie Pilze, die Grundstückswerte werden riesenhaft steigen, jeder Isländer wird sein Steinhaus haben."

„Recht so," schrie der dicke Gründer Kobes dazwischen und prustete wie ein Seehund, der über Wasser kommt, „recht so! Die heißen Quellen und die Schwefelquellen werden als Bäder eingerichtet, die Sodaquellen auf Flaschen abgefüllt."

„Und der große Geysir!" fragte Nadler boshaft.

„Den kaufen wir, lassen einen Zaun um ihn ziehen und erheben Eintrittsgeld."

„Aber wenn er nun nicht springen will!"

„Wozu gibt es moderne Technik! Das wird genau reguliert. Zehn Kronen ein kleiner Ausbruch, fünfzig Kronen der große."

„Mit Verlaub," wandte Gudmund Indridasson ein, der Hallgerds Schwiegervater war, „den Geysir hat schon ein Engländer gekauft."

„Um Geschäfte damit zu machen!"

„Nein — um auf seine Visitkarte drucken zu können: Besitzer des großen Geysir auf Island."

„Spleen," machte Kobes wegwerfend und fuhr unbeirrt fort: „Die Wasserfälle werden in PS verwandelt."

366

„Die Engländer sind schon dabei," glossierte Gudmund Indridasson.

„Forellen= und Lachsfischerei wird im großen betrieben."

„Haben die Engländer schon gepachtet," wiederholte der Alte zum drittenmal.

„Gudmund Indridasson muß immer widersprechen," beschwerte sich mißgestimmt ein schottischer Kaufmann, der sich in Island hatte naturalisieren lassen und reich dabei geworden war.

Der Getadelte drehte ihm seinen klugen Greisenkopf zu, der dem Vandersteppens nicht unähnlich sah. Jetzt waren es die tiefen Kehllaute und schwerfällig gehäuften Konsonanten der alten Islandsprache, die wie ferne Gewitter endloser Wintertage grollten:

„Was gibt uns Europa! Es verkauft uns seine Waren zu teuren Preisen. Es fängt uns unsere Fische weg. Es bemächtigt sich unserer Landesschätze und schlägt Geld aus der furchtbaren Schönheit unserer Berge. Es nimmt uns unsere alten schlichten Sitten und Bräuche. Was werden unsere Leute in seinen Prunkhotels sein! Hausknechte der Herren aus Europa. Unsere Töchter werden ihre Dienstboten sein — besten= und schlimmstenfalls ihre Mätressen. Ihr seht ja, wie sie es treiben . . ."

Die einheimischen Herren waren entrüstet aufgesprungen.

„Schweig, Gudmund! Du beleidigst unsere Gäste. Davon verstehst du nichts."

Nur ein alter Bauer krächzte nachdenklich:

„Hört auf ihn. Er ist ein Studierter, und sein Rat gilt im Althing."

Gudmund Indridasson fügte hartköpfig auf englisch hinzu:

„Wir haben tausend Jahre lang fremde Bedrückung getragen, bis uns der König auf der alten Thingstätte unsere Freiheit bestätigt hat und Recht wieder Recht geworden ist.

Und daran werden wir uns auch in Zukunft halten. Eure
Art, ihr Herren aus Europa und Amerika, ist nicht für uns.
Unser Gesetzbuch ist vom Jahre 1280 — ihr wechselt eure
Gesetze wie euer Hemd. Wir rechnen nach dem Jahrtausend
— ihr rechnet nach dem Tag."

„Nach Sekunden, soweit wir Flieger sind," witzelte Nadler
und richtete sein Einglas herausfordernd auf César, der ihm
beim letzten Gordon-Bennettfliegen den Sieg abgestritten hatte.
„Und manchmal mogeln wir auch um Sekunden."

Aber der schlug ihn mit der Faust ins Gesicht. In dem auf-
wirbelnden Trubel entschwanden beide durch die Tür.

Eine peinliche Stille breitete sich hinter ihnen.

Herr von Mach, dem Tränlein gegenübersaß, murmelte
angeekelt:

„Das ist nun der Einbruch unserer großen modernen Welt
in die Einsamkeit dieser engen, altmodischen, in sich abge-
schlossenen Kultur . . . Wie ich diese Sorte Menschen ver-
achte, die ihr Leben nicht für eine Idee, sondern für eine
Chance aufs Spiel setzen! Sind sie auch nur mutig? Mutig
ist nur der, der sein Schicksal weiß und ihm trotzdem gefaßt
entgegengeht."

Tränlein neigte sich über den Tisch und erwiderte leise,
aber fest:

„Und wenn sich die Idee als haltlos erweist?"

Mach fuhr hochmütig auf, besann sich indes und schnitt
kurz ab:

„Nichts ist verloren, solange wir es nicht verloren geben."

Allein als ob ihn ein geheimes Bedürfnis nach Aussprache
dazu treibe, knüpfte er dann selber das abgeschnittene Gespräch wieder an.

„Glauben Sie," gestand er bitter, „ich leide nicht unter
dieser Tragik, einer verlorenen Sache zu dienen! Aber darf
ich es eingestehen! Eingeständnis ist Kapitulation."

368

„Sich mitteilen zu dürfen…" ereiferte sich der junge Steuer=
mann mit leuchtenden Augen, stockte jäh und wurde rot.

Der Direktor betrachtete ihn mit einem flüchtigen Lächeln.

„Es ist das Recht oder die Not der Jugend, ihre Gefühle
zu äußern — sich durch Mitteilung ihres Überschwanges zu
entäußern. Später verhärtet man sich zu dem indianisch=eng=
lischen Lebensprinzip: beherrscht sein."

Er hielt den linken Zeigefinger in die aufsteigende Rauch=
säule seiner Zigarette; die feine blaue Säule schmiegte sich der
Kontur des Fingers an und stieg über ihm wieder senkrecht
empor. Versonnen meinte er:

„Die Menschen lassen sich zwingen, die Dinge nicht. Wir
sagen: totes Ding — und ist doch eigenwilliger als wir…"

Tränlein empfand Mitleid mit dem einsamen Mann, den
er so lange für einen kaltüberlegenen Willensmenschen gehal=
ten hatte. Ist er nicht, dachte er, der Sklave der Idee, die er
doch überwunden hat! Ich aber bin frei!

Ein Jubel brach aus ihm, ein stolzes Glücksbewußtsein,
wie es seine gebundene Jugend noch niemals kannte. War
das dort oben in den Lüften Freiheit! War es nicht engste
Enge und Bedrückung! Freiheit ist in uns — wir wissen nur
nicht darum … bis wir sie im Spiegel fremder Augen
lesen …

Er suchte Hallgerd Einarstochter mit den Blicken. Er hatte
noch kein Wort mit ihr gesprochen, außer jenen ersten gestern.

Hallgerd ging auch heute ihren Eltern zur Hand, denn es
fehlte an Kellnern. Eben hatte Braun sie angehalten, mit der
Bitte, eine Ansichtskarte an seine Braut zu unterschreiben.

„Ein Mädel, Frau Hallgerd, ein Mädel —! Wollen Sie
ihre Photographie sehen! Ich trage sie immer auf dem Her=
zen. Sie gleicht Ihnen, Frau Hallgerd — weiß Gott, sie
gleicht Ihnen auf ein Haar! Ach, Hallgerd, wenn Sie wüß=
ten —"

Hallgerd löste unwirsch ihren Arm aus seiner Umklamme-
rung und schritt weiter.

Tränlein lachte — ein grundloses, befreites Jungenslachen.
Braun beugte sich giftig gegen ihn vor, nannte ihn bei seinen
Spitznamen Klaus und Tränchen — der junge Steuermann
lachte bloß. Beleidigt hüpfte Braun einen Stuhl weiter auf
Nadlers leergewordenen Platz und begann der roten Lona
den Hof zu machen.

„Sehen Sie, Fräulein Lona," schwärmte er und schob ihr
eine Ansichtskarte herüber, „auf dieser verfallenen Burg am
Rhein werde ich mit meiner jungen Frau die Flitterwochen
verleben."

„Wie romantisch," seufzte Nadlers Freundin.

„Nicht wahr — das würde Ihnen doch auch gefallen, so
zu zweien . . ." erwärmte sich Braun und rückte näher.

Der Flieger Rolla riß von draußen die Saaltür auf.

„Ein Torpedoboot läuft in den Hafen ein. Der Tandem-
Eindecker ist verunglückt, einen Flieger hat man aufgefischt,
der andere ist ertrunken — man weiß noch nicht, wer von
beiden."

Zwei Schreie schlugen in einen zusammen, die beiden
Fliegerfrauen, die still für sich an einem Nebentisch gesessen
hatten, stürzten zum Hafen. Ein Aufruhr entstand, alles
folgte ihnen. Das Torpedoboot hatte bereits festgemacht; von
zwei Matrosen gestützt, näherte sich auf dem Landungssteg
der gerettete Flieger.

Da geschah etwas Seltsames. Beide Frauen hoben ihm
ihre Arme entgegen.

„James!" schluchzte die eine, die seine Frau war.

„James!" jauchzte die andere.

Und dann kehrten sie sich einander zu und starrten sich in
einem Blitze des Begreifens haßerfüllt und rasend in die
Augen.

370

Tränlein sah Hallgerd sich vom Gasthof her dem Kai nä=
hern. Hastig trat er auf sie zu.

„Kommen Sie," sagte er rauh.

Sie blickte ihn verwundert an und gehorchte. Seite an
Seite gingen sie ihrem Hause zu. Tränlein fühlte beglückt: ist
dies nicht Abenteuer — schweigend neben einer fremden Frau
zu gehen!

Seite an Seite wanderten sie in den Abend. Die Sonne
warf den fahlen Widerschein ihres Unterganges auf die
Wellblechhäuser und versilberte sie. Im Osten wanderten
langgezogene rosa Wolken. Der halbvolle Mond war gelb=
grün, das Mondgebirge sichtbar. Die Wiesen zwischen den
seltener werdenden Häusern schimmerten licht, das dürftige
Birkengestrüpp ballte sich olivfarben und dunkel. Über den
graublauen Bergen webte ein leichter Dunst. Die Luft war
kalt und klar.

Hallgerd fröstelte. Tränlein erwachte und erschrak vor der
Trivialität der Frage, die er stellte:

„Weshalb stehen zwei Betten in meinem Zimmer!"

Erst kam keine Antwort. Dann entschloß sich Hallgerd, und
es klang wie Trotz:

„Es ist unser eigenes Schlafzimmer."

Der junge Mensch wurde knabenhaft verlegen. Nur um
etwas zu sagen, fragte er weiter:

„Wie lange sind Sie schon verheiratet!"

„Einen Monat," antwortete Hallgerd schroff.

Nun schwiegen sie beide wieder und waren verstimmt.
Tränlein schalt sein Ungeschick und dachte an Sinn Gud=
mundsson, dessen leere blaue Augen so gar nichts von dem
flammenden Stolz seines Vaters Gudmund Indridasson
hatten.

Ein Flügelschlag streifte ihre Häupter: pfeifend, wehkla=
gend, wimmernd.

In Hallgerds Stimme zitterte Gereiztheit nach:

„Daß Menschen fliegen, kommt mir wie Vermessenheit und Wahnsinn vor."

Aber Tränlein empfand es wie Versöhnung und beichtete:

„Mein erster großer Überlandflug führte mich über das Grab meines Vaters hinweg, der in Geistesnacht gestorben ist. Damals mahnte es auch in mir: ist es nicht Wahnsinn bei gesunden Sinnen, was du da treibst! Und doch, Frau Hallgerd — die Luft, ob sie sich uns auch tückischer als Erde und Wasser versagt, sie ist unser eigentliches, unser Lebenselement."

„Sie tötet," klagte Hallgerd und erschauerte.

„Jede Kraft, die stärker ist als wir, ist der Tod," erwiderte der junge Luftfahrer verächtlich. „Alles Glück ist Furcht um den Besitz."

Da schwiegen sie beide wieder. In ihrem Rücken blinzelten die elektrischen Straßenbirnen über Johlen und Gekreisch. Am feierlich erhellten Nordhimmel zuckte der violette Schein des Polarlichtes.

Tränlein fragte:

„Wo haben Sie Deutsch gelernt! Waren Sie in Deutschland!"

„Nein, ich war in Edinburgh und Kopenhagen."

„Hat es Ihnen gefallen!"

„Ich hatte Fußschmerzen von dem Asphalt; und ich glaubte in der fremden großen Stadt lauter bekannte Gesichter zu sehen. Ich war ganz verwirrt davon und begriff es nicht, wie diese vielen hunderttausend Menschen sich alle gegenseitig unterscheiden können."

Wieder schritten sie stumm nebeneinander. Dann sagte Hallgerd leise und nicht fragend:

„Sie heißen Nikolaus . . ."

Gudmunds und Gudmundssons Hof schwamm vor ihnen

372

im Mondschein. Hallgerds Apfelschimmel kam von der Weide herbeigehoppelt und rieb seine Schnauze an ihrer Schulter. Hallgerd und Tränlein traten in das Haus.

❀   ❀   ❀

Vom oberen Treppenflur polterte die Stimme des alten Gudmund, die ohne Nachhall seines Ärgers war:

„Hallgerd, bist du es! Hast du unsern Gast mitgebracht! Bitte ihn noch zu uns herauf; er könnte sonst vermeinen, daß ich Politik und Gastfreundschaft nicht auseinanderzuhalten wisse."

Hallgerd übersetzte es Tränlein, er antwortete lustig:

„Frau Hallgerd hat den Gast mitgebracht, und der Gast wird sich nicht lange bitten lassen."

Die Badstofa war voller Leute. Das Gesinde hockte auf dem Rande der kastenartigen Wandbetten, Finn Gudmunds= son und seine Eltern hatten Stühle. Für Tränlein stand, er mochte sich dessen wehren, wie er wollte, ein Plüschsessel aus der unteren guten Stube bereit.

Ulf, Gudmunds Spätgeborener, examinierte kraft seiner sechsjährigen Lebensweisheit den fremden Mann, Hallgerd machte den Dolmetsch:

„Weshalb sprichst du nicht unsere Sprache! Wie drehen sich die Mäuse in ihren Gängen um! Wie kriegen die kleinen Nestvögelchen zu trinken!"

Tränlein fragte dagegen und wandte sich keck an ihren ge= wissenhaften Dolmetsch:

„Weshalb hast du so schönblaue Augen!"

— und gab, als Ulf schwieg, selber die Antwort aus:

„Weil eure kalte Nordlandssonne sie nicht braun und schwarz brennen kann."

Aber Ulf war damit gar nicht zufrieden.

„Das verstehst du nicht," lehnte er streng ab, „du bist schon zu lange aus der Schule."

Gudmund Indridasson mochte sich wohl daran erinnern, daß man ihm vor zwei Stunden dasselbe vorgeworfen hatte. Lächelnd strich er seinem Spätgeborenen über den weißblonden Scheitel.

„Nun soll uns der junge Herr einmal von seiner Luftreise erzählen."

Tränlein erzählte und sah auf Hallgerd, die mit gefalteten Händen neben ihrem Manne saß.

Als der Steuermann des K II geendet hatte, fragte Gudmund:

„Wissen Sie, daß hier in Reykjavik vor dem Hause Frederik Fischers eine Boje als das letzte Lebenszeichen Andrées angeschwemmt ist! Seltsam, zu denken, daß sein Ballon jetzt irgendwo im Zeitlosen treibt."

Die Knechte pufften einen unter ihnen ermunternd in die Seite. Gudmunds Frau, die jünger als ihr Mann und rotwangig wie ein Mädchen war, bemerkte es und forderte ihn freundlich auf:

„Erzähle, Björn, was ihr drüben in Norwegen gesehen habt."

Björn rutschte unruhig auf dem Bettrand hin und her und rieb sein borstiges Kinn.

„Das war nämlich so, Herr," begann er dänisch, und seine Unbeholfenheit verriet, daß er kein Isländer und des Erzählens ungewohnt war. „Damals also — es war ... ja, Herr, es war in der Nacht zum 31. Juli 1909 unfern Moß am Christianiafjord. Ich hatte den Gemeindearzt geholt, denn meine Mutter wollte sterben, und wie wir heimeilten und noch drei Bauern grüßten, die uns entgegenkamen, entstand ein Lärm am Himmel, und ein großes, dickes, schwarzes Tier flog brummend wie ein Bär von Süden über das Meer heran und bog dann wieder nach Süden ab. Es war so groß

374

wie ein Walfisch, Herr; der Doktor sagte, es ist so groß wie
ein Haus und ist ein Luftschiff. Man hat es uns nicht glauben wollen und hat uns ausgelacht, denn es gab damals in
ganz Skandinavien kein Luftschiff, und die Deutschen flogen
noch nicht über See. Aber ein halbes Jahr später haben Hunderte es gesehen, wie es bei Jäderen über den Schären der Süd-
Westküste kreuzte und danach westwärts über dem Meer verschwand; man konnte es in allen Zeitungen lesen. Dies geschah
am 3. Januar 1910, ich habe mir die Zeitung aufgehoben,
Herr, und am 31. März 1910 habe ich es selber bei Kap
Lindesnäs noch einmal gesehen — am hellen Vormittag und
so niedrig, daß wir es singen hörten. Es sang wie eine Orgel
in der Kirche, Herr, und deshalb meine ich, es kann nichts
Böses dabei gewesen sein."

„Es war ein Troll," knurrte Finn Gudmundsson und richtete seine leeren Augen auf den Gast.

Aber Gudmund schüttelte mißbilligend den ergrauten Kopf
und erklärte lehrhaft und getragen wie ein Pfarrer:

„Das Meer ist der gläserne Palast der Märchen und Sagen;
sie springen aus seinen kämpferischen Freuden und verschwie-
genen Tragödien, sie lösen sich aus dem Geheimnis seiner
Tiefen, aus dem Rausch der Unendlichkeit und des nahen
Todes jenseits der fingerdicken Planke. Der Fliegende Holländer
steigt mit schwarzen Segeln über den Horizont, und vor ihm
stürmt schäumend und beutelüstern die Wellenmeute einher.
Nun ist ein anderes Schiff Wahrheit geworden, das unsern
Vätern noch ein Märchen war — es zieht hoch in den Lüften
über Land und Meer. Aber wie es sich nur der Küste nähert
und den ersten salzigen Odem spürt, da heften sich auch schon
die Legenden des Meeres an seinen silberweißen oder sonnen-
gelben Leib, der nicht Rauch noch Segel kennt, und eines
Nachts steht der neue Fliegende Holländer als Gespensterluft-
schiff über See."

Christian Skallagrimmson, der älteste Knecht des Hofes, nickte bedeutsam.

„Es wird wohl eine Gryla gewesen sein."

„Erzähle, Christian," riefen alle, „erzähle uns eine Saga."

„Christian kennt die alten Sögur und weiß auch neue zu erdichten," erklärte Hallgerd dem Gast. Es wurde Isländisch gesprochen, und sie zog ihren Stuhl zu ihm heran, um ihm Dolmetsch zu sein.

Christian Skallagrimmson saß vorgebeugt auf dem Bettkasten, seine knorrigen Hände hingen friedlich zusammengelegt zwischen den spitzigen Knien, die bläulichen Lider schatteten halb über die wasserhellen Teiche seiner Augen. Nach einem kurzen Bedenken räusperte er sich, setzte sich zurecht und begann:

„Es war ein Mann mit Namen Jona, der vermaß sich wider den Herrn und sprach: ,Sind wir nicht feuergeboren, o Herr, wie du!' Darob erzürnte sich der Herr, und Jona floh vor seinem Zorn. Doch wie er auf dem Meere war, ließ der Herr ein großes Ungewitter aufgehen, daß man meinte, das Schiff würde zerbrechen. Da losten die Schiffsleute, um wessentwillen es ihnen so übel gehe, und das Los traf Jona, und sie warfen ihn ins Meer. Aber der Herr verschaffte einen Walfisch, Jona zu verschlingen. Jona war im Leibe des Fisches dreitausend Jahr. Und verzehrte ihn von innen und füllte ihn mit dem Feuer seines Atems, und der Fisch fuhr auf aus dem Wasser wie ein Schwan. Da er aber das Meer erkannte, stürzte er ins Meer zurück und ward eine Gryla, so die Schiffer ängstigt und betört. Jona aber nahm einer Möwe Schwingen und flog zurück zu den Menschen, von dannen er gekommen war."

Nikolaus Tränlein trug den Klang der fremden, priesterlich gegürteten Worte noch lange im Ohr, und die alten Heidengötter rauschten aus dem Meere.

✳   ✳   ✳

376

Gerüchte gingen von einem Duell, das zwischen César und Nadler stattgefunden und mit dem Tode des Deutsch-Amerikaners geendet habe. Die rote Cona zeigte sich mit vieler Würde in Schwarz. Allein das Schaufliegen am Nachmittag sah Nadler neben Rolla am Start, und César begutachtete gönnerhaft Nadlers Marseindecker.

Nikolaus Tränlein traf Hallgerd auf dem Flugplatz, der aus nicht mehr als einer oberflächlich von Felsbrocken gereinigten Startbahn und einem Kassenhäuschen bestand. Das Kassenhäuschen war die Hauptsache, aber die Isländer saßen meist in ihren Booten und sparten das Eintrittsgeld.

Tränlein kam von seinem vierstündigen Wachdienst. Bewermann hatte sich aus den Dünen erhoben, dafür war Kitzenbrecher krank und hatte sich gelegt; Ballonmeister Müller war auf einem englischen Torpedoboot mit Ersatzteilen und Wasserstoff-Flaschen unterwegs, die Ausbesserungsarbeiten näherten sich ihrem Abschluß. Wie fern das alles dem jungen Steuermann war! Das Luftschiff, auf dem er eben noch geschaukelt hatte, war eine groteske Unwirklichkeit in den Mondgebirgen dieser unwahrscheinlichen Insel. Hallgerds Nähe stachelte seinen Ehrgeiz, und seine Kühnheit machte ihn kühn auch gegen sie. Er stieg mit Nadler auf, er stieg selber auf, und er bestürmte Hallgerd, mit ihm zu fliegen. Aus der nackten Uferlava schossen die brennendroten Blüten des Wunderbaren, und Hallgerd sagte: ja.

Es war spät und das Schaufliegen längst zu Ende. Während Tränlein der jungen Frau seine eigene Fliegermütze über die goldenen Nackenschlingen knüpfte, begegnete er ihrem Blick, der voll von leidenschaftlichem Schmerz und ein Abschied war. Und er begriff mit einemmal ihr Ja, das selbst ihn überrascht hatte. Ihm war, als sei ihnen diese Stunde vom Schicksal vorbestimmt und heische Demut und Erfüllung.

Wortlos hielt er Hallgerd die Leiter, und sie stieg ein. Die Auspuffrohre des Motors gähnten ihr wie drohende Schlangenmäuler entgegen, der mahagonirote Arm der Luftschraube reckte sich wie ein Richtschwert, blank und scharf. Plötzlich begannen die Kipphebel zum Takte einer barbarischen Musik zu tanzen, die Schraube vertausendfachte sich und wurde Nichts, die Luft war ein heulendes Raubtier, das sich ihnen entgegenwarf, und ein unsichtbarer Troll zog ihnen den Boden unter den Füßen weg. Die mit Schwimmern kombinierten Anlaufräder waren Erdenrest und Beute, die der große Vogel mit sich nahm.

Hallgerd hatte sich unwillkürlich hinter den Windschutz geduckt; nun drehte sie den Kopf nach Tränlein, dessen Einstieg ihr entgangen war. Unter dem Korkhelm starrten ihr Eulenaugen fremd entgegen; in den Fliegeranzug eingeschlossen, glich er einem Taucher — er tauchte in sein Element. Hallgerd aber fiel es ein, daß auch sie solch eine Brille trug, die sie entstellte. Hastig wandte sie sich ab.. und erschrak, als sie das Meer erblickte: die endlose Fläche richtete sich auf und stand mit Fischerbooten und Dampfern als eine blaue Wand vor ihnen. Aus einer Schale von Boot gerade unter ihnen wurde heftig und, wie es schien, signalisierend gewinkt. Tränlein suchte die Signale zu ergründen und gab, sich vorbeugend, unversehens Tiefensteuer. Sogleich erschien das schon entglittene Kähnlein wieder unter ihnen, der Flieger schaute auf Gebärden des Entsetzens — sie stürzten senkrecht. Es durchzuckte ihn: hält sie sich fest! — und alle Kräfte seines Willens krampften um das Steuerrad, das er zäh und kalt berechnend anzog .. langsam bog das Flugzeug in die Wagerechte zurück.

Da löste sich die Spannung in ihm, und seine Nerven schwangen wie Telegraphendrähte vibrierend aus: war es dies, was uns bestimmt war! Hallgerd aber hatte sich an die
378

Sitzverkleidung geklammert und wußte nicht, daß es der Tod war, der aus jenem Kahn nach ihnen winkte.

Ein tiefes Verwundern wurde in ihr laut: wir rasen doch dahin und scheinen stillzustehen! Sie blinzelte in das flirrende Nichts, das vordem ein Propeller war: ist schnellste Schnelligkeit gleich Null? Sie wollte ihren Führer fragen und hatte keine Möglichkeit dazu.

In ihm war Rausch des neugewonnenen Lebens, und einmal lachte er in sich hinein: wie sanft und glatt und rund und ziellos ist ein Freiballon — und also gleitet die ihm anvertraute Seele sanft und glatt und ziellos hin. Wie ist mein Flugzeug Lärm, Sturm, Spannung, Kampf, Zielbewußtheit — und also stürmt und kämpft die hochgespannte Seele um ihr Ziel. Form ist Notwendigkeit und Gleichnis — und Technik angewandte Seele.

Die brennende Sonne sank ins Meer, und Tränlein hätte schwören mögen, daß es zische. Ein Berg aus Feuergold lohte zu den Wolken, die in allen Regenbogenfarben spielten — Waberloh, Waberloh, Wikingermaid! Ein Brandpfeil schoß bis in die Bucht — suchst du uns, rufst uns der Sonne nach, die uns zu früh verging! Höher, wir wollen die Sonne noch einmal grüßen! Höher: sieh, der Versucher weist uns die Länder und Meere der Erde! Das blaue Eis der Nordlandsküste will ich salutieren, der mürrischen Hekla in die Krater spucken — und aller Dinge lachen, die uns wichtig sind!

Immerfort steigend, flogen sie landein. Die Wellblechstadt lag unten als ein Haufe fortgeworfener Konservenbüchsen, das Luftschiff hinter den abgeplatteten Hügelwellen war ein gestrandeter Stint. Die Lava- und Basaltfelder der Hraun streckten sich lang und braungeschuppt wie Krokodile zwischen steinernen Bänken und geschwärzten Kuppen. Von den blutenden Gletschern rannen die Silberadern ihrer Flüsse; die nackte und bergige Hochebene um den Smaragd des Thing-

379

vallasees war wie mit der Axt gespalten und zerrissen. Der
Drache stieß in Wolken, der Höhenmesser zeigte sechzehnhun=
dert Meter an.

Hallgerd aber, ungewiß, ob sie Minuten oder Stunden
flogen, wurde matt und des Schauens müde. Sie atmete kurz
und angestrengt, ihr Herz klopfte, ihre Schläfen schmerzten.
Ich möchte mich in diese Wolken betten — warum machen
wir nicht halt!

Die junge Frau fuhr auf, als eine Flamme züngelnd um
sich griff; instinktiv bückte sie sich danach und erstickte sie mit
ihren Händen. Der Takt des Motors stockte, dann schwieg er
ganz. Die rotbraunen Arme der Luftschraube waren wieder
da und holten flatternd aus. Die Stimme Tränleins kam
durch Benzingeruch und Ohrensausen zu ihr:

„Ruhig bleiben!"

Die Wolkenbetten wichen zurück, schlugen über ihnen zu=
sammen, umwogten sie milchicht trüb, dann klaffte in der Tiefe
Land. Der Flieger fand, was er erhoffte: zwischen den brau=
nen Bergrücken die weite, dunkelgrüne Fläche des Thingval=
lasees. Er zwang sein Flügelroß in steilen Spiralen abwärts,
zog die Anlaufräder hoch und wasserte hart und ufernah.

Kaum daß sein Flugzeug ausgelaufen war, kletterte er an
seiner Begleiterin vorbei zum Motor.

„Das Zuflußrohr ist leck," stellte er sachlich fest, „das aus=
strömende Benzin hat sich an den heißen Maschinenteilen ent=
zündet."

Er wandte sich zu ihr. Beide schoben sie die Schutzbrille,
die sie maskierte, auf die Stirn zurück und sahen sich in die
Augen. Es war, als dränge es sie zueinander, dann aber faßte
Tränlein erschrocken Hallgerds Hände und zerrte die verseng=
ten Handschuhe herab: nur die Rechte wies eine geringe Brand=
blase auf. Vorsichtig berührten seine Lippen die wunde Hand
und blieben lange über sie geneigt.

„Wie weise die Natur doch ist," scherzte Hallgerd, „sie bildet Wasser in der Brandwunde, und Wasser löscht den Brand."

Sie bezwang das Fieber, das auf ihren Wangen flammte, während ihre Lippen blau vor Kälte waren.

Vom Ufer war ihr Niederflug bemerkt worden, ein Kahn ruderte heran. Die Ruderer waren ein munterer Alter mit grauer Seemannsfräse und raubvogelhafter Hakennase und ein stumpfer Junger, dem das Flachshaar strähnig ins Gesicht hing, beide in kurzem schwarzen Friesrock, schlenkernden Hosen und Fellsandalen.

„Es sind Lachsfischer," verständigte Hallgerd ihren Begleiter.

„Meiner Treu," lachte der Alte, „so ist es wahr, daß sie jetzt fliegen können!"

Immer noch lachend, legte er wie ein trinkendes Huhn den Kopf zurück und schüttete sich aus einem Kuhhorn Schnupftabak in die gähnenden Nasenlöcher. Als die junge Frau ihre Mütze abknüpfen wollte, wehrte er ihr lustig und haschte nach den schwirrenden Mücken:

„Behalte sie nur auf — das ist ein feiner Mückenschutz."

Nach Tränleins Angaben schleppten die Fischer den Eindecker in die flache Lagune, in deren kristallenem Wasser sich eine grasbewachsene Erdhütte spiegelte. Hallgerd turnte mit der Gewandtheit einer Reiterin in den Kahn. Tränlein blieb unschlüssig im Sitz und schaute in den Himmel, der sich auf den Zackenrand der Felsen lehnte. Im Nordwesten erstickten bleierne Wolken ein letztes, fahles Gelb; die Wolken im Süden waren dunkelblau und hatten gerötete Lider. Die Luft war unbewegt.

„Es ist spät," sagte er zögernd, „und ich fürchte, ich werde den Schaden heute nicht mehr ausbessern können."

Sie hob den Blick offen zu ihm empor und entschied:

„So müssen wir in Thingvellir übernachten."

„Es wird das beste sein," gab Nikolaus Tränlein zu und gestand sich nicht, daß alle Wünsche seines Herzens an dieser Fügung deuteten, bis sie Schicksalswille hieß.

Er machte den Eindecker fest und vertraute ihn der Obhut des Alten an, dem er genaue Verhaltungsmaßregeln und in die schmunzelnd hingehaltene Rechte einige Silberkronen gab.

Nun war Hallgerd Führer und führte Tränlein wie ein Kind im Dunkeln an der Hand. Sie stiegen in den Pfad zur Hölle ein, er war kühl und feucht — und dennoch ahnten sie das ewige Feuer, das an diesen Felsen fraß, ahnten die wilde Simsonskraft, die das Löwenmaul der Erde aufgerissen hatte. Sie schritten an Abgründen und zwischen schroffen Wänden, steinerne Kobolde hüpften unter ihrem tastenden Fuß, rauschende Flügel strichen schwer um ihre Häupter, und Kaskaden brüllten ein teuflisches Echo wach. Aus den verwitterten Riesenmauern, Basteien, Scharten, Zinnen und gotischen Kirchenpfeilern der Felsschlucht türmte sich ein zyklopischer Bau.

Hallgerd erklärte, und es war Stolz in ihrer Stimme:

„Tausend Jahre lang sind unsere Männer diesen Pfad gegangen, um im Althing zu beraten. In derselben Stunde, in der ihr Beschluß Island dem Christengotte weihte, wandelten sich die Burgen der Dämonen in Kathedralen des Herrn."

Nikolaus Tränlein schwieg dazu. Er hörte Schritte und klirrende Waffen hinter sich, und Odins Raben kreischten höhnisch auf.

Das Felsentor entließ die beiden an der Sandfurt der Öxara in die helle Nacht. Tränlein trug Hallgerd auf seinen Armen durch den Fluß, ihr Atem einte sich. Auf der freien Ebene rupften Pferde das spärliche Gras, in den von Basaltblöcken umzäunten Wiesen weideten Kühe und Schafe. Schutzhaus, Pfarrhof und Holzkirche kauerten herdenhaft beieinan=

der, neben dem geteerten Kirchlein schimmerten Friedhofs=
kreuze.

Vor den Wanderern stand ein Licht und sah sie an. Es
verschwand und kehrte wieder. Einmal setzte es sich auf Hall=
gerds Stirn und glich dem Diadem des Schleierhelmes, der
die Isländerinnen an ihren Feiertagen schmückt. Tränlein
fühlte den krampfhaften Druck ihrer Hand in der seinen.

„Ein Totenfeuer," flüsterte sie bang.

„Ein Irrlicht," beruhigte er sie.

Sie erwiderte überzeugt:

„Manche halten es für Nordlichtsplitter. Aber es sind die
Seelen der ungetauften Kinder, die nach ihren Müttern ver=
langen. Denn in diesem See wurden die sündigen Frauen er=
tränkt."

Der Schauer, der sie erbeben ließ, rann von Hand zu Hand
und zitterte in seinem Herzen wider. Hallgerd, hätte er sie
trösten mögen, siehe, wir sind ohne Schuld. Wollen wir denn
mehr, als den einen durch den andern fühlen und bestätigt
wissen!

Aber er wagte es nicht, das Zauberwort zu sprechen, dem
sich das verschlossene Geheimnis ihrer Herzen hätte auftun
müssen. Ihm war, als sei die Nacht zu klar für diese Dinge,
die wie die leuchtenden Wolken des Nordlandmeeres licht
und dennoch undurchdringlich sind.

Hallgerd sagte wie aus Träumen:

„Hier haben Gunnlaug Schlangenzunge und Hrafn um
Helga gekämpft. Gunnlaug ging in die Fremde, aber Helga
blieb ihm treu auch als des andern Weib."

Nikolaus Tränlein wußte, daß es ein Versprechen war.
Er war jung und hätte aufschreien mögen vor hilfloser Qual.

Eine Touristenschar eilte ihnen lärmend entgegen.

„Wo stecken Sie! Wir fürchteten schon ein Unglück und
haben die Boote flottgemacht."

Ein Isländer in grober brauner Wollkleidung und Fell-
schuhen streckte ihnen die Hände entgegen.

„Es ist der Pfarrer," teilte Hallgerd dem Freunde mit.

Der Prestr hatte es gehört und begrüßte sie gleichfalls
deutsch:

„So sind Sie es, der über unserm See geflogen ist! Seien
Sie gesegnet. Und Sie, mein Kind, wie kommen Sie ohne
Pferd zu uns!"

Die junge Frau errötete.

„Der deutsche Herr ist Gast in unserm Hause und hat mich
mitgenommen."

Der Pfarrer schien betroffen. Dann heiterten sich seine Mienen auf.

„Sind Sie nicht Hallgerd Einarstochter! — Jetzt erkenne
ich Sie erst."

Er bot auch ihr die Hand und fuhr gegen Tränlein gewandt fort:

„Als wir das Surren des Motors vernahmen, glaubten
wir erst, ein Automobil nahe, und waren sehr verwundert.
Da tauchte ein feines lateinisches T aus den Wolken auf. Es
vergrößerte sich rasch, und ich gewahrte tief ergriffen, daß es
ein Mensch war, der dort oben flog."

Sie waren am Schutzhaus, in dessen engen Gelassen die
Betten wie Schiffskojen übereinander angeordnet waren. Der
Pfarrer bedauerte:

„Es ist alles überfüllt — auch bei mir."

Er überlegte.

„Sie müssen in der Kirche übernachten. Unser Kirchlein
hat nun freilich schon lange keine Gäste mehr beherbergt. Zuvor aber seien Sie Gast an meinem Tisch."

Sie traten in die niedrige Tür des Pfarrhauses, das eine
einstöckige Holzfront aufwies. Die verkrüppelten Nebenge-
bäude waren aus Torfstücken und Steinen geschichtet und

384

durch das Grasdach mit dem Mittelbau verwachsen. Aus der verrußten Küchenhütte drang der beißende Qualm des getrockneten Schafmistes, der den rohen Steinherd heizte. Die Wohnstube aber war freundlich mit Möbeln und Büchern bestellt, und die Frau Pfarrer bewirtete nach soviel andern Gästen auch diese beiden mit dem heimischen Milchbrei Skyr und Lachsforellen.

Danach geleitete sie der Pfarrer in das kahle Kirchlein, in dem links und rechts vom Mittelgang auf Torfstreu zwei saubere Lager hergerichtet waren. In der Selbstverständlichkeit seines Tuns erkannte Nikolaus Tränlein Hallgerds Freimut wieder und neigte sich beschämt der inneren Freiheit, die noch den Letzten ihres kleinen Volkes eignet. Eingepfercht in dunkle, dumpfe, feuchte, ofenlose Löcher, in langen Tagen ohne Nacht, in langen Nächten ohne Tag bei Talglicht und blakenden Tranfunzeln, von Orkanen umheult, im Schnee begraben, durch Erdbeben erschüttert, von Feuerbergen überspien und vom zermalmenden Eis des Poles belagert, haben sie die Kultur des Herzens gehütet: das Natürliche natürlich zu tun.

Wie ein Traum war es ihm: irgendwo rollten Eisenbahnen, Automobile, elektrische Wagen; Steinhäuser waren mit Marmortreppen, funkelnde Säle, Bäder, Theater; blühende Gärten waren, gepflegte Parke, künstliche Brunnen — und Menschenseelen waren zahllos zwischen ihnen, eingepreßt in die Herbarien des selbstgeschaffenen tausendfachen Zwanges. Sie können fliegen und um die Erde sprechen, sie können Sterngebirge und durch Körper sehen, können den Schein und Ton ihres Wesens bannen — und sind doch ärmer als diese hier. Gegensatz dünkt sie, was Gleichnis, Ruhmestat ihrer Willkür, was Notwendigkeit und Not des Ausdrucks ist. Die Kultur steht zwischen uns und unserer Natürlichkeit.

Nikolaus Tränlein brachte Dank und Ehrfurcht als die

Opfergaben feines Herzens dar. Hallgerd war nah wie nie und unerreichbar fern, der Mittelgang war zwiſchen ihnen wie ein Meer.

„Gute Nacht, mein Freund," ſagte Hallgerd tapfer und reichte ihm die Hand.

„Gute Nacht, Hallgerd," antwortete Nikolaus Tränlein leiſe.

✽   ✽   ✽

Nikolaus Tränlein ſaß auf der Lavamauer des Friedhofs und erwartete den Tag. Die Nacht war kalt, der Mond war klar, im hartgefrorenen Gras blitzten tauſend Diamanten. Der Schnee der Berge war ins Tal geſtiegen, und das frie=rende Kirchlein rührte den fröſtelnden Mann wie eine Alpen=blume an verſchneiten Hängen. Der Morgen ging von Nord nach Oſt, die ganze Welt war roſenrotes Feuer, und alle grüne Erde rauchte. Die Mäuſe huſchten durch die engen, krummen, feſtgetretenen Gaſſen ihrer Wieſenſtädte, deren Höhlen grasbewachſenen Islandshütten glichen; ein Maul=wurfshaufen dampfte braun im Schnee — die aufgeworfene Erde war noch warm und feucht. Die Pferde auf den Wieſen ſchnauften.

Der Einſame zuckte zuſammen, als eine Hand ſich ſanft um ſeine Schulter legte.

„Ich danke dir," ſagte Hallgerd leiſe und küßte ihn auf den Mund.

Nikolaus Tränlein hielt den Kopf geſenkt.

„Ich danke dir," wiederholte ſie, und ihre Stimme zitterte zum erſtenmal, „ich danke dir, weil ich es dir nicht hätte weigern können."

Der junge Menſch ſah mit ſtumpfen und verſtörten Augen zu ihr auf.

„Hallgerd," bat er, „laß mich allein. Ich gehe jetzt den Ap=parat ausbeſſern — reite du mit den andern heim."

386

Hallgerd nickte, Nikolaus Tränlein schritt der Höllenschlucht des Almannagja zu und schaute sich nicht um ...

Hallgerd Einarstochter lag auf ihren Knien und erstickte ihr Stöhnen in dem schwarzen Samt der Altardecke.

❋ ❋ ❋

Auf dem Landungsplatz des K II war die Batterie der Stahlflaschen gereiht und gehäuft. Monteur Obermaier öffnete die Anschlußhähne, und der zusammengepreßte Wasserstoff sauste durch die dünnen Verbindungsröhren und das große gemeinsame Längsrohr heulend in den Füllschlauch, der sich bebend blähte. An den Röhren bildeten sich Eiskristalle und vergingen atmend in Dampf. Obermaier griff nach dem Schraubenschlüssel und regulierte die Zufuhr. Er drehte, und die Gase brüllten wütender auf, sprangen raubtierhaft an und jagten durch die Nabelschnur in den silbernen Riesenbauch, dessen tückische und unersättliche Seele sie waren.

„Hallo," schrie Obermaier dem heranreitenden Tränlein durch den Lärm zu, „wir fahren diese Nacht."

„Ja, grüedsi, Tränlein," rief Merkli und beugte sich aus der Führerzelle, um ihm wieder die Hand zu schütteln. „Wir haben Sie zurückfliegen sehen. Schöne Geschichten machen Sie. Der Direktor ist fuchsteufelswild."

„Weshalb so eilig?" fragte Tränlein gleichmütig und koppelte seinem Rößlein die Vorderbeine zusammen.

„Die Wettermacher behaupten, daß ein Mistur droht, und so wollen wir Hals über Kopf davon, ehe uns der Wirbelsturm erwischt. Wissen Sie übrigens schon," unterbrach er sich ernst, „daß Kitzenbrecher tot ist!"

Tränlein blickte ihn verständnislos an.

„Jawohl — ganz plötzlich gestorben. Die Aufregung, sagt der Arzt, das Herz hat nicht mehr mittun wollen. Und wissen Sie, was sein letzter Wunsch war! In seinem Luftschiff nach Hamburg überführt zu werden."

Brauns verkatertes Gesicht zeigte sich über der Brüstung.

„Jetzt wo er tot ist, traut er sich," stichelte er hämisch.

„Schämen Sie sich," zürnte Merkli.

Tränlein war erschüttert. In dem seltsamen Ende des selt=
samen Mannes, der ein Kind mit grauen Haaren, ein Phan=
tast mit großen Ideen und kleinlichsten Zwecken war, schien
sich seines Werkes Schicksal zu symbolisieren. Und nahm nicht
auch er selber eine tote Hoffnung mit an Bord? Der junge
Mensch kämpfte den wilden Schmerz, der ihn noch einmal
anfiel, nieder: ihr unsterblich Teil ist mein.

Als Herr von Mach mit Bewermann, Mirfield und Van=
dersteppen in dessen Auto erschien und den jungen Steuer=
mann vor allen Leuten hart anließ, weil er sich ohne Urlaub
von der Stadt entfernt hatte und ohne Erlaubnis geflogen
war, nahm Tränlein die Rüge stumm entgegen.

Bewermann befahl ihm nachsichtig:

„Sie legen sich gleich nach Tisch schlafen und sind um Mit=
ternacht wieder hier. Die Abfahrt ist auf ein Uhr nachts fest=
gesetzt; wir haben günstigen Wind und dürfen also hoffen,
bis vier Uhr nachmittags in Leven zu sein."

Merkli schloß sich ihm an, als er zur Stadt zurückreiten
wollte.

„Bemerken Sie," tuschelte er ihm zu, „wie der Mister Mir=
field an Dandersteppen und dem Direktor herumschnüffelt!
Er möchte gar zu gern herausbekommen, ob der Amerikaner
angebissen hat."

„Interessiert sich denn Dandersteppen für das Luftschiff?"

„Das nicht, aber Mach interessiert sich für Dandersteppen.
Es wäre nicht so übel, wenn etwas daraus würde — dann
sind wir das Mammut los, und Dandersteppen hat's ja
dazu."

Im Hotel zur Hekla empfing Nadler sie mit der Nachricht:

„César fliegt mittags zur Ostküste ab und will morgens

nach den Färöern weiter. Übrigens", setzte er in seiner ironi=
schen Art hinzu, „habe ich bei Gudmunds ausgerichtet, daß
du mir meine Maschine und ihnen ihre Hausfrau unbeschä=
digt wieder ablieferst."

Tränlein speiste mit den beiden und begab sich dann zur
Ruhe. Hallgerd war, wie ihm der alte Gudmund kurz ange=
bunden mitteilte, vor einer Stunde auf einem Pferde des
Sera Pfarrer heimgekehrt. Sie zeigte sich dem Freunde nicht,
aber auf seinem Kopfkissen fand er die Blumen ihres kargen
Gärtleins: blaue Kreuzblumen, gelbe Orchideen, Stiefmüt=
terchen und Erika.

Er schlief tief und traumlos und erwachte zur vorbestimm=
ten Minute, aus jenem Zeitgefühl heraus, das — wie sein
Gleichgewichtssinn im Fluge — von seinem Bewußtsein un=
abhängig war.

Als er, den Rucksack übergeworfen, die Tür öffnete, stand
Hallgerd im Rahmen einer andern Tür ihm gegenüber. Sie
hielt sich an dem Pfosten, ihre Augen waren unnatürlich auf=
gerissen und starr auf ihn geheftet. Er breitete mit einem un=
terdrückten Ruf die Arme, Hallgerd wich bewegungslos wie
ein Geist vor ihm zurück.

„Fahr wohl," flüsterte sie tonlos, „fahr wohl, mein
Freund."

Ohne Laut schloß sich die Tür, Nikolaus Tränlein aber
hielt die Arme halb gebreitet und fühlte durch das Dunkel
Hallgerds starren Blick.

In der Wohnstube wartete ihm Gudmunds rotwangige
Frau mit einer Kanne Kaffee und einem Kuß auf. Sinn Gud=
mundsson übersah die Hand, die Tränlein ihm reichte, der
alte Gudmund war Ulfs Flehen erlegen und wollte mit sei=
nem Spätgeborenen dem Aufstieg des Luftschiffes beiwoh=
nen. Halb Reykjavik und alle Fremden ritten mit hinaus.
Die holprigen Straßen schwammen in einer unwirklichen

389

Helle und lösten sich hinter ihnen gespenstisch auf. Das Luft=
schiff wurde wieder Wirklichkeit. Vor ihnen lag die Tat.

„Leben Sie wohl, und von Herzen Dank," verabschiedete
sich der junge Deutsche mit fester Stimme von Gudmund In=
dridasson.

Der Alte blickte ihm lange in die Augen.

„Fahr wohl," entschied er sich und erachtete ihn des Ab=
schiedskusses der Gastfreundschaft für wert.

Tränlein nahm Ulf auf den Arm, küßte ihn und trug
ihm auf:

„Grüße Hallgerd von mir."

Dann bezog er seinen Posten am Seitensteuer. Merkli kon=
trollierte die Ballonette, Braun hüstelte nervös, Obermaier
füllte den Öltank nach und pfiff sich eins. Herr von Mach
und Mister Mirfield lehnten aus der Kabine. Im Hellegatt
des Hecks war ein Sarg verschnürt.

Bewermann, die rechte Hand im Verband, schwang sich in
den Führerstand.

„Achtung!" schmetterte sein Kommando. „Anlüften —
laßt los!"

Die Isländer ließen die Halteseile fahren. Der K 11 stieg
senkrecht mit gehobener Nase. Die Motoren gingen donnernd
an. Tränlein nahm den Kurs meerwärts nach Südost.

Der Flieger
Von Wilhelm Schmidtbonn

Ein Flieger, der mit seiner Maschine hoch durch die leere Luft lärmte, Wolken unter sich, so daß ihm die Erde versteckt war, sah einen riesenhaften Vogel auf sich zu= kommen.

Er wandte erschreckt die Maschine um. Die Hände gehorch= ten ihm kaum, steif, als ob sie gefroren wären. Obwohl er jetzt vor dem Vogel dahinflog, fiel dieser schnell zu ihm herab, war bald als ein Wesen von menschenähnlicher Gestalt zu erkennen und hing schon, erschöpft und angeklammert, im Eisenwerk der Maschine. Es war eine Frau von nie gesehener Schmalheit: der ganze Leib nicht breiter, als daß er nicht überall mit zwei Händen zuzudecken gewesen wäre, dabei von einer so gestreckten Anmut aller Glieder, daß dem Flieger das Herz in jäher Erregung zu schlagen anfing. Der Leib der Frau war mit dünnen, seidenen, lichtblauen Haaren ganz be= deckt. Zwischen Armen und Brust lagen die beiden jetzt zu= sammengefalteten Flügel. Auf der Stirn war ein einziges Auge eingeschnitten, das, nach einer Weile in Furcht und Flehen geöffnet, in eine kleine, runde, goldene Sonne sehen ließ, deren Strahlung der Flieger nur kurz aushielt.

Der Flieger war aber ein Mann, der durch seinen Beruf gewohnt war, nicht lange einem Schrecken hingegeben zu bleiben und schnell alle Umstände zu berechnen. Darum dachte er diesen seltenen Vogel oder Menschen, der von irgendeinem Stern zu ihm heruntergefallen war, so rasch als möglich zur Erde zu bringen, der Wissenschaft zu kaum ausdenkbarem Ereignis. Sein zweiter natürlicher Gedanke war, daß dabei auch für ihn selbst ein unberechenbarer Geldverdienst zu er= warten war. Er lenkte seine Maschine zur Erde und streckte zugleich eine Hand aus, um den Arm der Frau, der ihm zu= nächst war, mit einem Lederriemen an das Eisen zu binden. Als er die blauen Haare nur anrührte, sang ein elektrischer Strom in sein Blut hinein, von einer so unirdischen Süße,

392

daß er nur, seine ganze Kraft spannend, die Hand zurück=
ziehen konnte, während sein Gehirn im Taumel einer seligen
Gefangenheit geschlagen blieb.

Aber unter dieser Lähmung dachte er schon, von Liebe er=
griffen, der Wissenschaft und allen möglichen Verdienstes ver=
gessend, das Rätselwesen, ohne einem Menschen davon zu
sagen, in seinem Zimmer für sich versteckt zu halten. Ein
Raubvogel mit seinem Fang, schoß er mit ungeheurer Ge=
schwindigkeit, ohne länger zu kreisen, in schrägem Abflug
durch die weißen Wolken zur grünen Erde hernieder.

Als er den Kopf wandte, um ein einsames Feld zu suchen,
auf dem er ungesehen mit seiner Beute landen könnte, sah er,
wie das blaue Wesen im Begriff war, schnell in sich zusam=
menzusinken, gleichsam von der heißen, giftigen Luft der Erd=
nähe aufgezehrt. Er ließ das Steuer los, griff aufschreiend
nach der Gestalt, griff aber nur noch in ein Etwas, das ihm
unter den Händen zerrann, als ob er nur in eine kleine glän=
zende Frühlingswolke gegriffen hätte.

Während seine Maschine hart auf die Erde anschlug,
lag er über Eisen und Tuch hingeworfen, trank mit auf=
gerissenen Augen ein letztes blaues Leuchten, das wie der
Staub von Schmetterlingsflügeln auf dem Gestänge zurück=
geblieben war, in sich und empfand, wie ein Ertrinkender,
der nach der Luft über dem Wasser giert, die letzte Ab=
schwächung jenes Gefühls einer unbekannten Süße.

Die Luftschlacht am Niagara
Von Herbert George Wells

Eine Zeitlang noch, nachdem sie sich gegenseitig erblickt hatten, machte keine der Flotten den Versuch zum Angriff. Die Deutschen zählten siebenundsechzig große Luftschiffe und nahmen in einer Höhe von zwölfhundert Metern halbmondförmige Aufstellung. Sie hielten eine Entfernung von etwa anderthalb Längen ein, so daß die Hörner des Halbmonds fünfzig Kilometer auseinander waren. Dicht im Schlepptau der äußersten Geschwader jedes Flügels waren ungefähr dreißig bemannte Drachenflieger; doch waren diese zu klein und zu fern, als daß der Zuschauer sie hätte unterscheiden können.

Dieser Zuschauer war ein Mann namens Bert Smallways. Er stand auf der Niagarabrücke, an einem Punkte, der sonst von Touristen und Ausflüglern frequentiert wurde. Jetzt war er das einzige menschliche Wesen weit und breit. Unter ihm schäumte wie an einem Wehr der Strom dem amerikanischen Fall zu, über ihm, in höchster Höhe, stieß die Luftflotte der ostasiatischen Allianz auf die deutsche des Prinzen Karl Albert, der mit der Vernichtung der amerikanischen Panzerschiffe im Atlantik und dem Bombardement Neuyorks den Weltkrieg heraufbeschworen hatte.

Zuerst wurde für Bert nur die sogenannte Südflotte der Asiaten sichtbar. Sie bestand aus vierzig Luftschiffen, die fast vierhundert Flugmaschinen an ihren Seiten mit sich führten. Eine ganze Weile flog diese Flotte langsam und mit einem Mindestabstand von neunzehn Kilometern ostwärts an der Front der deutschen entlang. Anfangs konnte Bert nur die größeren Massen unterscheiden, dann bemerkte er die Ein-Mann-Maschinen, als eine Menge von sehr kleinen Gegenständen, die wie Stäubchen durch den Sonnenschein und unter den größeren Rumpfen dahintrieben.

Von der zweiten Flotte der Asiaten sah Bert damals noch nichts, obgleich sie wahrscheinlich zu diesem Zeitpunkt im Nordwesten in Sicht der deutschen kam.

396

Die Luft war sehr still, der Himmel fast ohne eine Wolke, und die deutsche Flotte hatte sich zu einer ungeheuren Höhe erhoben, so daß die Luftschiffe nicht mehr besonders groß erschienen. Beide Enden des Halbmonds hoben sich deutlich ab. Während sie südwärts zogen, kamen sie langsam zwischen Bert und die Sonne und wurden zu schwarzen Umrissen. Die Drachenflieger sahen aus wie kleine schwarze Flecken auf jedem Flügel dieser Luftarmada.

Die beiden Flotten schienen es mit dem Beginn des Kampfes nicht eilig zu haben. Die Asiaten flogen weit nach Osten, wobei sie ihre Geschwindigkeit erhöhten und zugleich stiegen, bildeten dann eine lange Kolonne und kamen zurück, indem sie gegen die deutsche linke Flanke aufstiegen. Die Geschwader der letzteren wendeten, um diesem seitlichen Vorrücken zu begegnen, und plötzlich zeigte da und dort ein kleines Funkengeflacker, ein knatterndes Geräusch an, daß das Feuer eröffnet war. Eine Weile bemerkte der Zuschauer auf der Niagarabrücke keinerlei Wirkung. Dann flogen, gleich einer Handvoll Schneeflocken, die Drachenflieger zum Angriff, und ein Gewirr roter Funken wirbelte aufwärts, ihnen entgegen. Für Berts Empfinden war das Ganze nicht nur unendlich fern, sondern auch ganz merkwürdig unirdisch. Die Luftschiffe erschienen ihm nicht als Gassäcke, die Menschen trugen, sondern wie seltsame, fühlende lebendige Geschöpfe, die sich aus eigenem Antrieb bewegten und handelten. Der Schwarm der asiatischen und deutschen Flugmaschinen stieß aufeinander und senkte sich erdwärts, ward gleich einer Handvoll roter und weißer Rosenblätter, die aus einem Fenster geworfen werden, wurde dann größer, bis Bert die gekenterten durch die Luft wirbeln sah, und verschwand schließlich in großen Wolken dunkeln Rauchs, der in der Richtung von Buffalo aufstieg. Eine Zeitlang waren alle verschwunden, dann erhoben sich zwei oder drei weiße und eine Anzahl von roten wieder in die Luft wie ein Schwarm großer Schmetterlinge, kreisten kämpfend umeinander und trieben dann wieder nach Osten davon.

Ein schwerer dumpfer Knall lenkte Berts Augen zum Zenit zurück. Und siehe! Der große Halbmond hatte seine Form verloren und war zu einer ungeordneten, langen Wolke von Luftschiffen geworden. Eines war halbwegs in die Tiefe gesunken. Es brannte vorn und hinten, und während Bert noch zusah, überschlug es sich, sank, sich unablässig um sich selbst drehend, und verschwand im Rauch von Buffalo.

Berts Mund öffnete und schloß sich; er klammerte sich fester an das Brückengeländer. Ein paar Augenblicke — lange Augenblicke schienen es — verharrten die beiden Flotten ohne scheinbare Veränderung, indem sie schräg gegeneinander anflogen und, wie es für Berts Ohren klang, ein summendes Geräusch verführten. Dann begannen plötzlich auf beiden Seiten, von Geschossen getroffen, die er nicht zu sehen vermochte, Luftschiffe aus der Schlachtlinie zu sinken. Die Reihe der asiatischen Schiffe machte eine Schwenkung und stürzte sich in oder über (es war von unten aus schwer zu erkennen) die zersprengte Linie der Deutschen, die sich zu öffnen schien, um ihr Platz zu machen. Es begann eine Art Manövrieren; aber Bert verstand nicht, was es eigentlich bedeutete. Links wurde die Schlacht zu einem wirren Tanz von Luftschiffen. Einige Minuten lang sahen die beiden sich kreuzenden Linien von Schiffen von unten gesehen aus, als wären sie so dicht beieinander, daß das Ganze wie ein Handgemenge am Himmel erschien. Dann zerteilten sie sich zu Gruppen und Zweikämpfen. Der Abstieg der deutschen Luftschiffe nach den niederen Regionen nahm zu. Eins von ihnen flackerte brennend herab und verschwand fern im Norden; zwei sanken mit verzerrten und krüppelhaften Bewegungen; dann senkte sich eine feindliche Gruppe in wirbelndem Konflikt vom Zenit nieder

398

— zwei Afiaten gegen einen Deutschen, dem ſich bald ein
zweiter anſchloß — und alle trieben miteinander nach Oſten,
während aus der Linie der Deutſchen da und dort ein Luft=
ſchiff ſich ihnen zugeſellte. Ein aſiatiſcher Rieſe rammte einen
noch rieſigeren Deutſchen oder kollidierte mit ihm, und alle
beide ſtürzten, unabläſſig um ſich ſelbſt kreiſend, der Vernich=
tung entgegen. Das nördliche Geſchwader der Aſiaten kam
jetzt in Aktion, ohne daß Bert es bemerkte; nur daß ihm die
Menge der Schiffe droben plötzlich noch viel größer erſchien.
In kurzer Zeit war der ganze Kampf eine einzige große Wirr=
nis, die in der Hauptſache ſüdweſtlich gegen den Wind trieb.
Mehr und mehr ward alles zu einer Reihenfolge von Gruppen=
zuſammenſtößen. Hier flammte ein ungeheures deutſches Luft=
ſchiff erdwärts, umgeben von einem Dutzend flacher aſiati=
ſcher Fahrzeuge, die jeden ſeiner Verſuche, ſich noch zu retten,
vereitelten. Dort hing ein anderes, deſſen Mannſchaft ſich ge=
gen die Krieger eines ganzen Schwarms von japaniſchen
Flugmaſchinen verteidigte. Und hier wiederum ſank ein aſia=
tiſcher Rieſe, der von einem Ende zum andern in Flammen
ſtand, aus der Schlacht. Berts Aufmerkſamkeit wanderte von
einem Geſchehnis zum andern in der uferloſen Klarheit über
ihm; dieſe beſonders das Auge auf ſich lenkenden Fälle von
Vernichtung erregten und feſſelten ihn; erſt ganz nach und nach
ward ihm überhaupt eine Art Zuſammenhang zwiſchen dieſen
näheren und auffälligeren Epiſoden klar.

In der Maſſe der Luftſchiffe, die hoch oben in der Ferne
umherwirbelten, kam es mittlerweile weder zur Vernichtung
noch zur Entſcheidung. Der größte Teil ſchien ſich in voller
Geſchwindigkeit und unter beſtändigem Kreiſen aufwärts zu
bewegen, um ſich eine möglichſt günſtige Stellung zu ſichern,
wobei fortwährend wirkungsloſe Schüſſe gewechſelt wurden.
Auch Rammverſuche wurden nur wenige gemacht, nachdem
die erſten Rammer und Gerammten ſo tragiſch abgeſtürzt

waren; und wenn Enterversuche gemacht wurden, so waren
sie jedenfalls für Bert nicht erkennbar. Dagegen zeigte sich
ein unablässiges Bemühen, den Gegner zu isolieren, ihn von
seinen Kameraden abzuschneiden und nach unten zu drängen,
was ein fortwährendes Rückwärtssegeln und Durcheinander
der wirbelnden Gestalten verursachte. Die größere Anzahl
der Asiaten und ihre rascheren Drehbewegungen machte den
Eindruck, als griffen sie die Deutschen fortwährend an. Zu
oberst, und augenscheinlich im Bemühen, mit den Elektrizitätswerken von Niagara in Berührung zu bleiben, zog sich
ein Korps von deutschen Luftschiffen zu einer enggeschlossenen
Phalanx zusammen, die die Asiaten immer eifriger zu sprengen versuchten. Bert erinnerte das Ganze in grotesker Weise
an Fische in einem Fischteich, die um Brosamen kämpfen. Er
sah schwache Rauchwölkchen und das Aufblitzen der Bomben;
aber kein Laut drang zu ihm herab . . .

Ein flatternder Schatten drängte sich auf einen Augenblick
zwischen ihn und die Sonne; ein zweiter folgte. Ein Surren
von Motoren, klick — klack — klitter-klack — drang an sein
Ohr. Und sofort vergaß er den Zenit.

Vielleicht hundert Meter über dem Wasser kam von Süden her, rasch wie Walküren durch die Luft reitend, auf den
seltsamen Rossen, die die künstlerische Inspiration Japans
von der Technik Europas empfangen hatte, eine lange Reihe
asiatischer Krieger. Die Flügel flatterten ruckweise, klick-klack
— klitter-klack — und die Maschinen flogen aufwärts; die
Flügel breiteten sich aus und standen still, und der Apparat
schwebte wagrecht durch die Luft. So stiegen sie und sanken
und stiegen wieder. So dicht über seinem Kopf zogen sie dahin, daß Bert ihre Stimmen sich gegenseitig zurufen hörte.
Sie flogen hinüber nach Niagara und landeten, einer hinter
dem andern, in einer langen Reihe, auf dem freien Platz vor
dem Hotel. Aber er blieb nicht stehen, um das mitanzusehen.

Ein gelbes Gesicht hatte sich vornübergebeugt und ihn angestarrt, und fremde Augen waren eine rätselvolle Sekunde lang seinen Augen begegnet ...

Und in diesem Augenblick durchzuckte Bert der Gedanke, daß er hier, in der Mitte der Brücke, doch gar zu deutlich sichtbar sei; er lief, so schnell ihn seine Beine tragen konnten, nach der Ziegeninsel hinüber. Dort duckte er sich, vielleicht in einem übertriebenen Ichbewußtsein, unter die Bäume.

Als Berts Sicherheitsgefühl wieder so weit hergestellt war, daß er die Schlacht aufs neue beobachten konnte, bemerkte er, daß sich zwischen den asiatischen Fliegern und den deutschen Ingenieuren ein lebhaftes Scharmützel um den Besitz der Stadt Niagara entspann, deren industrielle Anlagen die Deutschen für die Zwecke ihres aeronautischen Parkes in Beschlag genommen hatten. Zum erstenmal im ganzen Verlauf des Krieges sah er etwas, das dem Kampf glich, so wie er ihn in den illustrierten Blättern seiner Jugend studiert hatte. Ihm war es, als käme nun endlich die gehörige Ordnung in die Geschichte. Er sah Männer, die Gewehre trugen und Deckungen suchten und rasch, in loser Angriffsform, von einem Punkt zum andern liefen. Die erste Abteilung von Fliegern hatte wahrscheinlich unter dem Eindruck gestanden, daß die Stadt verlassen sei. Sie waren auf einem offenen Platz in der Nähe des Prospect Park gelandet und näherten sich den Häusern in der Richtung der Elektrizitätswerke, als sie durch plötzliches Schießen aus ihrem Irrtum gerissen wurden. Sie hatten in der Nähe des Wassers hinter einer Erdwelle Deckung gesucht — ihre Flugzeuge waren zu weit entfernt, als daß sie sie hätten noch erreichen können; und jetzt lagen sie am Boden hinter ihrem Schutzwall und feuerten auf die Leute in den Hotels und Maschinenhäusern um die Elektrizitätswerke her.

Dann kam eine zweite Reihe roter Flugmaschinen von

Often her ihnen zu Hilfe. Sie tauchten aus dem Dunst über den Häusern auf und näherten sich in weitem Bogen, als wollten sie die Situation unten erst überblicken. Das Feuer der Deutschen ward zu einem wahren Tumult, und eine der schwebenden Gestalten fiel mit einem plötzlichen Ruck hintenüber und verschwand zwischen den Häusern. Die andern senkten sich, ganz wie große Vögel, auf das Dach des Elektrizitätswerks nieder, klammerten sich dort fest, und von jeder sprang eine geschmeidige kleine Figur und lief auf die Brüstung zu. Weitere flatternde Vogelgestalten kamen; aber Bert hatte ihr Kommen nicht bemerkt. Ein Stakkato von Schüssen drang zu ihm hinüber und erinnerte ihn an Manöver, an Zeitungsbeschreibungen von Gefechten, an alles, was nach seinem Begriff von Krieg völlig korrekt war. Er sah eine ganze Anzahl von Deutschen von den entfernteren Häusern her nach den Elektrizitätswerken eilen. Zwei fielen. Der eine lag still; aber der andere zappelte noch eine Weile. Das Hotel, das in ein Lazarett umgewandelt worden war, hißte plötzlich die Genfer Flagge. In der Stadt, die so ruhig geschienen hatte, war augenscheinlich eine beträchtliche Anzahl von Deutschen versteckt gewesen, die sich nun alle sammelten, um das Hauptgebäude der Elektrizitätswerke zu verteidigen. Er fragte sich, was für Munition sie wohl haben mochten. Mehr und mehr asiatische Flugmaschinen mischten sich in den Konflikt. Sie hatten die unglücklichen deutschen Drachenflieger vernichtet und griffen nun den beginnenden aeronautischen Park, die elektrischen Gaserzeuger und Reparaturwerkstätten an, die den Stützpunkt der Deutschen bildeten. Einige landeten, und ihre Piloten suchten Deckung und wurden zu energischen Infanteristen. Andere schwebten über dem Kampf, wobei ihre Bemannung dann und wann auf irgendeinen exponierten Punkt unten feuerte. Die Schüsse kamen ruckweise; einmal herrschte beobachtende Stille; dann wieder knatterte ein Schnell-

402

feuer von Schüssen, das sich fast bis zum Tumult steigerte. Ein= oder zweimal kamen Flugmaschinen bei ihrem vorsichti= gen Kreisen unmittelbar über Bert, so daß eine Weile sein ganzes Sinnen und Trachten nur auf Ducken und Kauern gerichtet war . . .

Dann und wann mischte sich in das Geknatter ein rollen= der Donner und erinnerte ihn an das Handgemenge der fernen Luftschiffe in der Höhe; aber der Kampf in der Nähe fesselte seine ganze Aufmerksamkeit.

Plötzlich fiel etwas vom Zenit herab; etwas wie eine Tonne oder ein riesiger Fußball!

Krach! Mit einem ungeheuren Geräusch schmetterte es her= ab. Es war zwischen die gelandeten asiatischen Aeroplane ge= fallen, die auf Rasen und Blumenbeeten in der Nähe des Stroms lagen. Sie flogen in Fetzen und Trümmer; Rasen, Bäume und Kies wurden in die Luft geschleudert und fielen wieder zu Boden. Die Flieger, die noch immer am Kanal= ufer entlang lagen, wurden wie Säcke umhergeworfen; Wind= wirbel flogen über die schäumenden Wasser. Alle Fenster des Hotellazaretts, die noch einen Augenblick zuvor blinkend den blauen Himmel und die Luftschiffe widergespiegelt hatten, wurden zu ungeheuren, schwarzen Höhlen. Bum! Ein zwei= ter Krach. Bert blickte in die Höhe und hatte ein Gefühl, als ob eine Anzahl von Riesenkörpern sich wie ein Haufe sich bauschender Bettücher, wie eine Reihe riesenhafter Schüssel= deckel auf das Ganze herabsenkte. Das Hauptschlachtgewirr oben kreiste abwärts, als wolle es sich mit den um die Elek= trizitätswerke Kämpfenden vereinigen. Bert hatte jetzt einen ganz neuen Eindruck von den Luftschiffen — er sah unge= heure Dinger, die auf ihn herabkamen, die rasch immer grö= ßer und überwältigender wurden, bis die Häuser drüben klein, die Stromschnellen schmal, die Brücke schwächlich, die Kämp= fenden winzig erschienen. Und während sie sich so herabsenk=

ten, wurden sie auch vernehmbar — ein Gemisch von Geschrei und Gestöhn, von Krachen und Pochen und Pulsieren, von Ausrufen und Schüssen. Die verkürzten schwarzen Adler an den Vorderteilen der deutschen Luftschiffe machten tatsächlich den Eindruck, als kämpften sie mit, als flögen ihre Federn...

Einige der kämpfenden Luftschiffe kamen der Erde bis auf hundertundfünfzig Meter nahe. Bert sah auf den unteren Galerien der deutschen Fahrzeuge Leute, die ihre Gewehre abschossen; sah Asiaten, die sich an ihre Taue festklammerten; sah einen Mann im Aluminiumtaucheranzug blitzend kopfüber in die Wasser über der Ziegeninsel stürzen. Zum erstenmal sah er die asiatischen Luftschiffe aus der Nähe. Und sie erinnerten ihn in der Hauptsache an kolossale Schneeschuhe. Sie zeigten seltsame Muster in Schwarz und Weiß und in Formen, die an den inneren Deckel einer Uhr erinnerten. Hängegalerien hatten sie nicht; aber aus kleinen Öffnungen längs der Mittellinie guckten Männer und Gewehrläufe hervor. In langen, steigenden und fallenden Wellenlinien dahintreibend, fochten und kämpften die Ungetüme. Sie waren wie Wolken, die kämpften, wie Puddings, die sich gegenseitig zu morden versuchten. Sie wirbelten und kreisten umeinander und hüllten die Ziegeninsel und Niagara eine Zeitlang in ein rauchiges Dämmerlicht, durch das die Sonne in Strahlen und Pfeilen brach. Sie zerstreuten sich und sammelten sich und zerstreuten sich wieder, sie fochten und kreisten über den Stromschnellen und zwei Meilen und weiter nach Kanada hinein und wieder über die Fälle zurück. Ein deutsches Luftschiff fing an zu brennen, und die ganze Masse entfernte sich von ihm, stieg in die Höhe, zerteilte sich und ließ es einsam in der Richtung nach Kanada zu sinken und im Sinken explodieren. Dann sammelten sich die andern wieder unter erneutem Tumult. Einmal erklang von den Leuten in der Stadt unten etwas, wie ein Hurrageschrei in einem Ameisenhaufen. Ein zweites deutsches

404

Luftschiff verbrannte, und ein drittes, das der Feind durch einen Rammstoß zertrümmert hatte, trieb in südlicher Richtung aus dem Gefecht.

Immer deutlicher zeigte es sich, daß die Deutschen in dem ungleichen Kampf den kürzeren zogen. Immer beharrlicher wurden sie verfolgt. Immer augenscheinlicher kämpften sie nur noch in dem Bestreben, sich die Flucht zu ermöglichen. Die Asiaten hefteten sich an ihre Seite, stürzten sich über sie, schlitzten ihre Gaskammern auf, steckten sie in Brand, vernichteten ihre wie durch einen Nebel sichtbare Bemannung, die in Taucherkleidung mit Feuerlöschapparaten und seidenen Cappen im Innennetz gegen Flammen und Risse ankämpfte. Ihre einzige Antwort waren wirkungslose Schüsse. Die Schlacht kreiste wieder zurück über Niagara; und plötzlich, wie auf ein verabredetes Zeichen, stoben die Deutschen auseinander und zerstreuten sich nach Osten, Westen, Süden und Norden, in offener und ungeordneter Flucht. Die Asiaten, als sie dies erkannten, stiegen auf, um über und hinter ihnen her zu fliegen. Nur ein kleiner Knäuel von vier Deutschen und vielleicht einem Dutzend Asiaten blieb zurück und kämpfte, um die „Hohenzollern" und den Prinzen Karl Albert geschart, der noch immer über Niagara kreiste, in einem letzten Versuch, die Stadt zu retten.

Rundherum kreisten sie, über den Kanadischen Fall, über die Wassermasse im Osten, bis sie ganz fern und klein waren, dann wieder zurück, eilends, ruckweise, geradeswegs auf den einen erstarrten Zuschauer zu.

Rasch näherte sich die ganze kämpfende Masse, ward größer und größer, hob sich schwarz und ausdruckslos gegen die Abendsonne und über den blinkenden Strudel der oberen Stromschnellen ab. Wie eine Wetterwolke schwoll sie an, bis sie aufs neue den Himmel verdunkelte. Die flachen asiatischen Luftschiffe hielten sich hoch über den deutschen oder hinter

ihnen und feuerten unerwiderte Schüsse auf ihre Gaskam=
mern und Flanken ab; die Flugmaschinen schwärmten um sie
herum wie ein Volk wütender Bienen. Näher kamen sie und
immer näher. Sie füllten den unteren Himmel. Zwei der deut=
schen sanken und erhoben sich wieder. Aber die „Hohenzollern"
hatte zu sehr gelitten. Sie erhob sich matt, wandte scharf um,
als wolle sie sich aus der Schlacht verziehen, fing plötzlich
vorn und hinten zu brennen an, sank aufs Wasser hinab, fiel
schräg in den Strom, trieb, sich wälzend und windend wie
etwas Lebendiges, abwärts, blieb hängen und trieb dann
wieder weiter. Ihr zerbrochener und verbogener Propeller
schlug noch immer die Luft. Die hervorbrechenden Flammen
erstickten in Wolken und Dampf. Es war eine in ihren Di=
mensionen gigantische Katastrophe. Die „Hohenzollern" lag
über den Stromschnellen gleich einer Insel, gleich großen
Klippen, Klippen, die rauchend, sich wälzend, übereinander=
stürzend und zusammenfallend mit einer Art schwankender
Geschwindigkeit auf Bert zutrieben. Ein asiatisches Luftschiff
— Bert erschien es von unten wie etwa dreihundert Qua=
dratmeter Straßenpflaster — wirbelte zurück und kreiste
zwei= oder dreimal über dem großen Zusammenbruch, und
ein halb Dutzend roter Flugzeuge tanzte einen Augenblick lang
gleich großen Schnaken im Sonnenschein, ehe sie hinter ihren
Kameraden hereilten. Der Rest des Kampfes war schon als
ein wildes Crescendo von Schüssen und Geschrei und ver=
heerendem Tumult über die Insel weggezogen. Jetzt verdeck=
ten die Bäume alles, und Bert vergaß es auch über dem
näherliegenden Schauspiel des riesenhaften, vernichteten deut=
schen Luftschiffs, das da auf ihn zukam. Etwas fiel unter
einem gewaltigen Krachen und Splittern von Zweigen un=
beachtet hinter ihm zu Boden.

Eine Zeitlang schien es, als müsse die „Hohenzollern" bei
der Teilung der Wasser das Rückgrat brechen; dann arbeitete

406

und schäumte ihr Propeller eine Weile im Strom und warf die ganze zerfetzte, verbogene Trümmermasse gegen das amerikanische Ufer. Aber die Strömung, die zum Amerikanischen Fall hinabschäumte, packte sie, und in der nächsten Minute ward das ungeheure Wrack, aus dem an drei neuen Stellen die Flammen hervorbrachen, gegen die Brücke geschleudert, die die Ziegeninsel und die Stadt Niagara verbindet, und reckte gleichsam einen langen Arm aus einem wogenden Gewirr unter dem mittleren Brückenbogen. Die Mittelkammern explodierten mit einem lauten Knall, und im nächsten Moment war die Brücke zusammengestürzt, und die Hauptmasse des Luftschiffs schwankte gleich einem grotesken zerlumpten Krüppel, flatternd und Fackeln schwenkend, zum oberen Ende des Falls, zögerte einen Moment und verschwand dann mit einem verzweifelten, selbstmörderischen Satz.

Das abgerissene Vorderteil blieb gegen die kleine Insel gequetscht, die man die grüne Insel zu nennen pflegte, und die die Schwelle vom Festland zu der Baumgruppe der Ziegeninsel bildet.

Bert verfolgte die Katastrophe von der Teilung der Wasser an bis zum Brückenpfeiler. Dann stürzte er, unbekümmert um das asiatische Luftschiff, das wie ein riesiges Hausdach ohne Wände über der Hängebrücke schwebte, nach Norden und gelangte zum erstenmal auf die Felsspitze bei der Lunainsel, die direkt in den Amerikanischen Fall niederblickt. Da stand er, mitten im ewigen Tosen des Lärms, atemlos, mit starren Augen . . .

Weit unten, rasch durch die Schlucht eilend, wirbelte etwas wie ein riesiger, leerer Sack. Für ihn bedeutete es, — ja, was bedeutete es nicht! — die deutsche Luftflotte, kurz, den Prinzen, Europa, alles, was feststehend und vertraut war, die Mächte, die ihn getragen hatten, die Mächte, die ihm so unbestreitbar sieghaft erschienen waren. Und da trieb es die

Stromschnellen hinunter, wie ein leerer Sack, und überließ die ganze sichtbare Welt Asien, gelben Menschen ohne Christentum, allem, was schrecklich und fremd war . . .

Fern über Kanada entschwebte der Rest des Konflikts und entschwand aus seinem Gesichtskreis.

Der erste Mensch
Von Alfred Richard Meyer

Alle Profefforen waren einmütig der Anficht, daß mit der endlich durchgefetzten Abfchaffung der Todesftrafe für ganz Europa das große goldene Zeitalter der Humanität begonnen habe. Antialkoholiker, die aus ihrer Askefe heraus ungeheuerliche Gelder gefpart hatten, ließen heiter auf den Straßen Sektflafchen knallen, und die eingefleifchteften Vegetarianer überzeugten fich, daß ihnen warmes, lebendiges Kaninchenblut und nur leichtangebratene Känguruhfchwänze viel beffer bekämen.

Es war eine glückliche Zeit, zugleich für manche eine gar überrafchende Zeit, allerdings im negativen Sinne, da jeder Mord und Totfchlag ins Land der Märchen oder doch der Afiaten geflüchtet fchien. Auch die hartnäckigften Warner vor Humanitätsdufel und Sentimentalität verftummten, und die ruffifche Regierung kam fogar auf den glücklichen Gedanken, die noch übriggebliebenen, leider nicht mehr allzu zahlreichen Bomben ihrer Anarchiften mit Doppelwutki zu füllen. Handel, Wandel und Wiffenfchaften wuchfen zu einer unerhörten Blüte, bis —

Ja, bis die deutfchen und die mit ihnen herzlichft befreundeten franzöfifchen Anarchiften — man hatte niemals ganz ehrlich mehr an beider Exiftenz geglaubt — eines fchönen Tages fämtliche Großbanken in Berlin, wie zu einer Höhenrekordfahrt der fchon ziemlich fagenhaft gewordenen Luftballons, in die Luft fliegen ließen. Man brauchte eben Geld. Annähernd fünfhundert Menfchen, Direktoren, Kaffierer, Buchhalter, Portiers, Scheuerfrauen, Briefträger, Laufburfchen, juriftifche Beiräte, aber auch einige der Attentäter felbft waren dabei verfchwunden; umgekehrt hatten fich einige Millionen an Goldftücken und Papiergeldern eingefunden, die man fo lange in falfcher Scham verborgen gehalten hatte.

Durch den Verrat eines Komplizen, der fich bei der allgemeinen Teilung der Beute um ein weniges benachteiligt

410

fühlte, erfuhr die Polizei schnell genug die sämtlichen Namen der weitverzweigten Gesellschaft. Der Prozeß, an den sich unsere Kinder und Kindeskinder erinnern werden, hatte dann in erster Linie die große internationale Strafrechtsreform zur Folge, die freilich erst nach einem heftigen Kampf der widerstreitenden Meinungen zustande kam. Manchen Professoren ward hierbei die Genugtuung eines Augurenlächelns, daß nämlich ihre Urgroßväter doch nicht so ganz auf dem juristischen Holzwege gewesen waren; und die plötzlich wieder akut gewordene Frage des Scharfrichters scheiterte einzig und allein daran, daß niemand mehr diese profane Würde auf sich nehmen wollte.

Das Resultat der Justizreform und dann des Prozesses war jedenfalls dieses, daß die über eintausend Angeklagten, darunter allein vierhundert Frauen, zur Strafe der lebenslänglichen Deportation und gleichzeitiger Entmannung der Männer in letzter Instanz verurteilt wurden.

Frankreich stellte aus eigenem Antriebe sein großes Felseneiland Merdia im Stillen Ozean für die Verbannten zur Verfügung und war ganz Vaterstolz über die geniale Erfindung eines seiner Söhne, der die Insel einen halben Kilometer entfernt von der Küste rings mit einem nahezu hundert Meter hohen, elektrisch geladenen Stacheldrahtzaun umgab, von den zahlreichen raffinierten Unterseeminen ganz zu schweigen. Auf diese Weise gedachte man, die Verbrecher in der humansten und sichersten Weise für die Allgemeinheit unschädlich zu machen.

Die Humanität des Zeitalters gebot auch, die Verurteilten für etwa fünf Jahre, in den bescheidensten Grenzen allerdings, zu verproviantieren. Ein deutsches Fluggeschwader sollte jeden Frühling einige hundert Säcke der primitivsten Nahrungsmittel auf die Insel werfen, und Erkundungsflüge würden wohl mit Befriedigung feststellen können, daß die Be-

411

völkerung sich in heißem Kampf langsam, aber sicher aufrieb und schließlich ausstarb.

Die Umwandlung der Anarchisten in Eunuchen gestaltete sich zum Clou des diesjährigen internationalen medizinischen Kongresses. Der Vorschlag eines englischen Gelehrten, auch den meistens noch jugendlichen Frauen die Möglichkeit der Fortpflanzung zu nehmen, wurde als übertrieben vorsichtig einstimmig abgelehnt.

Jedes Lichtspielhaus der großen Städte setzte seinen Ehrgeiz darin, seinen eigenen Originalfilm von der Deportation, die sich unter Beachtung aller nur erdenklichen Maßnahmen vollzog, einem pp. Publikum noch am selben Abend vorzuführen, und in der nächsten Zeit fehlten nirgends in der „Wochenschau" Stimmungsbilder von der Insel Merdia, bis sie schließlich wegen ihrer Einförmigkeit und — jedermann mußte das schon zugeben! — Wohlanständigkeit langweilig und langweiliger bis zur gleichgültigsten Gleichgültigkeit wurden.

Daß aber Merdia inzwischen zu einem ganz gemütlichen Robinsoneiland, fern aller Leidenschaften, wurde, ahnte niemand. Der wildeste Anarchist war zahm geworden, und der Schmerz um einen dahingeschwundenen schöneren Teil des Lebens erlag nur allzubald dem Bewußtsein, in ein gar nicht so übles Schlaraffenland verpflanzt zu sein, das dennoch Jugend und Intelligenz immer wieder zu Taten erweckte. Nach einigen schnell genug als töricht erkannten Versuchen, aus dem Kreise des unsichtbaren Feuers zu entfliehen, wobei natürlich ein paar Menschen, um die es im Grunde nicht schade war, kaput gingen, schloß man sich mit starker Einmütigkeit zu einer, sagen wir mal: Republik zusammen, die ihr Ideal allein in sich selbst fand und dabei ganz von der zuversichtlichen Sehnsucht durchzittert war, einmal ihre Werte wieder hinaus in alle Welt tragen zu können.

Allerdings rechnete man hier immer noch mehr mit allen möglichen Befreiungsverfuchen gleichgefinnter, erft im Entftehen begriffener Vereinigungen auf dem Feftlande, als mit der Tatfache, die ihnen wirklich den Flug in die große Freiheit geftatten follte.

Das kam fo:

Fabian Armbrüftchen, der bekannte Sieger im Himalajameeting XIII, hatte bei einem der offiziellen Erkundungsflüge über der Infel Merdia das Mißgefchick einer Panne, die ihn aus ziemlicher Höhe herunterfallen ließ, und zwar glücklicherweife innerhalb des blitzenden Gatters ins Waffer. Man zog den nur leicht Verletzten und fein ziemlich zertrümmertes Flugzeug eilfertigft heraus, und Fabian erwartete gefaßt den Tod, den er nach den Meldungen der gefamten Preffe auch „unter den entfetzlichften Qualen" erleiden mußte. Befonders amerikanifche Zeitungen wußten über die „fatanifchen Marterungen" der Anarchiften ganze Spalten mit graufamften Einzelheiten zu füllen.

Aber direkt das gegenteilige Schickfal widerfuhr dem unfreiwilligen Eindringling in den Infelftaat, der nun ganz das Ideal einer Verwaltung zu verkörpern fchien: nichts vom widerfetzlichen Willen verfchiedener Parteien, vielmehr einzig ein Streben nach möglichft vielfeitiger Entfaltung aller Kräfte zugunften eines Zieles, einer Zukunft. Denn auch fo weit war die Humanität der Richter gegangen, daß fie den Verurteilten alles Handwerkzeug und felbft einfache Mafchinen für technifche Betätigungen mitgegeben hatten. Vielleicht, daß dem harten Felfenboden doch noch Fruchtbarkeit und Schätze abzuringen wären! Mit derfelben Liebe, in der diefe fchweigfamen Menfchen ihre Felder beftellten, mit derfelben Güte, die fie der Fortpflanzung ihrer Tiere widmeten, pflegten fie auch Fabian Armbrüftchens zerbrochenen Körper. Sie mußten wohl fchon ihren Zweck damit haben!

Der völlig Genesene wurde vor eine Volksversammlung zitiert, an der sich sämtliche Bewohner der Insel beteiligten. Und alsogleich hub der Älteste zu dieser Rede an:

„Mein Herr! Sie wissen, wie sehr uns Männern hier das irdische Glück verkürzt ist. Sie dagegen, ein ganzer Mann, sind hoffentlich auch bereit, sich als solcher zu erweisen. Ihnen wird hiermit die ehrenvolle Bestimmung, nach besten Kräften dafür zu sorgen, daß das Geschlecht dieser Insel zu neuem Leben erblüht, daß unsere Kinder über unsere kurze Vergänglichkeit hinaus das große Werk vollenden, uns über die ganze Erde hin rächen, sich fruchtbar machen und Herrscher werden. Bei der Geburt des einhundertsten Kindes wird Ihnen, geehrter Herr Armbrüstchen, als dem ersten Menschen dieser neuen Welt ein Obelisk errichtet werden. Fühlen Sie sich Ihrer Aufgabe gewachsen! Das Leuchten Ihrer Augen bejaht es mir mehr, als es Worte könnten. Nun denn, auf zum heiligen Werke!"

Und so geschah es, daß Fabian Armbrüstchen sich an diesem Abend bei Lieschen Plinzenball einlogierte, am nächsten bei Nadja Sonjakoff, am übernächsten bei Helga Helgesen, sodann bei Mabel Brown, Hélène Monplaisir, Petronella Knödelhuber und so weiter die vierhundert Frauen durch, von denen keine über dreißig Jahre zählte.

Und da die Zeiten erfüllt waren, erwies es sich, daß die Arbeit Fabians segensreich gewesen war; und mit doppeltem Eifer widmete er sich wieder seiner verantwortungsreichen und ehrenvollen Tätigkeit. Daß der Obelisk so schnell errichtet werden würde, hatte er freilich selbst kaum geglaubt, und er war bescheiden genug, einen Teil seines großen Erfolges, seines Ruhmes freiwillig an die ihn in seinem Streben so liebevoll unterstützenden Frauen abzutreten.

Die Jahre gingen, und aus den Kindern wurden Jünglinge und Männer. Dank Fabian Armbrüstchens reicher flugtech-

nifcher Kenntniffe gedieh der Bau der verfchiedenften Flug=
zeuge zu bewundernswürdiger Vollkommenheit, fo daß es
ganz felbftverftändlich war, wenn die Knaben mit ihrer Reife=
prüfung gleichzeitig das Zeugnis als Luftpiloten erhielten.
Und diefe Reifeprüfung erftreckte fich zudem auch auf die Ge=
biete des Staatswohls, für die früher Herr Armbrüftchen
allein verantwortlich gewefen war.

Als Fabian Armbrüftchen die erften zwölf feiner Söhne
von dem Platz vor dem Denkmal des erften Menfchen auf=
gleiten fah in den Äther, ohne daß auch nur eine Mafchine
dem gefährlichen Drahtnetz zu nahe gekommen wäre, da
wußte er, daß er nicht umfonft gelebt hatte. Und er hatte
recht!

Wie recht er freilich haben follte, ahnte er nicht. Denn er
wußte ja nichts von dem Kriege der hundert Tage. Er dachte
nur, diefe Söhne verbrecherifcher Mütter würden die Tat=
menfchen fein, die eine erfchlaffte und verträumte Welt aus
ihrer Lethargie rütteln würden. Doch da wurde nichts draus.

Die großen Städte lagen wüft und leer. Fabriken und
Kirchen ftanden wie Narben unter der Sonne. Die Menfchen
aber hatte der große Krieg der hundert Tage, in dem die elek=
trifch entladenen Stickftoffkugeln des Profeffors Kägebein erft=
malig angewendet waren, erwürgt und zerfetzt.

Wieder fchwebten die zwölf großen goldenen Vögel abend=
lich über Merdia. Und wenn heute in dem kleinften europäi=
fchen Dorf „dem erften Menfchen" ein Denkmal gefetzt ift, fo
weiß jeder, daß es fich nicht mehr um einen fehr zweifelhaf=
ten Herrn Adam, fondern noch immer um Herrn Fabian Arm=
brüftchen handelt.

Ehre feinem Andenken!

Nachbemerkungen

Über allem Flug steht der Regenbogen des Mythos, der zu den alten Göttern reicht und sich als Utopie in die Zukunft überschlägt. Der Mythos ist, wie die Dichtung, im Wesen Personifikation; er schafft sich seinen Helden, wie er sich Buddha, Christus und Homer, Siegfried und Tell geschaffen hat: indem er auf ein Einzelwesen — sei es historisch, sei es fiktiv — alle Ausdrucksmöglichkeiten der Idee vereinigt. Der Mensch stellt sich sein Werk nach seinem Bilde vor.

Solcherart ist Karl Hans Strobls Türmer Palingenius geworden. Das Geschlecht der Türmer, seit alters Sinnbild zugleich des Erdverwurzeltseins und der überschauenden Höhe, stirbt aus und ersetzt sich durch das der Leuchtturmwächter, Marconitelegraphisten und Meteorologen. In Strobls gewaltigem Roman „Eleagabal Kuperus" nun, in dem die bewegenden Kräfte der Zeit: der Moloch des Kapitals gegen den betrachtenden, den künstlerischen und den erfinderischen Geist, eingesetzt sind, macht sich der letzte dieser zeitlosen Türmer gänzlich von der Erde frei und vollendet die sieghafte Tragik seines Schicksals: sterbend den Menschen das Tor der Zukunft aufzutun.

Solcherart erdichtet sich auch Otto Rung in seiner Novelle „Luftpilot Jacquelin" zwischen zwei Zeitungstelegrammen: Latham fliegt — Blériot siegt, aus Le Bris, Mouillard, Lilienthal, Wright (und dem Zufallsnamen eines existierenden Fliegers und Flugzeugbauers) die große mythische Persönlichkeit, die uns das Leben schuldig bleibt; erneuert sich in Leonhard Adelts Buch aus unsern Tagen „Der Flieger" am schöpferischen Individuum die Geschichte des Fluges aus ihren dunklen Gründen und Ursprüngen in die Wirklichkeit des zwanzigsten Jahrhunderts; mischen sich in Karl Vollmöllers funkelnd geistreichem Märchendrama „Wieland" Mythos, Zeitgeschichte und Selbstanalyse zu romantischer Ironie.

Beseelt von der leidenschaftlichen Hingabe seiner Schöpfer, nimmt das Werk Eigenleben an, dessen der Zauberlehrling nicht mehr Herr wird. Dieses Motiv erscheint mit Vollmöllers Novelle „Die Geliebte" in die Psychologie letzter Erotik: in das selbstverzehrende Streben nach der vollkommenen Form, gewendet; entrückt mit Wilhelm Schmidtbonns Legende „Der Flieger" aus der Impression flüchtiger Sinnesverwirrung in das dichterisch konkrete Gleichnis.

Mit der Verwirklichung des alten Traumes, die noch in Jean Pauls „Giannozzo" ganz in der Lyrik erhobener Seelenheiterkeit befangen blieb, hängten sich die reale Betrachtung und die Nutzanwendung an den Flug — didaktisch bei den beiden älteren Autoren Adalbert Stifter und Jules Verne; als hymnisch gesteigertes Lebensgefühl in Gabriele d'Annunzios „Vielleicht — vielleicht auch nicht", dem ersten großen Fliegerroman der Weltliteratur; auf die sozialen Verhältnisse zurückbezogen in Aage von Kohls „Harmonie der Sphären" und Leonhard Adelts „Ozeanflug"; in den sozialen Folgerungen zu Ende gedacht von H. G. Wells, dessen „Luftkrieg" die einzige dichterisch bedeutende unter den zahllosen Kriegsutopien ist; schärfer in bittere oder lachende Satire umgebogen bei Alfred Richard Meyer und Hermann Heijermans.

Mit der Utopie neigt sich der Bogen der Flugdichtung wieder den mythischen Gründen zu. Was bei Edgar Allan Poe (ebenso bei Maurice Renard) noch halb scherz-, halb ernsthafte Spekulation ist, vertieft sich bei Wells zu der genialen Fortsetzung „Die ersten Menschen im Mond" — die ebenfalls eine ganze, mit Cyrano de Bergerac beginnende Klasse von Utopien als die bedeutendste darunter vertritt — und bei Paul Scheerbart zu den Münchhausiaden „Das große Licht" und den kosmischen Phantasien, die in dem Asteroidenroman „Lesabéndio" und den „Astralen Novelletten" gipfeln.

—————

„Der Türmer Palingenius" umfaßt zwei Abschnitte aus Karl Hans Strobls zweibändigem Roman „Eleagabal Kuperus", dessen fünfte Auflage der Verlag Georg Müller, München, kürzlich in einer handlichen Neuausgabe herausgebracht hat. Im selben Verlag erschien Strobls Novellenband „Die knöcherne Hand".

Die Novelle „Hans Pfaalls Mondfahrt" findet sich mit den übrigen Luftschiffergeschichten des amerikanischen Dichters in der durch Hedda und Arthur Moeller-Bruck und Hedwig Lachmann besorgten kritischen Ausgabe von Edgar Allan Poes Werken, der sie mit Genehmigung des Verlages J. C. C. Bruns, Minden i. W., entnommen ist.

Für den Verlag Georg Müller, München, illustrierte Alfred Kubin sechs Bände Poescher Novellen, darunter fünf Novellenbände in der Übersetzung Gisela Etzels und die phantastischen Geschichten „Nebelmeer" in der von Hanns Heinz Ewers herausgegebenen Galerie der Phantasten; ferner verdeutschte Gisela Etzel für Georg Müller einen Band „Novellen der Liebe", Theodor Etzel die Gedichte Poes. Derselbe Verlag übernahm Martha Schimpers Übertragung von Cyrano de Bergeracs phantastischem Roman „Mondstaaten und Sonnenreiche", diesem kulturgeschichtlich interessanten Urbild aller nachfolgenden Mondutopien, mit den Illustrationen von Rolf Winkler.

„Geflügelte Taten" bilden das Eingangskapitel des gleichnamigen
lustigen Buches von Hermann Heijermans, das der Dichter eigen=
händig durch drollige Federzeichnungen erläutert hat. Der Abdruck erfolgte
mit Erlaubnis des Verlages Egon Fleischel & Co., Berlin.

Aus Gabriele d'Annunzios Roman „Vielleicht — vielleicht
auch nicht", der durch Vollmöller meisterhaft aus dem Italienischen über=
tragen wurde, ist hier mit Genehmigung des Insel=Verlages, Leipzig, die
klassisch gewordene Schilderung des Flugtreffens von Ardea wiedergegeben.
Beim gleichen Verlag ist Karl Vollmöllers Märchen in drei Akten
„Wieland" erschienen.

Die Groteske „Das lebendige Mastodon", die uns Paul Scheerbart
zur Verfügung gestellt hat, gehört zu den prächtigen Lügengeschichten des
Münchhausen=Breviers „Das große Licht" (Verlag Dr. Sally Rabino=
witz, Leipzig). Scheerbarts Asteroidenroman „Lesabéndio", der in Alfred
Kubin einen ebenbürtigen Illustrator gefunden hat, und seine „Astralen
Novelletten" verlegte Georg Müller, München.

Leonhard Adelts Novelle „Der Ozeanflug" wird an dieser Stelle
zum erstenmal im Buch veröffentlicht; des gleichen Verfassers Romandich=
tung „Der Flieger" liegt in fünfter Auflage bei der Literarischen Anstalt
Rütten & Loening, Frankfurt a. M., vor.

Wilhelm Schmidtbonns „Flieger" ist eine der dreiundzwanzig
Legenden des Buches „Der Wunderbaum" und mit Genehmigung des
Dichters und des Verlages Egon Fleischel & Co., Berlin, daraus abgedruckt.

Die „Luftschlacht am Niagara" ist mit Erlaubnis des Verlages dem Roman
„Der Luftkrieg" von H. G. Wells entlehnt, der ebenso wie die utopisti=
schen Romane „Jenseits des Sirius" und „Im Jahre des Kometen", die
Groteske „Der Unsichtbare" und der Geschichtenband „Der gestohlene Ba=
zillus" desselben Verfassers deutsch bei Julius Hoffmann, Stuttgart, verlegt
ist. Der Roman „Die ersten Menschen im Mond" ist neben andern Büchern
von Wells bei J. C. C. Bruns, Minden, erschienen.

Der Verlag Georg Müller, München, verlegte ferner an Flugdichtungen
Hans W. Fischers erfolgreich aufgeführtes Drama in fünf Aufzügen
„Flieger", das den körperlichen Flug in eine dramatische Parallelität zum
geistigen Aufschwung bringt, und Hans Brandenburgs „Hymne
an den Grafen Zeppelin".

27*